Né en 1 … est professeur … de. Il a pub… de romans, des recueils de poèmes et des nouvelles. *Le Mystère Jérôme Bosch* (Le Cherche Midi, 2017) est son premier roman publié en France.

LE MYSTÈRE JÉRÔME BOSCH

PETER DEMPF

LE MYSTÈRE JÉRÔME BOSCH

Traduit de l'allemand
par Joël Falcoz

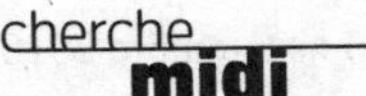

Titre original :
Das Geheimnis des Hieronymus Bosch

Pocket, une marque d'Univers Poche,
est un éditeur qui s'engage pour la préservation
de son environnement et qui utilise du papier fabriqué
à partir de bois provenant de forêts gérées
de manière responsable.

ISBN : 978-2-266-28287-1

Dépôt légal : septembre 2018

Livre premier

Au commencement était le Verbe...

1

Michael Keie tambourinait nerveusement des doigts sur le rebord de la fenêtre. Depuis plus d'une demi-heure déjà, il attendait avec impatience son collègue Antonio de Nebrija, qui tenait à lui annoncer une découverte sensationnelle. Il avait eu plus d'une occasion, durant ces deux dernières semaines, de réaliser qu'on avait à Madrid une perception du temps toute particulière. Keie appartenait au cercle restreint de spécialistes que l'on engageait pour réaliser des restaurations délicates de tableaux ; il adorait son métier mais, cet après-midi-là, son travail n'avançait guère et cette attente interminable lui portait sur les nerfs.

Il s'étira en contemplant le parc du Retiro par la fenêtre. Le feuillage terne des arbres ne cessait de l'étonner. Sous la lumière crue du soleil d'Espagne, les couleurs s'estompaient.

Un simple coup de téléphone alors qu'il était encore chez lui à Berlin avait suffi pour le convaincre de sauter dans le premier avion pour Madrid. Ce n'était pas tous les jours qu'on était appelé à s'occuper de l'un des plus remarquables et mystérieux tableaux au monde : *Le Jardin des délices* de Jérôme Bosch. Un ecclésiastique manifestement dérangé s'était approché du triptyque et, avant que les gardiens du Prado n'aient pu intervenir, il avait réussi à jeter sur le chef-d'œuvre quelques gouttes d'une solution acide contenue dans un petit flacon. Heureusement, les dommages étaient relativement minimes et Keie pensait pouvoir restaurer le tableau en quelques semaines.

Du paseo del Prado s'élevait le bourdonnement du trafic intense qui régnait toujours en fin de journée. La brise tiède qui se glissait par la fenêtre ouverte n'apportait qu'un maigre soulagement, incapable de chasser la touffeur qui régnait dans le bureau situé au-dessus des ateliers du musée.

Enfin, on frappa à la porte. Celle-ci s'ouvrit brusquement avant que Keie n'ait eu le temps de répondre et un homme trapu au teint blafard franchit le seuil en boitant. Sous sa crinière blanche, la peau de son cou était grêlée de taches rouges.

« Regardez ça, Michael ! Vos photos ont révélé quelque chose d'incroyable ! »

De Nebrija lança deux clichés sur la table de travail. Le premier montrait un étrange poisson assis dans une mare. Doté d'un bec d'oiseau, l'animal fantastique lisait attentivement un livre. Keie se pencha sur l'image. On y voyait des petites taches claires, irrégulières, causées par les projections d'acide sulfurique. En coulant, le vitriol avait laissé une large traînée sur le livre du poisson-oiseau.

« Alors, vous voyez ? » demanda fébrilement l'Espagnol.

Keie prit une longue inspiration.

« Non, Antonio, je ne vois rien. »

De Nebrija passa une main sur son visage et, de l'autre, se gratta furieusement le crâne.

« Vous êtes aveugle, Michael. Ou vous ne voulez pas voir. Sur le livre ! La réaction chimique provoquée par l'acide a mis au jour une sorte d'écriture. Vous ne comprenez donc pas ? C'est un message ! »

Keie réprima son agacement. Collaborer avec Antonio de Nebrija était une chance. Le vieil historien de l'art faisait presque partie des murs du Prado ; il avait dépassé depuis longtemps l'âge de la retraite, mais continuait à travailler avec acharnement. Les ateliers du musée n'avaient plus aucun secret pour Antonio, et personne ne connaissait mieux que lui les techniques picturales, la composition des fonds et les procédés de fabrication des vernis au seizième siècle. Cet excentrique aux cheveux de neige était une mine d'or, doté d'un flair infaillible quand il s'agissait de résoudre des énigmes complexes ou de trouver des indices pour déchiffrer un tableau. Entre eux était née une amitié collégiale.

« Accordez-moi un instant, Antonio. Je vais regarder ça de plus près. »

Michael ouvrit l'un des tiroirs du bureau et en sortit une loupe, qu'il posa sur le cliché. À son grand étonnement, il put effectivement distinguer sur les bords délavés du livre un étrange assemblage de signes ressemblant à une écriture. Mais cela pouvait tout aussi bien être ce que l'on appelait communément des craquelures de la peinture ou du bois. Le triptyque de Bosch avait plus de cinq cents ans.

« Alors ? insista de Nebrija. Convaincu ? »

Keie secoua la tête négativement. Puis il étudia le second cliché. On y distinguait une tête de geai, un chardon bleu et les contours flous d'un papillon. L'acide avait endommagé plus fortement cette partie du tableau mais, par chance, n'avait attaqué que le vernis. Il faudrait examiner calmement les formes délavées, retracer les contours et compléter les lignes à l'aide d'une loupe.

« Dites quelque chose, Michael. Vous ne pouvez pas être aveugle à ce point.

— Écoutez, Antonio, si vous y tenez, je peux faire des agrandissements. Nous verrons ensuite si vous avez rêvé ou pas.

— Je ne rêve pas, Michael. »

De Nebrija se pencha sur le bureau et suivit du doigt les signes étranges sur le livre du poisson à bec. Il ajouta :

« Ce sont des lettres. Et sur l'autre cliché, on peut reconnaître un animal qui n'était pas visible avant l'acte de vandalisme. Une chouette, un hibou ou quelque chose dans le genre. Mais faites des agrandissements. »

Tandis qu'il continuait d'observer les photos, Keie commença à distinguer les signes dont parlait Antonio. Un léger frisson parcourut son échine. Le vieux renard du Prado avait peut-être raison. Si ce qu'Antonio avançait se révélait exact, ce serait une découverte scientifique sensationnelle : des symboles cachés sur l'une des peintures les plus marquantes de l'histoire de l'art. Et il aurait participé à cette trouvaille.

« Vous m'avez convaincu, Antonio. Demain, je...

— Demain, demain. Non, aujourd'hui, Michael. Ce genre d'expertise n'attend pas. »

Keie serra les poings. Il n'aurait pas dû accepter. De Nebrija faisait partie de ces gens qui ne lâchaient rien tant qu'un problème n'était pas résolu, tandis que lui-même préférait prendre son temps. Il se leva de son fauteuil avec un soupir de résignation.

« Les négatifs sont...

— Dans le coffre-fort. Tant que l'enquête est en cours, la police veut...

— Antonio ! Je vous en prie, cessez de me couper la parole et laissez-moi faire mon travail. Vous savez que je vous apprécie, mais également que je vous considère...

— Comme un casse-pieds ! » compléta de Nebrija en se grattant le menton.

Il sourit.

« Ne vous moquez pas de moi, maugréa Keie. Je vais faire vos agrandissements. Maintenant. Parce que je sais que vous avez une sainte horreur de l'électronique et que vous êtes incapable de vous servir d'une imprimante. Mais pour l'amour de Dieu, laissez-moi seul ! Je vous apporterai les clichés. »

De Nebrija fit semblant de prendre une mine offusquée, passa la main dans ses cheveux ébouriffés et boita vers la porte. Arrivé sur le seuil, il se retourna et lança à Keie un regard espiègle :

« Je ne me ferai jamais au caractère placide des Allemands. »

Le ton était ironique. Le vieil historien de l'art avait obtenu ce qu'il voulait.

Keie quitta son bureau quelques instants plus tard et éteignit la lumière.

Lorsque Michael sortit de la pièce où se trouvaient les imprimantes, sa respiration était plus rapide. Il arpenta d'un pas précipité les couloirs du bâtiment qui abritait les ateliers de restauration. C'était un petit labyrinthe dans lequel il s'était perdu plusieurs fois à son arrivée. Il tenait deux agrandissements dans la main. Les négatifs se trouvaient dans la poche de sa chemise. Antonio de Nebrija ferait un bond quand il verrait les clichés. Le vieil homme avait raison. Lorsqu'il s'engagea dans le corridor où se trouvaient son bureau et celui de son collègue, il se figea net.

La porte de son bureau était légèrement entrebâillée et un rai de lumière filtrait dans le couloir plongé dans la pénombre. Aussitôt, une sonnette d'alarme retentit dans sa tête. Qui s'était introduit dans son bureau ? On lui avait raconté que, depuis plusieurs semaines, des ordinateurs et des imprimantes disparaissaient régulièrement des tables de travail. Keie réfléchit fébrilement à ce qu'il devait faire.

Il fallait tenter de neutraliser le type qui était en train de fouiller ses affaires. Mais avant cela, il voulait vérifier si de Nebrija était encore là et se débarrasser des clichés. Avec prudence, il s'avança lentement vers le bureau du vieil historien de l'art et se glissa à l'intérieur. La pièce était vide ; Keie déposa de manière bien visible les tirages sur la table de travail et ressortit. Puis il s'approcha à pas de loup de la porte entrebâillée. Il jeta un coup d'œil par l'étroite ouverture, mais ne vit personne.

Instinctivement, il étreignit le couteau suisse qu'il conservait toujours dans la poche de son pantalon. Après une profonde inspiration, il poussa tout doucement la porte, qui s'ouvrit sans bruit.

Près de l'entrée, une femme se tenait devant la bibliothèque. Cheveux bruns arrivant aux épaules, robe de couleur ocre, bottines. Seule sa ceinture verte tranchait avec le reste. Elle feuilletait un in-folio en lui tournant le dos.

« *¿ Qué desea ?* l'apostropha vivement Keie. Puis-je vous aider ? »

L'inconnue referma le livre et fit volte-face.

« Vous m'avez fait une de ces peurs ! »

Sa voix contenait un léger ton réprobateur. Elle avait parlé allemand avec un accent hollandais.

Keie répliqua dans sa langue maternelle :

« Ça vous arrive souvent de fouiller dans les bureaux des autres ? Qui vous a laissée entrer ? »

Affichant un sourire cordial, la femme s'avança vers Michael et lui tendit la main.

« Grit Vanderwerf. Psychologue et psychothérapeute. Je désire voir le docteur Keie. »

Le restaurateur hésita. Il détestait que l'on ignore ses questions.

« Et que lui voulez-vous ?

— J'assure le suivi psychologique de l'auteur de l'attentat », expliqua posément Vanderwerf.

D'un rapide coup d'œil, Keie s'assura que personne d'autre ne se trouvait dans le bureau avant de se diriger vers sa table de travail.

« De qui parlez-vous ?

— De l'homme qui voulait détruire *Le Jardin des délices*. »

Michael prit place dans son fauteuil et se cala contre le dossier.

« Je suis le docteur Keie. »

La psychologue était une femme séduisante, mais la froideur de ses yeux gris acier le mettait mal à l'aise. Sur la défensive, il décida de la laisser expliquer le motif de sa visite.

« Puis-je m'asseoir ? demanda Vanderwerf après un instant de silence en montrant le second siège placé devant le bureau.

— Je vous en prie.

— Comme je vous l'ai dit, je suis chargée du suivi psychologique de l'auteur de l'attentat.

— Une Hollandaise à Madrid ?

— Ma mère est espagnole. Je suis venue étudier ici et, un beau jour, j'ai remarqué que je n'avais aucune raison de retourner aux Pays-Bas. Je collabore depuis plusieurs années à un gros projet mené par différents musées européens sur les auteurs d'actes de vandalisme. Et pour les autorités espagnoles, je m'occupe de l'encadrement psychologique des profanateurs d'œuvres d'art. Je réalise des expertises, décide des mesures d'internement et estime les chances de guérison. »

Keie se racla la gorge. Il regrettait de s'être montré aussi agressif envers la psychologue.

« Mais qui vous a indiqué mon bureau ?

— Un homme d'un certain âge m'a dit que... »

À cet instant, Antonio de Nebrija fit irruption dans la pièce.

« Fantastique, mon ami ! s'écria-t-il en boitant vers Keie. Vous voyez, j'avais raison ! Les agrandissements sont d'une qualité remarquable et sont aussi faciles à déchiffrer qu'un manuscrit du Moyen Âge. Mais vous ne voulez pas me présenter ? »

Keie esquissa un sourire grimaçant.

« Voici Grit Vanderwerf, psychologue. Elle suit le déséquilibré qui a endommagé *Le Jardin des délices*.

— *Buenas tardes, señora*. Je m'appelle Antonio de Nebrija.

— Antonio est le factotum de la restauration, poursuivit Keie, heureux d'avoir trouvé un sujet pour alimenter la conversation. Un sacré bûcheur. Minutieux et scrupuleux, il est presque aussi vieux que ce bâtiment. Aujourd'hui, sur les photos que nous avons faites des dégradations infligées au triptyque, il a... »

De Nebrija virevolta brusquement vers Keie et lui intima du regard de se taire. Michael s'aperçut à cet instant que Vanderwerf l'écoutait avec grand intérêt. Lorsqu'il se tut, elle reprit aussitôt le fil de son discours :

« Pour mon travail, il serait important d'en savoir plus sur l'état du tableau. Connaître l'étendue et la nature des dégradations permet souvent d'affiner le diagnostic et de déduire les mobiles du criminel.

— Nous devrions peut-être discuter de tout ça autour d'un café, madame Vanderwerf, proposa Keie. Qu'en pensez-vous ? Je pourrais vous parler de mon travail, et vous du vôtre. Non loin d'ici, il y a un bar que j'aime beaucoup. Je serais ravi d'y passer un moment en votre compagnie.

— Je vous laisse, lança de Nebrija. Le travail n'attend pas ! »

Lorsqu'il se retourna vers Keie, il fronça les sourcils et secoua imperceptiblement la tête. Surpris par autant de méfiance, Michael décida cependant d'être prudent et de ne révéler aucune information sensible à la psychologue.

2

Sur le parvis du musée, la chaleur torride était insupportable. L'asphalte était brûlant, et même l'ombre des hauts platanes qui bordaient l'avenue n'offrait aucune fraîcheur. En compagnie de Grit Vanderwerf, Keie remonta le paseo de Recoletos jusqu'à la plaza de Colón. Sur le terre-plein central, de nombreuses personnes accablées par la chaleur moite de l'été s'étaient réfugiées sur les bancs ombragés. Autour du pavillon du Café del Espejo et de ses murs ornés de mosaïques vertes et blanches, l'air scintillait. Les tables et les chaises du bar débordaient jusque sur le trottoir. Les gens s'agglutinaient sous les parasols de couleur olive.

« Voulez-vous vous installer à l'intérieur ou sur la terrasse ? » demanda Keie.

Il n'attendit pas la réponse de la psychologue. Apercevant un couple qui se levait, il se dirigea vers la table libérée. Vanderwerf le suivit et ils s'installèrent sous le parasol. Un serveur qui venait apporter l'addition à leurs voisins prit leur commande.

« Deux cafés au lait ! répéta-t-il. Et une assiette de tapas. »

Assis côte à côte, Vanderwerf et Keie contemplèrent la plaza de Colón ; en son centre s'élevait une imposante colonne surmontée d'une statue de Christophe Colomb.

Le restaurateur relança la conversation :

« Vous vouliez me parler de votre travail. »

Les coups de klaxons, les bruits de moteurs et le brouhaha autour d'eux forcèrent la psychologue à se pencher vers lui. Elle le regarda dans les yeux, puis enchaîna sur un ton monocorde :

« L'une de mes tâches est de trouver les mobiles des criminels et de découvrir s'il y a des commanditaires derrière leurs actes. À ce stade de l'enquête, la police et moi-même pensons que l'homme a agi seul, mais nous avons besoin de preuves. »

Keie essaya de trouver une position plus confortable sur sa chaise ; le dossier de métal lui faisait mal au dos.

Le serveur apporta deux cafés et déposa une assiette de tapas sur la table.

« Et vous, docteur Keie ? J'ai lu des choses fantastiques sur la nouvelle méthode d'investigation que vous employez pour étudier les peintures. Le Prado vous a engagé comme magicien ?

— La réflectographie infrarouge n'est pas de la magie, répondit Keie, amusé. Mais en Europe, peu de gens maîtrisent cette technique et rares sont ceux qui peuvent exploiter les images. Comme je suis également restaurateur, le musée a fait appel à moi. *Le Jardin des délices* mérite un traitement tout particulier. En plus, je n'ai aucune attache familiale. Il m'est donc facile de m'installer quelques mois à Madrid. »

Vanderwerf se pencha un peu plus vers lui. Le bruit autour d'eux sembla s'atténuer.

« Vous n'avez ni femme ni enfants ?

— Non. »

La thérapeute promena son regard sur la vaste place et parut soudain absente, comme absorbée par ses pensées. Puis elle se ressaisit presque aussitôt. Rivant ses yeux sur Keie, elle demanda :

« Vous êtes-vous déjà demandé pourquoi des gens détruisent des tableaux ? Qu'est-ce qui les pousse à entrer dans un musée avec un flacon de vitriol, un couteau ou un tesson de bouteille et à vandaliser des œuvres d'art ? »

Keie but une gorgée de café.

« Je ne peux qu'émettre des hypothèses, avoua-t-il. Ces personnes se sentent peut-être menacées par ce que représente le tableau, ou elles veulent faire souffrir les amoureux de ces œuvres d'art pour se venger de je ne sais quoi. Elles désirent peut-être détourner vers elles un peu de l'attention que l'on offre habituellement à une peinture. Ou alors elles sont complètement névrotiques et considèrent les toiles comme des êtres vivants. Ai-je oublié quelque chose ? »

Grit Vanderwerf reposa sa tasse en souriant.

« Bravo, vous avez en partie raison. Mais ce n'est pas tout. La plupart de ces criminels agissent pour le compte de quelqu'un ou au nom de quelque chose. Au nom de la morale par exemple : ils désirent détruire ce qui leur semble repoussant, pornographique. Ou ils agissent sur ordre d'une voix intérieure qui leur ordonne de saccager, souvent sans raison, une œuvre d'art. Ou sur ordre d'une organisation qui poursuit des buts bien précis : plus-value d'autres tableaux, élimination de copies fâcheuses ou d'informations sur un peintre, un modèle ou d'autres indices biographiques. Nous avons même eu un jour le cas d'un directeur de musée qui a commandité un acte de vandalisme ; ce monsieur voulait dissimuler l'achat d'une copie sans valeur et encaisser l'assurance. Finalement, peu de criminels sont vraiment des déséquilibrés. »

Vanderwerf avait baissé la voix. Elle marqua une pause lorsqu'un groupe de Madrilènes passa bruyamment derrière eux pour conquérir une table libre au milieu de la terrasse.

« La plupart des vandales sont manipulés par des tiers. Mon travail est de distinguer les criminels isolés ayant un réel problème psychologique de ceux agissant pour le compte de quelqu'un. »

Le dossier métallique martyrisait les reins de Keie. Le restaurateur s'agita nerveusement sur sa chaise.

« Les choses sont parfois encore plus complexes, poursuivit Vanderwerf. Certains commanditaires ordonnent de détruire un tableau parce qu'ils veulent faire disparaître une information. Une information importante. »

La psychologue parlait d'un ton parfaitement neutre, presque distrait, comme si elle avait la tête ailleurs et prononçait un discours maintes fois répété.

« Faire disparaître une information ? l'interrompit Keie. À quel genre d'information pensez-vous ? »

Il songeait à la découverte d'Antonio, aux symboles que celui-ci avait repérés sur le triptyque.

« Des messages, expliqua Vanderwerf. Un tableau peut faire passer des messages. Le commerce amoureux par exemple. Ou l'artiste cache des indices sous une couche de peinture, sur le cadre... L'imagination ne connaît aucune limite.

— Et des gens paieraient pour effacer ce type de message, dites-vous ? »

Keie se pencha en avant pour soulager son dos meurtri. Son interlocutrice avala une petite gorgée de café et, gardant tasse et soucoupe dans la main, répondit :

« Cela arrive plus souvent que vous ne le croyez.

— Vous pensez donc que l'acte de vandalisme perpétré sur *Le Jardin des délices* a été prémédité ?

— Je n'ai rien affirmé de la sorte !

— Si tel avait été le cas, s'emporta Keie, l'attaque n'aurait pas été commise avec un tel dilettantisme ! »

Il secoua la tête en repensant au triptyque.

« Que voulez-vous dire ? demanda négligemment Vanderwerf.

— Si le type avait lancé le vitriol vers le haut, le liquide aurait coulé sur tout le retable, provoquant de graves dommages. Mais seul l'étang et un personnage tenant un livre ont été abîmés. L'acide était trop dilué. Il n'a même pas traversé le vernis, ne laissant que des taches mates à trois endroits. Mais ces taches ont révélé... »

Keie lut dans les yeux de la psychologue qu'il en avait trop dit.

« Vous avez donc trouvé quelque chose sur le tableau ! s'exclama celle-ci. Vous avez déjà fait une allusion de la sorte dans votre bureau tout à l'heure. Avez-vous réfléchi au fait que le vitriol n'a peut-être pas été employé pour détruire le triptyque, mais plutôt pour révéler ces indices cachés ? »

Keie arqua un sourcil et jeta un regard interrogateur à Vanderwerf.

« Je vais vous confier une autre information. Saviez-vous que l'auteur du vandalisme était prêtre ? Il est membre de la congrégation des dominicains de Salamanque. Et également bibliothécaire. »

Avalant de travers sa dernière gorgée de café, Michael se mit à tousser.

« Ce gars était un curé ? s'étrangla-t-il. Le tableau était-il trop immoral à son goût ? Trop de chair ? Trop de sexe ?

— Je pensais que vous pourriez m'aider à le découvrir. Vous m'avez déjà donné une indication primordiale. »

Keie sentit la thérapeute hésiter un court instant ; elle s'apprêtait manifestement à poser une question délicate.

« Serait-il possible de voir les dommages ? finit-elle par demander. Vous avez sans doute fait des photos ? »

Michael se sentit pris au piège. Il ne voulait pas mentir et ne voulait pas non plus lui dire toute la vérité. De Nebrija l'avait clairement averti tout à l'heure. Dans leur branche, il fallait être prudent en ce qui concernait les découvertes, sous peine de les voir apparaître dans le prochain magazine d'histoire de l'art, rapportées par une plume inconnue.

« Je peux vous montrer le tableau. Naturellement. »

Soulagée, Grit Vanderwerf sourit et but une gorgée de café. Keie la détailla en silence. Sur la tasse de porcelaine, les mains de la psychologue paraissaient extrêmement fines. Elle répondit à son regard et les yeux d'acier prirent soudain une lueur douce.

« J'ai besoin de votre aide, docteur Keie, dit-elle à

voix basse. Ce prêtre, le père Baerle, est connu des services de police. C'est un récidiviste. *Le Jardin des délices* est le quatrième tableau qu'il vandalise en cinq ans. Il a été exclu de sa congrégation pour avoir détruit des ouvrages de la bibliothèque de son monastère qui contenaient certaines informations sur les femmes au Moyen Âge et à la Renaissance : des rapports de l'Inquisition, des lettres et bien d'autres documents. »

Durant son récit, son visage s'était mis à rayonner. Keie écoutait avec fascination sa voix, dont la mélodie l'envoûtait.

« Je suis face à un problème de taille, reprit-elle. Le père Baerle ne parle pas aux femmes. »

Le restaurateur la regarda d'un air incrédule.

« Comment puis-je vous être utile, señora Vanderwerf ? Il y a certainement dans la police ou dans votre institut suffisamment d'hommes capables d'interroger ce prêtre.

— Bien sûr. Mais aucun n'est parvenu à tirer quelque chose de lui. C'est pourquoi la police s'est tournée vers vous. Baerle ne veut parler qu'à un spécialiste du tableau. »

Elle se pencha, joua avec sa tasse de café, la tournant et la retournant comme si cela pouvait l'aider à ordonner ses pensées.

« Les experts ne manquent pas à Madrid, articula-t-elle sur un ton de confidence, rapprochant son visage de celui de Keie. En venant vous voir, je n'y avais pas pensé, mais maintenant j'en suis certaine : vous êtes la personne idéale pour entrer en contact avec lui. Restaurateur, vous êtes en train d'effacer les traces de son acte. Il va se sentir provoqué. Vous avez de surcroît découvert quelque chose sur le tableau.

Cela va aiguiser sa curiosité. Et vous êtes un homme. Il va accepter de vous rencontrer. Peu importe s'il vous insulte ou tente de justifier son acte. Il faut le faire parler. D'autant plus qu'il a évoqué brièvement le fait qu'il avait découvert dans la bibliothèque de son monastère à Salamanque un manuscrit en rapport avec *Le Jardin des délices*. »

Keie sut aussitôt que cette dernière remarque était une sorte d'appât. En mangeant la dernière bouchée de tapas, il eut l'impression de mordre littéralement à l'hameçon.

« D'accord, s'entendit-il dire. Je vais vous aider. Quand puis-je parler à ce prêtre ?

— Dès maintenant si vous le voulez. En taxi, il faut compter une demi-heure de trajet, un peu moins en métro. »

En guise de réponse, Keie fit signe au serveur et paya la note.

« Ah oui, encore une chose que vous devriez savoir, reprit la psychologue. Le père Baerle affirme que c'est moi qui l'ai poussé à commettre ce délit. Une allégation complètement absurde, projection d'un esprit confus sur son thérapeute. Mais pour lui, c'est une raison supplémentaire de ne pas me parler.

— Étrange personnage, en effet », murmura Keie en hochant pensivement la tête.

Ils se levèrent et s'éloignèrent de la terrasse. Alors qu'ils se dirigeaient vers la plaza de la Cibeles, Vanderwerf prit tout naturellement le bras de Keie. Le restaurateur la laissa faire. Ils s'arrêtèrent devant l'imposante fontaine de la place. Après avoir contemplé quelques instants les jets d'eau, ils entrèrent dans la station de métro du Retiro.

3

Grit Vanderwerf conduisit Keie jusqu'à un vieux couvent situé dans un quartier périphérique de la ville. Le crépi délavé de l'édifice s'effritait de partout. Les barreaux noirs des étroites fenêtres tranchaient sur le badigeon défraîchi. Les vitres bombées scintillaient dans la lumière déclinante du soleil. Les hautes murailles du cloître étaient encore en bon état, mais l'endroit semblait abandonné. Seuls une caméra près de l'entrée et un panneau récent sur lequel on pouvait lire l'inscription « Clôture monastique – Entrée interdite aux laïcs » démontraient le contraire.

« Vous travaillez dans une abbaye ? » s'étonna Keie.

La psychologue secoua la tête.

« Non, mon institut dispose ici, dans cet hôpital du Tiers-Ordre, de quelques salles de thérapie et de chambres pour loger des patients que nous considérons comme peu dangereux. La police nous a confié la garde du prêtre. Tant qu'il reste sous notre surveillance, le père Baerle ne représente aucun danger pour la société. Il est bien logé ici, il ne manque de rien. »

Ils franchirent un portail imposant. Vanderwerf montra à la sœur portière un document officiel, puis remplit un formulaire qu'elle fit signer à Keie. Elle guida ensuite le restaurateur à travers un labyrinthe de corridors et d'escaliers. Sur leur chemin, ils croisèrent des infirmières portant l'habit monacal gris et blanc du Tiers-Ordre qui poussaient des chariots de repas ou de médicaments.

Ils s'arrêtèrent finalement devant une porte que déverrouilla une moniale et pénétrèrent dans une cellule de religieuse aménagée de manière moderne.

Keie vit une silhouette fluette se lever de la couchette. Entièrement vêtu de noir, le prêtre contrastait vivement avec les murs blancs. Son visage et ses mains diaphanes luisaient dans la clarté blafarde de la pièce. Ses cheveux d'un gris jaunâtre brillaient comme s'ils venaient d'être lustrés. Il paraissait surpris de cette visite tardive.

Grit Vanderwerf amorça la conversation :

« Mon père, je vous présente Michael Keie, restaurateur et docteur en histoire de l'art, spécialiste de la peinture hollandaise. »

L'ecclésiastique hocha la tête et tendit la main à Keie, qui la serra après une légère hésitation. La peau du prêtre était froide et sèche.

« Un homme, enfin ! » s'exclama Baerle avec satisfaction.

Keie sourit sans desserrer les mâchoires.

« Asseyons-nous », dit Vanderwerf en prenant une chaise pliable posée contre le mur.

D'un regard circulaire, Keie examina la cellule au confort spartiate. Près de la couchette se trouvait un petit bureau, sur lequel étaient étalés des feuilles de papier et quelques bouts de crayons. Devant le meuble, Michael repéra un tabouret, blanc comme tous les objets de la pièce. Il le tira à lui et s'assit. À droite de la fenêtre, une bible trônait sur une étagère vide. Une armoire métallique aux battants ouverts se dressait près de la porte, vide également. Le tout était éclairé par la lumière blême d'un néon accroché au plafond, à trois bons mètres du sol. Surchauffée, la cellule empestait le détergent.

Le père Baerle se rassit sur le bord du lit et ramena ses genoux contre sa poitrine. Visiblement, il ne désirait pas mener la conversation. Ses yeux cernés de rouge clignaient nerveusement.

« Comment allez-vous aujourd'hui ? demanda Vanderwerf pour briser le silence.

— Je me sens mieux en voyant enfin un homme dans ce bâtiment. Il y a beaucoup trop de femmes ici !

— Vous n'êtes pas bien traité ici, mon père ?

— C'est selon. Même mon médecin est une femme ! Vous laissez-vous volontiers palper par un homme, señora Vanderwerf ? Vous voyez ! C'est une atteinte à ma dignité. J'ai déposé une demande officielle pour être suivi médicalement par un homme et elle a été rejetée ! »

Les mots jaillissaient de la bouche du prêtre en sifflant, comme si sa langue butait sans cesse contre ses dents. Keie sentit un frisson glacé courir dans son dos. Il s'ébroua.

« Que fait-il ici ? jeta l'ecclésiastique en désignant Keie d'un signe de tête. Est-il venu me tirer les vers du nez ? »

Arborant un air compatissant, Vanderwerf se pencha vers le père Baerle et essaya de lui prendre la main, mais celui-ci fut plus rapide et la retira aussitôt.

« Non, répondit-elle d'une voix posée, le docteur Keie est chargé de restaurer le tableau que vous avez dégradé. Rappelez-vous, vous m'avez demandé de vous trouver un interlocuteur masculin. »

Brusquement, le prêtre bondit de son lit et clama d'une voix indignée :

« Que j'ai dégradé ? Peuh ! J'ai eu beau vous expliquer cent fois mon geste, vous ne comprenez rien. »

Résigné, il baissa la tête et se rassit. Puis il lança un regard à Keie.

« Est-ce que ça a marché ? La substance caustique a-t-elle produit son effet ? »

À ces mots, Michael tressaillit. Les yeux du prêtre s'étaient mis à briller d'un éclat humide. C'était cette même lueur qui illuminait le regard des savants fous au cinéma.

« Le triptyque n'a pas été gravement endommagé, si c'est ça que vous voulez savoir, mon père. Le vitriol a seulement attaqué la surface du vernis. Cependant, en examinant le tableau avec une technique ultramoderne, j'ai remarqué que l'acide a atteint à quelques endroits la couche de peinture en dessous et provoqué une réaction chimique surprenante. Il faudra pratiquer d'autres analyses pour mieux comprendre le phénomène. Le vernis devra être refait, mais le tableau en avait besoin de toute façon. »

La tête penchée, le père Baerle écoutait les explications de Keie en souriant. Soudain, il le regarda droit dans les yeux et demanda d'un ton moqueur :

« Croyez-vous que j'ignore comment détruire durablement une toile ? Êtes-vous vraiment aussi naïf ? »

Keie ignora la remarque. Mais avant qu'il n'ait le temps de poser une question, le prêtre lui demanda de but en blanc :

« Où travaillez-vous, docteur Keie ? Dans les vieux ateliers situés derrière le musée, tout près du Retiro ? Le bâtiment rouge et gris ? »

Interloqué, Michael acquiesça de la tête. Pourquoi diable Baerle voulait-il savoir cela ?

« Est-ce important ? » intervint Grit Vanderwerf.

Keie décida de contre-attaquer :

« J'aimerais plutôt que vous me racontiez pourquoi vous avez fait ça.

— Oui, mon père, expliquez donc au docteur Keie ce que vous refusez de me dire », renchérit Vanderwerf.

Le prêtre se leva et s'approcha de Michael. Se penchant lentement en avant, il lui souffla son haleine chaude au visage. Keie se détourna. À cet instant, Baerle lui chuchota à l'oreille :

« Aidez-moi, je vous en prie. Elles vont me tuer ! »

Puis, comme si de rien n'était, l'ecclésiastique se redressa avant de retourner tranquillement s'asseoir sur sa couchette. Il riva quelques instants son regard sur Keie et lança :

« Pourquoi devrais-je lui donner des explications ? »

Fermant les paupières, il s'étira, dodelina de la tête et se mit brusquement à ricaner.

« Je ne dirai rien !

— Apparemment, en traversant le vernis, l'acide a révélé quelque chose d'intéressant », glissa Vanderwerf pour appâter Baerle.

Le prêtre grimaça et lui jeta un regard agacé.

« Qu'avez-vous trouvé ? » demanda-t-il d'un ton tranchant à Keie.

Sous la lumière crue du néon, Michael fut soudain pris de vertige. Les yeux rouges du père Baerle le menaçaient et semblaient l'étreindre comme dans un étau. Se ressaisissant, il serra les poings. Non, il ne dirait rien à cette femme ni à ce prêtre cinglé. Pas question de leur révéler ce qu'avait découvert Antonio de Nebrija. Trop de personnes s'intéressaient soudainement au *Jardin des délices* et à ses mystères. Fébrile, Keie tripotait son couteau suisse dans sa poche. Il s'arrêta lorsqu'il s'aperçut que le religieux le détaillait avec curiosité.

Un silence tendu s'installa dans la cellule. On n'entendait que la respiration de Baerle et de ses deux visiteurs. À travers les barreaux de la fenêtre filtraient quelques rayons de soleil dans la pièce.

« Très bien, señor Keie, gardez donc vos secrets pour vous ! lâcha finalement le prêtre. Peut-être devrais-je commencer par vous raconter mon histoire. Une confidence en entraîne une autre, comme on dit. Même si je prends un risque : ici, les murs ont certainement des oreilles... »

Baerle adressa un bref regard à Vanderwerf, qui resta impassible. L'ecclésiastique parlait lentement à présent, avec un accent rocailleux. Keie peinait à le comprendre. Fronçant les sourcils, il songea à ce que venait de dire son interlocuteur. Le prêtre se sentait-il vraiment en danger ? Mais pourquoi ? On l'avait enfermé ici parce qu'il avait commis un acte criminel et il était normal qu'il soit étroitement surveillé. La voix envoûtante de Baerle l'empêcha cependant de poursuivre ses réflexions.

« .... à la bibliothèque de mon couvent à Salamanque. Alors responsable de la collection de manuscrits anciens, je m'intéressais tout particulièrement aux archives de l'Inquisition. Ma tâche était pour ainsi dire de contrôler, d'un point de vue théologique, le bien-fondé de certains jugements. Pendant mes travaux, je suis tombé sur une note de procès-verbal très instructive. Mais un peu trop courte. Dans cette note, il était question d'un manuscrit. Je l'ai cherché durant des années et j'ai fini par le trouver au milieu d'une montagne de documents en provenance de Cologne. Tout était pêle-mêle dans des cartons poussiéreux. Malheureusement, le manuscrit était incomplet. Ce texte a été rédigé en 1511 dans les cachots de la Sainte Inquisition à Bois-le-Duc, dans le duché de Brabant. L'auteur est un homme appelé Petronius Oris, un pseudonyme, comme il était d'usage à cette époque. Sa véritable identité est restée secrète. Il avait reçu l'ordre du grand inquisiteur en personne d'écrire son histoire. Je l'ai lue... »

4

La région autour de Bois-le-Duc grouillait de malandrins, de bandits de grands chemins et de coupe-jarrets qui, au crépuscule, guettaient les honnêtes gens pour les détrousser. Lorsque Petronius Oris aperçut une charrette s'avançant dans sa direction, il sortit aussitôt du sous-bois pour montrer qu'il ne nourrissait aucune intention malveillante. Le soleil venait de se coucher et, dans la lumière incertaine, Petronius vit le charretier étreindre les rênes de son attelage.

« Voilà qui est bien, pardi ! cria l'homme. Montrez-vous si vous ne voulez pas être piétiné par mes bêtes ! Un brave voyageur ne se cache pas. Si vous n'essayez pas de me jouer un vilain tour, vous pouvez monter à bord de ma carriole. »

Il fit claquer son fouet ; les bœufs levèrent la tête et tirèrent plus fortement sur leur joug. Prudemment, il regarda alentour pour s'assurer que l'étranger n'était pas un leurre et qu'aucun brigand ne se dissimulait derrière les arbres ou les buissons qui se dressaient au bord du chemin. Après avoir acquis la certitude qu'il n'était point l'objet d'une embuscade, il parut rasséréné. Grattant son menton mangé par une barbe de plusieurs jours, il détailla Petronius, dont les habits étaient couverts de boue et de poussière. Puis, d'un puissant coup de bride, il dirigea son attelage vers le marcheur solitaire et lança :

« Vous allez à Bois-le-Duc ? Si vous voulez arriver avant la fermeture des portes de la ville, vous devez vous dépêcher. Montez ! »

Petronius ramassa sa besace en souriant et la jeta à l'arrière de la charrette. Grimpant sur le banc surélevé, il s'installa près du charretier qui le dévisageait d'un air insistant. Il savait que sa barbe noire et broussailleuse n'inspirait guère confiance. Les yeux du charroyeur se rivèrent sur ses bottes en cuir de veau, dont le prix coûteux pouvait témoigner d'un certain rang social.

« Tudieu ! J'espère que ces bottes n'étaient pas aux pieds de quelqu'un d'autre il y a encore quelques heures, grogna l'homme avant de cracher bruyamment par terre. Mais votre regard me paraît sincère ; je vais vous faire confiance. Dites-moi maintenant comment vous vous appelez. Les chrétiens honnêtes ne font pas mystère de leur nom.

— Petronius Oris. Peintre d'Augsbourg. Je me rends à Bois-le-Duc pour chercher du travail dans l'atelier de maître Bosch. Vous le connaissez ?

— Ah, un remueur de pinceaux. J'ai toujours été curieux de voir à quoi ressemblaient ces gens-là. »

Sans se gêner, le charretier continuait d'observer de côté son passager comme une bête de foire. Il donna du fouet et fit claquer sa langue pour stimuler les bœufs.

« À première vue, je dois vous avouer que je ne remarque aucune différence, messer Oris. Vous avez manifestement le nez, la bouche et les oreilles au même endroit que tout brave chrétien. J'en conclus que le reste doit donc aussi être à la bonne place. »

Il partit d'un grand éclat de rire, renifla et cracha sur un buisson. Puis il tendit la main au jeune peintre. Petronius la serra. L'air futé et les yeux espiègles du charretier lui plaisaient.

« Mes bêtes et moi vous souhaitons la bienvenue sur mon humble tombereau. Je suis Meinhard d'Aix-la-Chapelle. En ce qui me concerne, pas de nom latin tarabiscoté, pas de fariboles. Vous pouvez me tenir compagnie jusqu'à Bois-le-Duc. Quant à votre maître Bosch, bien sûr que je le connais. Tout le monde parle de lui.

— Pourriez-vous me conduire jusqu'à son atelier ?

— Si vous y tenez vraiment, marmonna Meinhard en grimaçant.

— Votre manque d'enthousiasme n'est guère élogieux. Que lui reprochez-vous ? »

De nouveau, le charretier fit jouer son fouet au-dessus des bœufs. Les animaux devaient redoubler d'effort ; le chemin en dévers montait à présent. Le regard de Petronius se promena sur la prairie verdoyante qui s'étendait devant eux, parsemée de bosquets et de broussailles.

« On devrait bientôt apercevoir du haut de la colline le chantier de la cathédrale de Bois-le-Duc, annonça Meinhard en brandissant son fouet. Hue ! Du nerf, vous autres mollassons ! Tirez, bon sang, pour mériter votre fourrage ! »

Se penchant vers Petronius, il ajouta :

« Votre peintre, il divise le monde en deux : il y a ceux qui l'idolâtrent, et ceux qui aimeraient le voir rôtir en enfer. »

Oris s'agrippait des deux mains au banc pour ne pas être éjecté de la charrette par les cahots du chemin. Entre deux ornières, la cathédrale Saint-Jean apparut soudain à l'horizon. Ses murs couverts d'échafaudages se dressaient comme une énorme dent creuse vers le ciel rougeoyant. Le clocher était en cours de construction et la nef, délimitée par d'imposants piliers, attendait encore sa voûte. Près de l'édifice inachevé, Petronius aperçut trois colonnes de fumée qui marbraient le crépuscule.

« Pourquoi vouloir le faire rôtir en enfer ? s'étonna Petronius. Peint-il si mal ?

— Non, maugréa le charretier. Je n'ai encore jamais vu un de ses tableaux mais, d'après ce que j'ai entendu, c'est ce qu'il peint qui gêne les gens. Certaines gens. Regardez devant vous. Les chiens ont encore frappé. »

Il montra du doigt les colonnes de fumée qui s'élevaient en tournoyant vers le firmament vermeil.

« De quoi parlez-vous ? Quels chiens ?

— Patience, messer. Vous ne tarderez pas à découvrir par vous-même le genre d'hospitalité qu'on pratique depuis peu à Bois-le-Duc. Soyez prudent ! »

5

Le récit du prêtre fut interrompu par le grincement de la porte. Brusquement, tout redevint blanc : les murs, les meubles et le visage du père Baerle sur les lèvres duquel flottait un sourire étrange. La porte se referma.

L'infirmière qui venait d'entrer dans la cellule apportait trois tasses de café sur un plateau blanc, dont les bords ébréchés laissaient apparaître sous l'émail un métal sombre. Keie eut l'impression que le breuvage brûlant sentait autant le détergent que la pièce dans laquelle il se trouvait. Peu à peu, il se rendit compte qu'il s'était laissé envoûter par l'étonnant magnétisme de l'ecclésiastique. Il s'ébroua et lança avec irritation :

« Que voulez-vous nous dire au juste, mon père ? Avez-vous inventé cette histoire pour nous distraire ? »

À ces mots, la face lunaire de Baerle blêmit encore un peu plus.

« Ça m'est bien égal que vous refusiez de me croire ! aboya-t-il.

— Pardonnez-moi, mon père, je ne vous accuse pas d'affabuler, mais quel lien cette histoire a-t-elle avec le triptyque ? »

Le prêtre ferma les paupières et se pencha lentement en arrière pour s'appuyer contre le mur. Son visage parcheminé paraissait presque se fondre avec les parois de la cellule. L'infirmière avait déposé le vieux plateau avec les tasses en carton sur le bureau et repassa devant Keie. Il émanait d'elle une excessive odeur de propreté, qui le fit éternuer bruyamment à deux reprises.

« Le grand malheur de notre temps, déclara Baerle avec un soupir, c'est que les gens ont perdu toute patience. »

En entendant cette constatation tragique prononcée d'un ton théâtral, l'infirmière se retourna brièvement avant de frapper doucement à la porte de la cellule, qui s'ouvrit aussitôt. Elle ressortit sans un mot et referma derrière elle.

« Ne désirez-vous pas savoir pourquoi j'ai jeté du vitriol sur le tableau, señor Keie ? » interrogea Baerle en braquant ses yeux clairs sur le restaurateur.

Michael ignora la question pour provoquer son interlocuteur. Le prêtre enchaîna :

« Les raisons de mon acte sont étroitement liées à l'histoire que je suis en train de vous conter. Une histoire qui risque de vous entraîner très loin si vous n'y prenez garde. »

Baerle se redressa, puis se pencha vers Keie en le dévisageant avec un rictus sarcastique.

« Si vous tenez à savoir pourquoi j'ai agi ainsi, vociféra-t-il brusquement, gardez pour vous vos remarques désobligeantes et contentez-vous d'écouter attentivement ! »

Keie fronça les sourcils. Le religieux cherchait-il à l'intimider ? L'accès de colère retomba aussi rapidement qu'il était venu et Baerle murmura :

« Comme des pièces d'horlogerie, les rouages de mon histoire s'imbriquent parfaitement. Il vous suffit de faire preuve d'un peu de patience. »

Il marqua une pause, fixant Keie d'un air absent. Grit Vanderwerf, qui s'était abstenue jusqu'à présent de tout commentaire, posa la main sur le genou du restaurateur pour le prier de rester calme.

« S'il vous plaît, mon père, poursuivez votre récit. »

Le regard étrangement vide du prêtre se raviva immédiatement.

« Si le docteur Keie n'était pas ici, señora, précisa-t-il sèchement en singeant une révérence, je ne vous dirais pas un mot. »

Il se tourna ostensiblement vers le restaurateur et reprit :

« Une fois que j'aurai terminé mon histoire, señor Keie, vous me serez redevable. (L'ecclésiastique désigna sa cellule d'un geste circulaire.) Vous savez, je vis un enfer ici. On me punit dès que je refuse d'obéir. On me prive de repas, on ne me laisse pas dormir. Le néon est allumé jour et nuit, et je...

— Vous exagérez, mon père ! » le coupa Vanderwerf.

Les yeux de Baerle jetèrent des éclairs.

« C'est elle qui m'a poussé à lancer du vitriol sur le tableau ! hurla-t-il en pointant un doigt accusateur vers la psychologue. C'est elle qui l'a voulu ! Elle ! Elle ! Elle ! »

Après cette nouvelle crise de rage, le dominicain s'affaissa sur le lit, épuisé. Keie échangea un regard avec Vanderwerf. La jeune femme haussa les épaules et hocha brièvement la tête.

« Nous avons peut-être découvert quelque chose d'intéressant sur le triptyque, dit Keie. Dès que j'en saurai plus, je vous le ferai savoir. Vous avez ma parole. »

Instinctivement, sa main avait étreint le couteau suisse au fond de sa poche. Baerle se redressa vivement, le visage rayonnant.

« Vraiment ? Vous me le promettez ? »

Keie acquiesça et lui tendit la main, mais le religieux ne répondit pas à son geste. Baerle parut sombrer dans une profonde réflexion. De nouveau, son regard se perdit dans le lointain puis, soudain, il articula d'une voix blanche :

« Il me semble que je peux vous faire confiance, señor Keie. À l'évidence, vous êtes un homme sincère et un expert dans votre domaine. »

Après une courte pause, il se remit à parler sur le même ton mélodieux qu'il avait employé pour narrer son récit. De nouveau, sa voix rappelait celle d'un conteur, capable de captiver son auditoire et de l'entraîner dans les arcanes du passé.

« Que savons-nous au juste de Jérôme Bosch ? Presque rien. Né dans une famille originaire d'Aix-la-Chapelle, il s'appelait en réalité Van Aken. Plus tard, il choisit comme pseudonyme le nom de sa cité natale, Bois-le-Duc, 's-Hertogenbosch ou Den Bosch en néerlandais. Honorable citoyen, il était membre de l'Illustre Confrérie de Notre-Dame, comme plusieurs centaines d'autres personnes à cette époque. Nous n'en savons guère plus sur lui, hormis quelques détails sur sa vie sociale : mariage, acquisition de plusieurs propriétés, banquets, date de son décès. Un personnage mystérieux, qui a réussi à rester dans l'ombre de l'histoire malgré sa grande notoriété. Lors de mes recherches, j'ai pu découvrir quelques informations supplémentaires. Bosch était un maître fort apprécié ; de jeunes peintres talentueux arrivaient de partout pour entrer en apprentissage dans son école de peinture. Ces jeunes gens venaient d'Augsbourg, de Venise, de Breslau et Nuremberg, de Paris et Madrid. Un surprenant amalgame d'artistes. Les meilleurs compagnons de toute l'Europe... »

6

La charrette se dirigeait en bringuebalant vers la cité, dont les sombres murailles grandissaient peu à peu à l'horizon.

Les réponses évasives de Meinhard avaient intrigué Petronius. Ballotté par les violents cahots, le jeune peintre cherchait à comprendre d'où provenaient les épais tourbillons de fumée qui s'élevaient dans le ciel non loin de Bois-le-Duc.

En observant les bords du chemin, il remarqua un détail insolite. Sur le sol, on ne voyait ni branche, ni brindille, ni pomme de pin, ni gland, ni faîne. Tout ce qui pouvait servir de combustible semblait avoir été soigneusement ramassé. Les dernières grandes forêts qu'il avait traversées se trouvaient sur les collines de l'Eifel et le long du Rhin. Depuis qu'il avait quitté la ville de Nimègue et s'était éloigné du fleuve, il n'avait rencontré que des bois de petite taille, éparpillés çà et là dans la plaine. Tous ses membres étaient malmenés par les secousses. Néanmoins, comme la nuit tombait, il était préférable de parcourir les derniers milles à bord du tombereau plutôt qu'à pied. Tandis qu'ils se rapprochaient lentement des colonnes de fumée, Oris sentit soudain une odeur de chair brûlée.

« Des bûchers ! s'écria-t-il, stupéfait.

— Votre nez ne s'est pas trompé, répondit Meinhard. Les *domini canes*, les “chiens du Seigneur”, aiment la viande rôtie. »

Le charretier se pencha vers Petronius et lui souffla à l'oreille :

« Mieux vaut ne pas commenter publiquement les agissements des dominicains. Les gens trop loquaces ne vivent pas longtemps dans cette cité. Comme vous pouvez le voir, l'air y est fortement enfumé ces derniers temps. La municipalité et l'Inquisition se querellent âprement. Les dominicains veulent mettre au pas le conseil communal. »

Lorsque la charrette passa devant les trois bûchers, l'un des pieux auxquels on avait attaché les suppliciés tomba brusquement. Le condamné s'écroula dans une gerbe d'étincelles sur l'amas de bois et de paille en flammes. Son corps s'embrasa de nouveau, comme si le feu voulait poursuivre l'âme du malheureux jusqu'au ciel.

« Nous allons bientôt atteindre la porte de la cité, fit Meinhard à voix basse. Nous procéderons ainsi : je dirai aux gardes que vous êtes mon garçon charretier. Pas un mot et faites exactement ce que je vous dis. Si vous n'obéissez pas, vous passerez la nuit à l'extérieur des murailles ou, pire, on vous jettera dans les cachots des dominicains. »

Petronius acquiesça d'un mouvement de tête. Il savait que les cités se méfiaient en général des étrangers, craignant qu'ils ne soient porteurs de maladies, criminels ou mendiants. L'attelage franchit un carrefour et Petronius vit d'autres guimbardes se hâter de rejoindre la porte de la ville. Les conducteurs des chariots avaient des visages renfrognés.

« Pauvres bougres, murmura Meinhard. Depuis que les dominicains essaient de contrôler la ville, le commerce décline. Il arrive ici tous les jours des centaines de ballots de marchandises en provenance d'Utrecht, Cologne ou Eindhoven. Certaines viennent d'Angleterre ou de Riga, d'autres contiennent du verre de Venise, fabriqué sur l'île de Murano. La plupart de ces marchandises sont en transit et ne sont même pas déchargées des voitures. Les charretiers ont peur que les religieux ne les accusent de transporter quelque objet satanique dans le but de confisquer leur chargement. Pourtant, tous veulent entrer dans la ville avant la tombée de la nuit. Les chiens du Seigneur ne sont rien en comparaison du ramassis de canailles qui rôde dans les ténèbres au pied des fortifications. »

Petronius tressaillit en apercevant près de l'imposante porte plusieurs têtes plantées sur des piques ; par endroits, les os transparaissaient sous les muscles en putréfaction. Meinhard, qui avait suivi le regard du jeune peintre, expliqua :

« Une cruelle habitude des curés. Ils prétendent que c'est pour l'exemple. Voilà, nous sommes arrivés. Laissez-moi faire. »

La charrette franchit en cahotant le pont-levis qui enjambait une douve. Un soldat se détacha de l'entrée obscure, s'avança vers eux et salua le charretier avec un sourire en coin.

« Alors, Meinhard, déjà de retour ? Tu as fait bonne route ? »

Le garde tapota la croupe d'un bœuf et leva des yeux méfiants vers le conducteur et son passager.

« Depuis quand transportes-tu des voyageurs ?

— Ce n'est pas un voyageur, grogna Meinhard. C'est mon garçon charretier. On devient fragile sur ses vieux jours. Ça fait du bien d'avoir deux bras supplémentaires pour charger et décharger la marchandise.

— Bon, tu peux passer. Mais tu peux t'estimer heureux : j'aurais déjà fermé depuis longtemps si je ne t'avais pas aperçu au loin. La prochaine fois, tâche d'arriver plus tôt. »

Meinhard fit avancer ses bœufs, ignorant la remarque de la sentinelle. Ils n'étaient pas les derniers ; derrière eux se trouvaient encore quatre chariots. Après avoir franchi la porte, ils s'engagèrent dans une ruelle tortueuse.

Aussitôt, des yeux avides les dévisagèrent. De nombreux mendiants venaient tenter leur chance à cet endroit. Ils montrèrent le poing en voyant que Meinhard refusait de leur donner une pièce. Dans leurs échoppes, les commerçants observaient également d'un air mauvais les charrettes qui pénétraient dans la ville. Ces derniers temps, chaque arrivage faisait baisser les cours du tissu, du verre et du vin.

Visiblement, Meinhard n'avait cure de ces regards haineux et de ces poings rageurs.

« De charmants habitants, railla-t-il. Ces marchands tremblent en voyant passer tous ces attelages, car ils ont peur que nos marchandises fassent chuter les prix. »

Il fit claquer son fouet avant de reprendre :

« Je vais décharger ma charrette à proximité du marché et conduire ensuite mes bœufs à l'étable. Vous pouvez descendre et aller où vous le désirez, jeune peintre. Mais ne me causez pas d'ennuis. Ce satané garde sait exactement qui je fais entrer dans la cité. Si on vous met au cachot pour quelque raison que ce soit, on m'y jettera pareillement. Et je n'ai aucune envie de croupir dans une geôle, alors ne faites pas de bêtises. C'est compris ? »

Le charretier fit un signe de la main.

« Partez maintenant. Vous trouverez sans peine l'atelier de Bosch. Sa maison est située sur la place du marché. »

Petronius acquiesça distraitement. Du coin de l'œil, il avait remarqué un mendiant qui lorgnait la charrette en grimaçant. L'homme tenait un bâton dont l'extrémité noueuse formait un étrange pommeau. Lorsque l'inconnu se sentit repéré, il s'éloigna et se fondit dans l'obscurité d'une ruelle adjacente.

Au même moment, un religieux vêtu de l'habit noir et blanc des dominicains surgit près de l'attelage et tendit la main vers Meinhard.

« Soyez charitables ! Une aumône pour les indigents. »

Le charretier grommela quelques mots incompréhensibles, renifla bruyamment et cracha dans la main du dominicain.

« Mes salutations au prieur. Rappelez-lui qu'il n'a pas encore payé les tapis que je lui ai livrés la dernière fois. Quand votre supérieur m'aura payé, je verserai mon obole. Oh, j'allais oublier : je suis désolé que votre main ait croisé la trajectoire de mon crachat. J'irai me confesser. Dès demain. »

Meinhard fit avancer ses bœufs. Le dominicain regarda d'un œil haineux l'attelage s'éloigner, la main toujours levée.

« Vous avez un cœur d'or, Meinhard, commenta Petronius avec ironie.

— Ces frocards hypocrites me rendent furieux. Mais mon geste risque de me coûter la vie.

— Vous pensez que le moine va se venger ?

— Non, murmura Meinhard d'une voix rauque en indiquant d'un coup de menton le bout de la rue. Mais cet homme-là peut me faire payer mon insolence. L'obsédé du feu. Le monstre sanguinaire. C'est de lui qu'il faut vous méfier. »

Petronius tourna la tête et aperçut devant eux une silhouette émaciée qui se tenait à l'angle de la place du marché. L'homme jeta un regard dans leur direction avant de plonger dans la cohue qui régnait entre les étals.

« Le père Jean de Baerle, articula Meinhard dans un souffle. L'inquisiteur. C'est la mort en personne ! »

Oris sentit un frisson parcourir son échine. Baerle avait-il assisté à la scène qui venait de se dérouler ?

7

« Que viens-tu faire ici, étranger ? » gronda soudain une voix dans le dos de Petronius.

Le jeune artiste fit volte-face et se retrouva nez à nez avec le mendiant qui les avait épiés dans la ruelle quelques instants plus tôt. Étreignant son bâton, l'homme guettait le moindre mouvement de Petronius, prêt à frapper. Surmontée d'un bonnet de cuir, sa figure hâve et fripée était couverte de croûtes grisâtres qui se desquamaient comme de fins flocons de neige. Une vieille tunique sans forme recouvrait son corps sec et légèrement voûté ; des guêtres en lambeaux laissaient entrevoir ses jambes à la peau bleuie et gonflée. Profondément enfoncés dans leurs orbites, les yeux sombres de l'inconnu toisaient froidement Petronius.

« Nous n'apprécions guère les vagabonds qui viennent tenter leur chance dans notre cité. Tu n'es pas le bienvenu ! »

Le mendiant s'approcha tout près d'Oris. Sa bouche aux dents gâtées exhalait une haleine fétide.

« Il y a déjà suffisamment de pauvres ici qui meurent de faim. Je vais être clair : même si tu as réussi à convaincre Meinhard d'Aix-la-Chapelle de t'introduire dans ces murs, tu ne feras pas la manche dans nos rues. Les aumônes se font rares de nos jours et nous n'avons aucune envie de partager. »

Petronius avait quitté le charretier peu de temps auparavant. Après une brève poignée de mains, il avait sauté de l'attelage pour plonger dans le lacis de ruelles de Bois-le-Duc. Le jour déclinait, mais la vie battait encore son plein dans les étroites gorges urbaines bordées de hautes maisons bourgeoises. Épiciers, marchands, mendiants, ouvriers, charretiers, femmes de la bonne société et prostituées s'y côtoyaient en une improbable et sereine harmonie ; de jeunes filles faisaient voler leurs robes sous les regards insistants de lurons d'humeur joviale. Petronius avait aussitôt apprécié ce décor pittoresque dans lequel régnait une ambiance légère et détendue, oubliant rapidement le malaise qu'il avait éprouvé en entrant dans la cité. Tandis qu'il se promenait, il avait ressenti cette liberté d'esprit propre aux habitants du Brabant, qui faisait naître un sourire épanoui sur les lèvres des femmes et donnait aux hommes un regard droit. Plusieurs fois, il s'était arrêté pour respirer profondément ; même l'air portait le parfum d'une liberté paradisiaque. Le jeune peintre s'était ensuite dirigé vers la cathédrale. Puissante et éclatante avec ses pierres de couleur claire, elle trônait au milieu de la ville. Les imposantes colonnes de la nef inachevée se dressaient fièrement vers le firmament. Ravi, Petronius avait fait le tour de l'édifice pour l'admirer quand, à l'angle d'une ruelle, la voix menaçante avait résonné dans son dos.

« Mais je ne veux pas vous faire concurrence », balbutia-t-il pour sa défense.

Le mendiant lui intima de se taire. Du coin de l'œil, Oris vit apparaître six ou sept gaillards vêtus de guenilles qui formèrent lentement un cercle autour de lui.

« Disparais, ribleur, siffla l'homme au bonnet de cuir. Sinon, nous te montrerons comment nous faisons respecter nos lois ici. »

À cet instant, un parfum d'encens monta aux narines de Petronius. Une longue procession de dominicains déboucha dans la ruelle ; les religieux se frayaient un chemin à travers la foule en psalmodiant des prières et en faisant tinter des clochettes. Une charrette suivait le cortège.

Une atmosphère oppressante envahit brusquement le cœur de la cité. Les sourires s'évanouirent et les habitants se détournèrent ou cherchèrent à s'éloigner en empruntant des ruelles latérales.

Le cercle formé par les mendiants autour de Petronius se divisa en deux pour laisser passer l'étrange défilé. Le silence s'installa. On n'entendait plus que les roues du tombereau écrasant le gravier boueux de la venelle et les chaînettes des encensoirs qui oscillaient en rythme.

Petronius se tourna vers l'homme au bâton qui s'était pressé près de lui contre le mur d'une maison.

« Pardon, mais je crois que vous vous méprenez, murmura-t-il. Je ne suis pas... »

Il se tut lorsque son regard se posa sur la charrette. Sur la plate-forme se tenait une jeune femme aux mains liées. Ses longs cheveux tombaient en mèches poisseuses devant son visage. Elle ne portait qu'une chemise déchirée qui dévoilait presque entièrement son corps martyrisé. Couverte de brûlures, de plaies purulentes et de bleus, sa peau témoignait de nombreuses séances de torture. Seule la figure de la condamnée semblait avoir été épargnée par ses tortionnaires ; il émanait d'elle une sérénité troublante.

« Numéro quatre aujourd'hui, commenta l'homme au bonnet de cuir, les mains appuyées sur son bâton. Les chiens sont insatiables. C'est la fille du médicastre. On l'accuse d'appartenir à une secte, les Adamites, et d'avoir commis le péché de fornication lors de leurs cérémonies. Mais ce ne sont que des rumeurs. »

Les dominicains marchaient lentement, l'air impassible, le regard curieusement vide d'expression.

« Qui sont les Adamites ? » demanda Petronius à voix basse, sans quitter des yeux la jeune femme.

Le mendiant afficha un rictus moqueur.

« Des fous qui prétendent agir au nom du Christ, souffla-t-il. Ou peut-être des saints. Ou des hérétiques. Qui sait ? En tout cas, les papistes les craignent comme la peste et cherchent à les exterminer. Il est fort simple d'affirmer : "Tu es un Adamite, tu mérites le bûcher." Qui peut prouver le contraire ? Impossible, encore moins sous la torture. »

Il renifla avec force et cracha aux pieds d'un religieux qui passait devant eux.

« On raconte que les Adamites célèbrent la messe tout en se livrant à des orgies, poursuivit-il. Un horrible sacrilège, hein ? Malheureusement, je n'ai encore jamais été invité. »

Petronius tourna la tête vers le mendiant. À travers les effluves d'encens, il pouvait distinguer l'odeur de sueur et d'étable qui émanait de ses hardes.

« Écoute-moi : je ne suis pas venu à Bois-le-Duc pour mendier. Demain, je dois me rendre à l'atelier de maître Bosch. J'ai l'intention de devenir son apprenti.

— Comment peux-tu penser à sauver ta peau en regardant un tel spectacle ?

— On ne peut malheureusement plus rien faire pour cette jeune femme. Quant à ma peau, j'en ai encore besoin. »

Tous les passants continuaient de suivre des yeux le funeste cortège, enveloppé dans les vapeurs d'encens, qui s'éloignait en direction de la porte de la cité. Les litanies des moines et les cahots de la charrette faiblirent peu à peu.

Petronius saisit le bras du mendiant.

« Je te le répète encore une fois, insista-t-il. Je suis un peintre respectable venu chercher du travail dans l'atelier de maître Bosch. Je ne vais pas marcher sur vos plates-bandes. Si tu pouvais m'indiquer un endroit où passer la nuit, je t'en serais très reconnaissant. »

Un sourire glissa sur les lèvres de l'homme au bâton. Il se dégagea de l'étreinte et fit un signe à ses compagnons, dont les mines patibulaires s'adoucirent sur-le-champ.

« Eh bien ! voilà qui change tout. Je te prie d'excuser mes manières déplaisantes, étranger.

— Je ne peux pas t'en vouloir, répondit Petronius. Tu n'as fait que défendre ton territoire.

— Je te dois bien une faveur. Pour répondre à ta demande : remonte la ruelle en direction des remparts. Sur ta droite, tu verras l'enseigne de l'auberge de l'Aigle. Dis au tenancier que tu viens de la part du Grand Zuid. Au revoir. »

Comme par enchantement, le mendiant et ses acolytes s'évanouirent dans la foule. En les cherchant du regard, Petronius crut soudain apercevoir le froc noir d'un dominicain disparaître dans un passage obscur séparant deux maisons.

8

La nuit tombait sur Bois-le-Duc ; on commençait à allumer les lanternes dans les rues. Petronius se dirigea tranquillement vers la grande place du marché qui se vidait peu à peu. Située en plein cœur de la cité, non loin de la cathédrale, elle avait une forme triangulaire. Le peintre en fit le tour, admira l'imposant hôtel de ville, puis se promena entre les étals des commerçants qui continuaient à vendre leurs produits malgré l'heure tardive. Des odeurs de poisson et de pain, de légumes, de fromage et de fruits frais se mêlaient dans l'air. Il s'immergea un long moment dans cet océan de senteurs avant de reprendre la direction de la cathédrale pour trouver l'auberge que lui avait indiquée le mendiant.

De retour dans la ruelle où il avait assisté au passage de la sinistre procession des dominicains, il se laissa guider par une musique envoûtante. Le timbre vibrant d'une harpe résonnait entre les murs des habitations et se mélangeait aux bruits de bottes pataugeant dans la boue. Le jeune peintre s'arrêta devant une maison à colombages, dont l'huis et les poutres de la façade étaient peints en noir. À l'évidence, les volets clos protégeaient les clients de l'auberge contre l'indiscrétion des badauds. Petronius ouvrit la porte. À peine avait-il franchi le seuil qu'il se retrouva face à un colosse grimaçant. L'homme devait se tenir courbé sous le plafond bas de l'étroit vestibule.

« Nous sommes fermés ! »

Étonné, Petronius fronça les sourcils.

« Et cette musique que j'entends, seraient-ce les murmures des esprits ? »

Le visage du géant s'assombrit.

« Il n'y a pas de musique.

— J'ai sans doute les oreilles qui bourdonnent », plaisanta Petronius, mal à l'aise.

Il ne s'était pas attendu à pareil accueil. Le mendiant lui avait pourtant recommandé cette auberge. Avait-on voulu lui jouer un mauvais tour ?

« Un ami m'a dit que je pourrais loger ici cette nuit.

— On ne sort de cette maison qu'ivre ou mort. »

Petronius fit demi-tour ; il s'apprêtait à ressortir lorsqu'une main massive lui agrippa l'épaule.

« J'ai dit qu'on ne sortait d'ici qu'ivre ou mort. »

De sa poigne de fer, l'inconnu le força à se retourner. Oris prit une longue inspiration.

« Je ne pensais pas que cette sentence me concernait. Je n'ai même pas mis les pieds dans... »

L'homme leva la main en grondant.

« C'est le Grand Zuid qui m'a envoyé ici ! » s'empressa d'ajouter Oris.

La mine du géant s'éclaira.

« Il fallait le dire tout de suite. Les amis d'amis sont toujours les bienvenus », grogna-t-il en s'écartant pour laisser passer le peintre.

Déconcerté, Petronius franchit la porte que lui ouvrit le grand gaillard et entra dans la salle de l'auberge. Des relents de bière, auxquels s'ajoutaient des effluves de sueur et de graillon, flottaient dans l'air. Autour de tables crasseuses, plusieurs dizaines d'hommes, accompagnés de quelques femmes, étaient assis sur de grossiers bancs de bois. Certains jouaient aux cartes, d'autres se livraient à de bruyantes parties de dés. Les cruches s'accumulaient entre les corbeilles à pain et les flaques d'alcool. Installé au centre de la pièce, un musicien caressait sa harpe, produisant les sons ensorcelants que Petronius avait entendus depuis la ruelle. Ses longs doigts fins couraient avec aisance sur les cordes et paraissaient à peine les effleurer. Tout en pinçant des accords harmonieux, l'homme chantait un poème d'une voix rauque. L'auditoire poussait des cris d'allégresse à la fin de chaque vers.

Le vin est un pernicieux breuvage,
Quiconque, dans ce jus bachique, recherche la joie
Ne peut rester sage.
Un homme ivre jamais ne retrouve la sérénité
Et ne connaît ni mesure ni retenue ;
La débauche naît de l'ébriété !

Petronius sourit. La bonne humeur qui régnait dans la salle était communicative. Détendus, les gens buvaient joyeusement en appréciant le spectacle. Tandis qu'il promenait son regard à la recherche d'une place, il aperçut le Grand Zuid flanqué de deux de ses compères. Le mendiant lui fit signe de venir s'installer à leur table. Oris prit place à côté d'eux et observa le chanteur qui, le visage empourpré, poursuivait sa ballade :

Les soucis n'apportent rien de bon,
Ils rendent les hommes pâles et maigrichons :
Bien fou celui qui s'inquiète toute la journée
De ce qu'il ne pourra jamais changer.

Des acclamations fusèrent de toutes parts. Drapé dans un caftan qui lui tombait jusqu'aux pieds, un nain se leva. Son voisin le souleva et le déposa sur la table. D'une voix qui résonnait comme s'il parlait dans un tonneau vide, le petit homme brailla :

« Consacrons-nous aux choses essentielles de la vie, et laissons donc le travail à ceux qui croient ne pas pouvoir s'en passer ! »

Un tonnerre d'applaudissements retentit. Les hanaps martelaient les tables au rythme de la harpe.

« Je suis heureux que tu sois venu, dit le Grand Zuid en se penchant vers Petronius. (Il désigna la salle d'un geste circulaire.) Tu es ici en bonne compagnie. Nous l'appelons notre petit paradis. C'est une vraie cour des Miracles qui rassemble des aveugles qui voient, des paralytiques qui boitent, des bipèdes sans jambes, des manchots à deux pouces... Bref, un salmigondis de saints et de bienheureux. L'Église mettrait des siècles à transcrire toutes leurs histoires et à les représenter sur des vitraux. »

De la main, il fit signe à l'une des servantes de l'auberge. La jeune femme se dirigea vers leur table et posa devant Petronius un hanap rempli à ras bord.

« À ta santé ! salua-t-elle le nouveau venu, ici, on paie tout de suite, c'est la coutume. »

Petronius sortit quelques pièces de sa bourse et les déposa sur la table. Il contempla avec intérêt la main de la jeune femme, puis promena son regard le long de son bras jusqu'à sa poitrine opulente, enserrée dans un corsage à lacets, et termina son examen en détaillant le joli minois au teint hâlé, encadré par de longs cheveux foncés, presque noirs, au milieu duquel des yeux d'un bleu étonnamment clair contrastaient vivement. Son odorat infaillible lui révéla que la servante se protégeait certainement des clients trop entreprenants en portant une essence à l'effet légèrement répulsif.

Elle laissa le peintre la détailler avec une indifférence toute professionnelle.

« Prends garde, ou tu vas finir par loucher », dit-elle avec un air moqueur en posant une main sur sa hanche.

Petronius sourit. Ouvrant les narines, il fit mine de humer l'air et lança :

« De l'eau de lavande ! Cette fragrance t'irait à ravir, mais... »

La jeune femme fronça les sourcils et considéra Oris avec attention :

« Mais quoi ?

— Tu y as ajouté une pointe d'ail serpentin, ce qui lui donne une note âpre et discrètement dissuasive. Un véritable bouclier contre les regards insistants et les mains baladeuses.

— Si tu le dis ! » rétorqua-t-elle d'un ton ironique avant de s'éloigner.

Petronius remarqua cependant que sa voix tremblait un peu. Le Grand Zuid lui souffla :

« Tu n'as aucune chance avec Zita, étranger. Dans ce lieu de débauches, elle est encore plus innocente que la Vierge Marie avant sa rencontre avec Joseph. »

Les compagnons du mendiant s'esclaffèrent. Tous levèrent leurs hanaps, trinquèrent à la santé du jeune peintre et avalèrent une grande rasade de vin.

Soudain, plusieurs coups secs retentirent et un silence glaçant envahit la salle. Petronius tressaillit en se retournant vers la porte d'entrée ; sur le seuil se tenait le père Baerle, vêtu du simple habit des dominicains. Rien dans son apparence ne laissait supposer que le nouveau venu était le plus puissant religieux de la cité.

« C'est une sacrée surprise ! murmura le Grand Zuid. Jusqu'à présent, aucun de ces chiens galeux n'avait osé mettre les pieds ici ! »

Lentement, l'inquisiteur se fraya un chemin à travers l'assemblée, scrutant chaque visage comme s'il cherchait quelqu'un. Il s'arrêta finalement devant la table à laquelle Petronius était assis.

« Puis-je m'asseoir avec vous, messieurs ? » demanda Baerle d'un ton exagérément poli, mais non dénué de tranchant.

Le Grand Zuid, Petronius et son voisin se serrèrent pour faire une place à l'ecclésiastique. Muets de stupeur, tous les clients de l'auberge le regardèrent s'installer à la table des mendiants.

« Une carafe d'eau ! » commanda Baerle à la serveuse.

Zita lui répondit avec effronterie que l'estaminet ne servait pas d'eau, une boisson trop nuisible à la santé.

« Dans ce cas, je prendrai du vin !

— Blanc ou rouge ? s'enquit la jeune femme.

— Du rouge, mon enfant, mais seulement une demi-cruche. En trop grande quantité, le vin trouble les sens. »

Baerle glissa la main sous son scapulaire et en ressortit comme par enchantement une pièce qu'il déposa sur la table. Puis il se retourna vers l'assemblée silencieuse :

« Pourquoi restez-vous donc pétrifiés comme des statues de sel ? J'apprécie la gaieté. C'est un don merveilleux de notre Seigneur. »

Docilement, les clients de l'auberge reprirent leurs conversations, mais à voix basse cette fois-ci. L'ecclésiastique se pencha vers Petronius :

« N'êtes-vous pas de mon avis ? Une bonne plaisanterie n'enfreint pas les principes de la vraie foi. Bien au contraire, le rire libère les sens, chasse nos idées sombres et nous donne un avant-goût du paradis. Il stimule en outre les esprits faibles. Vous savez de quoi je parle, étranger. »

Une brusque chaleur monta au visage de Petronius. Ainsi, Baerle avait vu Meinhard cracher dans la main du moine. Le jeune peintre avala sa salive avec difficulté, ne sachant pas quoi répondre.

« Vous n'êtes pas obligé de vous justifier. Je vous recommande toutefois d'assister à nos brûlantes cérémonies purificatrices qui ont lieu chaque fin de semaine. Elles sont édifiantes, croyez-moi. Vous y apprendrez comment vous comporter envers les représentants de l'Église. Ce sont des spectacles salutaires qui affermissent la foi et montrent une image de l'enfer que l'on n'oublie pas de sitôt. Qu'en pensez-vous ? Vous restez muet ? Qu'à cela ne tienne ! Buvez au moins à ma santé, étranger. »

L'inquisiteur poussa sa cruche de vin vers Petronius avant de se lever. Tandis qu'il se dirigeait vers la porte, il virevolta brusquement et bénit l'assemblée :

« *In nomine patri et filii et spiritus sancti.* N'oubliez pas de dire “amen”. Et rappelez-vous : faire pénitence au moment opportun raccourcit votre purgatoire en ce monde et dans l'au-delà. »

Baerle sortit de l'auberge. Avant que la porte ne se referme et que les clients ne se remettent à parler, un avertissement sonore résonna dans la salle :

« Et surtout ne vous approchez pas de maître Bosch ! »

9

Les rayons du soleil levant caressaient les toits de Bois-le-Duc, qui s'éveillait lentement. Des odeurs de lavande, de bouillie de millet et de pots de chambre flottaient dans les ruelles. L'air résonnait du battement clair des marteaux des tailleurs de pierre sur le chantier de la cathédrale Saint-Jean, du claquement des auvents de toile sur le marché et du crissement des roues des attelages. Les coqs poussaient leur chant rauque, les chiens aboyaient, et les apprentis recevaient leur première réprimande de la journée avant d'être chassés des ateliers pour aller chercher la pitance des ouvriers.

Comme il se tenait devant la maison du grand Jérôme Bosch, Petronius sentit son ventre se nouer et marqua une hésitation. Se ressaisissant, il gravit les deux marches du perron et cogna contre la porte de chêne sombre. Tête baissée, il attendit quelques instants en tendant l'oreille, mais ne perçut aucun bruit à l'intérieur. Il recula, sauta sur le pavé de la place et contempla les étals du marché en pleine effervescence. Des charrettes remplies de balles de marchandises affluaient. Un maréchal attisait avec un soufflet le feu de sa forge volante, qui répandait dans l'air une odeur de charbon ardent. Les premiers cris des marchands vantant leurs produits retentirent. En provenance du port, une brise légère portait par intermittence des effluves de poisson et d'eau saumâtre. Petronius vit passer près de lui un groupe d'hommes chargés de gros paniers de jonc.

Après une courte nuit agitée sous les combles de l'auberge, dans un dortoir glacial balayé par les courants d'air, le Grand Zuid avait conduit à l'aube Petronius jusqu'à l'atelier du maître. Désireux de ne pas déranger les habitants de la demeure dans leur sommeil, le jeune homme avait fait les cent pas devant le perron, se collant de temps à autre contre la façade pour éviter le contenu des pots de chambre que l'on vidait des étages supérieurs.

Bosch et ses élèves devaient être réveillés maintenant. Il remonta les deux marches et frappa de nouveau à la porte. Cette fois-ci, il entendit des pas furtifs, un froissement d'étoffe et un murmure, puis le bruit d'un verrou qu'on tirait. Lorsque le panneau de chêne s'ouvrit enfin, Petronius recula brusquement, se retenant de pousser un hurlement de terreur. Dans l'entrebâillement avait surgi une hideuse figure grimaçante aux yeux rouges, surmontée d'une tignasse verdâtre. Le démon lança d'une voix stridente :

« Que veux-tu, étranger ? »

Remis de sa frayeur, Oris décida d'entrer dans le jeu :

« Ô votre ignominie ! Avant d'être étranglé, dépecé et dévoré, je souhaiterais rencontrer le plus grand et le plus érudit des peintres du Brabant, l'*insignis pictor doctus*, Jérôme, fils d'Anthonius Van Aken, qui se fait appeler Bosch. »

Dans un geste théâtral, Petronius s'inclina si profondément que son front faillit toucher la dernière marche du perron.

« Faveur accordée, étranger. »

Le farceur retira son masque, sous lequel apparut un visage rubicond fendu d'un large sourire.

« Mais tout d'abord, sois le bienvenu. Nous préparons un mystère, que nous mettons en scène pour l'Illustre Confrérie de Notre-Dame. C'est le costume que je porterai lors de la représentation. Fantastique, n'est-ce pas ? Au fait, je m'appelle Pieter. Compagnon et peintre à l'école de Jérôme Van Aken. Je te préviens : tes coups insistants pour être reçu à une heure indue ont fortement irrité le maître. Mais entre sans crainte. Il a déjà mangé un apprenti pour son petit déjeuner, sa faim de chair humaine est donc rassasiée. »

Petronius pénétra dans l'étroite maison, qui se révéla étonnamment plus profonde qu'elle ne semblait l'être depuis l'extérieur. Sur sa droite, le vestibule conduisait à un atelier d'où provenaient les rires de plusieurs personnes. Oris supposa qu'il s'agissait des autres compagnons de Bosch. À sa gauche, un escalier très raide menait à l'étage supérieur. Une voix tonna d'en haut :

« Amène-le-moi, Pieter ! Il fait le pied de grue depuis des heures devant la porte. »

Le compagnon fit un clin d'œil à Petronius en montrant du doigt le brise-cou.

« Ne t'inquiète pas, mon frère, nous sommes tous passés par là : le maître est toujours irrité quand un nouveau venu vient le déranger dans son travail, mais il finit toujours par l'accepter dans son atelier. »

Petronius acquiesça et commença à grimper l'escalier abrupt en s'aidant des mains. Un souffle d'air chargé d'émanations d'huile de lin, d'alcool et de cire effleura son visage ; le jeune peintre décela également une légère odeur de métal, de poussière et de craie. Arrivé à mi-hauteur, il comprit pourquoi l'escalier était aussi raide ; celui-ci traversait d'un bloc le rez-de-chaussée et le premier étage pour monter jusqu'au grenier. Au fil de son ascension, la luminosité devint de plus en plus forte. Les combles étaient baignés de soleil. Pour l'été, on avait pratiqué de grandes ouvertures dans le toit en enlevant une partie de ses panneaux enduits de poix. Ébloui, Petronius cligna des yeux.

« Soyons brefs. En ce moment, je n'accepte aucun nouveau compagnon. »

Oris se retourna vivement, découvrant derrière lui un homme au visage émacié, dont on ne remarquait au premier regard que le front fuyant et la bouche étroite. De ses yeux émanait une douce lueur, et ses cheveux clairsemés grisonnaient fortement. Une barbe drue lui mangeait les joues, comme s'il n'était pas allé chez le barbier depuis plus d'une semaine. Tout son corps paraissait fluet, en particulier ses mains aux longs doigts fuselés. Vêtu d'une chemise et d'un pantalon de lin grossier, Jérôme Bosch – ce ne pouvait être que lui – se tenait devant l'une des percées du toit qui s'ouvraient sur le ciel bleu. Dans la main gauche, il tenait une palette et un appuie-main, dans l'autre un pinceau. Petronius vit qu'il avait soigneusement recouvert d'un tissu l'œuvre à laquelle il travaillait.

« Je vous offre le gîte et le couvert pendant trois jours, comme les règles de la guilde le prescrivent. Mais je n'ai aucune tâche à vous proposer. La Confrérie de Notre-Dame pourra vous loger trois jours supplémentaires. Vous quitterez la ville dans une semaine. Et maintenant au revoir. Ne me dérangez plus pendant mon travail. Pieter va vous conduire à la cuisine. »

Sans un mot de plus, le Flamand lui tourna le dos et se dirigea vers son chevalet.

« J'ai des recommandations, s'empressa de dire Petronius en glissant la main dans la poche intérieure de sa veste, où se trouvaient deux parchemins.

— Vous pouvez les garder. Comme je viens de vous l'expliquer, les commandes sont rares ces temps-ci. »

Déçu, Petronius inclina la tête. Jamais il n'aurait imaginé un pareil accueil. Bosch venait de lui infliger un refus brutal. À cet instant, l'escalier grinça derrière lui et il vit Pieter gravir les marches, suivi d'un autre peintre.

« J'ai deux lettres, balbutia Oris. L'une de maître Dürer de Nuremberg !

— Inutile d'insister.

— L'autre de Jörg Breu. Il... »

Bosch virevolta brusquement et dévisagea le jeune homme en fronçant les sourcils.

« De Breu, vous dites ? Jörg Breu ? Faites voir ! »

Il fit un signe impatient de la main. Petronius se hâta de sortir le rouleau de parchemin et le remit au peintre en s'inclinant respectueusement. Après avoir brisé le sceau, le maître parcourut la missive en marmonnant. À plusieurs reprises, il jeta un coup d'œil à son hôte avant de poursuivre sa lecture.

« Il vous recommande comme portraitiste. Intéressant. Vous êtes pourtant bien jeune. C'est osé de sa part, mais Jörg est doué d'un coup d'œil infaillible. »

Songeur, Bosch passa sa langue sur ses lèvres. Il détailla une nouvelle fois Petronius, puis redirigea son attention sur le message du peintre d'Augsbourg.

« Jörg et moi, nous nous entendons bien. Je vais lui rendre service et vous prendre dans mon atelier. Pour six mois. Mais seulement parce que Breu accueille également mes compagnons, même en des temps difficiles. Pieter ! »

Le peintre rendit le parchemin à Petronius et, sans plus se préoccuper de celui-ci, se mit à mélanger des couleurs sur sa palette. Lorsque Pieter apparut par la trappe du plancher, le maître lança d'une voix sonore :

« Montre-lui la petite chambre de devant. Il devra s'en contenter pour le début. »

Braquant de nouveau son regard sur Petronius, il signifia ses conditions :

« Vous recevrez un florin cinquante par mois, le gîte et le couvert. Vous peindrez principalement des fonds, toutefois je vous confierai aussi quelques commandes. Celles-ci vous seront payées en plus de votre salaire habituel. Le dimanche est un jour chômé. Vous aurez le droit de prendre un lundi une fois par mois, mais pas plus. Le matin, vous devrez arriver à l'atelier au lever du soleil. Durant la pause de midi et à la tombée du jour, vous broierez des pigments et préparerez des couleurs. Je ne tolérerai aucune dispute avec les autres compagnons. Ce sera tout pour le moment. »

Petronius acquiesça d'un signe de tête et suivit Pieter. Comme il s'apprêtait à descendre les marches vers l'étage inférieur, il aperçut la lucarne, percée au ras du plancher, qui permettait au maître de surveiller la rue en contrebas. Bosch semblait être un homme méfiant. Avant qu'Oris ne disparaisse dans la trappe de l'escalier, le Flamand lui jeta un dernier regard. Son visage avait soudain pris des traits haineux qui rappelèrent au jeune homme le masque terrifiant de Pieter.

« Aucun contact avec les dominicains, gronda le peintre. Nos rapports avec les chiens du Seigneur se limitent au strict minimum. Si je surprends l'un de mes élèves en train de s'entretenir avec eux plus longtemps que nécessaire, il sera aussitôt renvoyé et ira gagner son pain en travaillant pour l'Église. C'est un ordre ! »

10

Quelqu'un descendait l'escalier en essayant de faire le moins de bruit possible. Les pas du visiteur, qui revenait de l'atelier du maître situé sous les combles, avaient une cadence étrange. L'oreille aux aguets, Petronius en conclut que la personne boitillait. Il l'entendit glisser furtivement dans le couloir, passer près de sa chambre et se diriger vers l'arrière de la maison. Quelques instants plus tard, une porte se referma avec un léger claquement. Petronius sourit. Si ses sens ne le trompaient pas, il s'agissait certainement d'une femme.

Sa chambre était en fait un réduit sous l'escalier, dans lequel il avait tout juste réussi à déplier son chevalet. Sur l'envers des marches en bois, quelqu'un avait planté des clous pour accrocher vêtements, aliments et ustensiles de peinture. Au-dessous, à mi-cuisse, on avait fixé une planche sur laquelle on pouvait écrire et dessiner des esquisses en s'agenouillant. Au-dessus du lit, une petite fenêtre donnait sur l'étroit passage coupe-feu qui séparait la maison du bâtiment voisin. Petronius était assez mince pour s'y couler en cas d'urgence. L'avertissement de Bosch l'avait rendu songeur et, quand il avait interrogé Pieter en descendant du grenier, le compagnon avait répondu :

« Écoute, le petit nouveau. S'il y a une chose que tu dois retenir de cette première rencontre, c'est bien ça. Notre maître n'aime pas les dominicains – et ils le lui rendent bien. Bosch siège au conseil communal, et le conseil tente par tous les moyens de résister aux revendications des ecclésiastiques. Fais donc bien attention aux amitiés que tu vas nouer. »

Pieter avait ensuite conduit Oris jusqu'à sa chambre. D'un geste ample, il l'avait invité à entrer dans la soupente et avait ajouté avant de refermer la porte :

« Le dernier à avoir logé ici, Jan de Groot, s'est éclipsé du jour au lendemain sans aucune explication. Le diable sait où ! En tout cas, de Groot fréquentait un peu trop les punaises de sacristie. Il n'a même pas fait signer son livret de compagnonnage avant de partir. Un drôle d'oiseau. Mais tu es à coup sûr un remplaçant idéal. Avec des recommandations de Breu et Dürer. Chapeau bas ! »

Assis sur sa couche, Petronius contemplait à présent le triste réduit. Mis à part le petit lit et l'étroite planche à dessin, la pièce était vide. Il n'était guère étonnant que son prédécesseur ait eu subitement envie de prendre la poudre d'escampette. Mais pourquoi s'était-il enfui sans un mot ? Se sentait-il menacé ? De Groot avait certainement commis un délit quelconque. Bagarres, duels ou vols étaient sévèrement punis dans les cités. Si l'on ne voulait pas croupir en prison à compter les rats, mieux valait filer discrètement.

Le regard d'Oris s'arrêta sur la porte. Sur le bas du panneau supérieur, la peinture était effritée, comme si quelqu'un avait cherché à détacher l'une des moulures qu'elle arborait. Gagné par la curiosité, le jeune peintre sortit son couteau, le glissa dans la fente et exerça une légère pression sur le bois ; un bout de papier s'échappa alors de la traverse. De la taille de sa paume et de forme triangulaire, le billet semblait être un morceau de feuille déchirée, mais aucun message n'était inscrit dessus. Pourquoi dissimuler un papier vierge ? De toute évidence, de Groot avait laissé ici un indice. Restait à en découvrir la teneur.

Petronius tressaillit en entendant des coups à la porte. Il s'empressa de cacher le papier sous ses affaires étalées sur le lit. Quelques secondes plus tard, Bosch apparut sur le seuil du galetas.

« Alors, bien installé ? La chambre n'est pas grande, mais c'est amplement suffisant pour dormir. Du reste, les visites féminines ne sont pas tolérées dans cette maison ! »

Le maître avait souri en formulant cette interdiction, qu'il n'énonçait manifestement que pour la forme.

« En ce qui concerne le matériel, vous n'aurez rien à acheter, je vous fournirai tout ce dont vous aurez besoin : papier, couleurs et fusains. Il vous suffit de demander. Et maintenant, écoutez-moi attentivement : je veux que vous me fassiez l'esquisse d'une scène de paradis. Avec Dieu, Adam et Ève. Agencez vos personnages comme il vous plaira, mais faites preuve d'imagination. J'attends une composition originale. Sous mon toit, on réfléchit avant de prendre un pinceau. Dessinez-moi quelque chose d'inquiétant, de fantastique, ce qui vous vient à l'esprit lorsque vous songez au paradis que nous avons tous perdu. Vous avez trois jours ! Vous travaillerez dans l'atelier du fond avec les autres compagnons, quant à celui situé sous les combles, il s'agit de mon domaine. Pieter vous montrera. Mais à présent, venez prendre votre petit déjeuner. Vous avez sûrement faim ! »

Petronius ne pouvait distinguer clairement les traits du maître, qui se tenait à contre-jour, mais il crut apercevoir dans son regard une étrange lueur, comme celle que l'on voyait parfois passer dans les pupilles nyctalopes d'un chat rôdant près de la lumière incertaine d'une bougie.

Il se leva et, après avoir glissé le billet vierge dans l'une de ses poches, suivit le Flamand. En sortant de sa chambre, il songea qu'il n'avait pas entendu Bosch descendre de son atelier. Les marches n'avaient pas grincé. Le peintre avait donc emprunté un autre passage. Tandis qu'il se dirigeait vers la cuisine, Petronius se jura d'ouvrir l'œil pour trouver l'emplacement de l'escalier secret.

11

« Cela ne va pas lui plaire. Et ce qui ne plaît pas au maître le rend furieux ! »

Pieter examinait par-dessus l'épaule de Petronius la scène de paradis que celui-ci était en train d'exécuter au fusain. Ils se tenaient tous les deux dans l'atelier du fond qui donnait sur un petit jardin planté de pommiers. Dans la pièce voisine, les autres compagnons – Enrik, Jakob et Gerd – travaillaient à des œuvres de commande. Petronius entendait leurs voix assourdies.

« Mais on y retrouve tout ce qui fait le charme de ce genre de composition », rétorqua-t-il.

Pieter fronça les sourcils. Il prit un mortier posé sur le buffet, unique meuble de la pièce hormis les chevalets et les tabourets des compagnons, puis se mit à broyer un pigment jaunâtre. À côté, Enrik commença à chanter.

« Bosch conçoit l'esthétique d'une tout autre manière. Rien à voir avec ce qu'on trouve partout dans les églises. Le maître considère ces tableaux comme des croûtes inachevées. Pas assez réfléchis, bâclés, superficiels. Trop enjolivés, ils ne racontent que des mensonges. »

Petronius soupira en observant son esquisse. Sa figure de Dieu le Père lui semblait réussie. Penché en avant, le Créateur ôtait de la poitrine d'Adam une côte qui commençait à prendre la forme d'Ève.

« Que veut-il alors ? »

Pieter feuilleta dans un in-folio doré sur tranche et lut à voix basse une recette d'atelier en vue de la fabrication d'une couleur. Il déposa ensuite la poudre de pigment sur une petite meule. Après y avoir ajouté quelques gouttes d'huile de lin et du blanc d'œuf, il commença à mélanger la pâte ainsi obtenue à l'aide d'une spatule de corne. Concentré sur sa préparation, il parut oublier la question de Petronius. Il versa de nouveau un peu d'huile, remua longuement, et finit par obtenir une couleur jaune pâle de texture homogène.

« Et voilà le travail ! annonça-t-il avec fierté. La dernière fois, la couleur était un peu trop liquide. Le maître m'a crié dessus à m'en faire tomber les oreilles. Mais ce jaune-ci est parfait. Il ne coule pas et sera facile à appliquer. »

Avec sa spatule, le compagnon versa la couleur dans un pot en terre cuite qu'il referma soigneusement avec un bouchon.

« Bon, à nous maintenant. Tu veux savoir ce que le maître attend de toi quand il te demande de faire preuve d'imagination ? Viens, je vais te montrer. »

Pieter toucha le bras de Petronius et lui fit signe de le suivre.

« Pourquoi Bosch ne me l'explique-t-il pas lui-même ?

— Ne sois pas aussi impatient. Tu mets la charrue avant les bœufs. Tu peux déjà t'estimer heureux qu'il t'ait pris dans son atelier. Fais d'abord parler ton pinceau, ensuite tu poseras des questions. Allons-y maintenant. Prends l'allume-feu ! »

Tels deux conspirateurs, ils se glissèrent dans le couloir et se dirigèrent sur la pointe des pieds vers une porte que Petronius avait déjà remarquée en se rendant dans la cuisine. Pieter posa un doigt sur ses lèvres. Avec une infinie précaution, il actionna lentement la poignée – puis ouvrit brusquement la porte avec fracas. Oris sursauta et laissa tomber l'allume-feu par terre.

« Morbleu ! grogna-t-il. Tu m'as flanqué la frousse ! »

Appuyé contre le chambranle, Pieter se tordait de rire.

« Mais pourquoi te faufiles-tu derrière moi comme un voleur ? Nous ne faisons rien de mal. Et même si c'était le cas, on ne se ferait pas pincer. Les autres compagnons ne mouchardent pas, j'ai une entière confiance en eux. Le maître est parti terminer un travail pour la Confrérie, son épouse séjourne au domaine des Bosch à Oirschot et les modèles n'arriveront que ce soir. De quoi as-tu peur ? »

Petronius se sentit pris sur le fait. L'atmosphère étrange qui régnait dans la vieille maison l'incitait à la prudence. Depuis son arrivée, il éprouvait un malaise inexplicable.

« Que voulais-tu me montrer ? » éluda-t-il en ramassant le bâton enduit de résine.

La pièce était plongée dans l'obscurité. Pieter prit une chandelle de cire sur une étagère qui se trouvait près de la porte et fit signe à Petronius de l'allumer. Il s'avança ensuite vers un grand chevalet sur lequel on avait posé un tableau recouvert d'un tissu.

« Tiens ! » dit-il en tendant la bougie à son nouveau camarade d'atelier.

D'un mouvement rapide, il releva une partie du drap, découvrant le volet gauche d'un triptyque, et ordonna à Oris de s'approcher. Ce dernier s'exécuta ; ce qu'il vit dans la lumière vacillante de la chandelle lui coupa le souffle. Devant ses yeux s'ouvrait un vaste paysage divisé en quatre plans. Dans la partie supérieure du tableau, le Christ, *Salvator Mundi*, siégeait sur un trône dans le royaume des cieux, un orbe à la main. Un terrible combat faisait rage au-dessous de lui. Chassés du paradis, les anges déchus étaient précipités vers la terre. Au troisième plan, une Ève pleine d'assurance venait de surgir comme par enchantement du flanc d'un Adam endormi, sous le regard émerveillé de Dieu le Père, revêtu d'une tunique vermillon.

L'œil du spectateur était ensuite naturellement entraîné vers une autre scène se déroulant au deuxième plan : le péché originel. Enroulé autour du tronc de l'arbre de la connaissance, le serpent tentateur, représenté par Bosch avec un buste de femme, n'avait rien de diabolique ni de perfide. Adam et Ève paraissaient deviser sur le goût du fruit défendu, sans être visiblement conscients d'avoir transgressé un interdit. Au premier plan, l'archange Michel chassait les deux pécheurs du jardin d'Éden en brandissant son épée. Mais le couple ne semblait guère triste de quitter le paradis terrestre. Considérant que son geste n'était après tout pas si grave, Adam semblait même essayer d'apaiser la fureur de saint Michel. Quant à Ève, elle s'était déjà éloignée et ignorait ostensiblement l'envoyé de Dieu.

La composition tout entière était sidérante.

« Tu comprends à présent ? murmura Pieter. Pour le maître, tout est matière à réflexion. Même sa manière de représenter la chute des anges rebelles et le bannissement du jardin d'Éden est singulière. Personne n'a pensé comme ça avant lui. »

Petronius ne pouvait détacher son regard du tableau. Dans la lueur tremblante de la bougie, les personnages semblaient prendre vie. Le ciel vomissait des êtres maléfiques sur le paradis terrestre, répandant ainsi le malheur sur la paisible contrée verdoyante. Le jeune peintre frissonna. Dans cette œuvre, finit-il par comprendre, Bosch relativisait l'importance du péché originel, car le Mal régnait déjà sur le monde...

« Alors, tu as saisi ? s'enquit Pieter. Voilà ce que le maître attend quand il te demande de faire preuve d'imagination.

— Je crois que j'ai compris. Ici, le Mal a envahi le paradis terrestre avant qu'Adam et Ève ne goûtent au fruit défendu. Ce qui explique pourquoi le serpent n'a rien de diabolique et pourquoi le couple ne semble pas redouter la vie en dehors du jardin d'Éden. Tous deux savent déjà à quoi s'attendre ! »

Pieter rabattit le drap sur le tableau, puis fit signe à Petronius de sortir. Juste avant de franchir la porte, il reprit la bougie pour la moucher.

« Déconcertant, n'est-ce pas ? C'est sans doute la raison pour laquelle le maître n'a pas encore trouvé d'acquéreur pour ce tableau. Il lui arrive parfois de peindre ce genre de choses insolites... pour s'exercer... »

Après une légère hésitation, il ajouta :

« Mais même la Confrérie n'apprécie pas ces œuvres-là. »

Petronius hocha la tête. Peu à peu, il comprenait mieux pourquoi Bosch interdisait à ses élèves tout contact avec les dominicains. À l'évidence, les motifs de cette féroce intransigeance allaient au-delà du conflit entre le conseil communal et l'Inquisition.

« Puis-je te poser une question, Pieter ? »

Le compagnon referma la porte et s'adossa contre le mur à colombages du couloir.

« Bien sûr, je suis là pour t'aider.

— Tu viens de parler d'une confrérie. De quoi s'agit-il exactement ? »

Pieter se racla la gorge. Sans donner de réponse, il s'écarta du mur et retourna dans l'atelier. Petronius le suivit. Le jeune homme eut l'impression d'avoir atteint une limite à ne pas franchir. Malgré tout, il décida d'insister :

« Cette confrérie. Tu l'as déjà mentionnée deux fois. Qu'est-ce que...

— Pas maintenant ! le coupa sèchement Pieter. Quand l'heure sera venue, je t'en parlerai. Remets-toi au travail. Tu ne manqueras pas d'inspiration après ce que je viens de te montrer. Demain, le maître voudra voir ton esquisse. Si elle lui plaît, tu resteras parmi nous. Dans le cas contraire, tu nous quitteras après le déjeuner. À présent, excuse-moi. Je dois préparer des couleurs. »

Il tourna brusquement les talons et quitta la pièce.

Petronius reprit sa place devant son chevalet, encore abasourdi par le tableau qu'il venait de voir et la violente réaction de Pieter à ses interrogations. Le jeune homme en était certain à présent : le trouble qu'il ressentait depuis son arrivée chez Bosch n'avait rien d'irraisonné. Quelque chose dans cette vieille demeure fuyait la lumière du grand jour.

12

« Mais que vous est-il passé par la tête ? » Incapable de se concentrer sur la question que venait de lui poser Bosch, Petronius contemplait avec fascination le diptyque que le Flamand était en train de recouvrir de vernis. Un camaïeu en grisaille. Sous les combles, l'atelier sentait le mastic et l'alcool.

« Plaît-il ? Qu'avez-vous dit, maître ? »

Se retournant, Bosch toisa le jeune peintre de la tête aux pieds.

« Que vous arrive-t-il ? N'avez-vous jamais vu quelqu'un vernir un tableau ?

— Si, bredouilla Petronius. Mais jamais un tableau pareil. »

Le maître sourit. Il prit une coupelle, y trempa un tissu et appliqua soigneusement la préparation sur les deux volets du diptyque en faisant de légers mouvements circulaires, jusqu'à ce que la surface entière devienne brillante.

« J'aimerais savoir à quoi vous avez pensé en jetant cette esquisse sur le papier. »

Petronius détacha son regard de l'œuvre de Bosch. Son propre dessin était cloué sur l'un des chevrons du grenier.

« Vous n'êtes pas satisfait ? »

Bosch montra des signes d'impatience.

« Ce n'est pas ce que j'ai dit. Répondez à ma question ! »

Petronius toussota. Les vapeurs d'alcool qui flottaient dans la pièce lui asséchaient la gorge.

« Comme vous me l'aviez demandé, j'ai recherché l'originalité en réalisant ce dessin. Ici, Dieu crée Ève, mais Adam se détourne parce qu'il n'a pas besoin de cette nouvelle créature qu'on lui impose et envers laquelle il ignore comment se comporter. Ève n'est pas façonnée à partir d'une côte d'Adam, comme le raconte la Bible. Elle jaillit de la tête du Seigneur. Je fais ici allusion à la mythologie grecque...

— Et encourez ainsi le bûcher ! l'interrompit Bosch. Vous êtes un sot, Petronius Oris. Un autre que moi vous aurait déjà livré aux dominicains, vous et vos pensées hérétiques. Faire jaillir Ève de la tête du Seigneur, comme la déesse Athéna de la tête de Zeus. Athéna, l'unique déesse ayant su se faire respecter parmi les mâles misogynes du panthéon olympien. Quelle bêtise ! Comme si l'homme et la femme possédaient les mêmes droits. C'est blasphématoire. Reprenez votre dessin, déchirez-le et brûlez-le dans ce braisier ! »

D'un geste autoritaire, Bosch montra un brasero qui se trouvait près de la trappe du plancher. Le maître l'utilisait certainement pour se réchauffer quand les soirées étaient fraîches ou pour fabriquer du bistre et du fusain. Intimidé, Petronius arracha son esquisse du chevron et la réduisit en petits morceaux, qu'il jeta ensuite dans la bassine de fer. Bosch versa un peu d'alcool dessus avant de mettre le feu en utilisant un bâton de résine. Les flammes dévorèrent rapidement le papier. Une fois le dernier fragment de paradis consumé, Petronius prit son courage à deux mains et demanda :

« Ai-je réussi l'épreuve ?

— Avant de prendre une décision définitive, j'aimerais lire ce que Dürer a écrit sur vous. Mais une chose est sûre : vous avez une personnalité singulière, Petronius Oris. Cela me plaît. Personne dans cette cité – ni même dans le duché de Brabant tout entier – n'aurait osé me montrer un tel dessin. Les uns parce qu'ils en sont incapables, les autres parce qu'ils ont peur de l'Inquisition et feraient sous eux si des idées pareilles leur venaient à l'esprit. »

Le Flamand se mit à tourner lentement autour de Petronius, le regard rivé sur le plancher.

« Je crois que je vais vous garder, reprit-il. Nous avons besoin de gens courageux pour lutter contre les dominicains. Où avez-vous appris à réfléchir de la sorte ? »

Oris déglutit avec peine. Il ne voulait pas mentir à Bosch, mais craignait de lui révéler sa visite furtive dans la pièce obscure. Il opta néanmoins pour la vérité.

« Chez vous, maître. Avant-hier, Pieter m'a montré l'une de vos peintures. En bas, dans la chambre noire. »

Il sentit que Bosch s'était arrêté derrière lui. Toutefois, il n'osa pas se retourner. De nouveau, ses yeux se fixèrent sur le tableau qui lui faisait face. Il s'aperçut alors qu'il ne s'agissait pas d'un diptyque, mais des deux volets mobiles d'un triptyque qui, ainsi refermés, recouvraient entièrement le panneau central de l'œuvre. L'envers des vantaux montrait une grande sphère transparente, semblable à une boule de cristal, qui représentait le monde. À l'intérieur, on y voyait les continents former un disque flottant sur un océan qui remplissait toute la partie inférieure du globe. Le troisième jour de la Création. La terre se séparait des mers, la végétation se développait. D'un ciel orageux filtraient quelques rayons de lumière. La Parole faisait naître formes et couleurs, mais la peinture de Bosch suggérait que la Création avait mal compris le message divin. Les arbres et les plantes paraissaient difformes, les montagnes s'élevaient en se tordant étrangement. Sur le disque terrestre, relief et verdure semblaient provenir tout droit d'un laboratoire d'alchimiste : les silhouettes des différents éléments de la Nature évoquaient des fioles, des alambics, des éprouvettes ou des cornues.

Bosch parut lire dans les pensées de Petronius, car soudain le jeune peintre entendit la voix du maître lui souffler à l'oreille :

« Et au-dessus de la terre trône Dieu le Père. Il a créé le monde dans un athanor. *Rotornar al segno* : retour au signe. "Mais une vapeur s'éleva de la terre et arrosa toute la surface du sol", peut-on lire dans la Genèse. C'est une buée fertile qui enfante la vie. Voilà pourquoi le monde est représenté dans des tons de gris. »

Le maître marqua une pause avant de poursuivre :

« Je sais que Pieter vous a montré un volet de mon tableau. Il l'a fait sur mon ordre. Vous avez fait preuve de sincérité, c'est tout à votre honneur. Ni Breu ni Dürer n'auraient pu vous apprendre une telle manière de penser. Le triptyque qui se trouve dans la chambre noire est une copie de mon *Chariot de foin*. L'original a été vendu. »

Bosch partit d'un grand éclat de rire. Soulagé, Petronius osa enfin bouger et fit volte-face.

« Qu'auriez-vous fait si je vous avais tu mon escapade avec Pieter ? »

Le Flamand s'avança vers le triptyque fermé et se remit à enduire les deux volets de vernis.

« Vous auriez dû vous trouver un nouveau logement ! *Ipse dixit et facta sunt. Ipse mandavit et creata sunt.* »

Petronius observa les deux inscriptions en lettres gothiques dorées que Bosch avaient peintes au sommet des panneaux. Il connaissait suffisamment le latin et la Bible pour se souvenir de leur traduction. Sans hésiter, il récita :

« "Louez-le, cieux des deux : et que toutes les eaux qui sont au-dessus des cieux louent le nom du Seigneur. Car Il a parlé, et ces choses ont été faites : Il a commandé et elles ont été créées." On trouve ces vers dans les psaumes d'Isaïe. »

Lentement, Bosch se retourna vers Petronius. Ses yeux, grands ouverts comme ceux d'une chouette, brillaient d'une lueur étrange. Le regard pénétrant du maître se riva sur son nouvel élève. Puis, bougeant imperceptiblement les lèvres, il articula :

« J'ai un travail pour vous, Petronius Oris d'Augsbourg ! »

13

« Il a probablement emporté le tableau dans son domaine d'Oirschot, où vit son épouse, maugréa Pieter. Conserver de telles peintures à Bois-le-Duc devient dangereux ces temps-ci.

— D'après ce que j'ai vu, je pense qu'il s'agit d'un triptyque, confia Petronius. Sur l'envers des volets, la peinture était saisissante. »

Pieter grimaça.

« D'habitude, il me montre tout ce qu'il fait. Je ne comprends pas pourquoi il m'a caché ça. »

Gravissant le raide escalier, les deux compagnons étaient en train de porter un panneau de bois neuf jusqu'à l'atelier du maître. Dans le grenier, on avait refermé le toit en remettant les plaques enduites de poix à leur place, car il avait plu à verse toute la nuit. Depuis quelques jours, le temps était très changeant.

« Tu as peut-être rêvé, Petronius.

— Je sais que tu es le plus ancien compagnon de l'atelier, et je comprends que tu aies du mal à me croire, mais j'ai bel et bien vu de mes yeux ce triptyque comme je te vois devant moi.

— Je m'en doutais, grommela Pieter. Il travaille secrètement à une nouvelle œuvre qu'il ne veut pas nous montrer. Tu as vraiment de la chance qu'il t'ait laissé contempler le triptyque fermé... »

Ahanant et grimaçant sous l'effort, les jeunes peintres s'évertuaient à faire passer le lourd panneau de bois à travers l'étroite lucarne du plancher.

« Pourquoi t'autorise-t-il à peindre là-haut avec lui ? s'interrogea Pieter. Je suis ici depuis trois ans et il ne m'a encore jamais proposé de travailler dans le grenier. Est-ce que j'ai la gale ? »

Petronius le dévisagea d'un air espiègle.

« Un bon rasage ne te ferait pas de mal. Tu ressemblerais plus à un homme civilisé. À ta place, je prendrais aussi un bain de temps en temps. »

Pieter leva les yeux au ciel.

« Je pensais que les Souabes n'étaient pas très causants et de tempérament nonchalant, mais tu me prouves le contraire. Tu as la langue bien pendue et acérée. »

Ils étaient enfin parvenus à glisser le panneau de bois par l'ouverture. Après l'avoir déposé et vissé sur un chevalet, ils reprirent leur souffle en admirant le résultat de leurs efforts. Pieter fit de la place sur la grande table disposée au milieu de l'atelier pour y aligner avec soin une série de pinceaux et de pots de peinture qu'il tira d'un sac de toile. Puis, contournant le chevalet, il examina le dos du tableau encore vierge.

« Excellent travail, constata-t-il. Du tilleul, soigneusement raboté. Feuillure taillée en biseau dans la meilleure partie du tronc. Très cher. C'est une commande spéciale », semble-t-il.

Petronius haussa les épaules. Il ignorait presque tout de la tâche qui l'attendait.

« Le maître m'a seulement dit qu'il appréciait beaucoup la personne dont je dois faire le portrait. Et cette personne paie bien. Très bien même. »

Tandis qu'il caressait le bois de tilleul, Pieter découvrit soudain l'empreinte sombre d'une main sur le bord du panneau.

« Tiens, tiens, fit-il en laissant échapper un sifflement entre ses dents. La Main d'Anvers. La marque de la guilde des peintres d'Anvers. Comment le maître a-t-il obtenu cette planche ? Son prix équivaut à celui d'une œuvre achevée. Ce bois-là ne se déformera pas, même dans cent ans. Ton futur modèle doit être un personnage influent. »

Petronius s'approcha et promena à son tour la paume sur l'envers du tableau.

« La surface est extrêmement lisse, remarqua-t-il. On l'a déjà enduite d'une couche de vernis à l'huile de lin pour éviter que le bois ne se déforme quand le peintre applique la couche de fond sur le devant. Et pour sa taille, le panneau est plutôt léger ! »

Fronçant les sourcils, Pieter grogna :

« Hum, si on veut. Porter un tableau pareil jusqu'au grenier en grimpant deux étages au moyen de ce maudit escalier, je ne ferais pas ça tous les jours. Je me suis suffisamment écorché les doigts. Et à cause de ce temps de chien, on n'a même pas pu le hisser là-haut par l'extérieur avec le palan. La pluie l'aurait trempé... »

À cet instant, Petronius leva la main pour signifier à Pieter de se taire. De l'escalier, on pouvait entendre retentir des pas irréguliers. Quelqu'un montait à l'atelier. Les deux compagnons échangèrent un regard et Pieter hocha lentement la tête. Saisissant une canne à peindre, il alla se camper derrière la trappe, là où étaient entreposés les cordes et les draps avec lesquels on enveloppait les tableaux pour les protéger. Petronius resta à sa place pour attirer l'attention de l'intrus.

« *Salve !* » lança-t-il.

Un homme gravit les dernières marches jusqu'au grenier et lui rendit son salut d'une voix aiguë, étrangement mélodieuse.

« *Salvete !*

— Qui vous a fait entrer ? »

Un sourire moqueur passa sur le visage de l'inconnu.

« Maître Bosch en personne. Il va arriver d'un instant à l'autre. Nous nous sommes rencontrés devant la porte. »

Petronius fit un signe de la tête. Pieter baissa sa canne.

« Votre ami peut ranger son appuie-main et se montrer, dit le mystérieux visiteur d'un ton posé. Je le sens dans mon dos. »

Levant la main pour arrêter Petronius, qui s'apprêtait à se justifier, il poursuivit :

« En ces temps d'adversité, se montrer prudent est une nécessité. Mieux vaut être trop méfiant que pas assez. Je suppose que vous êtes le jeune peintre chargé de réaliser mon portrait. Commençons, si vous le voulez bien. »

Le nouveau venu s'approcha de la table et prit une chaise aux accoudoirs réglables, dont le dossier était muni de lanières pour fixer la tête et les épaules. Il la plaça au centre de l'atelier, s'assit et se mit à attendre en considérant Petronius d'un air narquois.

D'allure fluette, l'inconnu portait un long manteau de futaine sombre. Coupés court, ses cheveux épousaient la forme ovale de son crâne. Des doigts effilés surgirent des manches évasées de son manteau lorsqu'il l'ouvrit, découvrant un pourpoint noir et un haut-de-chausse de même couleur, orné d'une braguette. Quelque chose d'indéfinissable dans le visage de l'homme mettait Petronius mal à l'aise. Sa figure aux traits fins lui paraissait trop ronde, trop lisse, trop régulière. Même l'odeur qu'il exhalait était troublante. Sans pouvoir en expliquer la raison, le jeune peintre avait l'étrange sentiment qu'il ne pouvait pas se fier à ses yeux.

« À qui, si je puis me permettre, ai-je l'honneur ? finit-il par s'enquérir. Je suis Petronius Oris d'Augsbourg. *Pictor* et compagnon, élève de Dürer et de Breu. Maître Bosch m'a confié la tâche d'exécuter votre portrait.

— Je m'appelle Jacob Van Almaengien.

— Je ne voudrais point paraître impoli, mais auriez-vous l'obligeance de me révéler votre profession et votre origine ? »

S'abstenant de répondre, le visiteur scruta Petronius, qui frissonna malgré lui. Les yeux de jais de Van Almaengien semblaient vouloir se glisser au plus profond de lui-même pour le sonder.

Oris s'arracha avec violence de ce regard pénétrant et tourna le dos au visiteur.

« Prenez la position dans laquelle vous désirez que je vous peigne », dit-il en s'éclaircissant la gorge.

Puis, maladroitement, il installa près de son chevalet un cadre de bois dont la surface intérieure était constituée d'un filet à travers lequel il pouvait voir son modèle.

« Avez-vous déjà réfléchi au fond que vous souhaitez ? Voulez-vous être représenté à l'intérieur d'une demeure ou à l'extérieur avec une ligne d'horizon relevée comme le fait maître Bosch ? Préférez-vous un paysage italien ou le relief plat du Brabant ? »

En quelques rapides coups de fusain, Petronius réalisa une première ébauche, s'aidant du réseau de mailles à travers lequel il pouvait observer Van Almaengien. Sur la sous-couche blanche du tableau de tilleul, les autres compagnons avaient tracé dans la même couleur une grille quadrillée à peine visible.

« Dessinez-moi un paradis, Petronius Oris. Le jardin d'Éden avant le péché originel. »

L'homme avait parlé doucement, mais d'une voix impérieuse qui n'admettait aucune objection. Pieter, qui jusqu'ici assistait à la scène en silence, enleva l'un des panneaux goudronnés du toit. Dans la lumière du soleil, la peau et les cheveux de Van Almaengien furent soudain baignés d'une aura irréelle, comme si un ange avait pris place sur la chaise.

14

La clameur était étourdissante. Les braillements d'une trentaine de lurons accompagnaient le chant du harpiste tandis que verres et hanaps frappaient en rythme sur les tables. Ceux qui n'avaient plus rien à boire battaient la cadence du plat de la main. Autour de Petronius, des artisans s'entretenaient gaiement ou jouaient aux dés. Près de la porte des latrines, il remarqua un homme qui semblait l'observer, le visage dissimulé par le capuchon de sa pèlerine.

Continuant de gratter les cordes de son instrument, le poète harpiste avait cessé de chanter. Petronius en profita pour se pencher vers le Grand Zuid :

« J'ai besoin de toi ! »

La mine du mendiant s'assombrit aussitôt.

« Des problèmes avec les dominicains ? grogna-t-il. Ta première rencontre avec l'inquisiteur n'a pas été vraiment réjouissante, si j'ai bonne mémoire.

— Non, c'est au sujet d'autre chose. Je suis en train de peindre un tableau.

— Et tu veux que je te tienne le pinceau ? railla le

Grand Zuid. Ou as-tu besoin de mon aide pour autre chose ? »

Du menton, il désigna Zita, la serveuse, qui se faufilait entre les bancs, les bras chargés de cruches, en repoussant sans ménagement les mains audacieuses des clients enivrés.

« Non, je suis sérieux. »

Son spectacle terminé, le harpiste alla s'asseoir à une table. Il se fit apporter de la bière et une bouillie de millet, qu'il peser dévora sans tarder. Le tumulte d'acclamations et d'applaudissements s'atténua peu à peu.

« Ce maudit tableau me rend fou, Zuid ! Il y a quelque chose qui cloche, j'en mettrais ma main au feu. J'ai déjà exécuté pas mal de portraits. Mais jamais mon pinceau n'a regimbé de la sorte. Pourrais-tu te renseigner sur mon modèle ? Ce fat ne daigne pas répondre à mes questions. »

Le mendiant avala une rasade de bière, essuya sa bouche de la manche de sa tunique loqueteuse et appela Zita. Petronius jeta un coup d'œil derrière lui et vit l'homme au capuchon se détourner sur-le-champ.

« Je vais voir ce que je peux faire. Que sais-tu de lui au juste ? demanda le Grand Zuid.

— Seulement son nom. Jacob Van Almaengien. »

Zita arriva près de la table en souriant. Un délicieux jeu de séduction s'était instauré entre lui et la jeune servante, depuis que Petronius venait régulièrement à l'auberge. Il lui apportait des petits présents et elle répondait volontiers à ses avances par des sourires charmants.

« Deux hanaps ? »

Le Grand Zuid acquiesça.

« Et une miche de pain, s'il te plaît », ajouta Petronius.

Zita lui décocha une œillade, se pencha vers lui pour ramasser les cruches vides et se faufila vers le comptoir. Le mendiant secoua la tête.

« Cette taverne est remplie d'hommes, et c'est de toi qu'elle s'amourache. C'est à peine croyable. »

Gêné, Oris baissa les yeux vers les auréoles de bière poisseuses sur la table.

« Penses-tu vraiment qu'elle...

— Bien sûr ! Regarde la manière dont elle te traite. Elle se comporte différemment avec toi. Tu lui plais, c'est évident. Pour en revenir à ton client, je vais faire ma petite enquête, mais je ne te promets rien. »

Petronius hocha la tête et se recula en voyant Zita revenir. Elle déposa les hanaps sur la table et lui tendit une cruche. L'espace d'un instant, leurs doigts se frôlèrent. Puis la jeune femme virevolta brusquement. Oris la regarda s'éloigner.

« J'ai encore une question, Zuid ! Que dis-tu de ceci ? »

Il sortit de son pourpoint le morceau de papier déchiré qu'il avait trouvé dans sa chambre et le posa avec précaution devant le mendiant. Le Grand Zuid saisit le billet, le tourna et le retourna entre ses doigts sales pour l'examiner avant de le rendre à son propriétaire.

« C'est un bout de papier, maugréa-t-il. Qu'est-ce que ça pourrait bien être d'autre ?

— Te viendrait-il à l'idée de le cacher ? »

Le mendiant fit non de la tête.

« Seulement s'il avait une signification particulière. C'est le cas ?

— Il était dissimulé dans une moulure de la porte de ma chambre. J'ai tout essayé : je l'ai mouillé, chauffé, saupoudré de sciure de graphite. Rien. Et pourtant je suis sûr qu'il contient un message. Rédigé dans une écriture invisible.

— Le message est peut-être sur l'autre partie de la feuille, supposa le Grand Zuid. Ou alors tu n'as pas encore trouvé le bon moyen de le déchiffrer. Sinon, il est possible qu'il n'y ait simplement aucun message. »

Petronius se mordilla la lèvre.

« Connais-tu dans la cité un alchimiste qui pourrait m'aider ?

— Ne te fais pas d'illusions. Ils ont tous fui l'Inquisition. Arpenter les chemins de la connaissance est dangereux, mon ami. Seule la bêtise ne constitue pas un péché pour les dominicains. Et encore, ce n'est pas une garantie pour survivre. »

Le Grand Zuid réfléchit quelques instants, puis but une gorgée de bière. Ses yeux se mirent soudain à briller.

« J'ai peut-être une idée, murmura-t-il. L'influence de l'inquisiteur ne s'étend pas encore jusqu'à Oirschot. Un vieil original, dont on raconte qu'il pratique la magie, a fait de l'ancien moulin son antre. Je peux me renseigner pour savoir s'il vit toujours là-bas. »

Petronius le remercia et s'apprêtait à replacer le morceau de papier dans son pourpoint lorsqu'une main le lui arracha violemment. En quelques enjambées, le voleur parvint à s'échapper de la salle. Oris bondit du banc et renversa sa bière. En se retournant, il eut juste le temps d'apercevoir une capuche noire disparaître dans l'embrasure de la porte.

« Mais qui était ce malandrin, par les cornes du diable ? » cria le Grand Zuid en s'élançant à la poursuite du fuyard.

Autour d'eux, l'incident n'avait pas été remarqué et on les regardait avec étonnement. Médusé, Petronius contemplait fixement sa main droite qui, quelques secondes auparavant, tenait encore le mystérieux billet. Sur la table, une mare de bière s'étendait, gouttant sur le sol à travers les fissures du bois.

15

« Tu en as de la chance, Petronius ! Invité à Oirschot !

— J'en conclus que tu n'as pas encore été convié là-bas depuis que tu es ici. »

Petronius lança un regard espiègle à Pieter, qui éclata de rire. Le compagnon lui donna un sac rempli de vivres et le serra dans ses bras.

« Fais attention à toi, Petronius. Tiens, bois une goulée en offrande à sainte Gertrude. Qu'elle te protège contre les périls qui te guettent sur les chemins. »

Oris prit le verre de vin rouge et le vida d'un trait. Aussitôt, il sentit la matinée grise et froide prendre une note plus colorée.

« Prends aussi ce médaillon de saint Christophe, protecteur des voyageurs. Il te gardera des dangers.

— On dirait que je pars en pèlerinage pour Jérusalem. Je serai de retour dans trois jours, Pieter. Peut-être même plus tôt.

— Que veux-tu, je vais avoir du mal à me passer de toi », répondit le compagnon d'un ton facétieux.

Petronius savait que Pieter était très content de ne pas se rendre à Oirschot. Le voyage n'était pas une promenade de santé, et les préparatifs du mystère qui devait être donné dans la cathédrale Saint-Jean l'accaparaient beaucoup. Son ami lui avait confié que la pièce – où se mêleraient musique, chant et danse – serait extraordinaire. Le spectacle rendrait grâce au Seigneur et permettrait par la même occasion de récolter des dons pour financer la construction de l'édifice religieux, qui coûtait extrêmement cher.

Petronius sortit de la demeure du maître et traversa la place du marché, déserte à cette heure. Les commerçants n'avaient pas encore remonté leurs étals. Des nappes de brume en provenance de la rivière enveloppaient les maisons. Oris entendit des sabots retentir sur les pavés ; à travers le brouillard, il aperçut les premiers charretiers guider leurs attelages vers la porte septentrionale de la cité.

Le peintre emprunta une ruelle montante baptisée Hoge Steenweg, puis s'engagea sur la Visstraat, qui redescendait vers le Dommel, la rivière qui longeait les fortifications de Bois-le-Duc. Devant la porte ouest, les chariots de marchandises faisaient la queue. Attendant impatiemment que les soldats du guet abaissent le pont-levis, les conducteurs s'interpellaient d'une voiture à l'autre. Oris longea la colonne de guimbardes à l'arrêt. Si leurs maîtres s'échauffaient, les bœufs restaient imperturbables. Immobiles, les animaux semblaient dormir. Petronius s'apprêtait à demander à l'un des charretiers s'il pouvait faire un bout de chemin à bord de son tombereau lorsqu'il reconnut en tête de file la silhouette trapue de Meinhard. Recroquevillé sur son siège élevé, serrant les rênes dans sa main droite, le roulier d'Aix-la-Chapelle somnolait. Heureux de retrouver le vieux bougon, Petronius grimpa sur l'attelage.

« Le hasard fait bien les choses, Meinhard ! Faites-vous route vers l'ouest ou vers le sud ? »

Le charretier ne montra aucune réaction, n'esquissant pas même un mouvement lorsque Petronius s'assit près de lui. La mine renfrognée, il se tourna lentement vers le peintre :

« Je ne vous ai pas invité à monter, que je sache. »

Oris tressaillit.

« Mais quelle mouche vous a piqué, Meinhard ? Vous ne me reconnaissez pas ? »

Le roulier grommela, mais ses paroles furent couvertes par un cliquetis de chaînes. Le pont-levis s'abaissa lentement. Le tablier de bois ne s'était pas encore posé sur l'autre rive de la rivière que Meinhard donnait déjà du fouet sans attendre le signal de la sentinelle. Les bœufs s'ébranlèrent et le garde dut faire un bond de côté pour éviter d'être piétiné. Le soldat du guet poussa un juron en levant le poing :

« Ne t'avise surtout pas de revenir à Bois-le-Duc, fils de chien ! »

Meinhard cracha par terre et se retourna pour lancer un regard méprisant vers la cité. Son fouet claqua violemment au-dessus de la tête des bœufs, qui accélérèrent l'allure. La charrette franchit le pont-levis dans un bruit de tonnerre.

Après avoir gagné l'autre rive du Dommel, le roulier poussa un soupir de soulagement.

« Un peu plus et je me balançais au bout d'une corde. »

Il se moucha dans sa main et s'essuya sur le banc.

« Écoutez-moi maintenant, le barbouilleur de toiles. Je vous emmène à Oirschot, puisque c'est là que vous désirez aller, mais je ne ferai pas une lieue de plus en votre compagnie. Vous attirez le malheur comme le miel attire les mouches !

— Mais qu'est-ce que j'ai...

— Tout est votre faute ! Depuis que je vous ai fait entrer dans la cité, ma vie est devenue un cauchemar. J'ai croupi trois semaines dans la tour-prison à cause de vous. »

Meinhard tapota son ventre rebondi, qui avait fortement diminué de volume. Petronius remarqua alors son teint blafard et ses joues creuses.

« À cause de moi, vous dites ? C'est impossible.

— Impossible ? Ne vous ai-je pas prévenu qu'il fallait se méfier de Bosch ? Qu'avez-vous fait durant trois semaines ? Roupillé ? Ignorez-vous ce qui se trame dans cette ville ? Deux clans se livrent une lutte à mort, le conseil communal et les chiens du Seigneur. Et votre maître se trouve au beau milieu de la tempête. On m'a interrogé pour obtenir des informations sur vous. Regardez ! »

Gardant les rênes dans la main droite, Meinhard leva la main gauche ; ses ongles étaient bleus et meurtris. Trois d'entre eux avaient été écrasés, manifestement par un violent coup de marteau. Le charretier devait beaucoup souffrir, mais ne le laissait pas paraître.

« Je vais me faire arracher les ongles à Eindhoven ou à Venlo, sinon ils risquent de s'infecter.

— On vous a fait subir la question ? » s'exclama Petronius, stupéfait.

Le peintre était horrifié. Comment pouvait-il être à l'origine d'un tel supplice ? Il n'avait pas pris part aux querelles opposant la municipalité à l'Inquisition. Pendant ces trois dernières semaines, il n'avait rien fait d'autre que préparer des couleurs, dessiner une scène de paradis et commencer un portrait. Meinhard interrompit ses réflexions.

« Ils voulaient tout savoir. Votre âge, votre ville natale. Comment nous nous sommes rencontrés, ce que vous faites à Bois-le-Duc, et pourquoi vous teniez absolument à vous rendre chez Bosch. »

Petronius le dévisagea, atterré.

« Mais de qui parlez-vous ? Qui vous a torturé ?

— Les dominicains et leur inquisiteur, le père Jean. Indirectement, bien sûr. Les frocards ne touchent pas aux instruments de torture. Mais les gardes de la prison tourmentent volontiers si on leur promet en retour d'absoudre leurs péchés. Et les maudits moines affublés de leur bure immaculée écoutent les confessions du supplicié dans la pièce d'à côté. »

Devant eux s'étendaient de vastes prairies qui, vers le sud, se transformaient en marécages. Les tourbières comptaient de nombreux îlots sur lesquels on pouvait apercevoir des villages. Les tons de vert, de marron et de jaune dominaient le paysage. Les terres cultivables étaient parsemées de meules de foin desséchées par le vent et le soleil. Petronius promena son regard vers l'horizon. Quelque part au loin, à deux heures de route, se trouvaient Oirschot et le domaine de Bosch.

« Mais pourquoi vous ont-ils infligé ça ? s'interrogea le peintre.

— C'est aussi ce que je me suis demandé les premiers jours. Ensuite, la deuxième semaine, à bout de forces, je ne savais même plus que je vous avais fait entrer dans la ville et, la troisième, j'avais tout oublié. Au début de la quatrième, je leur aurais vendu ma grand-mère. Mais ils ont fini par me laisser sortir. Depuis lors, je n'ai qu'une idée en tête : fuir cette ville maudite. »

La voix de Meinhard était cassée, sourde.

« Comment saviez-vous que je me rendais à Oirschot ? »

Le charretier eut un rire rauque.

« Nous avons le même patron. Maître Bosch m'avait dit que je vous trouverais à la porte ouest. Il est le seul à m'avoir donné du travail. Aucun négociant ne voulait me confier des marchandises. »

Meinhard grimaça avant de poursuivre d'un ton railleur :

« On ne peut pas faire confiance à quelqu'un qui a éveillé les soupçons des dominicains et qu'on a jeté au cachot. Ce serait commettre un péché ! »

Il donna du fouet pour stimuler ses bœufs.

« Votre maître est un homme clairvoyant et extrêmement courageux », ajouta-t-il dans un murmure.

Petronius contempla le paysage d'un air songeur. Pourquoi Meinhard n'avait-il pas été puni pour avoir craché dans la main du dominicain à leur entrée dans Bois-le-Duc ? Pourquoi l'avait-on au contraire interrogé au sujet d'un jeune peintre qui venait d'arriver en ville. Oris poussa un soupir. Comment s'était-il fait remarquer ? Y avait-il un espion parmi les élèves du maître ? Quelqu'un qui aurait révélé aux dominicains qu'il avait dessiné une scène de paradis aux idées hérétiques ?

Le soleil montait lentement à l'horizon, aveuglant les deux hommes qui avaient pris la direction du sud. Une chaleur humide et étouffante planait déjà sur les champs constellés de mares aux eaux noires qui brillaient comme des yeux de hibou. Sur les bords du chemin, les hautes herbes semblaient frissonner de peur au passage de l'attelage.

« Vous pouvez vous allonger derrière sur les marchandises appartenant à votre maître, bougonna Meinhard en voyant son passager piquer du nez. Moi, je ne pourrai pas dormir tant que je sentirai les regards des dominicains dans mon dos. »

Petronius rampa sur la bâche et se lova entre deux caisses. Avant de sombrer dans le sommeil, il se demanda ce que le charretier pouvait bien transporter pour le compte de Bosch.

16

« Sacrebleu ! Bande de maroufles ! Coupe-jarrets ! Bélîtres ! »

Petronius se réveilla en sursaut. Des cris et un bruit de verre brisé. Un cliquetis d'épées. Meinhard proférait des jurons et faisait claquer son fouet avec force. Les bœufs meuglaient. Un chemin creux. À gauche et à droite de la carriole se dressaient des arbres de petite taille et des buissons touffus.

Sans réfléchir, Petronius bondit sur le sol et s'abrita contre le flanc de la charrette. Puis, tête baissée, il s'élança, grimpa le talus qui bordait le chemin et se jeta dans l'épais sous-bois. Une attaque ! Le jeune homme ferma les yeux, le cœur battant. Des brigands leur avaient tendu une embuscade !

Avait-il eu de la chance ou l'avait-on repéré ? Allongé sur le dos, Petronius resta immobile et tendit l'oreille pour découvrir si quelqu'un approchait de sa cachette improvisée. Des cris et des jurons fusaient. Quelques instants plus tard, le fouet de Meinhard cessa de claquer. Petronius perçut des gargouillements et des râles. Soudain, un silence menaçant emplit l'air.

Le peintre respirait à peine, figé de peur. Le brusque silence qui régnait autour de lui était lugubre ; même les criquets s'étaient tus. Petronius guettait le moindre bruit pour savoir si les bandits s'étaient éloignés quand, tout à coup, il vit apparaître une tête dans son champ de vision, à quelques pas de lui. Il faillit pousser un cri d'effroi. Se retournant sur le ventre, il recula lentement dans les broussailles. L'homme qu'il avait aperçu était monté sur la charrette et lui tournait le dos.

« Avez-vous vu l'autre gaillard ? Jaan a dit qu'ils étaient deux.

— Il a sans doute bu une chope de trop. Quand on est ivre, on voit souvent double. Et si c'était le cas, l'autre a dû descendre en chemin. »

Petronius se plaqua sur le sol pour ne pas être vu. Une autre voix, puissante et autoritaire, s'éleva :

« Ne me faites pas perdre mon temps avec vos bavardages ! Cherchez le tableau ! »

Un frisson parcourut son échine. Il connaissait cette voix. Avec précaution, il s'avança en rampant. Il voulait voir l'homme qui venait de parler. Et savoir comment allait Meinhard. Les tire-laine l'avaient-ils tué ? Il crut percevoir un gémissement, mais cela pouvait tout aussi bien être les bœufs.

« Je ne vois que des hardes bizarres, monseigneur. Des nez en carton, des costumes d'animaux, des masques de diable, des ailes. Un salmigondis de curiosités, mais aucun tableau ! »

Petronius plissa le front. Quel bandit de grands chemins s'exprimait avec un tel vocabulaire ? *Un salmigondis de curiosités ?* L'homme était cultivé, cela ne faisait aucun doute. Pourquoi se faire malandrin quand on possédait les capacités intellectuelles d'exercer des métiers beaucoup moins risqués ?

« Le tableau doit être ici ! tonna celui qui semblait être le chef de la bande. Je le sais, il me l'a dit.

— Je ne le trouve pas. Les caisses sont remplies de travestissements grotesques et de livres.

— Rentrons ! Quelqu'un nous a menti ! »

L'homme qui se trouvait sur la charrette sembla hésiter.

« Mais je...

— Pas de "mais". Mettez le feu à cette guimbarde ! Je ne veux pas laisser de traces ! »

Petronius devait se dépêcher s'il voulait apercevoir le meneur de la troupe. Il s'approcha prudemment du sommet du talus et leva la tête. À quelques pas de lui, l'un des assaillants mettait le feu à une botte de foin qu'il jeta sur la charrette. Un peu plus loin, le peintre découvrit un groupe d'hommes à cheval qui attendaient que l'incendiaire remplisse sa besogne. Parmi eux, il reconnut aussitôt la silhouette efflanquée du père Jean de Baerle, le grand inquisiteur.

Le feu se propagea rapidement sur le tombereau, embrasant les nippes colorées et les masques de carton. L'incendiaire rejoignit la troupe en courant et l'inquisiteur donna le signal du départ. Les hommes firent virevolter leurs montures et reprirent la route de Bois-le-Duc.

Oris attendit quelques instants avant de sortir du sous-bois. Il fit le tour de la carriole en flammes pour trouver Meinhard. Les bœufs, toujours attelés au joug, sentaient le brasier derrière eux et mugissaient désespérément en roulant des yeux fous. Petronius poursuivit ses recherches ; il s'occuperait des bêtes après avoir secouru Meinhard.

Alors qu'il allait inspecter les sous-bois, il avisa les jambes du charretier sous un amas de guenilles en feu. S'approchant du tombereau, il saisit Meinhard par les chevilles et tira de toutes ses forces. Après l'avoir dégagé, il le bascula sur son épaule et s'éloigna de la fournaise. Comme il le déposait sur le sol, il s'aperçut que le vieil homme ne bougeait plus. Le roulier d'Aix-la-Chapelle était mort. Petronius transporta le corps dans les sous-bois et couvrit son visage avec un morceau d'oripeau roussi. Lorsqu'il se releva, il sentit la besace que Pieter lui avait donnée battre son flanc. Il la portait en bandoulière depuis son départ de Bois-le-Duc. Ayant soudain une idée, il l'ouvrit pour la fouiller. Caché sous une miche de pain, un morceau de fromage et une outre de vin, il découvrit un rouleau de papier. Était-il en possession du mystérieux tableau avidement recherché par les mercenaires de l'inquisiteur ? Petronius sortit avec délicatesse le rouleau de son sac, le déroula et l'examina longuement.

Lorsqu'il le replaça dans sa besace, il savait pourquoi Baerle tenait tant à s'en emparer.

17

Petronius s'était arrêté près du gibet pour observer les fortifications de la cité. Bois-le-Duc était une véritable place forte. Ses puissantes murailles témoignaient de la fierté et de la richesse des habitants du Brabant. Le peintre avait préféré interrompre son voyage. Bosch serait sans doute déçu de ne pas le voir à Oirschot, mais le risque de tomber en chemin entre les griffes de l'inquisiteur était trop élevé. À présent, il devait trouver un moyen de se glisser dans la ville en évitant la porte ouest, puisque Meinhard avait failli écraser la sentinelle le matin même. Si le garde le reconnaissait, il lui ferait passer un mauvais quart d'heure. Restait la porte septentrionale. Petronius se remit donc en marche pour contourner la cité. Lorsqu'il parvint au pont-levis de la porte nord, peu avant le crépuscule, il était harassé de fatigue. Les gardes le dévisagèrent avec méfiance en étudiant son livret de la guilde des peintres, mais finirent par le laisser passer. L'œil aux aguets, Petronius se dirigea vers la place du marché, qui grouillait d'animation. Il ne vit cependant aucun dominicain. Les habitants de

Bois-le-Duc vaquaient à leurs occupations ; certains faisaient leurs courses, d'autres transportaient des sacs de millet et des pots à lait, poussaient des charrettes ou se rendaient à l'église. Rasant les façades des maisons qui bordaient la place, il se hâta de gravir le perron de la demeure de Bosch et frappa avec énergie contre la porte. Personne ne répondit. À l'évidence, les compagnons avaient délaissé l'atelier.

Nerveux, Petronius regarda autour de lui pour s'assurer qu'il n'était pas surveillé. Personne ne semblait s'intéresser à lui sur la place du marché. Quelques instants plus tard, il ouvrit le portillon donnant accès à l'étroit passage qui séparait la maison du bâtiment voisin et se faufila dans l'ombre. Par chance, il n'avait pas fermé la fenêtre de sa chambre avant de partir. Il jeta sa besace dans l'ouverture et se hissa à l'intérieur.

Épuisé, il s'allongea sur sa couche et ferma les yeux.

Un craquement attira tout à coup son attention. Baigné de sueur, il s'était réveillé en sursaut après un court rêve peuplé de créatures bizarres, d'instruments de torture et de crânes. Dans la soupente, les ténèbres étaient si épaisses que le peintre ne parvenait même pas à distinguer ses mains. Quelqu'un s'était glissé dans le passage coupe-feu. La petite fenêtre de son réduit, qui formait un carré grisâtre au milieu de l'obscurité, était encore ouverte. Petronius avait oublié de la fermer avant de s'endormir. Les pas furtifs passèrent sous l'ouverture et s'éloignèrent en direction du jardin. Les gonds d'une porte grincèrent, puis le silence retomba.

Les yeux grands ouverts, Oris scrutait la nuit profonde qui enveloppait sa chambre. Où était passé l'intrus ? Des effluves de parfum venus de l'extérieur montèrent à ses narines. N'avait-il pas déjà respiré cette fragrance ? Tous ses sens étaient en alerte. Quelques instants plus tard, il ressentit de légères vibrations ; le visiteur nocturne montait un escalier ou une échelle, faisant trembler les poutrelles du colombage. Petronius songea aussitôt au passage secret dont il soupçonnait l'existence depuis son arrivée : le mystérieux inconnu gagnait l'atelier du maître.

Lorsque les murs cessèrent de trembler, Oris se leva et ferma doucement le battant du fenestron, dont la vitre avait été confectionnée avec du parchemin enduit d'huile de lin. Il sortit de sa besace un briquet à silex et un morceau d'amadou ; battant à plusieurs reprises la pierre à feu, il parvint laborieusement à allumer une bougie.

Le peintre réfléchit avec fébrilité. Valait-il mieux chercher le passage secret ou emprunter l'escalier intérieur ? Il opta pour le second scénario. L'intrus ignorait que quelqu'un se trouvait dans la maison. En montant les marches furtivement, Petronius réussirait peut-être à le surprendre. Il retira ses bottes, les glissa sous son grabat et se dirigea vers la porte. Il s'apprêtait à se faufiler dans le couloir quand il aperçut un morceau de papier cloué sur le panneau de bois. Il détacha le billet pour l'examiner. Sur le revers, Pieter avait tracé de son écriture appliquée *Auberge de l'Aigle*.

Petronius secoua la tête. Le message lui était-il adressé ? Il était censé ne rentrer que dans trois jours ; Pieter l'invitait donc à le retrouver dimanche à l'auberge de l'Aigle. Il approcha le billet de la flamme de la bougie. Le papier s'embrasa et se consuma rapidement. Petronius écrasa les cendres sur le plancher, puis marcha sur la pointe des pieds jusqu'à l'escalier. Une lueur vacillante en provenance du grenier éclairait chichement les marches de bois.

« Vous commettez un sacrilège, mais puisque vous êtes là, montrez-vous ! »

Petronius tressaillit. Manifestement, l'escalier grinçant avait trahi sa présence. Sur ses gardes, il gravit les dernières marches et entra dans l'atelier du maître. Il aperçut sur le plancher un tas de draps et de cordes avec lesquels on enveloppait d'ordinaire les tableaux pour les hisser jusqu'au grenier au moyen du palan fixé à la potence de la toiture. Il se tourna et balaya la pièce du regard. À côté de son portrait encore inachevé, il remarqua un autre tableau, disposé sur un chevalet de plus grande taille. Mais Petronius était trop loin pour distinguer les détails de la peinture, à peine éclairée par la faible lueur des bougies. Sur sa droite, près de la trappe de l'escalier, se tenait Jacob Van Almaengien.

« Vous ? s'étonna Petronius. Mais que faites-vous ici ?

— Je pourrais vous retourner la question. Si je ne m'abuse, vous devriez être à Oirschot, dans le manoir de votre maître. »

Petronius perçut un mouvement dans le fond de l'atelier et entendit un gémissement. Une troisième personne se trouvait dans la pièce.

« Que faites-vous ici ? insista Petronius. Je suis effectivement rentré plus tôt que prévu, mais j'habite dans cette maison tandis que vous...

— Vous pensez que je me suis introduit dans cette demeure sans permission, Petronius Oris ? rétorqua Van Almaengien de sa voix mélodieuse. Vous vous trompez. Il a besoin d'aide. Et je suis le seul à pouvoir le secourir. »

Du menton, Jacob Van Almaengien désigna la silhouette qui se tortillait sur une mauvaise couche dans la pénombre.

« Qui est-ce ? » s'enquit Petronius.

Tout en formulant la question, il comprit qu'il connaissait déjà la réponse.

Van Almaengien lui fit signe d'approcher. Nu jusqu'à la ceinture, Jérôme Bosch était étendu sur une planche, pieds et mains liés par d'épaisses lanières de cuir. Son corps luisant, comme huilé, était parcouru de violentes convulsions. On lui avait noué un foulard autour de la tête pour éviter qu'il ne se blesse. Des filets de bave blanchâtre s'échappaient de sa bouche.

« Est-il malade ? » murmura Petronius avec effroi.

Jacob Van Almaengien secoua la tête.

« Non, il est en bonne santé. Mais en ce moment, il n'est plus de ce monde. Il flotte quelque part entre le paradis et l'enfer. Prions pour qu'il trouve le chemin du paradis. »

Déconcerté, Petronius se retourna pour sonder l'ami de Bosch. Le regard sombre de Jacob Van Almaengien lui glaça le sang.

« Va-t-il mourir ? »

Un sourire énigmatique glissa sur les lèvres de l'homme. De nouveau, il fit non de la tête.

« Pas tant que je resterai près de lui. »

Petronius remarqua alors que les mains de Van Almaengien étaient aussi huileuses que le corps du peintre en transe.

« Que lui avez-vous fait ?

— Je n'ai fait qu'exaucer son souhait. »

18

Couché sur son lit, les bras croisés sous la tête, Petronius réfléchissait. Le tableau qu'il avait contemplé dans l'atelier refusait de quitter son esprit. Il avait deviné sur-le-champ qu'il s'agissait du mystérieux triptyque dont les volets, sur l'envers, étaient décorés du globe terrestre abritant un monde aux formes tourmentées au troisième jour de la Création. Cette fois-ci, il avait pu admirer le volet intérieur gauche ; Bosch y avait représenté le jardin d'Éden, mais d'une manière stupéfiante. Après coup, Oris ne savait plus ce qui l'avait le plus terrifié : la transe de son maître ou la composition de cette nouvelle œuvre.

Jacob Van Almaengien l'avait exhorté à s'intéresser au tableau, et Petronius n'aurait su dire si l'étrange personnage cherchait à détourner son attention ou s'il tenait au contraire à lui révéler le secret du tableau.

« Que voyez-vous, Petronius Oris ?

— Maître Bosch qui se tord de douleur ! »

Van Almaengien avait montré la peinture du doigt.

« Observez le tableau et oubliez le peintre. Il ne lui arrivera rien. Il cherche son chemin dans le labyrinthe des significations. Concentrez-vous sur le paradis terrestre. »

Petronius s'était approché du triptyque. Au même moment, Bosch s'était débattu en gémissant. Le jeune homme s'était forcé à contempler le volet, remué jusqu'au fond des entrailles par les râles du maître dans son dos. Et soudain, il avait su ce qui l'effrayait dans cette peinture bizarre. Le tableau était divisé en trois plans distincts. Dans la partie inférieure, où dominaient des verts tendres, le Christ guidait Ève vers Adam. Au milieu de la composition, où primaient des teintes chaudes de jaune et de vert pâle, s'élevait une fontaine d'abondance, peinte dans la même couleur rouge clair que la tunique du Rédempteur. À l'arrière-plan, dans des tons de bleu, se découpaient sur le ciel d'étranges montagnes rappelant les formes biscornues du disque terrestre sur l'envers des volets. Mais ce décor était trompeur.

« Est-ce vraiment un paradis ? » avait demandé Petronius.

Il avait alors remarqué que Van Almaengien se tenait dans son dos, tout proche de lui. De nouveau, il avait senti ce parfum à peine perceptible qui le troublait tant.

L'homme avait murmuré d'un ton suave, presque chantant :

« C'est un paradis fort singulier ! Un labyrinthe des sens. Vous devez vous y promener si vous désirez qu'il vous parle. »

Maintenant que l'aube se levait, Petronius, étendu sur son lit, avait l'impression que le tableau s'ouvrait à lui. Les gémissements sourds de Bosch et la voix de

Jacob Van Almaengien résonnaient encore dans son esprit.

La mort était présente dans le jardin d'Éden ! Pendant qu'Adam contemplait Ève, un chat capturait une souris, un oiseau dévorait une grenouille qu'il venait de surprendre sur le bord de la mare située dans la partie inférieure droite du panneau. Le sombre bassin avait enfanté des créatures d'un autre monde : un héron à trois têtes, un étrange animal à bec en train de lire, une licorne, un poisson volant. Petronius savait que la couleur rouge de la tunique du Christ symbolisait l'amour. Il devinait que cet amour s'étendait aux hommes, mais non aux animaux. Comment l'amour et la mort pouvaient-ils coexister au paradis ? Même l'amour paraissait ambivalent. Adam affichait un regard étonné, tandis qu'Ève fixait le sol, comme si elle éprouvait de la honte.

« Ce n'est pas la honte qui lui fait baisser les yeux ! avait lancé Van Almaengien comme s'il pouvait lire les pensées de Petronius.

— Si ce n'est pas de la honte qu'elle ressent, de quoi s'agit-il ? »

Oris s'imaginait que les premières heures des deux habitants du paradis avaient été pleines d'innocence et de tendresse partagée. Aucun d'eux n'avait encore goûté au fruit de l'arbre de la connaissance.

En pensée, Petronius examina attentivement cette Ève. Il comprit qu'elle n'était pas libre ; elle ne voulait pas se pencher vers Adam, elle y était forcée par le Christ. Elle s'était rebellée et avait finalement dû se plier à la volonté du Seigneur, à la violence du représentant du Nouveau Testament. Elle n'était pas devenue la femme d'Adam de son plein gré. Violence entre homme et femme. Était-ce cette perturbation élémentaire de l'idylle qui avait poussé maître Bosch à introduire la mort dans l'univers des animaux ?

Désignant la fontaine au centre du tableau, Petronius avait demandé :

« S'agit-il de la fontaine de jouvence, messire ? »

Sans répondre, Van Almaengien s'était approché de Bosch, toujours agité de soubresauts. Il l'avait massé de la tête aux pieds et, peu à peu, le corps du maître s'était détendu. Un sourire était apparu sur le visage du peintre.

« Il est arrivé, avait soufflé Van Almaengien en s'agenouillant près de Bosch. Il voit à présent le paradis ! »

Petronius avait reporté son attention sur le tableau.

La fontaine se dressait sur un îlot bleu-gris, constitué de pierres et de fioles.

« C'est un monde ambigu. Les animaux semblent vivre ici en paix, mais des créatures infernales, comme ce batracien à trois têtes, sortent du lac alimenté par la fontaine. »

Il avait montré du doigt l'animal qui grimpait sur la rive droite de l'étang et observait de ses trois têtes les alentours.

Tout à coup, Petronius eut une révélation. Il se dressa sur son séant. Il revoyait le tableau comme si celui-ci se trouvait près de sa couche.

Dans une ouverture de la fontaine, une chouette regardait l'extérieur. Une chouette, oiseau de la sagesse, mais aussi de la duplicité, l'attribut de Satan, un symbole de l'hérésie ! La chouette semblait dire : « Sois vigilant, ne te laisse pas duper. » La couleur de l'îlot sur lequel s'élevait la fontaine – le bleu est la couleur de la tromperie – était également un avertissement. Ici était représentée la pierre philosophale, la fameuse quintessence que recherchaient désespérément les alchimistes.

« Le mal a toujours été présent dans le monde ! avait lâché Petronius.

— Le mal et la tromperie. Seules les personnes qui examinent avec attention le tableau remarqueront le message que votre maître a glissé ici. »

Jacob Van Almaengien s'était lavé les mains dans un broc. Il avait utilisé une substance qui faisait mousser l'eau. Du menton, il montra Bosch.

« Je dois le couvrir maintenant. Dans une heure, il se réveillera. Je vous recommande de ne pas rester ici. Personne ne l'a vu dans cet état. Il souhaite que cela reste secret. »

Petronius avait observé avec curiosité la substance moussante. Elle avait enlevé le film gras qui recouvrait les mains de Van Almaengien.

« Encore une chose, messire. Les oiseaux dans l'arrière-fond. Ils naissent, parcourent le monde et reviennent finalement à leur point de départ. Mais les oiseaux noirs entrent ensuite dans une sorte d'œuf cosmique tandis que les blancs continuent de s'égayer dans la prairie. D'après ce que je peux comprendre, c'est le cercle de la vie et de la mort qui est représenté ici. Mais pourquoi les oiseaux sont-ils séparés ? »

Jacob Van Almaengien avait étendu une couverture sur le corps tremblant de Bosch et lui avait passé la main sur le visage. De nouveau, un sourire étrange s'était dessiné sur les lèvres du rêveur.

« Quand vous aurez compris le tableau, vous aurez la réponse à votre question, Petronius Oris.

Réfléchissez. Laissez-nous à présent. Je vais le veiller et attendre qu'il se réveille. Allez dormir. »

Le jeune peintre avait descendu l'escalier et s'était recouché. Mais le sommeil n'était pas venu, les fortes impressions de cette nuit mouvementée l'avaient maintenu éveillé jusqu'à l'aube. Ce qu'il avait vu gargouillait en lui comme un repas mal digéré. Le tableau mystérieux était rempli de symboles occultes. Le maître l'avait sévèrement tancé lorsqu'il lui avait montré son Ève jaillie de la tête du Seigneur, en arguant qu'une telle ébauche pouvait attirer les foudres de l'Inquisition. Mais ce n'était rien en comparaison de ce que peignait Bosch. Si les dominicains découvraient son triptyque, ils l'enverraient droit au bûcher !

À cet instant, Petronius se souvint que le dessin pour lequel Meinhard était mort se trouvait encore dans son sac. Son pouls s'accéléra. Il devait retrouver Pieter au plus vite, parler au Grand Zuid et cacher l'esquisse...

Décidé, il bondit de son lit et enfila ses bottes. Mieux valait se lever tôt. Le jour qui débutait s'annonçait bien rempli.

19

Le soleil et une agréable chaleur estivale nappaient la place du marché comme une couverture de velours. Les habitants de Bois-le-Duc avaient le sourire. Les femmes se laissaient admirer dans des robes légères aux manches ouvertes et bouffantes ; les hommes, vêtus de pelisses de soie et de futaine bordées de lapin, formaient de petits groupes pour discuter des cours des marchandises à Bruges ou Anvers, rire des cabrioles politiques de l'empereur Maximilien et observer l'avancée des travaux de la cathédrale Saint-Jean.

Poussé par une douce brise, Petronius marchait en direction de l'immense édifice gothique. Avec le retour du beau temps, il avait retrouvé une certaine sérénité.

Il aperçut le Grand Zuid, assis en tailleur devant l'une des colonnes du portail de la cathédrale. Le capuchon de sa tunique loqueteuse rabattu sur la tête, le mendiant tendait sa main osseuse vers les visiteurs qui entraient dans le bâtiment. Il répétait comme une litanie :

« Une obole, braves gens, une petite obole, s'il vous plaît. »

Petronius avait reconnu son bâton à l'extrémité noueuse. Il déposa une pièce sur la paume du mendiant et se pencha pour le prier de se rendre derrière l'église. Le Grand Zuid acquiesça d'un mouvement de tête.

Le jeune peintre poussa le lourd vantail de chêne et pénétra dans la cathédrale. Il traversa la nef inachevée, dont la voûte ouverte sur le ciel résonnait des coups de marteau des tailleurs de pierre et d'un brouhaha de voix, puis ressortit par la porte latérale du mur nord. L'imposant édifice jetait sur la ruelle une ombre fraîche qui le fit frissonner. À son grand étonnement, le mendiant l'attendait déjà.

« Les peintres de cette cité sont de plus en plus généreux, railla l'indigent en agitant la pièce de cuivre. Je pourrai bientôt épargner pour mes vieux jours. Mais ne sois pas gêné, Petronius. Que veux-tu ? »

Le jeune homme lui fit le récit de l'attaque des brigands sur la route d'Oirschot.

« Je suis certain que nos assaillants étaient des dominicains déguisés en bandits ! » ajouta-t-il.

Le Grand Zuid hocha la tête.

« J'ai eu vent de cette histoire. Bosch revenait d'Oirschot lorsqu'il a découvert la charrette calcinée. Il a galopé à bride abattue jusqu'à Bois-le-Duc pour signaler l'agression à la mairie. Mais je doute que ton maître obtienne justice. L'inquisiteur ne sera pas inquiété. Même s'il avait été pris sur le fait, il est intouchable. »

Petronius ferma son manteau. Malgré la chaleur estivale, une brise piquante balayait la ruelle plongée dans l'ombre. Il s'apprêtait à poser une question lorsqu'il vit apparaître une procession au coin de la venelle.

« Des flagellants ! » grogna le mendiant en tirant Petronius dans le renfoncement de la porte.

Le groupe de fanatiques religieux se dirigeait vers la place du marché. Petronius et le Grand Zuid les observèrent.

Les hommes progressaient lentement, accompagnés du tintement des encensoirs. Torse nu, ils portaient une cagoule et des hauts-de-chausses noirs. Tout en psalmodiant des chants et des prières, ils se cinglaient le dos en cadence avec leur fouet, dont les lanières de cuir étaient maculées de sang et de sueur.

Pendant que la procession avançait vers eux, le mendiant grommela :

« Depuis que les frocards leur donnent de la soupe et des pièces, les flagellants se font de plus en plus nombreux. Il en défile des dizaines presque toutes les semaines. Mais les chiens du Seigneur ne les payent que si les plaies de la dernière mortification sont cicatrisées ; certains participants cupides remplacent donc les billes de fer au bout des lanières de leur discipline par des boulettes de tissu. Ainsi, ils ne se blessent pas et peuvent intégrer quelques jours plus tard un autre groupe pour toucher de nouveau une poignée de piécettes. Ces derniers temps, la demande de sang de bœuf, que ces filous utilisent pour faire illusion, est en constante hausse. »

Munis d'encensoirs et de bougies, plusieurs dominicains encadraient le groupe.

« Si tu te mets en travers de leur chemin, ils te forcent à rejoindre la procession. Ces pauvres fous prétendent amender le monde ! »

Le Grand Zuid grimaça avant d'ajouter :

« Mais tu n'es pas venu me trouver pour parler des flagellants. Que voulais-tu savoir au juste ? »

Petronius détourna les yeux du spectacle.

« As-tu appris quelque chose sur Jacob Van Almaengien ? »

Le mendiant sourit. Il attendit patiemment que la procession passe devant eux pour obliquer vers le parvis de la cathédrale, puis il répondit :

« J'ai mes sources, mon ami ! Jacob Van Almaengien était juif. Il y a quatorze ans – bien avant mon arrivée à Bois-le-Duc –, il s'est fait baptiser. Mais pas n'importe comment ! Très influent, il s'est converti en grande pompe. Si tu m'avais donné le nom sous lequel il vit maintenant, j'aurais de suite su de qui tu parlais. Il s'appelle Philipp Van Sint Jan. C'est un érudit, un universitaire reconnu dans les domaines des sciences de l'esprit et de la nature. Des savants du monde entier viennent le consulter. »

Petronius poussa un sifflement d'admiration. Il ne s'était pas attendu à cela.

« Ce n'est pas tout, reprit le Grand Zuid. Philippe le Beau en personne, le duc de Brabant, a assisté à son baptême ! Peu de temps après. Van Sint Jan est devenu membre de l'Illustre Confrérie de Notre-Dame. C'est au sein de la Confrérie qu'il a rencontré Bosch. Je vois que mes informations te laissent pantois, mon ami. Eh oui, tu fais le portrait d'un homme célèbre. Il correspond avec tous les grands esprits de notre temps ! »

Le Grand Zuid se rapprocha de Petronius. Au même moment, un autre groupe de dominicains entra dans la ruelle et se dirigea vers eux.

« Il y a encore mieux, dit le mendiant à voix basse. On murmure que Van Sint Jan s'est adonné dans le passé à l'alchimie. Mais personne n'a jamais pu le prouver et il bénéficiait de la protection de Philippe le Beau. Mais notre cher duc – Dieu ait son âme – est mort il y a quatre ans. Depuis, ton érudit a apparemment renoncé à ses expérimentations. D'après ce que j'ai entendu, il a voyagé quelque temps à travers l'Europe. Il est revenu vivre à Bois-le-Duc voilà un an et demi. »

Le mendiant se tut lorsque le groupe de dominicains passa non loin d'eux. Tirant discrètement Petronius par la manche, il se glissa dans la cathédrale par l'entrée latérale.

« Mieux vaut disparaître, maugréa-t-il en refermant la porte derrière eux. Ça sent le roussi dans cette venelle. »

Quelques instants plus tard, l'huis garni de ferrures grinça de nouveau sur ses gonds.

20

Petronius sentit les religieux avant même de les voir. Lorsqu'il entra dans l'auberge de l'Aigle, il perçut aussitôt, entre les relents de bière et les effluves de vin, le parfum doucereux de l'encens. Regardant autour de lui, il finit par repérer plusieurs dominicains installés au fond de la salle, près du comptoir. À côté de la porte d'entrée, des tonneliers étaient accoudés à un gros fût ; l'un d'eux renifla bruyamment et cracha par terre en suivant le regard du jeune peintre.

« La vermine s'est infiltrée dans notre taverne », grogna-t-il.

Petronius acquiesça de la tête. Si les chiens du Seigneur étaient ici, cela signifiait qu'ils avaient l'intention de prêcher. Il en avait déjà entendu parler. Dans leur zèle missionnaire, les dominicains allaient à la rencontre de ceux qui cherchaient justement à les éviter. Malgré l'interdiction formelle de la municipalité, ils s'introduisaient dans toutes les auberges de la cité pour y tenir des sermons, dire la messe, célébrer la communion et annoncer l'omniprésence de Dieu. Puis ils faisaient circuler une corbeille pour la quête.

En ce dimanche soir, Petronius était venu pour rencontrer Pieter, qu'il n'avait pas revu depuis son départ pour Oirschot. Soupçonnant le compagnon de l'avoir livré à ses agresseurs, il désirait lui parler afin de découvrir la vérité. Il était en outre intrigué par l'étrange message que le Flamand lui avait laissé sur la porte de sa chambre. Pourquoi Pieter n'était-il pas revenu à l'atelier de Bosch ?

Un bourdonnement de conversations feutrées flottait dans la salle bondée. Manifestement, l'ambiance joyeuse qui y régnait d'ordinaire était gâtée par la présence des religieux.

Petronius se fraya un chemin à travers la foule en jouant des coudes. Tandis qu'il progressait péniblement vers le milieu de la taverne, il entendit un sifflement derrière lui. Tournant la tête, il aperçut soudain, dans un recoin non visible de l'entrée, le crâne clairsemé de Pieter. Le compagnon lui fit signe. Petronius fendit les flots de buveurs sous une bordée d'injures et finit par rejoindre sain et sauf son collègue.

« Pourquoi as-tu mis autant de temps à venir ? lança fébrilement Pieter en se courbant sur la table comme s'il avait peur d'être vu dans l'auberge.

— J'ai été retenu. Mais que se passe-t-il, Pieter ? Pourquoi te terres-tu ici au fond de la salle ? »

Petronius vit briller une lueur inquiète dans le regard du compagnon.

« As-tu des ennuis ? Dois-tu de l'argent à quelqu'un ? Est-ce que je peux t'aider ? »

Pieter leva les deux paumes en l'air pour signifier qu'il n'avait besoin de rien, puis ajouta à voix basse qu'il souhaitait seulement parler.

À cet instant, Zita apparut à leur table et déposa une bière devant Petronius. Avec coquetterie, la jeune femme se pressa brièvement contre le peintre, lui ébouriffa les cheveux et disparut de nouveau dans la cohue environnante.

« De quoi veux-tu parler au juste ? » demanda sèchement Oris.

À la vue de Zita, le souvenir atroce de l'attaque sur la route d'Oirschot lui était revenu à l'esprit et il avait pris conscience qu'il avait failli ne jamais revoir la jolie servante.

Pieter jeta des regards fiévreux autour de lui. Dans la salle comble, ouvriers et artisans discutaient tranquillement ou fixaient leurs hanaps d'un œil vitreux. Baissant la voix, Pieter souffla :

« L'autre jour, tu souhaitais savoir ce qu'est la Confrérie. »

Petronius se pencha en avant pour mieux entendre les paroles du compagnon.

« L'Illustre Confrérie de Notre-Dame ou Confrérie des Cygnes, comme on l'appelle aussi, joue un rôle important dans la cité. D'éminents personnages en font partie, comme maître Bosch. La Confrérie organise des marches funèbres en cas de décès de citoyens respectables, distribue du pain aux pauvres, engage des musiciens pour certaines cérémonies religieuses. Elle a fait don à la cathédrale de décorations pour les autels et de tableaux. Notre maître a déjà réalisé plusieurs œuvres pour elle.

— Écoute, Pieter, l'interrompit Petronius avec agacement. Ce que tu me racontes n'est un secret pour personne. Inutile de te cacher pour ça. Des confréries de ce genre existent dans de nombreuses villes. »

Les yeux rougis du compagnon adoucirent néanmoins son irritation.

« Où as-tu dormi ces derniers jours ? »

Pieter esquissa un sourire las. Son regard balaya nerveusement la taverne par-dessus l'épaule de Petronius.

« Partout, mais jamais deux fois au même endroit. »

Quand Petronius voulut boire une gorgée de bière, il remarqua que Pieter louchait sur son hanap.

« Tiens, bois », lui proposa-t-il.

Reconnaissant, Pieter avala une grande rasade avant de poursuivre :

« Ce n'est pas tout. Tous les ans, la Confrérie dépense beaucoup d'argent pour mettre en scène des mystères, des diableries ou d'autres spectacles onéreux. Des sommes considérables sont versées pour acheter les tissus coûteux des costumes et... »

Petronius lui coupa de nouveau la parole.

« Pourquoi me racontes-tu tout ça ? Cesse de tourner autour du pot et viens-en au fait ! »

Avant que Pieter n'ait le temps de répondre, la voix puissante de l'un des moines retentit dans la salle.

« Loué soit le Seigneur ! »

Déconcertée, l'assemblée, transformée arbitrairement en paroisse, articula timidement après un temps d'hésitation :

« Pour les siècles des siècles, amen.

— Mes frères et sœurs ! »

Agacé par cette interruption, Petronius se retourna pour voir ce qui se passait. Vêtu de l'habit noir et blanc de son ordre, le dominicain s'était levé et bombait le torse en enveloppant la salle de son regard fanatique. Les clients de l'auberge lui adressaient des regards indifférents ou réprobateurs sans cesser leurs conversations. Mais le prédicateur était expérimenté. Il se fraya adroitement un chemin jusqu'au centre de la pièce puis, levant un bras vers le ciel dans un geste théâtral, il se lança d'une voix tonnante dans un prêche exalté. Bientôt, ouvriers et artisans se turent. Visiblement satisfait d'être au centre de l'attention, le religieux poursuivit son homélie.

Pieter tira la manche de Petronius.

« Veux-tu entendre ce que j'ai à te dire, oui ou non ? » murmura-t-il avec impatience.

Oris se détourna du spectacle et hocha la tête.

« Ils n'ont aucun scrupule ! s'étonna-t-il. Je pensais que le conseil communal avait interdit aux dominicains de prêcher dans les tavernes. »

Pieter roula les yeux et agrippa le bras de Petronius.

« Écoute-moi, je t'en prie. La Confrérie est une société respectable, mais... »

Après une courte pause, la voix tonitruante du religieux emplit de nouveau la salle. L'homme parlait en zézayant. D'une voix sifflante rappelant un serpent crachant son venin, il mit en garde son auditoire forcé contre les péchés capitaux et les blasphèmes. Les spectateurs pouffaient derrière leur main.

« ... et les riches qui se complaisent dans leur vie de luxe doivent craindre les flammes de l'Enfer puisqu'ils refusent de partager et gardent tous leurs biens pour eux ! C'est le feu éternel qui les attend ! Et ce feu ne consumera pas seulement leurs enveloppes charnelles, il s'insinuera au plus profond des pécheurs pour les brûler jusqu'à la moelle, pour calciner leur âme qui grillera lentement avant de partir en fumée... »

Pieter tira à nouveau Petronius par la manche.

« La Confrérie n'est qu'une façade, un vernis. Il y a autre chose derrière... »

Petronius oublia le moine.

« Mais alors que cache la Confrérie ? »

Saisissant la main de Petronius, Pieter posa un doigt sur ses lèvres. Dans sa surprise, Oris avait presque hurlé. Le dominicain, de son côté, poursuivait imperturbablement sa tirade :

« ... celui qui foule aux pieds l'amour du prochain, brise les lois sacrées de notre Seigneur, s'oppose à la miséricorde de l'Église et refuse de rentrer dans son giron, celui-là subira le courroux du Très-Haut et sera jugé... »

Pieter se pencha au-dessus de la table pour murmurer quelque chose à l'oreille de Petronius. Au même moment, celui-ci vit Zita se frayer un chemin dans la salle et heurter le religieux, qui faisait de grands moulinets des deux bras en évoquant ses visions d'apocalypse. Le dominicain empoigna la jeune femme par les épaules, la tira à lui avant de la repousser brutalement. Zita faillit renverser le hanap qu'elle tenait dans la main.

Arrivée près de la table des deux peintres, elle déposa la bière devant Pieter. La colère se lisait sur son visage. Le sermon déchaîné du dominicain faisait baisser le nombre de commandes et certains clients quittaient déjà l'auberge.

Petronius leva son hanap et trinqua avec Pieter. Après avoir avalé une grande gorgée de bière, celui-ci articula avec peine :

« La Confrérie... n'est qu'une... façade. Derrière... il y a autre chose... »

Oris s'étonna de l'entendre bredouiller de la sorte. Soudain, le compagnon ouvrit de grands yeux et le regarda d'un air apeuré.

« Il sera frappé par la foudre, celui qui croit pouvoir se détourner de notre sainte Église ! » éructa le dominicain.

À cet instant, Pieter s'affaissa brusquement. Son menton heurta la table et il s'écroula par terre. Petronius poussa un cri. Les hommes autour de lui se retournèrent avec étonnement. Voyant son public déconcentré, le religieux interrompit son prêche. Les jambes secouées de soubresauts, Pieter poussa un long râle qui résonna dans la pièce devenue étrangement silencieuse. Pétrifié, Oris contemplait son ami sans pouvoir faire un mouvement.

« Le diable voit dans les pécheurs acharnés une belle moisson ; il s'empresse de les attirer à lui avec le poison de la vanité et du vice ! » vociféra le moine, la bouche écumante, un doigt accusateur pointé vers Petronius et Pieter.

21

« Meurtrier ! »

Le mot fut lâché par quelqu'un au fond de la salle. Charretiers, menuisiers, tonneliers, tanneurs, pelletiers et cordonniers s'écartèrent aussitôt de Petronius.

Le peintre se pencha au-dessus de Pieter. Complètement abasourdi, il retourna lentement le compagnon, découvrant un visage crispé aux yeux exorbités de terreur. Pieter était mort. Sa langue, bleuie, pendait affreusement hors de sa bouche.

Une pensée fulgurante traversa l'esprit de Petronius. On avait empoisonné son ami !

« Meurtrier ! Meurtrier ! »

Quelqu'un l'agrippa rudement par l'épaule et l'éloigna de Pieter. En tournant la tête, Petronius reconnut le faciès grimaçant du dominicain qui le fixait de son regard ardent.

« Meurtrier ! » répéta le religieux de sa voix sifflante.

Lentement, les clients de l'auberge formèrent un cercle autour d'eux. Petronius lut sur leurs visages contractés une expression haineuse. Seule la main du dominicain accrochée à son épaule les retenait de se jeter sur lui.

Il s'en voulait. Pieter avait essayé de lui confier quelque chose et il n'avait pas su l'écouter. Et pourtant la peur de son ami était palpable.

« Je n'ai rien fait ! » balbutia-t-il pour sa défense.

Le moine le lâcha et proféra d'un ton grave :

« Les proscrits restent proscrits, les condamnés restent condamnés et les maudits restent maudits ! »

Interprétant ces paroles comme une sentence, ouvriers et artisans crièrent en chœur :

« Pendons le meurtrier ! »

Le peintre se recroquevilla en couvrant son visage de ses mains. Le cercle se resserra autour de lui et des coups se mirent à pleuvoir sur son corps.

« Arrêtez ! » ordonna soudain une voix impérieuse.

Les hommes cessèrent de frapper Petronius et reculèrent lentement.

« Pourquoi vous en prenez-vous à un innocent ? Rattrapez plutôt les coupables ! Le jeune peintre n'a rien fait. J'ai vu les empoisonneurs s'enfuir dans la ruelle. »

Dans une pose majestueuse, le père Jean se tenait sur le seuil de l'auberge. Son bras tendu indiquait l'extérieur.

« Ils sont dehors ! Un rouquin barbu et son complice, un maigrichon vêtu d'un pourpoint noir. »

Une poignée d'hommes se précipitèrent dans la rue à la poursuite des fuyards. L'inquisiteur fendit l'assemblée fébrile pour s'approcher de Petronius. Se penchant vers lui, il lui toucha le bras.

« Relevez-vous, mon fils. Ne vous inquiétez pas, il ne vous arrivera rien. »

Tout endolori, Petronius se remit debout avec peine. En passant la langue sur ses lèvres, il sentit le goût métallique du sang. L'inquisiteur lui posa la main sur l'épaule et murmura :

« Il faut sortir d'ici à présent. J'ignore combien de temps je pourrai retenir cette meute de se précipiter sur vous pour vous pendre haut et court. »

D'une voix forte, il lança aux habitués de l'auberge :

« Comme je l'ai dit, le peintre est innocent, laissez-le en paix. Transportez le défunt jusqu'à la chapelle du cimetière et mettez-le en bière. Nous lui rendrons les honneurs de la sépulture dans trois jours. »

Le père Jean soutint Petronius et le guida avec précaution vers la porte. Zita leur barra le passage.

« Qui paie la note du mort et celle de son compagnon encore bien vivant ? » demanda-t-elle en tendant la main.

Petronius fouilla maladroitement la bourse accrochée à sa ceinture et lui donna deux pièces de cuivre ; la somme dépassait largement ce qui était dû, mais il voulait dédommager la jeune femme des désagréments subis.

L'inquisiteur conduisit Oris en dehors de l'auberge. Lorsqu'ils arrivèrent dans la ruelle, une silhouette sombre les frôla. L'homme trébucha et perdit sa canne avant de se fondre dans l'obscurité. Petronius reconnut le pommeau noueux du bâton appartenant au Grand Zuid.

L'air frais de la nuit lui fit du bien. Peu à peu, il retrouva ses esprits. Le père Jean s'arrêta brusquement au milieu de la venelle et le retint par le bras :

« Je crois que vous m'êtes redevable. Sans mon intervention, vous vous balanceriez à ce crochet ! »

L'ecclésiastique montra du doigt l'enseigne de l'auberge, pourvue d'un crochet de fer auquel on pouvait suspendre une oriflamme pour décorer la façade.

Encore bouleversé par ce qu'il venait d'endurer, Petronius ne sut que répondre.

« Vous savez que vous êtes innocent et je le sais également. Mais ces gens à l'intérieur croient que vous avez empoisonné votre ami. Ils en seront encore persuadés demain, après-demain ou dans une semaine. Prenez garde, Petronius Oris. Un mot de ma part, et on vous y pendra sommairement. »

Petronius comprit où le père Jean voulait en venir. Le religieux le tenait désormais à sa merci.

« Au moins, rétorqua le peintre, je serai suspendu au-dessus des nuages d'encens de vos flagellants et, de là-haut, je ne verrai plus la bassesse de vos pourvoyeurs d'indulgence. »

L'inquisiteur ricana.

« Je vois que vous n'avez pas perdu votre sens de l'humour. Surtout, ne m'oubliez pas. »

Il planta là Petronius et s'éloigna d'un pas vif. Le peintre vit les pans de sa bure disparaître au coin de la ruelle. À cet instant, il perçut un bruit de frottement derrière lui et fit volte-face. Le Grand Zuid avait surgi des ténèbres pour ramasser son bâton.

« Il te tient à présent, Petronius ! commenta le mendiant qui avait manifestement suivi la conversation. Crois-moi, tu seras forcé de baiser sa bague et de lui laver les pieds ! »

22

Figé devant la maison de maître Bosch, Petronius contemplait d'un air las les deux marches du perron. Après ce qu'il venait de vivre dans l'auberge de l'Aigle, celles-ci lui semblaient un obstacle insurmontable. Une agréable brise nocturne lui caressait le dos comme pour l'inciter à avancer, mais il était incapable de faire un pas.

Attirait-il vraiment le malheur, comme Meinhard le lui avait reproché ? Le charretier était mort. Pieter également. Devant ses yeux. Il savait qui avait tué Meinhard. Mais Pieter ? À qui l'assassinat du compagnon pouvait-il profiter ? Était-il interdit d'évoquer la Confrérie ? Bosch lui-même était peut-être mêlé à ce meurtre. Pourquoi sinon Pieter se serait-il enfui de la demeure du maître ? Il avait préféré donner rendez-vous à Petronius dans une auberge plutôt que de lui confier ses craintes à l'intérieur de ces murs. Y avait-il un traître parmi les autres compagnons de l'atelier ? Mais, dans ce cas, à qui l'espion rapportait-il les informations qu'il récoltait ? Petronius ne trouvait aucune réponse à ses interrogations. Tout s'embrouillait dans son esprit.

Fermer les yeux, dormir et ne penser à rien. Voilà ce dont il avait besoin. Il y verrait peut-être plus clair après une nuit de repos. Deux pas en avant et il se retrouva devant la porte. Il actionna la poignée et, à son grand étonnement, l'huis s'entrouvrit. Les compagnons étaient certainement couchés à cette heure-ci. Ils disposaient d'une chambre particulière au premier étage. Un luxe que Bosch accordait à tous ses élèves.

Les sens de Petronius retrouvèrent soudain toute leur acuité. Comme par enchantement, la fatigue, l'abattement et les douleurs s'évanouirent. Un voleur s'était-il introduit dans la maison ou avait-il oublié de fermer à clé quand il était sorti pour se rendre à l'auberge ? Il poussa doucement la porte et se faufila à l'intérieur. Après avoir franchi le seuil, il tendit l'oreille. Une obscurité épaisse et un silence écrasant l'accueillirent. Petronius allait pousser un soupir de soulagement lorsque des bruits étouffés le firent tressaillir. Des voix. Assourdies bien sûr, mais il n'y avait aucun doute : deux personnes s'entretenaient dans l'atelier des compagnons, situé au fond du couloir. Le peintre crut reconnaître le gazouillement de deux amoureux. L'un des compagnons avait-il prié un modèle de rester pour la nuit ? Il avança dans le corridor avec la plus grande prudence. Une éternité parut s'écouler avant qu'il n'atteigne l'atelier. Curieusement, la pièce était vide, mais les voix étaient devenues plus distinctes. Seul un rayon de lune éclairait le jardin et l'intérieur de la maison.

Petronius était perplexe ; les deux interlocuteurs discutaient avec insouciance, et non comme deux voleurs voulant à tout prix éviter de se faire prendre. Soit les larrons étaient sûrs de leur coup, soit... Petronius s'approcha de la paroi. Les voix provenaient du mur extérieur. Avec précaution, le jeune homme posa une oreille contre le revêtement en bois.

« ... je peux vous souffler l'alphabet, les lettres, maître Bosch. Mais vous, vous devez écrire le message sous forme d'image. C'est vous, l'*insignis pictor*. C'est vous le génie de la peinture, pas moi.

— Pour y parvenir, il me faudrait être un démon, un ange ou un dieu. Je ne suis qu'un homme !

— Ne vous sous-estimez pas. Vous disposez d'une grande sensibilité et d'une créativité prodigieuse. L'idée d'intégrer une perspective en plongée dans votre tableau était géniale. Personne avant vous n'a peint de la sorte ! C'est l'unique moyen de laisser le spectateur en dehors. C'est seulement ainsi qu'il peut contempler le monde comme s'il lisait un livre ouvert devant lui. Il est alors forcé de se comporter comme un lecteur attentif. Cette idée est née sous votre pinceau, maître Bosch.

— C'est ce que je vois lors de mes voyages, maître Philipp. Je vole au-dessus du monde. Et pourtant, ces nuits harassantes me rongent. Regardez-moi, je n'ai plus que la peau sur les os. À chaque fois, j'ignore si je reviendrai de ces vertigineux abîmes que j'explore. »

Collé à la cloison, Petronius osait à peine respirer. Comme il l'avait soupçonné depuis le début, la maison possédait des pièces secrètes. Il avait immédiatement reconnu les deux personnes qui conversaient de l'autre côté de la paroi : il s'agissait de Jérôme Bosch et Jacob Van Almaengien, que l'artiste nommait ici par son nom de baptême. Aussi étrange que cela puisse paraître, Petronius aurait pu jurer au son de leurs voix qu'il entendait deux amants deviser. Toutefois, le sens de leurs paroles était voilé. De quels voyages parlait le maître ? Faisait-il allusion à sa transe sous les combles ? Petronius entendit un froissement, suivi d'un grincement. L'un des deux hommes avait soulevé puis reposé quelque chose sur le plancher.

« Vous me dessinez vos visions, les personnages et les lieux que vous avez vus. De mon côté, j'agence tous ces éléments pour vous. C'est le seul moyen de réussir le tableau. Vous savez que nous devons nous dépêcher. De jour en jour, le dominicain resserre autour de nous les mailles de son filet. Et il y a des traîtres dans nos rangs. La communauté des vrais croyants s'amenuise. »

Petronius tressaillit en entendant le mot « traître ». Pieter était-il un espion ? Était-ce la raison pour laquelle on l'avait éliminé ?

« Mais si je ne comprends pas moi-même ce que je peins, l'œuvre ne risque-t-elle pas de devenir insignifiante ?

— Aucun livre rempli d'idées lumineuses ne devient insignifiant. Et c'est exactement ce que va devenir ce triptyque : un livre, un ouvrage de référence ! Prenez la fontaine de jouvence. N'importe quel enfant peut remarquer qu'elle constitue le centre du volet. Le spectateur ne saisit-il pas immédiatement que cette sphère à la base de la fontaine représente le cœur du paradis ? Ne reconnaît-on pas un œil et une pupille, à l'intérieur de laquelle niche une chouette, un oiseau symbolisant la raison et la sagesse ? Si l'âme veut apprendre à se connaître, elle doit regarder au fond d'elle-même – et où doit-elle regarder sinon dans son propre œil ? Voilà des messages simples avec des images simples.

— Mais la chouette est un symbole ambigu ! » protesta Bosch.

Petronius avala sa salive avec peine, remarquant alors que sa gorge était desséchée. Il entendit Jacob Van Almaengien rire doucement.

« Comprendre le sens profond des symboles n'est pas donné à tous, mais ce n'est pas le plus important.

— Si c'est un message pour la Confrérie, nos frères et nos sœurs doivent pouvoir lire ce qui est écrit !

— Le message est clair, argua Van Almaengien. L'amour entre les êtres est un sujet facile à comprendre. Le panneau central leur fournira suffisamment d'exemples en prônant l'amour séraphique, pur et innocent, sans union charnelle – excepté avec Dieu. Vous le peignez et nous le montrerons ensuite à la communauté. Nos frères et sœurs y découvriront le secret de l'origine du monde et auront ainsi matière à méditer. »

Petronius avait une furieuse envie de tousser. Il refusait cependant de s'éloigner pour se racler la gorge, car il ne voulait rien perdre de cette conversation. Il tenta de réunir un peu de salive dans sa bouche pour humidifier sa gorge en feu.

« Jan Van Ruysbroeck[1] ne dit-il pas : “Le crépuscule des sens est l'aube de la vérité” ? Et il ajoute : “Si l'homme est incapable de saisir une chose, il doit rester serein et c'est la chose elle-même qui le saisira.”

1. Prêtre brabançon (1293-1381), disciple de maître Eckhart, considéré comme l'un des principaux représentants de la mystique rhéno-flamande. *(N.d.T.)*

Voilà comment il faut admirer ce premier volet, maître Bosch. L'esprit se vide par la méditation. C'est en s'abandonnant à la contemplation de la fontaine de jouvence qu'on découvre toute la richesse de cette image symbolique. On ne comprend pas les choses au sens traditionnel du terme, on les assimile par le regard. C'est une expérience inédite. »

L'érudit avait prononcé ces dernières phrases d'une voix si basse que Petronius avait eu du mal à les saisir. Le jeune peintre songea à sa propre expérience. La fontaine de jouvence lui était apparue comme un sanctuaire donnant naissance aux quatre fleuves du jardin d'Éden. À présent, il comprenait que l'œil dont parlait Van Almaengien était une sorte de tabernacle où était dissimulé le secret du tableau. Le savant avait ouvert ce tabernacle, sans pour autant révéler entièrement son contenu. La chouette symbolisait les arcanes de l'occultisme. Van Almaengien lui avait donné un aperçu de l'invisible, mais n'avait pas levé entièrement le voile du mystère.

« Au travail, maître Philipp. Nous devons préparer la cérémonie de demain qui aura lieu après le coucher du soleil dans la cathédrale. Un frère de Bruxelles sera parmi nous. Nous pourrions parler du paradis comme source de méditation. Le sujet est approprié, me semble-t-il. »

L'érudit eut un rire clair. Petronius eut l'impression que les deux hommes gagnaient le grenier par un escalier secret, car les voix s'éloignaient. Bosch ajouta quelque chose qu'il ne put entendre.

Oris put enfin se racler la gorge. Épuisé, il s'adossa contre le mur. Son esprit était en proie à une étrange confusion, abasourdi mais en même temps lucide. Il ne savait plus ce qu'il devait penser, sentir ou voir. Mais l'heure n'était plus à la réflexion, il avait grand besoin de repos. Pourtant, un plan germait en lui. Il se rendrait le lendemain à la cathédrale pour observer les deux hommes.

Petronius se glissa dans sa chambre. Après avoir verrouillé la porte, il s'allongea sur sa couche et entrebâilla le fenestron au-dessus de lui. Le sommeil engourdit peu à peu son esprit. Une unique pensée se maintenait obstinément à la surface de sa conscience : qui que soit le meurtrier de Pieter – même s'il s'agissait de Bosch lui-même –, il se promettait de le livrer au bûcher.

23

Une chaleur éprouvante régnait dans la cité, mais l'air frais à l'intérieur de la cathédrale fit frissonner Petronius. Sous la voûte inachevée de la nef, des marchands de poisson s'étaient installés entre les colonnes et vantaient avec force les produits de la pêche du jour. Un charcutier s'était également réfugié dans l'ombre de l'immense charpente ; on y voyait de même des changeurs[1] et des drapiers. Des mendiants attendaient la fraîcheur du crépuscule non loin de patriciens richement vêtus. En cette fin d'après-midi, comme il y avait plus de monde dans la cathédrale en construction que dans les ruelles à la moiteur étouffante, les prostituées de la ville venaient racoler dans l'enceinte ; leurs souteneurs attendaient derrière les colonnes qu'elles leur rapportent le fruit de leur travail. Dans un recoin, un religieux confessait des fidèles. À quelques pas de là, un micheton réglait une marchande d'amour après une rapide extase derrière les bâches tendues par les

1. Commerçant faisant le change des monnaies et le négoce des métaux précieux. *(N.d.T.)*

tailleurs de pierre. Dans la chapelle de la Vierge, un prêtre distribuait l'eucharistie ; quelques femmes étaient agenouillées sur les dalles de pierre en attendant de recevoir l'hostie.

Petronius avait remarqué un voleur, négligemment appuyé contre un pilier, qui observait les couples de bourgeois qui déambulaient dans l'édifice. L'homme semblait avoir trouvé de nouvelles proies. Une légère bousculade, un cri étouffé, et il avait dérobé de deux coups de couteau experts le collier d'une patricienne et la bourse de son époux avant de disparaître dans l'obscurité d'un renfoncement. À l'évidence, le détrousseur connaissait son métier. Petronius pressa machinalement sa gibecière.

Il entra par une petite porte dans le chœur, séparé de la nef par une palissade provisoire pendant les travaux. Empruntant le déambulatoire, il tua le temps en contemplant une série de tableaux peints par Bosch qui formaient un cycle biblique. Il s'arrêta dans l'une des chapelles absidiales pour admirer un triptyque relatant l'histoire d'Abigaïl, agenouillée devant David.

Sur le volet gauche, on pouvait voir les dix messagers de David, venus pour transmettre les salutations du roi à Nabal, l'époux d'Abigaïl. Mais le riche fermier les chassait de sa demeure. Sur le panneau central, Bosch avait représenté la belle Abigaïl se prosternant devant David. Autour d'eux, le sol était jonché de cadeaux pour le souverain : pains, outres de vin, moutons prêts à être égorgés, céréales, gâteaux et pyramides de raisins secs. Le volet droit montrait Dieu châtiant Nabal, pendant que David prenait Abigaïl pour épouse. Le visage hideux de Nabal, tordu par la haine, fit reculer Petronius. Il avait déjà vu cette figure patibulaire sur une esquisse – et plus précisément celle qu'il transportait sans le vouloir sur la route d'Oirschot. La ressemblance avec le père Jean le fit frémir.

Nue, Abigaïl se jetait aux pieds de David. Elle s'offrait au souverain pour expier la mauvaise conduite de Nabal. L'interprétation de Bosch était nouvelle pour Petronius, mais elle lui parut naturelle et sensée.

Le peintre dirigea son regard vers la partie supérieure du volet droit, où des créatures dantesques surgissaient du ciel et de la terre pour punir Nabal. Même dans ses pires cauchemars, il n'avait jamais vu de pareils monstres.

« Que se passe-t-il dans la tête de cet homme pour qu'il peigne de telles horreurs ? Est-il possédé par le diable ou son imagination est-elle simplement plus fertile que la nôtre ? »

Petronius avait sursauté en entendant la voix de Baerle derrière lui, mais s'était aussitôt ressaisi.

« C'est un don très rare de pouvoir donner forme aux peurs indicibles des hommes, répliqua-t-il. Ces êtres fantastiques incarnent la terreur qui habite certaines de nos visions nocturnes. »

Le père Jean se mit à tourner autour du peintre, le menton posé sur la main comme s'il réfléchissait intensément. L'écho de ses pas se mêlait aux cris des marchands qui hélaient les chalands dans la nef à ciel ouvert. Petronius jeta un regard vers le chœur. Un groupe de fidèles s'était rassemblé devant le sanctuaire où s'élevait le maître-autel. Un office religieux devait se préparer. Certains avaient apporté des chaises pliantes, tandis que d'autres s'asseyaient à même les dalles de pierre. Quelques-uns préférèrent rester debout. Une femme élégamment vêtue fit signe à un homme qui venait d'entrer dans l'édifice par une entrée latérale ; elle courut vers lui et l'embrassa fougueusement, puis le couple se dirigea bras dessus, bras dessous vers l'autel pour assister à la messe.

L'inquisiteur grimaça.

« "N'est-il pas écrit : ma maison sera appelée une maison de prière pour tous les peuples ? Mais vous, vous en avez fait une caverne de voleurs." Voilà ce que Jésus a dit lorsqu'il est arrivé à Jérusalem et qu'il a chassé les marchands du temple. Le temps présent n'a-t-il pas de nouveau transformé la maison du Seigneur en une caverne de voleurs ? Ces tableaux et ces hommes dépravés ne montrent-ils pas les mêmes stigmates du péché ? Et le péché, lorsqu'il est reconnu, n'est-il pas l'œuvre du diable ? »

D'un geste méprisant, le dominicain désigna le chœur où se côtoyaient foi et négoce. Un camelot passait parmi les fidèles en faisant de la réclame pour un pamphlet.

Petronius se tourna vers le père Jean. Il savait qu'il risquait sa vie en contredisant le religieux, mais il lui était impossible de se taire. Il ne pouvait pas le laisser comparer l'art sublime de Bosch avec le trafic auquel se livraient les changeurs de monnaie et les vendeurs de pigeons.

« Vous oubliez que le monde à l'intérieur de cette église est un miroir. Ce qui se passe ici est le reflet du monde extérieur ! Vous avez le pouvoir de chasser les marchands, comme le fit autrefois Jésus. Pourquoi n'intervenez-vous pas ? Parce que vous percevez une part des recettes et que cela vous permet de mieux contrôler vos ouailles. Ou devrais-je dire vos brebis ? Car ce sont les brebis que l'on tond... »

Petronius s'était laissé emporter par la colère. D'un air impassible, le père Jean fixait tour à tour le peintre et le triptyque.

« Est-ce ainsi que vous justifiez ce genre de peinture ? Regardez par vous-même. Abigaïl devant David. Faut-il qu'elle soit nue ? Pourquoi doit-elle se prosterner de manière aussi provocante ? L'imagination ne peut que s'enflammer à la vue de toute cette chair. Où sont la foi et la méditation ? Ce tableau n'est-il pas plutôt une pâture offerte aux regards concupiscents comme tout ce qui se trouve ici ? »

L'inquisiteur fit un geste circulaire englobant toute la cathédrale.

« Celui qui réagit comme vous venez de le décrire, mon père, a sans doute une piètre foi et un esprit bien vil, rétorqua Petronius. C'est plutôt cette imagination lubrique qui me semble de nature diabolique. »

Piqué au vif, Baerle s'empourpra. La remarque ironique avait fait mouche. Le visage cramoisi, il se força néanmoins à répondre d'une voix calme :

« Jésus a dit : "Ce n'est pas ce qui entre dans la bouche qui souille l'homme ; mais ce qui sort de la bouche, c'est ce qui souille l'homme." C'est la vue d'Abigaïl qui fait naître en nous l'imagination pécheresse, parce que nous sommes des pécheurs ! »

Fébrile, l'ecclésiastique se mit à faire les cent pas devant le triptyque en se frottant le menton. Il cherchait visiblement à se maîtriser.

« Et si c'était le message d'un groupe d'hérétiques qui se terrent dans cette ville ? La nudité comme relique du paradis. Certains pensent que nous n'avons pas quitté le jardin d'Éden, parce que le Seigneur y aurait semé d'une manière égale le bien et le mal.

Pas d'arbre de la connaissance au cœur de l'Élysée, pas de bannissement, pas de chérubins armés d'épées enflammées pour défendre les portes du paradis terrestre et pas de péché ! »

Petronius se figea. Une pensée foudroyante lui traversa l'esprit. Cette description correspondait en tout point au premier volet du triptyque de Bosch montrant le paradis. L'arbre de la connaissance n'était plus au centre du jardin d'Éden, dans lequel se côtoyaient le bien et le mal.

« Qui a raison, alors ? lâcha le père Jean. Les hérétiques ou la parole de notre Seigneur, parvenue jusqu'à nous à travers la Bible ? »

Oris sentit que le religieux lui tendait un piège grossier. Un piège qui pouvait cependant lui coûter la vie.

« La parole de Dieu prime sur celle de l'homme. Mais quand la parole du Seigneur est équivoque, l'homme n'a-t-il pas le droit d'utiliser sa raison et son imagination pour l'interpréter ?

— Ha ! La raison et l'imagination. Un croyant n'a besoin de s'imaginer qu'une seule chose : les splendeurs de l'au-delà. C'est grâce à cette pensée qu'il peut supporter le monde d'ici-bas et ses épreuves. »

La voix de Baerle était empreinte d'une haine presque tangible.

« Celui qui s'oppose à cette idée, poursuivit-il, est rongé par le mal et doit être ramené dans le droit chemin. *Veritas extinguit* : "La vérité tue." Nous livrons les hérétiques aux flammes du bûcher afin que le feu purificateur lave leur âme souillée. »

Petronius sentit qu'il ne devait plus dire un mot. L'inquisiteur pouvait mal interpréter la moindre de ses remarques et Oris ajouterait ainsi un fagot supplémentaire à son propre bûcher.

« Ils appartiennent tous à cette secte d'hérétiques, siffla Baerle. Bosch, Van Almaengien, et même Pieter. J'ai vu la peur dans les yeux de ton ami. J'ai vu son âme, noircie par les péchés et les croyances hérétiques. Quand il a senti la mort approcher, il tremblait comme une poule mouillée. Sa foi impie ne lui a servi à rien ! »

Le dominicain s'approcha si près de Petronius que celui-ci sentit l'odeur de camphre qui émanait de son habit et dut éternuer. Ses yeux flamboyaient. Un frisson parcourut l'échiné de Petronius.

« Vous défendez votre maître, mais soyez prudent : je n'ai pas encore de preuve de son hérésie, mais ses tableaux peuvent suffire à l'envoyer au bûcher. Je l'abattrai comme on abat un cerf, en recourant à la ruse. Et je lui donnerai le coup de grâce en le regardant dans le blanc des yeux... »

Se détournant du peintre, il ajouta d'une voix à peine audible :

« Mais avant cela, je prendrai plaisir à le torturer ! »

Puis il tourna les talons et s'éloigna. D'un pas sonore, l'inquisiteur traversa rapidement le chœur. Les fidèles en pleine prière s'écartèrent sur son passage. Seul le camelot essaya de s'approcher de lui en brandissant son pamphlet. D'un geste brutal, Baerle lui arracha l'opuscule des mains et le jeta par terre.

24

Une main se posa sur l'épaule de Petronius.

Surpris, il virevolta brusquement.

« Que fais-tu ici, Petronius ? »

Zita se tenait devant lui.

« Attends-tu quelqu'un ? » murmura-t-elle en posant doucement la main sur la bouche du peintre lorsque celui-ci voulut répondre à voix haute.

La jeune femme lui décocha un sourire complice.

« Cet édifice a des yeux et des oreilles, même le ciel nous regarde !

— Et toi ? contra-t-il. Seules les grenouilles de bénitier errent dans la cathédrale au crépuscule. »

En effet, la vie s'était lentement retirée du bâtiment en construction. Les marteaux des tailleurs de pierre s'étaient tus. Marchands et filles de joie avaient repeuplé les rues autour de la cathédrale. Seuls quelques rares fidèles se promenaient dans la nef ou priaient devant les autels des différentes chapelles.

« Que viens-tu faire ici ? insista Zita.

— Maître Bosch devrait arriver d'un instant à l'autre. Je dois le mettre en garde. »

Zita arqua un sourcil.

« Contre quoi ? »

Petronius hésita quelques secondes à lui mentir, puis se ravisa. Il décida de s'en tenir à une demi-vérité.

« Il doit être prudent. L'inquisiteur est à ses trousses. »

Amusée, la jeune femme émit un rire clair.

« Le dominicain n'est pas le seul à lui en vouloir. Mais Bosch a des amis influents, crois-moi. Baerle n'osera pas s'attaquer à lui. Tu peux rentrer à l'atelier l'esprit tranquille, Petronius. Un peu de repos te ferait du bien. Les cernes bleuâtres sous tes yeux ne te siéent pas à ravir. »

Avec précaution, Oris huma le parfum de la servante.

« Je ne distingue pas la note d'ail serpentin. Tu es à la recherche d'un amoureux ce soir ? Est-ce la raison pour laquelle tu veux m'envoyer au lit ? »

Il vit une brève lueur traverser les yeux de Zita avant de disparaître sous un battement de cils. Elle s'approcha tout près de Petronius, qui sentit son souffle léger et le frôlement de sa robe. Du revers de la main, elle caressa la joue du peintre. Puis, tout à coup, un sourire moqueur se dessina sur ses lèvres.

« Toutes les femmes non mariées ne sont pas en quête d'un galant, Petronius. Rentre chez toi maintenant. Demain, je me débrouillerai pour passer plus de temps avec toi. »

Elle le repoussa lentement d'une main ferme. Oris sentit que quelque chose clochait. Pourquoi Zita tenait-elle tant à se débarrasser de lui ?

« As-tu rendez-vous ici avec quelqu'un ? Un... »

Avant qu'il n'achève sa phrase, une gifle s'abattit sur sa joue.

« Une telle pensée ne doit même pas t'effleurer l'esprit ! Je n'appartiens à personne. Ni à toi ni à un autre. Si je parle avec un homme, c'est parce que je l'ai décidé. Hors de ma vue ! »

Le ton sans appel de Zita convainquit Petronius de ne pas insister. Faisant mine d'obtempérer, il se dirigea vers la sortie avant de se cacher derrière l'une des imposantes colonnes du chœur. S'il ne voulait pas rater Bosch et Jacob Van Almaengien, il devait rester dans la cathédrale. Il attendit quelques instants et entendit Zita s'éloigner. Soudain, de l'autre côté de l'édifice, le portail claqua. Petronius scruta la pénombre en tendant l'oreille. Aucun pas ne retentit. Un fidèle venait sans doute de quitter la cathédrale. Le peintre s'écarta du pilier et constata avec étonnement que Zita avait disparu.

« Zita ! lança-t-il à voix basse en arpentant le déambulatoire. Zita ! Montre-toi ! »

Il s'apprêtait à faire demi-tour lorsqu'il perçut un trottinement rapide ; quelqu'un marchait à pas pressés, mais le bruit était répercuté par les colonnes, et donc impossible à localiser. Dans la lueur de la lune qui éclairait faiblement les échafaudages et les bâches, Oris aperçut au fond du chœur une silhouette disparaître derrière un pilier. Ne pouvant distinguer s'il s'agissait de Zita, le jeune homme décida tout de même de la suivre et s'avança furtivement vers les chapelles absidiales.

Une poignée de secondes plus tard, il entendit une porte grincer sur ses gonds et un léger murmure de voix. Dans l'une des chapelles brûlait une lampe éternelle. Suspendue par une chaîne à la voûte, elle oscillait légèrement, mue sans doute par un courant d'air, et baignait l'absidiole d'une lumière rouge. S'approchant avec précaution, Petronius ne vit personne. Où était donc passée Zita ?

En se coulant dans la chapelle, le peintre avisa une porte à damiers blancs et verts, ornée en son centre d'un carré rouge. Il examina le panneau à caissons sans trouver de mécanisme d'ouverture. Intrigué, il colla son oreille contre le bois, mais ne perçut aucun bruit de l'autre côté. En reculant d'un pas, il remarqua à hauteur de genou un mince rai de lumière. Une fente entre deux moulures. Petronius se pencha pour jeter un coup d'œil. Ce qu'il vit lui coupa le souffle.

Zita se tenait au centre d'une petite antichambre. La pièce était uniquement éclairée par la lueur vacillante d'un chandelier que portait la jeune femme. Petronius resta bouche bée : immobile, Zita était dans le plus simple appareil. Une Ève magnifique que n'aurait rejetée nul paradis. Dénoués, ses cheveux tombaient en cascade sur ses épaules. Ses seins d'un galbe parfait pointaient en avant, ornés de boutons sombres à leur sommet. Une fine raie noire surplombait son mont de Vénus. Oris n'en croyait pas ses yeux. Que diantre faisait Zita ici ? Et pourquoi cette complète nudité ? Il allait frapper à la porte lorsqu'il entendit des pas résonner dans le chœur. Balayant la chapelle du regard à la recherche d'une cachette, il se releva d'un bond et se rua derrière l'autel. Des bribes de conversation lui parvinrent et il vit apparaître un instant plus tard maître Bosch, flanqué de Jacob Van Almaengien.

« Le tableau se trouve déjà dans la chapelle de la Confrérie, Jérôme. Quant au prédicateur, il n'a pas encore terminé son dîner et sera le dernier à nous rejoindre. Mais nous sommes prêts et vous devriez débuter la sainte messe. »

Les deux hommes pénétrèrent dans l'absidiole et se dirigèrent vers la porte à damiers. Bosch cogna contre le bois en suivant un certain rythme. L'huis s'ouvrit aussitôt et se referma dès que l'artiste en eut franchi le seuil. Jacob Van Almaengien attendit quelques secondes, puis repartit en direction de la nef.

Petronius sortit de sa cachette sur la pointe des pieds. Après s'être assuré que l'érudit avait quitté le chœur, il s'approcha de la porte et colla son œil contre la fente. De l'autre côté, Jérôme Bosch se déshabilla entièrement et posa ses vêtements sur le bras de Zita, qui les rangea dans un coin de l'antichambre. Après cela, le Flamand prit la jeune femme par la main pour la guider vers un escalier qui s'enfonçait dans les profondeurs de la cathédrale. Ils descendirent tous deux les marches, disparaissant du champ de vision de Petronius. Les ténèbres engloutirent l'antichambre.

Stupéfait, Oris se retourna et s'adossa à la porte. Son regard se posa sur la flamme ondoyante de la lampe éternelle. Que se tramait-il donc en ces lieux, par tous les saints ?

25

« Ne bougez pas, messire ! »

Un pinceau entre les dents, deux autres dans la main gauche avec la palette, Petronius s'évertuait à corriger le menton de son portrait. Il bouillait intérieurement. Ce visage de savant finirait par lui ravir la raison.

« Une question, messire. Pensez-vous que l'érudition puisse, telle une maladie sournoise, transformer le corps en en dérobant les traits ? »

De nouveau, son modèle bougea et il dut le replacer pour faire coïncider le visage avec son esquisse sur sa grille quadrillée.

« Encore un peu de patience, nous en aurons bientôt fini pour aujourd'hui.

— Pourquoi me posez-vous une question pareille, Petronius ?

— Parce qu'il est plus facile de peindre un paysan dans son champ que vous. Vous avez certes un beau visage, messire, mais il est trop lisse. »

Petronius mélangea une couleur sur sa palette avant de l'appliquer délicatement sur le tableau. Sans attendre la réponse de Van Almaengien, il reprit :

« Vous savez, les paysans ont une face anguleuse, faite de rides et de saillies, avec des ombres marquées et des lignes bien nettes, des poils et des cicatrices. Il n'y a rien de tout cela chez vous. »

Vous avez des traits trop insaisissables, trop féminins, songea-t-il, préférant cependant s'abstenir d'exprimer ce commentaire.

« Je puis vous assurer que l'érudition ne modifie pas l'homme, excepté peut-être sa vision de la vie. Celui qui connaît les secrets de ce monde s'y meut avec plus d'aisance. Mais je n'ai jamais entendu parler d'une transformation du corps, et je ne crois pas qu'une telle chose me soit arrivée ! »

Jacob Van Almaengien émit un rire aigu.

« Assez pour aujourd'hui, Petronius. J'entends maître Bosch monter l'escalier. Nous reprendrons demain.

— Si je peux me permettre, nous avançons trop lentement, fit remarquer Oris. Je ne réussirai jamais à terminer si vous interrompez toujours aussi brusquement nos séances. Vous payez bien, mais je ne voudrais pas que le prix de votre portrait atteigne des sommets. »

L'érudit acquiesça, mais lui intima de quitter l'atelier d'un geste de la main. Petronius s'exécuta. Il ramassa palette, pots de peinture, pinceaux et huiles, puis attendit près de la trappe que Bosch parvienne au grenier.

« Jacob, ahana celui-ci en apercevant le savant. Je ne vais pas tarder à installer mon atelier au rez-de-chaussée. Je n'aurai bientôt plus assez de souffle pour grimper ce maudit escalier. »

Van Almaengien se leva de son fauteuil et marcha vers Bosch en ouvrant les bras. Les deux hommes s'étreignirent.

« Si vos forces faiblissent, maître Bosch, vous avez ici quelqu'un pour vous seconder. Votre élève travaille merveilleusement bien, même s'il se plaint que nous n'avançons pas assez vite.

— Avec raison ! s'écria Bosch en souriant avant de se laisser tomber dans le fauteuil que Van Almaengien avait tiré vers lui.

— Je vous laisse », dit Petronius en descendant l'escalier.

Le grenier resta silencieux derrière lui. Manifestement, Bosch et Van Almaengien attendaient qu'il soit suffisamment loin avant d'entamer une conversation. Ce n'est qu'en arrivant dans l'atelier des compagnons, où Enrik peignait un paysage, qu'il perçut les voix assourdies des deux hommes.

Petronius soupçonnait depuis longtemps que le portrait commandé par Van Almaengien ne fût qu'un prétexte pour permettre aux deux amis de se parler tranquillement. Bosch craignait-il d'être vu en compagnie d'un juif converti ? L'érudit arrivait généralement avant l'heure prévue pour les séances, posait durant le temps que mettait un sablier à s'écouler et s'entretenait ensuite longuement avec Bosch.

« Tu es bien pensif aujourd'hui, nota Enrik avant de montrer du doigt son tableau. Jette un regard là-dessus et tu vas retrouver goût à la vie ! Tu devrais profiter de la chance que tu as de travailler avec le meilleur élève d'un artiste réputé ! »

Petronius se laissa gagner par la bonne humeur d'Enrik. Après la mort de Pieter, le peintre rondelet était devenu premier compagnon, ce qu'Oris trouvait tout à fait justifié. Les paysages d'Enrik étaient reconnus dans tout le Brabant. Petronius aimait en outre la jovialité du jeune homme. Ses petits yeux, perdus au milieu de son visage joufflu, brillaient toujours d'une lueur espiègle. Petronius s'étonnait à chaque fois de voir avec quelle élégance ses doigts boudinés faisaient naître les contours d'un décor. En revanche, la nature ne l'avait guère épargné pour son physique, car ses cheveux drus et indisciplinés poussaient par touffes éparses sur son crâne dégarni.

Petronius rentra dans le jeu du compagnon :

« Je crois que tu devrais plutôt te reconvertir en chaussetier, Enrik. Tes chaussettes me semblent en meilleur état que tes tableaux. Tu appelles ce barbouillage de l'art ?

— Tu te fourvoies, mon cher Petronius. Tu parles avec un peintre dont l'art sera encore loué dans plusieurs siècles. Tandis que tes croûtes resteront accrochées aux murs humides de marchands incultes, mes œuvres traverseront le temps et décoreront les futurs palais des souverains à venir.

— On les placera devant les fenêtres pour empêcher les pigeons d'entrer, railla Petronius.

— Bah ! je suis mésestimé, soupira Enrik en rejetant sa chevelure clairsemée en arrière. Mais c'est le destin des vrais génies. Ils crèvent toujours dans la pauvreté.

— Dans ce cas, allons vite manger un quignon de pain avec un peu d'huile avant que tu ne t'enfonces dans la misère. J'ai entendu dire qu'on trépassait plus aisément avec le ventre plein.

— Tu as raison, approuva Enrik. Abandonnons l'art et ses peines pour nous consacrer aux activités que nous maîtrisons à merveille. »

Les deux compagnons se rendirent dans la cuisine en riant. Ils se coupèrent chacun une tranche de pain qu'ils trempèrent dans une assiette d'huile d'olive. Petronius posa sur la table deux hanaps, une cruche de vin coupé d'eau et une poignée de cornichons marinés qu'il saupoudra d'un peu de sel et de basilic séché.

« Un vrai festin de roi ! » s'exclama Enrik.

Faisant un clin d'œil complice à son ami, il ajouta à voix basse :

« Nous pouvons prendre notre temps, le maître est occupé. »

Petronius sourit. Bosch n'aimait pas que ses élèves prennent trop de temps pour déjeuner.

« Qui a empoisonné Pieter ? » demanda Oris à brûle-pourpoint.

Surpris par la question, Enrik le regarda avec des yeux écarquillés. Toute gaieté disparut de ses traits.

« Si j'attrape ce gredin, je lui tords le cou de mes propres mains, grogna-t-il en ajoutant le geste à la parole.

— Pieter était-il membre d'une confrérie ? » s'enquit Petronius.

Enrik le considéra avec attention.

« Tu penses sans arrêt à ce qui s'est passé, je me trompe ? Je te vois souvent le nez en l'air avec un regard vague. Pieter appartenait probablement à une confrérie, mais... »

Petronius lui saisit brusquement le bras et feula :

« Mais *quoi* ?

— Il a peut-être essayé de la quitter. À cause de l'Inquisition. »

Enrik avait baissé le ton et s'assura d'un regard que personne ne les épiait depuis le couloir.

« Tu n'as pas idée de ce que sont capables les dominicains, ajouta-t-il en trempant un morceau de pain dans l'assiette d'huile d'olive.

— Mais pourquoi l'a-t-on empoisonné devant mes yeux ? »

Petronius observa la réaction du compagnon. Celui-ci se versa du vin, porta son hanap à sa bouche et avala plusieurs gorgées. Puis il riva ses petits yeux porcins sur Oris.

« Celui qui trahit le secret doit mourir. L'enjeu est trop important. Une vie pour en sauver des dizaines d'autres. Les dominicains font la loi dans cette cité. Depuis qu'ils sont ici, la mort est partout. »

Enrik se pencha en avant. Des miettes imprégnées d'huile s'étaient prises dans sa moustache.

« Tu as vu les condamnés qu'on emmène au bûcher ? Sais-tu ce que c'est de mourir pour une conviction qui ne fait de mal à personne ? Non, tu n'en as aucune idée. Tu ne sais rien ! »

Le compagnon avait littéralement hurlé les derniers mots.

« Et si je veux savoir, Enrik ? Et si je veux devenir moi-même membre ? Que dois-je faire ? »

Enrik mastiqua lentement son pain avant de l'avaler, comme s'il voulait s'accorder un instant de répit.

« C'est simple, finit-il par répondre. Tu te rends à la Maison des Frères des Cygnes et demandes à devenir membre de l'Illustre Confrérie. »

Visiblement embarrassé, le peintre grassouillet fixa l'assiette devant lui, dans laquelle des miettes de pain flottaient sur un fond d'huile. Petronius réfléchit fébrilement. Si Enrik était un espion de l'inquisiteur, il devait se montrer prudent. Il décida cependant de tenter sa chance :

« Je ne te parle pas de la Confrérie de Notre-Dame, mais de celle qui se réunit secrètement dans les souterrains de la cathédrale. Comment puis-je devenir membre ? »

Le compagnon leva des yeux effrayés. Petronius savait à présent qu'il avait touché juste.

« Écoute, personne ne te confirmera l'existence de cette confrérie. Quant à cette histoire de rendez-vous dans les souterrains de la cathédrale, tu as l'imagination trop fertile ! Mais je pourrais peut-être te faire rencontrer des hommes et des femmes qui en savent plus que moi. Toutefois, tu auras besoin de deux personnes se portant garantes de ta conduite. Deux personnes sûres, parce que...

— Parce que quoi ? Parle ! »

Enrik se leva et bafouilla d'un air gêné :

« Parce qu'il n'est pas simple d'être initié au culte secret, tel que le célèbre la Confrérie. Je ne peux pas t'en dire plus. Désolé. Seules des personnes courageuses et vertueuses... »

Le compagnon se tut brusquement.

« Mais qu'est-ce que tu racontes ? s'écria Petronius avec agacement en se mettant debout à son tour. Sois plus clair ! »

Quand il se retourna pour poser l'écuelle d'huile sur l'évier de pierre, il découvrit Jacob Van Almaengien appuyé contre le chambranle de la porte. Le savant le détaillait d'un regard insondable.

26

Petronius s'engagea dans la rue d'Hulst en direction du mur d'enceinte et de son bastion méridional. On sentait déjà les relents saumâtres du Singelgracht et on entendait les cris des bateliers qui transportaient leurs marchandises jusqu'à la porte sud de la cité. Le peintre s'arrêta au croisement avec la rue Saint-Joris. Le carrefour était désert. D'après le Grand Zuid, Zita habitait non loin d'ici, dans un foyer pour jeunes femmes sans famille. Se remettant en mouvement, il se dirigea donc vers l'entrée de l'hospice Sainte-Gertrude. Au moment où il s'apprêtait à frapper à la porte de l'édifice flambant neuf, il aperçut à l'autre bout de la rue une silhouette sortir d'un bâtiment appartenant au couvent des dominicaines. Une femme, à en croire ses formes graciles. Enveloppée d'un manteau noir, une capuche rabattue sur le visage, l'inconnue regarda alentour comme pour s'assurer qu'elle n'était pas observée, puis remonta la rue en direction de Petronius. Mû par une soudaine intuition, le peintre resta dissimulé dans l'ombre du porche. En la voyant approcher, tête baissée, les bras croisés sur la poitrine, Petronius reconnut la femme sans hésitation. Surgissant de sa cachette, il lui barra le chemin.

« Zita ! Que fais-tu ici ? »

La servante tressaillit en découvrant Petronius. Elle s'éclaircit la gorge d'un air gêné. Lorsqu'elle se mit à parler, sa voix tremblait :

« Petronius, quel hasard !

— Que faisais-tu dans le couvent des dominicaines ? C'est là que réside l'inquisiteur !

— À vrai dire, il loge dans le palais situé derrière le cloître », corrigea Zita sans le regarder.

Oris fit un pas vers elle.

« Le père Jean t'a convoquée ? »

Tout à coup, la jeune femme s'affaissa contre Petronius comme si ses jambes ne la portaient plus. Le peintre manqua de perdre l'équilibre en la retenant. La réaction de Zita le déconcerta. Jusqu'à présent, elle s'était toujours montrée forte et combative devant lui.

« Parle-moi, Zita. Que voulait le dominicain ?

— Il m'a posé des questions sur toi et le Grand Zuid. »

Petronius plissa le front. De nouveau, l'inquisiteur se renseignait sur lui, et il en ignorait la raison. Baerle était-il toujours à la recherche de l'esquisse qu'il avait espéré trouver sur la charrette de Meinhard ? Se doutait-il qu'Oris l'avait récupérée ? Mais comment aurait-il pu deviner cela ?

« A-t-il dit ce qu'il attendait de moi ? »

Zita fit non de la tête. Des larmes lui montèrent aux yeux.

« Qu'y a-t-il ? » demanda doucement Petronius en la serrant contre lui.

Ils restèrent quelques instants ainsi, étroitement enlacés. Le peintre savoura ce moment d'intimité, respirant le parfum de Zita. Il ne put s'empêcher de lever les yeux vers le couvent situé au bout de la ruelle.

« Tu dois quitter la ville, Petronius. Le père Jean va s'en prendre à toi. Il compte te convaincre de travailler pour lui. Si tu refuses, il t'éliminera. Sauve-toi, je t'en prie ! »

Elle se dégagea lentement de son étreinte. Petronius la laissa faire. Une compagnie de soldats passa dans la rue, se dirigeant vers la porte sud de la cité. En les regardant s'éloigner, le peintre eut soudain une idée.

« Connaissais-tu Jan de Groot ? Il travaillait dans l'atelier de Bosch juste avant mon arrivée. »

Aussitôt, Zita sembla oublier sa peur et son désarroi. Elle releva la tête et demanda :

« Où as-tu entendu ce nom ? »

Petronius la regarda dans les yeux. Quelque chose ne tournait pas rond. La frayeur de Zita quand elle l'avait aperçu, son désespoir inopiné, ses larmes, puis cette question soudaine : rien ne cadrait. Il allait devoir se montrer vigilant.

« Je loge dans sa chambre. Pieter – Dieu ait son âme – m'a raconté qu'il avait disparu du jour au lendemain en abandonnant toutes ses affaires. Les compagnons de Bosch ont supposé qu'il avait fui l'Inquisition. »

Zita secoua la tête un peu trop énergiquement.

« Non, je ne le connais pas. En tout cas, je ne l'ai jamais vu à l'auberge. »

Petronius sentit que Zita lui mentait. Mais pourquoi ? Y avait-il un lien entre la disparition de Jan de Groot et la mort de Pieter ? De Groot avait-il été assassiné lui aussi ? Quelle signification avait le morceau de papier qu'on lui avait dérobé dans l'auberge ? Il se força à sourire et prit Zita par le bras. Étrangement, la jeune femme se mit en mouvement en reprenant la direction par laquelle elle était venue.

« Je suis content de t'avoir trouvée, glissa Petronius d'un air détaché. Le Grand Zuid m'a dit que tu vivais dans les environs. »

Zita acquiesça de la tête.

« J'habite un peu plus loin, dans une maison appartenant à l'hospice Sainte-Gertrude. »

La servante marchait en jetant des coups d'œil autour d'elle. Petronius remarqua sa nervosité croissante. Que lui cachait-elle ? Quelques instants plus tard, elle s'arrêta devant une maisonnette biscornue et montra du doigt le premier étage.

« Voilà où j'habite. Mais je ne peux pas te faire entrer, Petronius. Seules des femmes veuves ou célibataires vivent céans... »

Petronius hocha la tête en contemplant la masure qui paraissait abandonnée.

« Je vais à l'auberge. Nous pourrons nous y retrouver plus tard. »

Zita lui sourit, frappa à la porte de la maison et se faufila à l'intérieur lorsqu'une religieuse lui ouvrit. Contre toute attente, l'endroit était bel et bien habité. Une odeur d'hostie et d'encens parvint jusqu'aux narines de Petronius. L'huis était seulement entrebâillé, mais il reconnut l'habit de la sœur portière. Une dominicaine. Le long de sa joue, une vilaine cicatrice s'étirait comme un sourire forcé. Petronius et la moniale se dévisagèrent quelques secondes, puis la porte se referma doucement. Surpris, il se mit à réfléchir fébrilement. L'hospice faisait-il partie du couvent ?

Absorbé dans ses pensées, le peintre allait prendre la direction de l'auberge de l'Aigle quand il sentit une main se poser sur son épaule.

27

« Je vous ai observé, Petronius Oris. Vous tournez autour de Zita comme un animal en rut ! La luxure est l'un des sept péchés capitaux, mon cher. Prenez garde de ne pas croquer le fruit défendu. »

Oris se retourna lentement. L'inquisiteur se tenait dans la lumière déclinante du couchant. Le contre-jour transformait son visage en une ombre menaçante.

« Qui vous a permis de me toucher ? grogna Petronius en écartant la main de l'ecclésiastique. Décidément, c'est une habitude chez vous d'effrayer les gens. »

Le père Jean eut un rire mauvais. D'un mouvement du bras, il invita le peintre à marcher en sa compagnie.

« Celui qui vit dans la peur accepte volontiers réconfort et absolution. Les hommes passent leur vie à s'imaginer l'ultime terreur, la pire de toutes : la mort. Le rôle de la religion est d'adoucir leur détresse.

— En s'abstenant bien sûr de changer réellement les choses.

— Pourquoi devrions-nous changer le monde ? »

Les deux hommes bifurquèrent dans la rue de Vught, que Petronius avait empruntée avec Meinhard le jour de son arrivée à Bois-le-Duc, et se dirigèrent vers la place du marché. Ils passèrent devant plusieurs échoppes de cordonniers, soutenues par de gros madriers auxquels pendaient des courroies en cuir, des lacets et des rubans. Lorsqu'ils arrivèrent en vue de la place, ils furent ralentis par un attroupement de badauds. La foule formait un demi-cercle autour d'un moine vêtu de hardes. Debout sur un coffre muni de roulettes, l'homme prononçait une violente harangue.

« Et je vous le dis, ceux qui colportent des hérésies honnissent ce qu'ils ne connaissent pas ; et ce qu'ils comprennent instinctivement comme des animaux les perdra. Une fin atroce les attend. Car il est écrit qu'au jour du Jugement, le Seigneur fera renaître ceux qui sont devenus poussière pour décider de leur sort. Malheur à ceux qui ont pris le chemin de Caïn, qui ont succombé aux mensonges du cupide Balaam ou qui, comme Coré, ont péché par leur désobéissance ! »

D'un air menaçant, le moine leva les bras au ciel comme s'il souhaitait attirer la colère de Dieu sur son auditoire. Des spectateurs se signèrent, certains tombèrent à genoux en pleurant, d'autres inclinèrent la tête avec crainte. Petronius et l'inquisiteur s'arrêtèrent. Le père Jean siffla d'un ton méprisant :

« La municipalité interdit aux dominicains de prêcher dans l'enceinte de la ville, mais elle autorise ce genre d'aigrefins à manipuler les gens avec leurs interprétations erronées de la Bible et leur rhétorique de foire. »

Le prédicateur se remit à parler d'une voix claire, presque chantante. Surprise par ce changement de ton, l'assemblée leva les yeux vers lui avec espoir. Les tirades véhémentes sur la damnation éternelle étaient achevées. Le moine déguenillé cherchait à présent des acheteurs.

« Le Tout-Puissant, qui a le pouvoir de vous préserver du mal et de vous faire comparaître sans souillure lors du jour de la Résurrection, Lui, notre Sauveur, peut vous libérer des péchés de ce monde. Chaque don, offert avec bonté à notre mère l'Église catholique, comptera au centuple dans l'au-delà. Délégué par le Très-Haut et son représentant sur terre, le Saint-Père à Rome, je suis autorisé à vous accorder l'indulgence. Quelles que soient la mesure de la faute et la taille de votre bourse, vous pouvez racheter vos péchés. »

D'un bond, il sauta de son coffre et proposa des lettres d'indulgence à son public. Les badauds se ruèrent vers lui en jouant des coudes. L'argent ainsi récolté était glissé dans une fente pratiquée sur le couvercle du coffre.

« Regardez ces pauvres créatures, murmura Baerle avec ironie. Elles sont prêtes à donner leur dernier denier pour racheter leur âme. Le prédicateur leur fait une faveur en leur permettant de se payer une bonne conscience. »

Petronius étudia le moine qui avait habilement fait naître la peur dans le cœur de son public afin de mieux le saigner à blanc ensuite. Son menton pointu désignait tour à tour les malheureux pécheurs qui se pressaient autour de lui pour obtenir le précieux sésame.

« Venez, susurra l'inquisiteur à l'oreille de Petronius. Je dois vous parler.

— Que voulez-vous ? »

Le père Jean posa un bras sur ses épaules et l'entraîna vers la place du marché grouillante de monde.

Une cloche sonnait pour annoncer la fin de la journée et les dernières affaires se concluaient à la va-vite. On bradait pains, poules et poissons pour écouler les restes avant la fermeture du marché.

« Ne faites pas autant de mystères, mon père, s'impatienta Petronius. Parlez et laissez-moi ensuite vaquer à mes occupations. »

Le religieux hocha la tête et guida Oris vers le centre de la place. D'une voix lente, comme s'il cherchait ses mots, il articula :

« Regardez autour de vous. Ne vivons-nous pas dans un paradis ? Nous ne manquons ni de nourriture, ni de divertissement. On s'occupe même du bien-être des âmes. La ville ne construit-elle pas une église dont le clocher s'élève vers le ciel comme la tour de Babel ? Les hommes sont satisfaits parce qu'il y a du travail et que le duché est riche. »

Petronius essaya de se dégager de l'étreinte de l'inquisiteur, mais celui-ci, inflexible, ne le lâcha pas.

« Venez-en au fait, protesta le peintre. Pourquoi me racontez-vous cela ? »

Il ignorait totalement quelle était l'intention du religieux. Les gens qu'ils croisaient s'écartaient sur leur passage. De plus en plus nerveux, il sentait leurs regards dans son dos. Baerle poursuivit son soliloque :

« Nous nous trouvons dans un paradis d'une richesse éclatante, mais que le péché a envahi peu à peu. Écoutez-moi, Petronius Oris : le mal est partout en ce monde, il se glisse en nous et dévore nos âmes. Voyez-vous la maison qui nous fait face ? Elle appartient à un homme qui a conclu un pacte avec le diable, toute la ville le sait. Il fait le mal. Il est le mal. Et vous travaillez pour lui, Petronius Oris. »

Le peintre se débattit violemment. Baerle lui broyait le bras avec une force insoupçonnable.

« Lâchez-moi !

— Un peu de patience. Je sais que votre maître est en train de peindre un tableau qui rassemble tout ce qui reflète l'enfer en ce monde. Je sais également qu'il fera taire ceux qui s'opposeront à lui. Souvenez-vous de Pieter. Pourquoi est-il mort, à votre avis ? Parce qu'il m'a révélé l'existence de ce tableau et son contenu. C'est la Confrérie qui l'a éliminé. »

Lentement, tout se mit à tourner autour de Petronius. L'étreinte des mains du dominicain, plus grand et plus fort que lui, lui coupait le souffle, et les pensées se bousculaient dans son esprit. La terrible révélation que venait de lui faire Baerle confirmait ses pires soupçons.

« Je voudrais vous empêcher de commettre la même erreur, Petronius Oris. Passez dans notre camp. Aidez-nous, mes frères et moi, à nettoyer la cité de cette lèpre. Vous n'avez qu'à me... »

Brusquement, le religieux se tut mais Petronius, pris de vertige, ne put voir ce qui avait interrompu son flot de paroles.

« Lâchez cet homme, inquisiteur ! »

La voix puissante, qui provenait de la maison de Jérôme Bosch, tonna comme un coup de tonnerre sur la place. De son regard embué, Oris vit passants et marchands se figer. Tout à coup, il comprit le geste du père Jean. Le dominicain n'avait jamais eu l'intention de l'avertir d'un danger ou de lui confier quelque chose. Il désirait seulement s'afficher avec lui devant tout le monde.

28

Petronius courait. Il devait absolument voir Zita pour lui raconter ce qui s'était passé.

Le camouflet que lui avait infligé l'inquisiteur lui restait en travers de la gorge. Oris s'était évanoui. Lorsqu'il était revenu à lui, au milieu de la place du marché, Bosch et Baerle avaient disparu. Seuls quelques citadins qui avaient assisté à la scène s'étaient regroupés autour de lui et le dévisageaient en silence. Lorsque, encore sonné, il avait titubé jusqu'à la maison du maître, un bourgeois replet vêtu d'une pelisse à col de fourrure lui avait craché au visage avant de se détourner avec mépris. Petronius s'était réfugié dans la demeure de Bosch. Après s'être lavé, il s'était couché et avait dormi quelques heures. Il n'avait pas revu le maître depuis l'incident.

Petronius accéléra l'allure. Les rares passants encore dehors à cette heure tardive lui jetaient des regards indignés. Une trop grande précipitation était toujours mal vue : même pressé par l'urgence, un brave citoyen ne court pas. Le peintre s'en moquait, il avait besoin de voir Zita. Durant son sommeil, plusieurs questions avaient germé dans son esprit. Il espérait que la servante l'aiderait à voir plus clair dans sa situation périlleuse.

Le souffle court, il s'engagea dans la ruelle du Bas-Puits. Après avoir effectué une dizaine de pas, il s'arrêta net.

Devant lui, trois silhouettes cagoulées, enveloppées de longues robes noires, bloquaient la venelle. Les inconnus tenaient des bâtons de pèlerins. En voyant arriver Petronius, ils formèrent un demi-cercle. Le peintre ne portait aucun objet de valeur sur lui, il avait seulement pris quelques pièces pour se payer deux hanaps de bière. S'ils en voulaient à sa bourse, les bandits risquaient d'être déçus par le maigre butin et se vengeraient en le rossant. Il virevolta brusquement pour s'enfuir. À cet instant, un coup violent l'atteignit à la tempe et l'envoya au sol. Étourdi par le choc, Petronius comprit qu'il était tombé dans un guet-apens. Les trois malandrins avaient stoppé sa course, puis un quatrième larron l'avait attaqué par-derrière. Il glissa dans un abîme de ténèbres qui l'engloutit tout entier.

« Que savez-vous de la Confrérie ?

— Qui vous a conduit chez maître Bosch ?

— Avez-vous tué Pieter ?

— Pourquoi l'avez-vous empoisonné ?

— Où se trouve l'esquisse disparue ?

— Avez-vous vu le triptyque ?

— Qui servez-vous réellement ? »

Les questions pleuvaient sur Petronius, qui recouvrait peu à peu ses esprits. Il perçut une odeur d'encens mêlée de cire de chandelle, de sueur et de lin humide, ainsi que des relents de rouille et de moisissure. Ses oreilles bourdonnaient, mais il était incapable de discerner si ce bruissement sourd émanait du flot d'interrogations qui déferlait sur lui ou s'il s'agissait des effets du mauvais coup qui l'avait assommé. Sentant qu'il était allongé, bras et jambes écartés, il essaya de bouger, mais ses membres étaient ligotés. Instinctivement, il tira sur les sangles de cuir qui emprisonnaient ses articulations.

« Trop tard, peintraillon ! » gronda une voix qui se détachait distinctement du brouhaha de questions.

Petronius ouvrit les paupières et distingua au-dessus de lui une voûte de pierres couverte de salpêtre blanchâtre. La pièce, une cave sans aucun doute, était éclairée par des bougies. Il était allongé torse nu sur une table. Ses yeux embrumés reconnurent autour de lui les silhouettes noires encagoulées qui l'avaient attaqué dans la ruelle.

« Qu'est-ce que vous voulez ? gémit Petronius. Je n'ai pas d'argent !

— Nous n'avons cure de ton argent, étranger. Réponds à nos questions. »

Petronius considéra ses assaillants avec effroi. Les capuchons pointus étaient percés d'étroites fentes pour les yeux mais n'avaient aucune ouverture à la place de la bouche. Malgré ses entraves, le peintre put tourner légèrement la tête. Derrière lui se tenait un homme masqué de noir qui resta curieusement muet lorsqu'une nouvelle salve de questions éclata.

« Connaissez-vous le lieu de rendez-vous de la Confrérie ?

— Êtes-vous membre de celle-ci ?

— Pourquoi détestez-vous les dominicains ?

— Connaissiez-vous Meinhard d'Aix-la-Chapelle ?

— L'avez-vous tué ? »

Petronius sentit une terreur folle l'envahir, qu'il ne parvint à contenir qu'avec la plus grande peine. Où l'avait-on enfermé ? Qui étaient ces hommes ? Qu'attendaient-ils de lui ? Avait-il été capturé par les dominicains ? Les questions pouvaient le laisser penser. Mais il ne leur révélerait rien sur la confrérie secrète. De toute manière, il ne savait que très peu de choses.

Soudain, un coup de fouet cingla son ventre. Il se cabra sous la douleur, maintenu par les sangles de cuir qui s'enfoncèrent aussitôt dans sa chair.

« Vous devriez parler, Petronius Oris. Regardez le mur en face de vous. Y sont accrochés les instruments nécessaires à la découverte de la vérité. Tous nos prisonniers finissent par avouer lorsqu'ils font connaissance avec ces outils. Mais pour être honnête, la plupart se confessent à leur seule vue ! »

Deux des hommes en noir firent un pas de côté, révélant les instruments de torture alignés sur le mur : un masque de fer dont la face intérieure était pourvue de clous, des brodequins de métal pour briser les jambes, des pinces de toutes tailles, des écraseurs de tête, des scies à amputer, des élargisseurs de narines, des poires d'étouffement et des trancheurs de langue. Dans un filet pendu au plafond se trouvait un arsenal de vis pour broyer doigts et orteils.

Petronius ferma les yeux, terrifié par ce qu'il venait de voir.

« Je ne sais rien ! Il faut me croire. Je ne sais même pas ce que vous voulez de moi. »

Les inconnus reformèrent le cercle autour de leur prisonnier. L'étrange litanie de questions reprit :

« Comment les Adamites célèbrent-ils leur messe ?

— Avez-vous déjà assisté à leurs rites ?

— Pouvez-vous identifier les membres ?

— Connaissez-vous Jacob Van Almaengien ?

— Voulez-vous entrer dans cette secte ?

— Arrêtez ! » implora Petronius.

Son cri fut absorbé par les murs de la cave sans le moindre écho.

« Je ne puis répondre à aucune de vos questions ! s'époumona-t-il. Je suis peintre et je travaille dans l'atelier de maître Bosch. C'est tout ! »

Les hommes se turent d'un coup. De nouveau, une cagoule se pencha au-dessus de son oreille :

« Vous êtes attaché sur un chevalet, Petronius Oris. Nous allons à présent vous écarteler. Cela risque d'être quelque peu douloureux, mais ce supplice améliore grandement l'effet des pinces avec lesquelles, ensuite, nous vous chatouillerons les côtes. Vous pouvez crier tout votre soûl, très cher peintre. Personne ne vous entendra ! Vous serez sans doute plus bavard après cela. »

Petronius se démena comme un beau diable en agitant la tête frénétiquement. Il entendit le grincement métallique d'une roue qui fit mouvoir d'un cran les rouleaux fixés aux deux extrémités du chevalet. Lentement, ses bras furent tirés vers le haut. Ses muscles se distendirent et la douleur irradia son corps. Puis les articulations commencèrent à craquer. Comme sa cage thoracique ne pouvait plus se dilater, le simple fait de respirer devenait une torture.

« Dites-nous ce que vous savez et nous abrégerons votre supplice ! »

La souffrance atroce fit hurler Petronius.

« Je ne sais rien ! Rien du tout !

— Nous allons nous retirer pour vous laisser réfléchir. Le temps que les fers soient à bonne température. J'espère que cette pause méditative vous rendra plus docile. »

Petronius serra les dents. Ses muscles et articulations semblaient prêts à se rompre. Il aspira une douloureuse goulée d'air. Non loin de lui, il sentait la chaleur ardente d'un brasier dans lequel ses tortionnaires avaient mis des pinces à chauffer.

29

« Petronius ? Petronius ! Où es-tu ? »

Le peintre n'était pas en mesure de distinguer s'il commençait déjà à souffrir d'hallucinations ou si la voix qui l'appelait était bien réelle. Il n'osa pas répondre, de peur de suffoquer en gaspillant son souffle.

« Mon Dieu ! Petronius ! Mais qui t'a torturé de la sorte ?

— La roue du chevalet ! » murmura-t-il faiblement avant de regretter aussitôt d'avoir parlé.

Des taches noires se mirent à danser devant ses yeux. Il manqua de s'étrangler en happant une bruyante bouffée d'air. Tout à coup, des chaînes cliquetèrent, puis la tension qui s'exerçait sur ses bras se dissipa. Ses muscles se détendirent aussitôt. Il inspira profondément et ses poumons se remplirent d'air.

« Zita, articula-t-il péniblement en essayant de reprendre son souffle. Tu dois partir. Fuis avant que mes tortionnaires ne reviennent. Je vais me débrouiller. »

La jeune femme défit les sangles de cuir et Petronius put se redresser. Il avait la désagréable impression que ses membres s'étaient démesurément allongés. Quand il tenta de se mettre debout, il dut se retenir au chevalet ; ses jambes ne le portaient plus.

« Je n'aurais pas tenu un instant de plus, haleta-t-il. J'étais sur le point d'étouffer. File à présent. Je ne veux pas que tu tombes entre leurs griffes.

— Qui sont-ils ? » s'inquiéta Zita.

Petronius éluda la question d'un geste las.

« Pas maintenant. Il faut sortir d'ici au plus vite. Passe devant. »

Zita détailla le peintre avec compassion. Ses bras pendaient le long de son corps comme s'ils ne lui appartenaient plus et ses jambes flageolaient.

« Regarde-toi. Tu ne tiens pas sur tes jambes. Tu ne peux même pas enfiler ton pourpoint tout seul. Mais monsieur ne veut pas se faire aider. »

Une lueur de moquerie brilla dans ses yeux.

« Typiquement masculin, ajouta-t-elle avec ironie. Et encore, ce n'est pas comme si tu n'avais pas été capable de formuler un "merci". »

Penaud, Petronius balbutia des remerciements en toussotant. Zita ramassa ses vêtements, l'aida à enfiler sa chemise et son pourpoint, puis boucla la ceinture de ses chausses.

« Tu mettras tes bottes dehors, sinon tu vas faire trop de bruit. »

Après lui avoir coincé ses bottes sous les aisselles, elle le prit par la taille pour l'aider à avancer. Petronius se laissa guider.

« J'ai l'impression de m'occuper d'un enfant », railla Zita en voyant le peintre transpirer à grosses gouttes.

Il marchait comme sur des œufs. Ses muscles écartelés lui paraissaient être devenus trop grands pour ses jambes.

Soudain, des voix résonnèrent à l'étage supérieur.

« Dépêche-toi ! le pressa Zita. Nous devons être sortis de la maison avant qu'ils ne remarquent ta disparition. »

La jeune femme semblait connaître les lieux. Au lieu de gravir l'échelle permettant de sortir de la cave, elle saisit une torche enflammée et conduisit Petronius vers le fond de la salle, d'où partait un corridor obscur. Ils empruntèrent la galerie qui, après deux coudes, aboutit à une porte. Celle-ci se laissa ouvrir sans peine et les fuyards pénétrèrent dans un autre souterrain. Une odeur âcre de vin et d'herbes aromatiques monta aux narines de Petronius. Longeant des rangées de tonneaux de toutes tailles, ils se dirigèrent vers un escalier de pierre.

« Où m'emmènes-tu ? s'enquit le peintre.

— Ne pose pas de questions. Fais-moi confiance. »

Petronius dut produire un effort intense pour gravir les marches. Les articulations de ses genoux craquaient horriblement et chaque pas était une torture. L'escalier débouchait sur une cour intérieure. Zita poussa Oris dans une maison qui abritait visiblement l'atelier d'un artisan. Laissant le peintre s'appuyer contre un mur, elle entrebâilla la porte d'entrée pour observer la ruelle sur laquelle donnait la bicoque. Après s'être assurée que la venelle était déserte, elle entraîna Petronius dehors. Un croissant de lune pointait au-dessus des toits de la cité, encore plongée dans l'obscurité.

« Où allons-nous, Zita ?

— Économise ton souffle. Tu auras tout le temps de poser des questions lorsque nous serons arrivés. »

Suivant un rayon de lune qui éclairait le pavé de la ruelle, ils se faufilèrent en direction de la cathédrale. Peu à peu, Oris retrouvait le contrôle de ses membres. Ses genoux ne se dérobaient plus sous lui et ses bras se mouvaient de nouveau selon son désir.

« Pourquoi allons-nous à Saint-Jean ? J'ai cru que tu m'emmenais chez toi.

— Chut ! » intima Zita en le tirant sous le porche d'une habitation.

Deux soldats du guet apparurent dans la venelle, hallebarde à l'épaule. Accrochée à la longue hampe de leur arme, une lanterne leur permettait de dissiper légèrement les ténèbres autour d'eux.

« Tudieu ! Ça venait d'ici, j'en donnerais ma main à couper ! »

L'un des hommes s'arrêta et tenta d'éclairer avec sa lanterne les façades des maisons.

« La nuit, les bruits sont nombreux, tempéra l'autre d'un ton blasé. C'était sûrement un rat ou un chat. Viens, retournons à la salle des gardes. Les autres ont rapporté une cruche de la taverne. Ne manquons pas ça.

— Mmm, grogna son compagnon en continuant d'agiter sa lanterne. Tu as raison, ce n'était sans doute rien. »

Les deux soldats s'éloignèrent et disparurent dans une ruelle adjacente.

Zita poussa un soupir de soulagement.

« Il s'en est fallu de peu. Deux pas de plus et nous étions perdus. Allons-y.

— Vois le bon côté des choses, Zita, commenta Petronius en souriant. Sans ces gardes, je n'aurais pas eu l'occasion de sentir ton corps d'aussi près. Il m'a semblé que tu te pressais contre moi plus que nécessaire.

— Ne va pas te faire des idées ! » feula la jeune femme en se retournant vers lui.

Puis, d'un ton plus doux, elle reprit :

« Petronius, il faut maintenant que je te bande les yeux. Tu ne dois pas voir où je te conduis. Fais-moi confiance, s'il te plaît.

— Qu'est-ce que tu manigances ? »

Zita tira de la ceinture de sa robe un foulard noir qu'elle noua autour de la tête d'Oris. Ses lèvres effleurèrent celles du peintre.

« Tu ne le regretteras pas, Petronius ! » murmura-t-elle en lui prenant la main.

Frôlant les murs des maisons à colombages, les deux fuyards reprirent leur marche jusqu'à la cathédrale, monstre noir qui dressait son corps imparfait vers le ciel nocturne. Petronius reconnut à l'écho de leurs pas qu'ils avaient atteint le parvis de l'édifice religieux. Le vantail du portail grinça quand Zita l'entrouvrit. Ils se glissèrent à l'intérieur. Petronius imagina la voûte étoilée qui devait surplomber la nef et vit en pensée la croisée du transept baignée par la clarté lunaire. Lorsque le lourd battant se referma derrière eux, il saisit le poignet de Zita.

« Où allons-nous ? Je crois qu'il est temps d'être franc à présent. »

D'un geste brusque, Petronius attira à lui la jeune femme. Son souffle léger lui caressa le visage. Il sentit ses cuisses, son ventre et sa poitrine contre lui. Le corps de Zita tressaillit, ce qui enflamma le désir du peintre. Mais elle refusa son baiser en rejetant la tête en arrière. Elle le repoussa en lançant d'une voix moqueuse :

« N'as-tu pas deviné où je t'emmène ? Ne voulais-tu pas devenir membre de la Confrérie ? Je te conduis vers les frères et les sœurs qui la dirigent. Alors bas les pattes ! »

Ébahi, Petronius lâcha la main de la servante. Il sentit l'air frais de la cathédrale friser son visage brûlant. La Confrérie le mandait !

30

« Ce petit manège va-t-il bientôt cesser, Zita ? » murmura Petronius, les dents serrées.

Les yeux toujours bandés, il sentit que la jeune femme l'avait guidé dans une pièce close. En lieu et place d'une réponse, le foulard tomba et une voix profonde retentit dans son dos. Il la reconnut sur-le-champ : c'était celle de son maître, Jérôme Bosch.

« Pardonnez-lui. Elle a agi sur notre ordre afin de protéger nos frères et sœurs du diable et antéchrist chrétien qui menace de nous envoyer au bûcher. Petronius Oris, vous avez exprimé devant certaines personnes le souhait d'entrer dans la Confrérie, qui se nomme en secret Homines Intelligentiae ou Frères et Sœurs du Libre Esprit. Les profanes et les pécheurs l'appellent la Communauté des Adamites. »

Petronius fit volte-face et se figea. Il se trouvait dans une chapelle faiblement éclairée par des cierges. Le long du mur étaient alignées les mêmes silhouettes encapuchonnées qui l'avaient torturé peu de temps auparavant. Onze spectres vêtus de bures noires. Les bras croisés sur la poitrine, ils entonnèrent avec ferveur le *Dies irae*. Sous l'intensité du son, les murs vibrèrent et les vitraux tremblèrent entre leurs résilles de plomb. Lorsqu'ils eurent terminé, Petronius osa s'insurger :

« Vous m'avez ligoté sur un chevalet et torturé ! Pourquoi ? » s'écria-t-il en levant les bras au ciel, sidéré.

Sous le coup de l'émotion, ses douleurs aux articulations s'étaient réveillées. Même sa poitrine le brûlait à présent et ses muscles dorsaux l'élançaient de plus belle.

« Nous vous observons depuis quelque temps. Vous êtes un compagnon talentueux et un homme de raison. Mais ce n'est pas suffisant pour entrer dans notre communauté. Nos membres doivent s'engager à garder le silence sous la torture. La mort sur le bûcher est notre lot dans ce monde, Petronius Oris. Seuls ceux dont les nerfs ne craquent pas sous l'épreuve de la question peuvent intégrer la Confrérie. Une trahison mettrait en danger un grand nombre d'entre nous. Nous n'aimons pas éprouver les hommes de cette horrible manière, mais nous avons le devoir de protéger ceux qui adhèrent à notre foi. En outre, deux citoyens de la cité doivent se porter garants de votre intégrité. Je vous le demande donc, frères et sœurs ici présents : deux d'entre vous seraient-ils prêts à parrainer Petronius Oris, peintre d'Augsbourg et actuellement compagnon dans l'atelier de l'*insignis pictor* Jérôme Bosch ? »

Petronius vit une main se lever lentement en face de lui. Les autres silhouettes restèrent immobiles. Le peintre tenta de sonder le regard des Adamites mais, dans la lumière dansante des chandelles, les étroites fentes des capuches ne lui permettaient pas de distinguer leurs yeux.

En tournant la tête, il aperçut derrière lui une nouvelle robe de bure qui venait d'entrer dans la chapelle. L'ombre leva cérémonieusement une main aux longs doigts effilés.

« Je constate que le nombre de voix nécessaire est atteint, annonça Bosch. Petronius Oris, je vous prie donc de répéter après moi le serment solennel qui vous fera entrer dans notre communauté en vous élevant au premier grade de l'initiation. Songez que la mort est l'unique moyen de quitter la Confrérie. Vous avez encore la possibilité de refuser. »

Petronius avait l'impression que son corps écartelé continuait de se tordre et que l'une de ses épaules s'incurvait bizarrement. Il devait sans cesse lutter contre un sentiment de déséquilibre.

« Alors ?

— Oui, j'accepte ! » s'entendit-il répondre avec fébrilité.

Il était en proie à une profonde agitation. Avec ce serment, il bravait l'autorité de l'Église et devenait un hérétique. À cet instant, il songea au corps sublime de Zita qu'il avait aperçu dans l'antichambre de la chapelle et ressentit un élan de désir. L'image se dissipa lorsque Jérôme Bosch prononça la formule solennelle :

« Répétez : moi, Petronius Oris, jure d'adhérer entièrement à partir de ce jour aux idéaux des Frères et Sœurs du Libre Esprit... »

Petronius leva la main droite et répéta distraitement le serment.

Tout à coup, son regard se posa sur le mur de la chapelle qui lui faisait face. Le triptyque inachevé de son maître y était accroché ; Petronius contempla le volet gauche et son étrange paradis où le Christ présentait Ève à Adam.

« ... pour conjurer les périls et atteindre la félicité. Pendant la messe et en dehors, les frères et sœurs s'abstiennent de tout désir charnel envers les autres membres de la communauté. Nous proclamons ainsi le paradis sur terre et refusons la tentation ainsi que le péché originel... »

Petronius porta ses yeux sur le panneau central du triptyque, presque quatre fois plus grand que les volets extérieurs, et découvrit avec étonnement les ébauches sur le fond blanc. Bosch poursuivait la réalisation du tableau !

« Écoutez, Petronius Oris, je vais être franc avec vous. Si cela ne tenait qu'à moi, vous n'auriez jamais été convoqué dans cette chapelle. Si vous êtes aujourd'hui parmi nous, c'est parce que deux personnes influentes de notre communauté ont pris parti pour vous et que le père Jean menace la Confrérie. Vous devrez donc remplir une mission pour laquelle vous semblez à nos yeux tout à fait qualifié. »

La voix de Bosch avait pris un ton menaçant. Petronius détacha son regard du triptyque et se concentra sur le discours de l'artiste.

« Votre mission sera la suivante : restez en contact avec l'inquisiteur, espionnez-le et rapportez-nous ses manœuvres, sans révéler pour autant nos secrets. Si vous outrepassez les ordres reçus, vous serez sévèrement puni. Et n'oubliez pas : vous n'êtes qu'un instrument, rien de plus ! »

Petronius acquiesça de la tête avec humilité, puis attendit la suite des événements. Les silhouettes noires restèrent immobiles et muettes comme des statues.

Que devait-il faire à présent ? Soudain, quelqu'un le tira par la manche. Il reconnut aussitôt la voix de Zita sous la capuche :

« Suis-moi, nous devons partir maintenant, souffla-t-elle.

— Oui, murmura Petronius pensivement. Je dois aller me jeter dans la gueule du loup dominicain ! »

31

Petronius entra dans la demeure de Bosch. Avec un soupir, il s'adossa contre la porte qui se referma bruyamment. Il était à présent un hérétique, même si le monde autour de lui n'avait pas changé. Après avoir accompagné Zita jusqu'à l'auberge, il avait préféré rentrer à l'atelier pour se reposer. Ses paupières étaient lourdes de fatigue. Tandis qu'il cherchait sur son trousseau la clé de sa chambre, son regard se posa sur sa porte. Une lumière vacillante filtrait sous le panneau de bois. Le peintre frissonna. Que se passait-il encore ? À l'évidence, une bougie brûlait dans la soupente. Il se souvenait pourtant d'avoir soufflé sa chandelle avant de quitter la maison quelques heures plus tôt. Puis il songea à la fenêtre donnant sur le coupe-feu par laquelle il s'était déjà introduit. L'avait-il refermée ?

Il étreignit la lourde clé de fer de sa chambre, qui pouvait servir d'arme en cas d'attaque. En deux enjambées, il atteignit la porte et la déverrouilla. Lorsqu'il entra dans la pièce, il faillit lâcher un cri de surprise. Le spectacle qui s'offrait à ses yeux était troublant. On avait posé sur son lit un grand crucifix ;

à l'extrémité des quatre branches se trouvaient des bougies presque fondues. Le Christ de bois était brisé en deux. Qu'avait-on voulu lui signifier ? Qui avait réussi à s'introduire dans sa chambre ?

« Je pense que c'est un avertissement », chuchota une voix derrière le peintre.

Pâlissant d'effroi, Petronius fit volte-face et brandit instinctivement la lourde clé de fer. Une main saisit son poignet et l'arme dérisoire tomba sur le plancher avec fracas. Il recula en fixant le sourire grimaçant de l'inquisiteur.

« Surpris ?

— Que faites-vous ici ? balbutia Petronius. Est-ce vous qui avez posé cette croix sur ma couche ? »

Le père Jean regarda le lit par-dessus l'épaule du peintre et fronça les sourcils.

« Un acte puéril ! Ce n'est pas notre manière de procéder. Un tel avertissement ne fait trembler que ceux dont la foi vacille. Mais c'est peut-être votre cas, Petronius ? Peut-être avez-vous quitté le chemin de la vertu et de la rédemption ? Qui sait ? Éteignez ces bougies avant qu'elles ne mettent le feu à la maison. »

Petronius avait de la peine à retrouver son calme. Les pensées se bousculaient dans son esprit. Une sueur froide perlait sur son front.

« Qui peut faire une chose pareille ? » bredouilla-t-il.

Baerle traversa la pièce d'un pas énergique, souffla trois bougies et, à l'aide d'un couteau qu'il tenait caché dans une manche de sa bure, il les détacha du crucifix et les mit sur le rebord de la fenêtre. Il déposa la quatrième dans un bougeoir vide qui se trouvait sur le chevet à la tête du lit. Puis il prit la croix, l'appuya contre le mur et s'assit sur la couche comme s'il avait été invité à rester.

Petronius le regarda faire avec un étonnement mêlé d'aversion.

« Vous ai-je prié de vous asseoir ?

— Pas directement, rétorqua le religieux. Mais vous voulez des réponses à vos questions. Et l'on répond plus facilement aux questions lorsque l'on est assis. Rester debout est fatigant. Cela ne vous dérange pas, j'espère ? »

Oris se mordilla les lèvres. Il toisa quelques instants l'inquisiteur, puis articula sourdement :

« Sortez d'ici !

— Vous savez, répondit le père Jean en s'adossant d'un air satisfait contre le mur, j'obtempérerais très volontiers. Mais si je quitte précipitamment cette chambre, vous brûlerez cette nuit sur le bûcher. Votre condamnation a déjà été prononcée ! »

Petronius resta bouche bée devant tant d'arrogance.

« Vous ne faites pas la loi dans cette cité, finit-il par rétorquer. Croyez-vous qu'il soit aussi simple d'envoyer un élève de Jérôme Bosch sur le bûcher ? »

Un rire rauque le secoua, mais il sentit sa gorge se serrer en voyant le rictus du père Jean et le crucifix appuyé contre le mur.

« Maître Bosch est influent. Il vous fera bannir de la ville avant que vous ne puissiez vous en prendre à moi.

— Bosch est certes puissant, mais pas assez pour lutter contre la superstition et la peur de l'hérésie. Les habitants de Bois-le-Duc nous sont reconnaissants d'exterminer les Adamites. Les Juifs nous donnent de l'argent et les négociants leurs marchandises.

Vous vous demandez pourquoi ? Les uns parce qu'ils sont heureux de ne pas jouer les boucs émissaires et d'éviter les persécutions, les autres espèrent pouvoir commercer tranquillement et éradiquer par la même occasion quelques-uns de leurs concurrents. Nous sommes ravis de répondre à leurs attentes. Ah oui, tenez. Voici le jugement du tribunal de l'Inquisition qui vous livre aux flammes du bûcher. »

L'ecclésiastique sortit du fond de sa manche un rouleau de parchemin qu'il déroula lentement. Le document portait le sceau de la Sainte Inquisition. Baerle le montra à Petronius, mais celui-ci ne put déchiffrer que son nom. Le texte en dessous, griffonné dans le latin alambiqué de l'Église, était illisible.

« Il n'y a qu'une échappatoire possible, Petronius. Travaillez pour moi, et vous resterez un homme libre. Vous pourrez quitter Bois-le-Duc quand cela vous chantera. »

Petronius déglutit avec peine. Le froid glacial qui s'insinuait par la fenêtre entrouverte le fit frissonner. Il sentit ses genoux se dérober sous lui. Rassemblant ses dernières forces, il s'efforça de refouler la peur qui menaçait de le submerger.

« Qu'attendez-vous de moi ? s'enquit-il d'une voix hésitante.

— Vous connaissez plusieurs Adamites. Vous travaillez vraisemblablement dans l'atelier de l'un de leurs grands maîtres. Gagnez leur confiance afin de vous faire admettre dans leur secte. Et fournissez-moi les preuves qui me permettront de les condamner. Acceptez-vous mon offre ? »

Le regard de Petronius se posa sur la croix ornée du Christ mutilé.

« Vous n'avez rien à voir avec ça ?

— Je vous ai déjà dit que ce n'était pas notre genre ! répliqua l'inquisiteur, agacé. Je n'ai nul besoin de Christs disloqués pour intimider les hommes. Décidez-vous promptement, mon offre pourrait devenir caduque si vous en pesez trop longuement les avantages et les inconvénients. »

Petronius hocha la tête d'un air pensif.

« La trahison en échange de la liberté ? Vous me laissez repartir à Augsbourg si je vous livre les Adamites ? »

Le père Jean sourit, puis acquiesça. Dans son regard froid et pénétrant, Oris entrevit le reflet de la mort.

Le compagnon parvint à se ressaisir. Sa respiration se calma, le sang circula de nouveau dans ses mains et la sueur cessa de couler de son front. Il sentit son corps se réchauffer lentement. Celui qui avait déposé ce crucifix dans sa chambre lui avait laissé un message qu'il ne comprenait pas. Que signifiait le Christ brisé ? Voulait-on le dissuader de conclure un pacte avec l'inquisiteur ?

« Je vous propose un marché, suggéra-t-il d'une voix plus ferme. Je vous révèle tout ce que je puis apprendre sur les Adamites et vous m'aidez à découvrir d'où provient cette sinistre pratique superstitieuse qui consiste à placer chez les gens des crucifix profanés pour leur faire peur. Êtes-vous d'accord ? »

Le père Jean se redressa, le visage soudain tordu de colère.

« Vous n'êtes pas en mesure de poser des conditions, Petronius Oris ! Vous êtes à deux doigts d'être livré aux flammes du bûcher ! »

Petronius haussa les épaules.

« Une main lave l'autre. Et la mienne est moins sale que la vôtre. Alors ? Marché conclu ? D'ordinaire, je me méfie des religieux, mais je suis prêt à faire un effort avec vous ! »

Baerle hésita avant de serrer brièvement la main tendue vers lui. Au même moment, Petronius perçut un bruit qui venait de dehors. Il se précipita vers la fenêtre entrouverte mais, lorsqu'il se pencha au-dessus du rebord, le portillon du passage coupe-feu se referma en claquant. Quelqu'un les avait espionnés.

32

Comme si la lumière venait tout à coup de s'allumer dans la cellule, Michael Keie se retrouva de nouveau dans le présent. Grit Vanderwerf était assise près de lui. Recroquevillé contre le mur, les mains posées à plat sur son lit, les paupières closes, le père Baerle avait le visage encore plus crayeux qu'auparavant.

« Vous êtes un merveilleux conteur, mon père », murmura Keie, encore troublé par le récit du religieux.

Le dominicain esquissa un sourire.

« Mais un bien piètre profanateur de tableaux. C'est ce que vous pensez, n'est-ce pas ? »

Keie observa le prêtre, qui paraissait épuisé par sa longue narration.

« Non. En revanche, je suis déçu que vous ayez interrompu votre récit. L'histoire n'est pas encore terminée, me semble-t-il. »

Baerle ouvrit brusquement les yeux, et le restaurateur se sentit comme aspiré par ce regard magnétique auquel il ne pouvait résister. Les yeux aux paupières rougies l'attiraient comme un aimant. Keie fit un effort sur lui-même pour se détourner de ce magnétisme.

Le charme cessa et il se sentit libéré. Instinctivement, voulant se raccrocher à quelque chose, il glissa la main dans sa poche pour étreindre son couteau suisse.

« Effectivement, señor Keie, l'histoire continue. Mais les heures de visite sont terminées. Il y a des règles strictes dans cet hôpital. Même pour les psychiatres ! »

À cet instant, une clé tourna dans la serrure et la porte de la cellule s'ouvrit. Une infirmière entra, un plateau-repas à la main.

« Le dîner est servi ! annonça-t-elle sur un ton cordial mais ferme.

— Le dîner est servi », la singea Baerle d'une voix criarde.

Il se tourna ensuite vers ses deux hôtes :

« La direction de l'établissement souhaite que ses pensionnaires prennent le repas du soir, le plus important de la journée, seuls. Je vous prie donc de me laisser à présent. »

Il se leva en émettant un bref ricanement. Se dirigeant vers l'infirmière pour aller chercher son dîner, il s'arrêta près de Keie et, à la grande surprise de celuici, le serra dans ses bras.

« Merci beaucoup d'avoir pris le temps de m'écouter, señor, claironna-t-il en jetant un regard mauvais à Vanderwerf et à l'infirmière. Ce fut un plaisir de pouvoir discuter avec un homme. Nous nous reverrons certainement. Je dois vous conter la fin de l'histoire. »

Au même moment, Keie sentit la main de l'ecclésiastique glisser discrètement dans la poche de son pantalon et s'emparer de son couteau. Déconcerté, le restaurateur hésita. Devait-il résister ou le laisser faire ?

Avant qu'il n'ait eu le temps de réagir, Baerle relâcha son étreinte et s'écarta de lui, le couteau dissimulé dans sa main. Michael crut déceler une étincelle de reconnaissance dans le regard de l'Espagnol. L'air de rien, le prêtre alla prendre son plateau-repas.

Vanderwerf se mit debout et passa devant Keie.

« Partons. »

Elle fit un signe de tête à l'infirmière qui demandait à Baerle ce qu'il désirait boire.

« Ne répétez pas cette question tous les jours comme si vous ignoriez la réponse ! s'emporta le prêtre. Le soir, je bois du vin rouge, vous le savez bien, uniquement du vin rouge... »

Vanderwerf et Keie sortirent de la cellule, abandonnant l'infirmière sous une pluie de récriminations. Une autre religieuse du Tiers-Ordre les raccompagna jusqu'à la sortie en refermant soigneusement derrière eux toutes les portes à clé.

« Ainsi, notre iconoclaste porte le même nom que cet inquisiteur du seizième siècle, commenta Keie lorsqu'ils arrivèrent dans le hall de l'hôpital. C'est plutôt étrange, non ?

— J'ai fait des recherches, répondit Vanderwerf. Il a pris ce nom récemment. Quand il appartenait encore à la congrégation des dominicains, on le nommait père Eustache, d'après le saint du même nom dont la fête correspond au jour de son ordination. Sur la liste des conventuels de Salamanque, il apparaît sous le nom de Lorenzo Vásquez. Je me suis renseignée, et j'ai découvert que Vásquez était un architecte de la fin du quinzième siècle. Je ne connais donc pas la véritable identité de notre prêtre. Il se fait appeler Baerle depuis le jour où il a commencé à détruire dans plusieurs bibliothèques monastiques des ouvrages sur les femmes. »

Keie se figea.

« Pourquoi employer des pseudonymes ?

— Je l'ignore encore, fit Vanderwerf en haussant les épaules. J'aurai fait un grand pas lorsque j'aurai découvert ses motivations. »

La chaleur estivale s'abattit sur eux quand ils sortirent de l'hôpital. La lumière éblouissante fit cligner Keie des yeux. Autour d'eux, la rue était déserte ; automobilistes et piétons semblaient avoir abandonné le quartier.

« Avez-vous remarqué le don extraordinaire de Baerle ? » demanda Vanderwerf.

Michael acquiesça de la tête. En songeant au récit du prêtre, il sentit un frisson parcourir son échine.

« Il possède un talent exceptionnel pour narrer les histoires. »

Vanderwerf se dirigea d'un pas rapide vers la station de métro.

« Ce n'est pas ce à quoi je faisais allusion. Vous ne vous êtes pas rendu compte...

— Qu'il a essayé de m'hypnotiser ? Si, bien sûr. Sa manière de sonder les gens par le regard m'a frappé.

— Essayé, vous dites ? Vous êtes un petit plaisantin, docteur Keie. Il n'a pas seulement essayé. Son pouvoir suggestif est saisissant. Ne vous a-t-il pas transporté dans les Flandres en l'an de grâce 1511 ? Quel rôle vous a-t-il attribué ? Celui de Jérôme Bosch ou de Petronius Oris ? Il vous a littéralement subjugué ! »

Keie déglutit avec difficulté. La psychologue avait raison. Il devait admettre qu'il s'était laissé happer par le regard envoûtant de cet étrange religieux qui se faisait appeler Baerle.

« Ce prêtre est un ensorceleur, lâcha-t-il.

— Oh, plus que ça. C'est un maître dans l'art de la suggestion. »

Ils entrèrent dans la bouche de métro. Keie réfléchit fébrilement. Il se sentait mal à l'aise en songeant qu'il avait abandonné son couteau au religieux. Après ce que venait de dire Vanderwerf, il n'était plus aussi sûr d'avoir agi de son plein gré. S'arrachant à ses ruminations, il tourna la tête vers la thérapeute.

« Et vous ? Il ne vous a pas envoûtée ?

— J'ai été piégée comme vous, avoua Grit Vanderwerf.

— Vous voulez dire que...

— Je me suis également glissée dans la peau de l'un des personnages », acheva-t-elle.

Ils s'arrêtèrent devant un distributeur automatique. Keie acheta deux tickets en se demandant quel rôle avait réservé Baerle à Grit Vanderwerf. Zita ? Ils franchirent le portillon l'un après l'autre. Tandis qu'il suivait la psychologue, Michael remarqua pour la première fois ses formes gracieuses et il ressentit une légère excitation.

« Docteur Keie, j'aimerais savoir si ce que le prêtre nous a raconté est conforme à la réalité historique », s'enquit Vanderwerf.

Ils prirent un escalator pour accéder au quai en contrebas. Keie hésita. Devait-il être franc envers elle ? Malgré l'avertissement de Nebrija qui résonnait encore dans sa mémoire, il ne voyait aucune raison de se méfier de l'experte médicale. Elle l'avait conduit jusqu'à Baerle et lui avait ainsi permis d'en apprendre plus sur *Le Jardin des délices*.

Une atmosphère viciée régnait sur le quai. Un léger courant d'air annonça l'arrivée d'une rame de métro. Aussitôt, les gens qui attendaient se pressèrent vers la voie. Dans la cohue, Keie faillit perdre de vue Vanderwerf.

« Vous avez caché quelque chose à Baerle ! lança la psychologue. Et tel que je le connais, il ne racontera pas la fin de son histoire avant d'en savoir plus. »

Keie essaya de se rapprocher de la jeune femme.

« Mais que lui ai-je caché, à votre avis ? »

À cet instant, un train arriva dans la station. Le bruit étourdissant couvrit les mots de Vanderwerf. Poussée en avant par la foule, elle se tourna vers Keie, qui put lire la réponse sur ses lèvres :

« Ce que vous avez découvert ! »

Tandis qu'il se laissait porter à l'intérieur d'une voiture par le flot des usagers, il songea à la curiosité de Grit Vanderwerf. Pourquoi la thérapeute était-elle autant intéressée par les dommages causés au triptyque ? Il n'y avait qu'un moyen de le savoir.

Keie se faufila jusqu'à la psychologue.

« Retournons aux ateliers de restauration du Prado, proposa-t-il. Ce que j'ai à vous montrer cadre tout à fait avec le récit du prêtre. Mieux, cela confirme probablement son histoire. »

33

Assis à sa table de travail, Antonio de Nebrija était penché sur un document lorsque Keie entra dans le bureau. L'air confiné de la pièce était empli d'une odeur de livres.

« Michael, *maravilloso* ! Je suis content de vous voir. C'est un grand moment pour la recherche sur Bosch. Le jour des révélations... »

Le vieil homme se tut brusquement en voyant Vanderwerf pénétrer à son tour dans le bureau. Ses traits se rembrunirent. Keie leva les bras en signe d'apaisement. Se tournant vers la psychologue, il déclara :

« Si quelqu'un peut nous dire si l'histoire que nous a servie le père Baerle est vraie, c'est bien Antonio. »

Il jeta un coup d'œil vers l'historien de l'art pour s'assurer que celui-ci avait saisi l'allusion. Arquant un sourcil, l'Espagnol réagit au quart de tour.

« De quelle histoire parlez-vous ? »

Keie lui fit un bref résumé de leur visite à l'hôpital du Tiers-Ordre, évoqua le manuscrit de Petronius Oris et raconta les grandes lignes de l'histoire du peintre d'Augsbourg. Il conclut son récit en exposant les déductions qui s'étaient imposées à lui après cette étonnante rencontre.

De Nebrija ne pouvait plus tenir en place. Il se fraya un chemin à travers les montagnes de livres, de revues et de papiers jusqu'au seul mur de son bureau qui n'était pas occulté par une bibliothèque. Un poster grandeur nature représentant *Le Jardin des délices* recouvrait la paroi. La reproduction était encadrée par une multitude de post-it griffonnés de notes. Ceux-ci étaient reliés à des personnages ou à des éléments du paysage par des cordons de différentes couleurs, fixés par des punaises.

« J'étudie ce triptyque depuis près de quarante ans, entama l'érudit à la crinière de neige. Croyez-moi ou non, le tableau est comme une sorte de message écrit dans une langue inconnue. Une mosaïque fascinante. Il faut ordonner les pièces du puzzle les unes après les autres pour obtenir un tout cohérent. Et puis un beau jour, un illuminé vandalise cette magnifique œuvre d'art, et la recherche peut faire un bond en avant. Un bond exceptionnel, parce que le vandale a déniché des indices sur la genèse de l'œuvre. Peut-être que le message caché va enfin devenir lisible. Je rêve depuis longtemps d'une pierre de Rosette pour décrypter la parole de Bosch. »

De Nebrija avait prononcé les dernières phrases à voix basse, comme s'il se parlait à lui-même. Keie et Vanderwerf se tenaient toujours près de la porte. Le vieil homme se retourna vers eux :

« *Por favor*, ne restez pas sur le seuil, entrez dans mon antre du savoir. Ne vous effrayez pas, señora. Je n'ai malheureusement pas de siège à vous offrir !

Voilà des lustres que je n'ai plus à proprement parler de mobilier ordinaire.

— Je vais chercher de quoi nous asseoir dans mon bureau », intervint Keie avant de disparaître dans le couloir.

Lorsqu'il revint avec deux fauteuils à roulettes, de Nebrija s'était déjà lancé dans un cours d'histoire.

« ... et ces personnages ont bel et bien existé. Jean de Baerle est mort en 1515. Un chroniqueur dominicain le mentionne dans ses écrits. Devenu inquisiteur, Baerle prit sa fonction très au sérieux. Il avait la réputation d'être un homme sanguinaire et craint de tous. Jacob Van Almaengien, le Juif converti à la foi catholique, a vécu au même moment sous le nom de maître Philipp Van Sint Jan. Le conflit entre les dominicains et l'Illustre Confrérie de Notre-Dame correspond également à la vérité historique. »

Keie offrit un siège à Vanderwerf, puis s'assit à son tour.

« Vous voulez dire que...

— Que votre patient, señora, a de bonnes connaissances en histoire. Très bonnes même. Par conséquent, on peut supposer que le manuscrit dont il parle est authentique. »

Keie poussa un sifflement entre ses dents. De Nebrija venait de confirmer son intuition. L'histoire de Petronius Oris était peut-être plus que le fruit de l'imagination d'un ecclésiastique dérangé.

« Et les Adamites ? demanda-t-il. Que savons-nous exactement sur cette secte ? »

Vanderwerf se tourna vers lui. Il crut entrevoir un soupçon de moquerie dans le regard gris acier de la jeune femme. Avant qu'Antonio de Nebrija n'ait le temps de répondre, elle glissa :

« Les Adamites ont bien évidemment existé. Il n'y a pas l'ombre d'un doute, car... »

De Nebrija, peu désireux de laisser une psychologue piétiner ses plates-bandes, lui coupa la parole :

« Le seizième siècle fut une période mouvementée en matière de religion. On connaît bien sûr Martin Luther, mais il n'était pas le seul à exiger la réforme de l'Église, d'autres voix s'élevaient partout en Europe pour appeler le changement. Cela faisait déjà plusieurs siècles que certains théologiens essayaient de faire bouger les choses. Notamment Joachim de Flore. Les idées de ce moine cistercien dépassaient la vision du monde restreinte de Rome. Les trois principes de Joachim – *perfectio*, *contemplatio* et *libertas* – ont influencé plusieurs sectes, dont celle des Frères et Sœurs du Libre Esprit. S'inspirant des écrits du religieux, ces derniers ont professé la perfection de l'homme doué de raison, incapable de pécher, l'égalité devant Dieu et un amour libre et séraphique. Révolutionnaire pour l'époque, cette doctrine était une véritable monstruosité aux yeux des princes de l'Église. Voilà pour l'introduction. »

Keie interrompit les explications de l'Espagnol qui devenaient trop théoriques à son goût :

« Excusez-moi, Antonio, mais il me semble que l'appartenance de Bosch à la secte des Adamites est plutôt contestée par les historiens. »

De Nebrija acquiesça de la tête.

« Vous avez raison. Mais on ne peut nier que les Frères et Sœurs du Libre Esprit, qui se nommaient également Homines Intelligentiae – la population les avait baptisés Adamites –, étaient très répandus dans les Flandres. Un mouvement hérétique avec beaucoup d'influence. Organisés en petits groupes, ils jouaient les chrétiens dévots en société, mais rendaient en secret un culte à une représentation du paradis excluant le péché originel. Naissance, condition, sexe et richesse n'avaient aucune importance pour eux. C'est pourquoi la femme pouvait intégrer leurs rangs en toute égalité.

— Et se libérer ainsi de la tutelle pesante de l'Église catholique !

— Tout à fait, señora Vanderwerf. On parlerait aujourd'hui d'égalité des sexes. »

De Nebrija se leva et ouvrit la fenêtre qui donnait sur un puits de lumière pour aérer un peu la pièce.

« Pour votre prêtre, reprit-il, c'est une raison suffisante pour s'intéresser de près au tableau. Si le manuscrit confirme que Bosch appartenait à la secte des Adamites, on peut voir dans *Le Jardin des délices* l'expression de l'égalité entre l'homme et la femme. Chez un religieux misogyne et phallocrate, ce genre de révélation est susceptible de générer une haine intense qui expliquerait son acte de vandalisme. »

Keie eut l'impression que Vanderwerf avait attendu ce moment précis pour poser la question qui l'intéressait. Visiblement détendue, elle se cala contre le dossier de sa chaise et demanda négligemment :

« Avez-vous découvert quelque chose en examinant de plus près les dommages infligés au tableau ? C'est ce que vous avez laissé entendre tout à l'heure... »

L'historien de l'art émit un gloussement narquois.

« Señora, le tableau lui-même est une immense énigme, et nous découvrons chaque jour quelque chose de nouveau. (Il tendit le bras vers le poster.)

Regardez cette reproduction avec les cordons de couleurs. Au-dessus du volet figurant le jardin d'Éden, vous pouvez lire par exemple, sur un post-it, des concepts tels que "topique de l'infinitude" et "pensée cyclique". Ces deux notions sont reliées par un fil rouge à une montagne aux formes étranges, située dans la partie supérieure gauche du tableau. Personne ne sait ce que cela signifie, mais ce mont est percé d'une grotte d'où jaillit une nuée d'oiseaux. L'essaim se faufile en tourbillonnant à travers les ouvertures rondes du rocher ; il semble s'envoler vers l'infini mais, après s'être partagé en deux groupes de couleurs différentes, il revient finalement se poser dans les prairies verdoyantes du paradis. Tandis que les oiseaux clairs s'ébattent dans les champs, les oiseaux sombres se dirigent vers un œuf brisé dans lequel ils disparaissent. De cet œuf part un fil vert, relié aux concepts "œuf cosmique", "origine" et "symbole alchimique". Chaque jour, nous découvrons quelque chose d'insoupçonné et de nouvelles énigmes se posent à nous. »

Keie avait suivi l'explication, mais avait vite compris que son collègue voulait faire diversion.

Sous le tableau, une inscription latine était écrite en grosses lettres : *Scientes bonum et malum !*

Le restaurateur eut une révélation en lisant cet extrait de la Genèse. *Et vous saurez reconnaître le bien du mal*. Il comprit ce qui dérangeait tant Petronius Oris dans cette représentation du paradis terrestre. La scène montrait la sagesse de Dieu à travers la Création, le *summum bonum*, mais le tableau ne niait pas que la mort, le *summum malum*, était née en même temps que la vie. Ce n'était pas le paradis de la Bible, dans lequel la mort ne déferle qu'après le péché originel, mais un paradis empreint de l'idée que la vie et la mort sont intimement liées. C'était la raison pour laquelle Ève paraissait aussi fière aux côtés du Seigneur, refusant avec un sourire railleur de se donner corps et âme à Adam. Cette interprétation la libérait du péché originel, de la culpabilité et donc de tout châtiment !

Une remarque acerbe de Grit Vanderwerf arracha Keie à ses réflexions.

« Êtes-vous sûr qu'il n'y a rien d'autre ? Vous étiez beaucoup plus enthousiaste cet après-midi. J'ai l'impression que vous refusez de m'aider dans mon travail. J'ai pourtant joué cartes sur table avec vous, señor de Nebrija. »

La jeune femme avait le visage empourpré, ce qui n'était pas pour déplaire à Keie ; sa colère contenue lui donnait quelque chose d'exalté et d'imprévisible qui la rendait très attirante.

« J'ai une proposition à vous faire, lui lança-t-il avant de regarder sa montre. La salle de restauration est fermée à cette heure-ci. Retrouvons-nous demain devant l'entrée des ateliers pour aller admirer ensemble l'original. Vous pourrez alors constater par vous-même si le geste du père Baerle a révélé un indice caché sur *Le Jardin des délices*. »

Antonio de Nebrija se renfrogna. Keie se doutait que le vieil érudit aurait préféré ne plus jamais avoir affaire à Vanderwerf. Mais Michael pensait avant tout à lui-même. La jeune femme l'intéressait et il avait envie de la revoir.

« C'est d'accord ? »

La psychologue parut comme métamorphosée. Elle sourit à Keie, et celui-ci découvrit dans son regard une lueur mate qui déclencha chez lui un agréable frisson. Il se tourna vers de Nebrija.

L'historien leva les mains en signe de capitulation.

« *No importa*, grogna-t-il avec humeur. Comme vous voudrez. »

S'installa alors un silence pesant que visiblement personne ne voulait briser. Vanderwerf finit par se lever et tendit la main à Keie :

« Je ferais mieux de partir. Il est déjà tard. À quelle heure nous retrouvons-nous demain ? Neuf heures ? »

De Nebrija marmonna quelques mots incompréhensibles.

« Neuf heures, confirma Keie. Je viendrai vous chercher à l'entrée.

— Merci pour vos explications détaillées, señor de Nebrija », dit la thérapeute en ouvrant la porte du bureau.

Avant d'en franchir le seuil, elle se retourna vers l'érudit et le fixa de ses prunelles d'acier.

« Au fait, savez-vous pourquoi Jérôme Bosch a pris le nom de sa ville natale alors que son père s'appelait Van Aken ? »

Vanderwerf sortit et referma la porte sans attendre de réponse. De Nebrija garda les yeux rivés sur la poignée.

« Bon sang ! gronda-t-il. Où a-t-elle appris ça ? »

34

« Avez-vous perdu la tête, Michael ? s'emporta Antonio de Nebrija quelques instants après le départ de la psychologue. Vous ne pouvez pas amener une étrangère ici au moment où nous sommes sur le point de faire une découverte sensationnelle ! »

Le vieil homme s'approcha à pas feutrés de la porte et l'ouvrit brusquement. Personne. Les pas de Vanderwerf se perdaient dans le couloir.

« Que reprochez-vous à cette femme ? répliqua Keie. C'est grâce à elle si nous possédons à présent une vague confirmation de vos hypothèses. Et le témoignage du père Baerle me paraît très important pour la suite de nos recherches. »

De Nebrija referma la porte et s'adossa au panneau de bois.

« Je la trouve antipathique. Quelque chose en elle éveille ma méfiance, même si j'ignore encore quoi. Ses yeux peut-être. Ils sont d'une froideur glaciale. Mais rassurez-vous, Michael, je ne suis pas jaloux parce qu'elle a des vues sur vous. »

Gêné, Keie se sentit rougir.

« Vous exagérez, Antonio. Je l'aurais remarqué. De plus...

— Vous la trouvez également à votre goût ! » acheva l'érudit en riant.

Il s'écarta de la porte avant de poursuivre :

« Vous avez peut-être raison. Je devrais arrêter de voir le mal partout. Les connaissances de ce Baerle peuvent effectivement nous être très utiles.

— Quand nous sommes arrivés tout à l'heure, vous vouliez me montrer quelque chose. De quoi s'agit-il ?

— Venez voir. »

De Nebrija guida Keie vers son bureau. Il tira un petit morceau de papier déchiré qu'il avait glissé sous un classeur et l'agita devant le nez de son collègue. De forme triangulaire, le lambeau ne comportait aucune écriture.

« Vous savez, Michael, parfois les événements les plus simples peuvent mettre une personne sur la bonne piste. Tenez le papier dans la lumière. Que voyez-vous ?

— Rien... Si, un filigrane ! On peut distinguer les lettres H, B et P.

— Ces caractères m'ont intrigué quand j'ai découvert ce morceau de papier il y a des années. Je l'ai donc conservé. »

Keie ne s'intéressait guère aux innombrables marottes de l'historien. De Nebrija collectionnait avidement les objets les plus insolites. Avec le temps, Michael avait développé une technique pour ce genre de situations désespérément chronophages : il ne suivait les explications du vieil homme que d'une oreille. Tout en écoutant distraitement, il chercha du regard sur le bureau les agrandissements qu'il avait faits pour son collègue. Afin de ne pas froisser son interlocuteur, il demanda cependant :

« Où avez-vous trouvé ce papier ?

— Chez un antiquaire hollandais, j'ai acquis un jour un livre qui traitait de la préparation des couleurs, et plus particulièrement de la fabrication des jaunes à base de pigments. Un ouvrage doré sur tranche avec reliure en cuir. Intéressant, mais plutôt coûteux et un peu abîmé sans être d'une grande rareté. Le bout de papier est tombé lorsque je l'ai feuilleté. Je l'ai pris pour un marque-page miteux jusqu'à ce que je découvre le filigrane, qui apparaît encore plus distinctement lorsqu'on humidifie le papier. »

De Nebrija sortit de l'un des tiroirs de son bureau une coupelle qu'il remplit d'eau minérale. Puis il trempa avec précaution le fragment dans le liquide, et les lettres HBP ressortirent avec netteté sur le fond blanc.

« Il pourrait s'agir d'une abréviation latine pour "Jheronimus Bosch Pictor". Ce papier provient peut-être de l'atelier du peintre. »

L'indice éveilla aussitôt la curiosité de Keie. En examinant le lambeau, il ressentit une vague impression de déjà-vu.

« Vous êtes sûr de l'avoir trouvé dans cet ouvrage sur les couleurs, Antonio ?

— Assurément !

— Cela signifierait que Bosch possédait son propre papier ?

— Ce n'est pas inhabituel, Michael. Les compagnons fabriquaient souvent eux-mêmes leur papier brouillon. Ce qui est curieux, c'est plutôt que ce morceau-là, comportant précisément le filigrane, soit arrivé jusqu'à nous. Il représente à peine cinq pour cent de la feuille entière.

— Vous ne l'avez pas conservé uniquement à cause de l'abréviation HBP, n'est-ce pas ?

— Persuadé qu'il comportait un message tracé dans une écriture invisible, je l'ai longuement maltraité : je l'ai chauffé, trempé dans l'eau, repassé avec un fer. Mais le papier est resté papier. Jusqu'à aujourd'hui, Michael. Jusqu'à ce que je regarde nos agrandissements. Là, j'ai remarqué quelque chose de bizarre. »

Keie écoutait à présent avec la plus grande attention. Le vieux savant possédait le don de transformer le moindre détail en une aventure passionnante. Antonio tira de son sous-main les agrandissements du triptyque et montra du doigt l'endroit où il avait découvert les symboles cachés.

« L'acide qu'a employé le père Baerle a eu un double effet. Il a brûlé la couche de vernis et fait apparaître des lettres que nous n'arrivons pas encore à reconnaître précisément. Maintenant, regardez, Michael... »

L'érudit posa sur son bureau un bol rempli d'un liquide transparent. Il déposa ensuite le morceau de papier dans le bol et remua avec une cuillère à café. Une légère odeur de vinaigre monta aux narines de Keie.

« Un peu d'acide acétique entre dans la composition de cette mixture, que j'ai trouvée dans les *Elementa chemiae* du professeur de chimie Johann Conrad Barchusen. L'ouvrage a été publié vers 1718 à Leiden, mais certaines des préparations qu'il contient ont été tirées de traités antérieurs. Il est notamment question d'un mélange capable de “rendre visible l'invisible”.

Je suis tombé dessus par hasard. Le livre comporte d'ailleurs d'excellentes illustrations. »

De Nebrija retira la cuillère du bol. Le papier flottait à la surface. Les deux hommes se penchèrent au-dessus du récipient. Soudain, des caractères sombres se détachèrent sur le fond blanc. L'historien lut à haute voix :

« *Natura mutatur. Veritas extinguit.* "La nature change. La vérité tue !"

— Qu'est-ce que ça signifie ?

— Je l'ignore, Michael. À vrai dire, j'ai compulsé tous mes livres d'alchimie à la recherche de ce distique, mais je n'ai rien trouvé. Un moment, j'ai même cru être tombé sur le mémo d'un élève de latin qui bûchait ses conjugaisons.

— *Natura mutatur, veritas extinguit*, répéta Keie d'un air pensif en se penchant de nouveau sur le morceau de papier.

— Le plus fou, c'est que ces caractères ne deviennent visibles qu'à l'aide de cette mixture particulière que l'on trouve sous le nom d'*acqua acetum* chez Barchusen. J'ai tout essayé : citron, chaleur, humidité, poudre de graphite ou de charbon, rien n'y fait. L'écriture disparaît complètement dès que le papier redevient sec. C'est tout simplement génial ! »

Keie se leva et s'avança vers le poster. Il contempla le tableau en songeant à cette nouvelle découverte. Que représentait ce bout de papier ? La vérité tue, disait le message. À en croire l'histoire du père Baerle, on pouvait supposer que ce fragment remontait à la genèse du *Jardin des délices*, car il ressemblait étonnamment au bout de papier que Jan de Groot, l'élève de Bosch mystérieusement disparu avant l'arrivée de

Petronius Oris, avait caché dans sa chambre. Le prêtre avait également mentionné dans son récit un livre traitant de la fabrication des jaunes à base de pigments. Un ouvrage doré sur tranche avec reliure en cuir que Pieter avait compulsé devant Petronius. Il ne pouvait s'agir d'un hasard. En admettant que ce morceau de papier se soit conservé aussi longtemps. Près de cinq cents ans ! L'avertissement du compagnon se référait-il au tableau ? Pensait-il que la peinture cachait une vérité qui pouvait être fatale à quiconque l'approchait ? Une vérité qui l'aurait lui-même tué ? Que se dissimulait-il derrière la façade de ce paradis insolite dessiné de la main de Jérôme Bosch ? Jan de Groot ne pouvait avoir vu que ce volet du triptyque. Si le récit du prêtre était véridique, Bosch n'avait pas encore commencé le panneau central lorsque le compagnon avait disparu.

Antonio interrompit les réflexions du restaurateur. Il s'était approché de lui sans bruit et posa une main sur son épaule.

« Nous ne sommes pas encore en mesure de résoudre cette énigme, Michael. Mais j'ai encore autre chose pour vous. »

Keie tourna le dos au tableau et interrogea son collègue du regard.

Le vieil homme saisit l'un des agrandissements et l'accrocha sur le mur à côté de la reproduction à l'aide d'une punaise.

« Je crois en effet avoir déchiffré les signes cachés. Il s'agit d'une écriture en miroir. En lisant de droite à gauche, on peut distinguer un P, deux S, deux N, un M et un R : PSSNNMR. »

De Nebrija repassa avec un crayon sur les lettres, complétant les parties effacées par l'acide.

« Comment avez-vous trouvé ça ? s'étonna Keie en dévisageant l'érudit.

— Léonard de Vinci utilisait ce procédé parce qu'il était gaucher. En étudiant attentivement la technique picturale du *Jardin des délices*, on se rend compte que Bosch était lui aussi gaucher. Faire l'analogie entre les deux n'était pas sorcier. »

Keie était sidéré. Il éprouvait une grande admiration pour les savants comme Antonio de Nebrija, qui pouvaient résoudre un problème à la seule lumière de leurs connaissances et de leur subtilité. Dans leur métier, ces gens-là se faisaient de plus en plus rares. Ils associaient à la maîtrise des techniques de restauration l'amour de l'art et de l'histoire. Aujourd'hui, la plupart des restaurateurs ne s'intéressaient qu'au domaine du tangible, c'est-à-dire à la technique seule. Michael ne faisait pas exception.

« Que signifie cette combinaison de lettres, Antonio ? »

L'Espagnol haussa les épaules et se rassit à son bureau.

« Je ne suis pas devin ! Découvrir le sens d'une telle combinaison nécessite du temps, toute une collection de répertoires d'abréviations latines et un soupçon de chance. »

Keie reprit place sur sa chaise.

« Sur le second agrandissement, on peut reconnaître la tête d'une chouette, n'est-ce pas ? »

De Nebrija acquiesça et lui tendit le cliché. L'érudit avait marqué les contours de l'animal avec un surligneur.

« Qu'est-ce que cet oiseau peut bien vouloir dire ? s'enquit Keie.

— Encore une énigme, Michael.

— Que pouvons-nous faire à votre avis pour sortir de cette impasse ? »

Le vieil homme se pencha en avant, posa les mains à plat sur son bureau et regarda Keie droit dans les yeux :

« Le père Baerle ! Nous avons besoin de lui. Son histoire est la clé qui nous permettra de décrypter les symboles que nous avons découverts. Nous devrions lui rendre une petite visite demain. »

Keie hocha faiblement la tête.

« En espérant que nous pourrons encore lui parler.

— Pourquoi ? s'écria de Nebrija en ouvrant de grands yeux. Croyez-vous que...

— Je dois vous avouer quelque chose avant de partir, Antonio. Lorsque j'étais dans sa cellule, le prêtre m'a subtilisé mon couteau de poche. Je m'en suis rendu compte, mais je n'ai rien dit. Il m'avait demandé mon aide. »

L'Espagnol se leva d'un bond. Sa chaise alla heurter violemment la bibliothèque qui se dressait derrière son bureau.

« Michael, pardonnez-moi de vous le dire, mais vous êtes un imbécile ! »

Livre deuxième

Dans le jardin des délices...

35

Lorsque Keie pénétra dans le bureau de son collègue, Antonio de Nebrija dormait à poings fermés, courbé sur sa table de travail. L'air confiné de la pièce était saturé de relents de café froid et de sueur. Le restaurateur enjamba les piles de livres et de manuscrits et ouvrit la fenêtre. À cet instant, de Nebrija se réveilla en sursaut.

« *¿ Quién es ?* Ah, c'est vous, Michael !

— La nuit a été longue, semble-t-il. »

L'Espagnol s'étira en bâillant, puis se leva pour serrer la main de Keie.

« Je vous attendais avec impatience. J'ai trouvé, figurez-vous.

— Qu'avez-vous trouvé ?

— La solution ! » murmura-t-il en montrant du doigt le mur qui faisait face à sa table de travail.

Sept feuilles de papier comportant chacune une lettre étaient accrochées sur la paroi : PSSNNMR.

« Vous pensez savoir ce que ça signifie ?

— Je l'espère en tout cas, acquiesça de Nebrija. J'ai réfléchi toute la nuit sur notre devinette. La solution m'est apparue brusquement à l'aube. PSSNNMR. Il ne s'agit pas d'un message crypté, comme je le craignais, mais bien d'une abréviation. Seules les consonnes sont écrites. Un procédé courant en latin. Il suffit d'intercaler les voyelles manquantes et une phrase apparaît : *Posse non mori.* »

Keie contempla la combinaison de consonnes affichée sur le mur, s'avança d'un pas et jeta un coup d'œil sur la reproduction du *Jardin des délices* accrochée juste à côté. Les lettres étaient inscrites dans le livre que lisait l'étrange poisson à bec.

« *Posse non mori*, réfléchit-il à haute voix, ça veut dire "On ne peut pas mourir", n'est-ce pas ?

— Oui, à peu de chose près. Vous devez vous projeter dans l'état d'esprit de l'époque. Fin du quinzième, début du seizième siècle. Il est ici fait allusion à la faculté de ne pas mourir, ou...

— Autrement dit, l'immortalité ! acheva Keie. Croyez-vous vraiment que ce soit le motif du tableau ? Y aurait-il un indice caché révélant comment l'atteindre ?

— Ce n'est qu'une spéculation. Les interprétations possibles sont multiples. Mais je peux vous dire une chose. Dans la Bible, il est dit dans le Livre de la Sagesse : "*Deus mortem non fecit.*" Dieu n'a point fait la mort. C'est une allusion au jardin d'Éden, Michael. »

Keie poursuivit le raisonnement de son collègue :

« Ce n'est qu'après le bannissement hors du paradis terrestre que la mort est entrée dans la vie des hommes. Ils ont laissé passer leur chance en mangeant le fruit de l'arbre de la connaissance.

— Oui, d'après saint Augustin, l'un des Pères de l'Église catholique, l'homme possédait la faculté de ne pas mourir dans le jardin d'Éden, ce qui n'excluait pas toutefois la mort sous la forme d'un accident ou d'une attaque par un animal. La mort n'était donc pas absente du paradis, ce que montre bien notre triptyque. On y voit une sorte de félin avaler une souris et un lion tuer un chevreuil. Dieu voulait éprouver les hommes. Mais Adam et Ève ont échoué en commettant le péché originel. Leur curiosité les a fait trébucher, et la connaissance s'est posée sur eux comme une malédiction. Cette faute les a condamnés à devenir des êtres mortels et a fait de la mort le dernier acte de l'homme. »

Keie s'était assis en écoutant les explications de l'Espagnol.

« *Muy bien*, Antonio. Vous êtes un génie. »

De Nebrija sourit d'un air modeste.

« Ce n'est qu'un premier pas. Nous ne savons pas encore pourquoi cette phrase a été inscrite sur le tableau ni ce qu'elle signifie réellement.

— N'empêche que vous m'impressionnez. Sans vos connaissances et votre méticulosité...

— Vous brillez dans d'autres domaines, Michael. Je n'aurais rien pu faire sans vos clichés. Mais arrêtons là. Inutile de nous faire mutuellement des compliments. Vous savez quoi ? J'aurais bien besoin d'un petit déjeuner. Je rêve de tapas accompagnées d'une grande tasse de café.

— Que diriez-vous d'aller au petit restaurant de l'autre côté de la rue ? Je vous invite, Antonio. »

Keie se leva pendant que de Nebrija décrochait sa veste du portemanteau. Ils sortirent du bureau et le vieil érudit ferma la porte à clé derrière eux.

« À mon âge, je ne peux plus me permettre aussi souvent de telles nuits de travail ! s'exclama Antonio en passant la main dans ses cheveux pour essayer de dompter sa tignasse rebelle. »

Ils parcoururent en silence les corridors obscurs du bâtiment. Lorsqu'ils sortirent dans la rue, Keie ne put se retenir et se tourna vers son collègue :

« Est-ce que je peux vous poser une question, Antonio ?

— J'espère que vous n'allez pas me gâter l'appétit. J'ai une faim de loup. »

Keie hésita puis, misant sur l'insatiable curiosité de l'historien, se jeta à l'eau :

« Je me suis demandé toute la nuit pourquoi la señora Vanderwerf vous a lancé cette remarque sur le nom de Bosch avant de s'éclipser. »

De Nebrija s'étira sans un mot. Ils traversèrent la rue et se dirigèrent vers le restaurant qu'avait évoqué Keie. Un serveur était en train d'installer tables et chaises sur le trottoir. En voyant les deux hommes arriver, il les salua cordialement. Keie et de Nebrija prirent place près de l'entrée.

« Je ne peux que vous recommander la prudence, finit par répondre Antonio. Cette femme en sait plus sur Bosch et son tableau qu'elle ne veut le laisser paraître. Sa dernière remarque le confirme. Mais j'ignore à quoi elle joue. »

Il commanda un sandwich avec une part de tortilla et un café au lait. Keie l'imita. Le serveur acquiesça de la tête, essuya le marbre de la table avec un torchon et disparut à l'intérieur du restaurant.

Michael se pencha vers son collègue :

« Savez-vous pourquoi Jérôme Bosch a choisi le nom de sa ville natale comme pseudonyme ? »

De Nebrija réfléchit quelques instants.

« En fin de compte, nous ne savons que très peu de choses sur cette époque, et nous ne pouvons qu'échafauder des hypothèses. Mais avant de vous répondre, jouons un peu avec les chiffres. »

Il prit une serviette en papier et nota avec son stylo les chiffres de 1 à 9 puis, en dessous, l'alphabet hébraïque. Déconcerté, Keie secoua la tête.

« Que faites-vous ?

— Connaissez-vous la numérologie cabalistique ? La magie et la mystique des nombres. Cela fait sourire de nos jours mais, au temps de Bosch, les érudits évoluaient dans un monde rempli de symboles ésotériques. Ils croyaient que les chiffres pouvaient influencer la nature intime des choses. Aujourd'hui encore, bien des aspects de cette pratique sont pour le moins surprenants. Saviez-vous qu'autrefois on attribuait par exemple aux chiffres 2, 4 et 6 des caractères féminins, tandis que les chiffres impairs comme 1, 3 et 5 étaient considérés comme masculins ? »

De Nebrija poussa la serviette griffonnée de côté lorsque le garçon apporta les cafés.

« Aujourd'hui, nous savons que les femmes possèdent une paire de chromosomes sexuels XX, donc un chiffre pair. Mais pour les hommes, les chromosomes sexuels se composent d'un X, chiffre impair, et d'un Y qui détermine le sexe masculin. Ce n'est peut-être qu'une simple coïncidence, mais ce genre de hasard est récurrent. Derrière la mystique des nombres se cache un savoir millénaire, Michael. Nous n'avons pas encore découvert tous les jeux de chiffres que dissimulent les pyramides. L'Antiquité a découvert le nombre d'or. Le judaïsme, le christianisme et l'islam se sont construits sur des chiffres mystiques : la trinité, les quatre évangélistes, les douze apôtres, les vingt-quatre rois bibliques... »

Écoutant l'exposé d'un air sceptique, Keie versa un peu de sucre dans son café, puis tendit la saupoudreuse à l'érudit.

« Trêve de balivernes, Antonio ! Épargnez-moi vos tours de prestidigitation. Où voulez-vous en venir ? »

De Nebrija esquissa un sourire. Fermant les yeux, il avala avec un plaisir manifeste une première gorgée de café.

« Pour vous, reprit-il, tout ça n'a plus d'importance. Mais Bosch vivait dans un monde où l'interaction des nombres créait du sens. À son époque, on construisait les cathédrales d'après ces subtilités ésotériques, on immortalisait dans ces édifices majestueux la symbolique des codes numériques chrétiens. Douze colonnes comme les douze apôtres, trois tours comme symbole de la trinité, sept chapelles rayonnantes pour les sept sacrements. »

Le serveur apporta une assiette avec les sandwichs et la tortilla. Keie, qui n'avait pris qu'un maigre petit déjeuner, en eut l'eau à la bouche.

Les nombres étaient censés gouverner le monde ? Voilà bien longtemps qu'il n'avait pas entendu une théorie aussi farfelue. Il observa la rue qui longeait le bâtiment abritant les ateliers de restauration du Prado. Quelques-uns de ses collègues arrivaient au travail. Des gens pressés traversaient la chaussée en esquivant les rares automobiles qui fonçaient sur l'artère encore peu fréquentée. Dans un passage ombragé entre deux maisons, un homme vêtu de noir semblait attendre quelque chose. Les commerçants avaient ouvert les volets roulants de leurs magasins. Terne et poussiéreuse, Madrid saluait le jour naissant avec lassitude. Keie avait l'impression que la métropole reprenait son souffle avant que la vie n'envahisse ses rues.

« Inconsciemment, nous vivons toujours dans ce monde de chiffres et nous les utilisons souvent sans nous en rendre compte, poursuivait de Nebrija. (L'historien avala une bouchée de tortilla avec délices.) Je me suis également demandé pourquoi Jérôme, fils d'Anthonius Van Aken, avait pris le nom de Bosch. Dans les archives de Bois-le-Duc, on trouve un Van Aken, peintre de profession. Il s'agit sans doute de son frère. Bien sûr, on peut trouver une explication fort simple pour expliquer le choix de Bosch. Membre du conseil municipal, il devait s'identifier avec sa cité natale. Il n'avait aucun lien affectif avec Aix-la-Chapelle, ville d'origine de sa famille. Le nom Van Aken signifie d'ailleurs : "d'Aix-la-Chapelle". Mais je pense que sa décision avait une raison plus profonde : le nom Bosch avait quelque chose de magique. Il ne signait pas ses tableaux avec 's-Hertogenbosch, Bois-le-Duc ou Van Bosch, ce qui aurait été plus logique, et il n'utilisait pas non plus la dénomination courante de la ville : Den Bosch. Il signait tout simplement Bosch ! Pourquoi à votre avis ? Bosch possède cinq lettres. Saviez-vous que la plupart des fleurs possédaient cinq pétales ? Le chiffre cinq est le chiffre du vivant. L'homme est défini par le cinq : deux bras, deux jambes, un tronc, donc cinq parties. Nous possédons sur chaque main cinq doigts, sur chaque pied cinq orteils. Je ne veux pas vous ennuyer, mais un dernier détail devrait dissiper tout à fait vos doutes. Le chiffre cinq est celui du pentagramme. Paracelse écrivait déjà que le pentagramme possédait une grande influence dans le judaïsme et qu'il fallait garder secrète sa signification. Les alchimistes ne cherchaient-ils pas en plus des quatre éléments la *quinta essentia*, le cinquième élément, qui devait leur permettre de transformer le plomb en or ? »

Keie, qui suivait à présent les explications de son collègue avec un regain d'intérêt, but une gorgée de café et mangea un morceau de son sandwich. Son regard faisait la navette entre de Nebrija et le passage où se tenait l'homme en noir. Celui-ci venait de s'allumer une cigarette et crachait des brins de tabac sur le sol. Keie ne pouvait pas voir son visage, mais ses mains brillaient d'une blancheur éclatante. La bouche pleine, Michael demanda :

« Que pouvez-vous me dire sur le nom "Bosch", en dehors du fait qu'il s'agisse d'un mot en cinq lettres ? Venez-en au fait, Antonio. Vos théories sont aussi fantasques que les tableaux de notre peintre. »

Le vieil homme ignora la pique. Tournant sa serviette vers Keie, il montra du doigt les chiffres et les colonnes de lettres qu'il avait griffonnés.

« On a attribué un chiffre aux lettres de l'alphabet hébraïque. *Aleph* a reçu le numéro un, *beth* le numéro deux et ainsi de suite jusqu'à neuf, puis on repart du début. Au temps de Bosch, on utilisait cependant l'alphabet latin. Malheureusement, les lettres ne correspondaient pas toutes à l'alphabet hébraïque. On a donc trouvé d'autres valeurs. Il en résulte le code suivant : B est égal à 2, O à 7, S à 3, C à 3 également, et H à 5. Si l'on ajoute ces chiffres, on obtient comme total vingt. Le chiffre vingt est le symbole du vivant. Dans la numérologie, pour déterminer les propriétés d'un nombre, il faut soustraire la somme des chiffres de ce nombre et diviser ensuite le résultat par neuf. Vous vous demandez certainement pourquoi neuf ? Dans la kabbale, c'est le chiffre du nom de Dieu que l'on ne doit pas prononcer. »

Keie sortit un stylo et fit un rapide calcul pendant que de Nebrija buvait une gorgée de café.

« Si je ne me trompe pas, Antonio, ça fait donc vingt moins deux égale dix-huit. Dix-huit divisé par neuf égale deux.

— Exact. Le deux représente la dualité, la coexistence de deux éléments de nature différente, toi et moi, homme et femme. C'est le chiffre de la contradiction, du non-divin, de l'affrontement et de la collaboration, du yin et du yang, du *hieros gamos* de la kabbale, l'union sacrée divine. Comme vous pouvez le constater, le nom Bosch est très riche. Le cinq, le vingt et le deux ont une haute valeur symbolique que le nom Van Aken ne possède pas. »

Keie pencha la tête en poussant un sifflement admiratif. Son regard balaya la rue et fut de nouveau attiré par l'homme en noir. Celui-ci sortit soudain de l'ombre du passage et s'éloigna à pas lents.

« Je n'aurais jamais cru que les noms pouvaient être à ce point imprégnés de magie. Preuve qu'on en apprend tous les jours, même si tout cela peut sembler un peu tiré par les cheveux.

— Pour nous, Michael. Il y a cinq cents ans, jongler de la sorte avec les chiffres était à la portée de tout homme lettré. Autre petit détail : notre peintre avait l'habitude de signer Jheronimus Bosch. Soit un total de cinquante-neuf. Si on additionne cinq et neuf, cela fait quatorze. Soustrayez quatorze à cinquante-neuf, puis divisez la somme par neuf, vous obtenez le chiffre cinq. Étonnant, n'est-ce pas ? Si je soustrais au chiffre quatorze le nombre de lettres que comporte Bosch, c'est-à-dire cinq, cela donne neuf. Et ce chiffre symbolise le nom de Dieu composé de neuf lettres. »

Keie fit claquer ses doigts.

« Le nom Bosch fait donc symboliquement référence au Créateur. Pas étonnant de la part d'un artiste qui a créé dans ses œuvres un monde à part entière. »

Il grimaça en avalant une gorgée de son café qui, entre-temps, avait refroidi. Une nouvelle fois, il était gagné par l'enthousiasme communicatif de son collègue. Jacob Van Almaengien avait pu initier Bosch aux mystères de la kabbale. Si l'on ajoutait foi à l'histoire du père Baerle, Bosch et Van Almaengien avaient passé beaucoup de temps ensemble. Le chiffre cinq résonnait dans la tête de Keie ; le restaurateur songea aux cinq sens, à la parabole des cinq vierges sages et des cinq vierges folles, aux cinq livres de Moïse, aux cinq archanges.

« Mais qu'est-ce qu'un nom pareil pouvait apporter à Bosch ? s'interrogea-t-il. Seules quelques rares personnes pouvaient comprendre une symbolique aussi complexe.

— Michael, je crois que la signification de ce nom a un lien avec *Le Jardin des délices*. Ces chiffres sont liés aux scènes du tableau ! Je vais poursuivre mes recherches dans ce sens. Mais nous avons besoin de plus d'informations sur la genèse de l'œuvre. Du reste, n'avez-vous pas fait des clichés du volet de l'enfer ? Il nous faudrait des agrandissements. »

Keie hocha la tête d'un air distrait. La tasse figée devant ses lèvres, il contemplait l'homme en noir qui se dirigeait vers l'annexe du Prado. Ses vêtements paraissaient beaucoup trop grands pour lui. Veste et pantalon flottaient sur son corps maigre. L'inconnu jeta sa cigarette sur la chaussée. Keie ressentit un malaise indéfinissable en le suivant du regard. L'homme s'arrêta devant le portail du bâtiment, jeta un coup d'œil autour de lui, puis disparut à l'intérieur.

Keie faillit s'étrangler avec son café lorsqu'il finit par reconnaître le mystérieux passant.

« Antonio ! Je crois que je viens de voir le père Baerle. Mais c'est impossible, il... »

Bondissant de sa chaise, de Nebrija se frappa le front du plat de la main.

« *¡ Madre mía !* Je savais bien que j'avais oublié quelque chose avec toutes ces énigmes. Grit Vanderwerf m'a appelé cette nuit pour m'annoncer que Baerle s'était enfui de l'hôpital. Elle nous a recommandé d'être prudents... »

Keie sortit son portefeuille et le lança sur la table.

« Réglez l'addition. Je cours au bureau. Si c'était vraiment le prêtre, Dieu seul sait ce qu'il a l'intention de faire ! »

Le restaurateur se précipita en direction des ateliers.

36

En arrivant dans le couloir, Keie vit que la porte du bureau de son collègue avait été forcée. Il se figea sur le seuil. Le père Baerle se tenait au milieu de la pièce et examinait les lettres PSSNNMR placardées au mur. Le religieux était armé du couteau suisse qu'il avait subtilisé la veille.

« *Buenos días*, mon père. Puis-je vous aider ? »

Baerle fit volte-face. Un sourire narquois se dessina sur ses lèvres lorsqu'il aperçut le restaurateur.

« *Naturalmente*, señor Keie. Ces lettres-là ont certainement une signification, non ? Mais je vous en prie, reprenez d'abord votre souffle. »

Il pointait le couteau vers les sept feuilles de papier accrochées près du poster du *Jardin des délices*. Instinctivement, Keie fit un pas en arrière.

« Oh, pardonnez-moi, ce n'est pas ce que vous pensez. Je voulais seulement vous rendre votre bien. »

Le prêtre replia la lame du couteau et tendit celui-ci à Keie.

« Que faites-vous ici, mon père ? »

Keie s'approcha prudemment et prit le couteau d'une main hésitante.

« Comment pouvez-vous avoir l'audace de vous introduire dans ces locaux par effraction ? »

Le religieux chercha un siège du regard et s'installa tranquillement sur l'une des chaises que Keie avait apportées la veille.

« Doucement, une chose après l'autre, señor. Tout d'abord, je dois vous remercier. Sans vous et votre couteau...

— Oubliez ça, mon père, le coupa Keie. Je ne suis pas sûr d'avoir agi de mon plein gré. Vous possédez un véritable talent pour manipuler les gens. »

Baerle émit un rire atone.

« Est-ce la señora Vanderwerf qui vous a mis ça dans la tête ? Vous surestimez mes capacités. Vous n'avez pas agi sans le vouloir. Mais revenons à vos questions. Le gardien en bas m'a expliqué où vous trouver. Il m'a également conseillé de frapper à la porte du bureau situé en face du vôtre, chez votre collègue. Le señor...

— De Nebrija ! » précisa Keie avec agacement en observant l'ecclésiastique.

Le père Baerle parlait avec un aplomb imperturbable. Comme attiré par un puissant aimant, son regard revenait sans cesse se poser sur le mur où étaient affichées les sept lettres.

« De Nebrija... oui, c'est ça. Comme vous étiez absents tous les deux, j'ai essayé d'entrer pour vous attendre dans le bureau. Je ne pouvais pas errer dans les couloirs comme une âme en peine. De toute façon, ces serrures sont vieilles comme Mathusalem. Il est temps de les changer. »

Keie se demanda s'il devait écouter le prêtre ou prévenir immédiatement la police.

« Vous vous êtes évadé de l'hôpital !

— Comme vous y allez, tempéra Baerle. Vous oubliez que je séjourne dans un couvent du Tiers-Ordre, et non dans une unité de psychiatrie sécurisée. J'ai simplement omis de préciser où j'allais me promener.

— Et vous avez utilisé un couteau pour sortir.

— Comme passe-partout. Parce qu'on ne me fait pas confiance. »

Keie ricana.

« Vous avez failli détruire un tableau. Et pas n'importe lequel ! Sans compter que vous êtes un récidiviste. Qui pourrait vous faire confiance ? »

Le prêtre se tourna vers les lettres.

« Je vois que je ne me suis pas trompé. *Le Jardin des délices* cachait bien un secret. Je n'osais y croire. »

Keie tira à lui la deuxième chaise à roulettes et s'assit.

« Pourquoi avoir vandalisé le triptyque ? Que savez-vous au juste ? Qu'est-ce que vous nous dissimulez ? »

Baerle le fixa d'un regard impénétrable. Puis sa tête se mit à osciller et il partit dans un grand éclat de rire.

« Vous êtes direct, señor Keie. J'aime ça. »

Il se pencha en avant et ne lâcha plus le restaurateur des yeux.

« Le tableau est la représentation d'une doctrine secrète, reprit-il. Les premiers exégètes l'avaient déjà deviné, tout comme le premier collectionneur des œuvres de Bosch, Philippe II d'Espagne. Le souverain déposa le triptyque dans sa résidence de l'Escurial. *Le Jardin des délices* y a été conservé des siècles durant, caché aux yeux du monde pour ainsi dire. Il est devenu muet, car le temps a effacé les codes nécessaires à son interprétation. »

Baerle marqua une pause. Keie sentit que le prêtre hésitait à lui révéler ce qu'il savait. Après une courte réflexion, le religieux parut se décider et poursuivit ses explications :

« Pour vous aider à comprendre, il faut remonter un peu plus loin dans le temps. Déjà à l'époque de Bosch, plusieurs personnes cherchaient à s'emparer du tableau : l'Église, divers amateurs d'art et naturellement ceux qui l'avaient commandé, les Adamites. On suppose qu'il fut par la suite confisqué par Ferdinand Alvare de Tolède, duc d'Albe et gouverneur des Pays-Bas espagnols. Entre-temps, le tableau ne se trouvait plus dans la cathédrale Saint-Jean, mais en possession de Guillaume Ier d'Orange, comte de Nassau. Guillaume, qui avait mené la guerre d'indépendance contre les Espagnols, était également membre de l'Illustre Confrérie de Notre-Dame. C'est peut-être l'un de ses ancêtres, Henri III, qui avait commandé le tableau pour la chapelle de la Confrérie. Au début de la Réforme, la famille Nassau avait transporté l'œuvre à Bruxelles par mesure de précaution. Le triptyque fut rebaptisé *Peinture de la diversité du monde* afin de le protéger des pillards qui saccageaient les églises – plusieurs autres tableaux de Bosch ont d'ailleurs été détruits durant cette période de violence. Il fut répertorié sous la même dénomination dans l'inventaire de l'Escurial, lorsque le roi d'Espagne l'acheta au fils du duc d'Albe. *Le Jardin des délices* devint officiellement propriété du souverain, mais c'est en fait l'Église catholique qui mit la main sur le tableau, puisque Philippe II était un homme profondément pieux. »

Keie fut surpris par l'étendue des connaissances du prêtre. Soudain, on frappa à la porte. Le restaurateur virevolta et Baerle bondit de son siège.

« Pardonnez-moi de vous interrompre, mais je suis impressionné. Vous connaissez parfaitement l'histoire du *Jardin des délices*. Vous êtes donc le prêtre qui a vandalisé le tableau. Je m'appelle Antonio de Nebrija. Puis-je me joindre à vous ? »

Keie remarqua que Baerle semblait tout à coup déconcerté. De Nebrija entra dans le bureau et poursuivit les explications du religieux.

« On peut se demander si le roi d'Espagne s'est servi du tableau, dont la dimension érotique est incontestable, à des fins onaniques. Ne soyez pas gêné, mon père. Les rois ne sont pas des êtres asexués. Et les catholiques encore moins. En tout cas, le triptyque est tombé dans les griffes de l'Église. En 1599, le père José de Sigüenza, de l'ordre de Saint-Jérôme, a tenté de le réhabiliter. Il soutenait que *Le Jardin des délices* n'était pas une œuvre hérétique. En faisant cela, il a entraîné tous les savants de l'époque sur une fausse piste. Il a donné une interprétation simpliste du tableau qui correspondait à la vision bigote de Philippe II et qui n'avait rien à voir avec les idées de Bosch. Plusieurs générations de scientifiques ont ensuite cherché en vain à analyser le triptyque sous cet angle orthodoxe. »

Le père Baerle se caressa la commissure des lèvres.

« Novalis n'a-t-il pas dit que l'incompréhension était le fruit de la déraison ? Chacun cherche ce qu'il sait déjà sans jamais s'ouvrir à de nouveaux horizons.

— Respect, mon père. Je n'aurais pas songé au poète romantique Friedrich von Hardenberg, surnommé Novalis, dans ce contexte-là. Mais je crois que vous avez mis dans le mille. »

Keie se sentait mal à l'aise. Les deux hommes semblaient rivaliser d'érudition.

« Êtes-vous venu ici pour nous impressionner avec vos connaissances sur *Le Jardin des délices*, mon père ? lança-t-il. Ou vouliez-vous simplement me rendre mon couteau ? Vous vous doutez que nous allons devoir prévenir la police. Surtout après votre effraction. »

Keie jeta un regard vers la serrure de la porte. Baerle alla se planter devant la reproduction du tableau.

« J'ignore ce que vous a raconté sur moi la señora Vanderwerf, mais je peux vous assurer d'une chose : je ne suis pas fou. Même si je me suis peut-être fixé dans la vie un but peu ordinaire. Je fais partie d'un ordre prêcheur qui a perdu toute influence. Pourtant, depuis que le Vatican a ouvert les archives de l'Inquisition, j'ai commencé à étudier les écrits anciens et j'ai alors compris que j'avais été élu pour lutter contre le démon des temps modernes : la femme. »

Il pivota brusquement vers Keie, qui le dévisagea d'une moue incrédule.

« Écoutez-moi bien, messieurs, reprit Baerle. Ce tableau contient un message très particulier. Beaucoup de gens paieraient cher pour savoir ce que Bosch a voulu dire avec cette peinture... »

Baissant la voix, il s'approcha des deux restaurateurs et enchaîna :

« On sait très peu de chose sur le peintre – rien en vérité –, et les rares détails dont nous disposions ont disparu dans les archives de l'Inquisition. Je voulais détruire ce message, c'est vrai. Mais seulement pour éviter qu'il ne tombe entre de mauvaises mains. J'ai malheureusement échoué. Et, à présent, je suis dans leur collimateur. »

Antonio de Nebrija s'était entre-temps installé à sa table de travail. Il demanda :

« De qui parlez-vous, mon père ?

— Vous n'avez toujours pas compris ? Grit Vanderwerf me surveille étroitement. Elle n'est pas seulement psychologue, elle appartient à un groupuscule secret qui cherche à découvrir le message du tableau. Tout ce que je peux vous dire, c'est que vous devriez vous méfier d'elle. »

Keie se détendit. Manifestement, le prêtre avait perdu l'esprit et s'était laissé emporter par son imagination délirante.

« Vous pensez réellement que nous allons vous croire ? Votre histoire est absurde ! »

Il s'étira sur sa chaise. Le sort de Baerle dépendait à présent des autorités espagnoles. Quelle que soit sa véritable identité, cet homme qui prétendait s'appeler Baerle devait être mis derrière des verrous. Pas question de succomber une nouvelle fois au pouvoir suggestif de ce fou. Keie s'apprêtait à saisir le combiné du téléphone pour appeler la police lorsque de Nebrija demanda :

« Pourquoi Vanderwerf serait-elle autant intéressée par le message transmis par le tableau ? »

Visiblement tendu, le vieil érudit pencha la tête vers le dominicain.

« Après mon arrestation, on m'a transféré à l'hôpital du Tiers-Ordre. Elle est venue me rendre visite tous les jours dans ma cellule et m'a fait subir de longs interrogatoires. Prétextant réaliser une expertise psychologique pour les autorités, elle m'a posé de nombreuses questions sur le manuscrit de Petronius Oris. Je n'en avais pourtant parlé à personne. Elle savait donc que ce manuscrit existait. Comment l'a-t-elle appris ? »

De Nebrija prit une profonde inspiration.

« Nous pouvons peut-être trouver un arrangement, mon père. Vous avez pu constater par vous-même que le tableau contient effectivement un message. »

Il désigna du doigt les lettres accrochées au mur.

« Hier soir, nous avons déchiffré une partie de ce message. C'est donnant donnant. Nous vous révélons ce que nous avons découvert et vous nous dites tout ce que vous savez sur le tableau et son histoire. Si vous acceptez notre marché, nous ne préviendrons pas la police. »

Baerle afficha un large sourire avant d'acquiescer.

37

« Je dois avouer que je suis très curieux de voir vos agrandissements. »

Baerle marchait de long en large dans le bureau comme un animal en cage. Keie s'était levé. Le dos appuyé contre l'une des bibliothèques, il observait le religieux. Son aspect n'avait plus rien de démoniaque. Au milieu des reliures multicolores qui envahissaient les rayonnages, le prêtre au teint blafard semblait venir tout droit d'une photographie en noir et blanc.

« J'avais découvert dans divers ouvrages des indices laissant penser que le triptyque dissimulait des symboles secrets. Il y a deux ans, j'ai déposé une requête auprès de la direction du Prado pour demander que le tableau soit expertisé. Cela n'a abouti à rien, si ce n'est que la sécurité a été renforcée autour du *Jardin des délices*. On m'a pris pour un fou. »

Baerle s'échauffait en parlant. Ses yeux jetaient des flammes. Keie eut de nouveau la désagréable impression que l'ecclésiastique cherchait à exercer son ascendant sur lui. Il s'efforça d'éviter son regard pour ne pas succomber une nouvelle fois à son pouvoir hypnotique.

Assis à son bureau, de Nebrija se tordait les mains. Manifestement, les circonvolutions du prêtre le rendaient nerveux.

« Et un jour, le hasard vous a été favorable », glissa l'historien de l'art pour encourager Baerle à accélérer le rythme de sa narration.

Le religieux marqua un temps d'arrêt avant de répondre :

« Oui, c'est à peu près ça. Lorsque j'étais encore bibliothécaire de mon monastère à Salamanque, un membre de la Congrégation de la doctrine de la foi m'a rendu visite et m'a chargé d'une mission : examiner les archives de la Sainte Inquisition entre le seizième et le dix-neuvième siècle en vue d'une publication. Durant mes travaux, je suis tombé sur un manuscrit surprenant ; il s'agissait des mémoires d'un jeune peintre ayant travaillé dans l'atelier de Bosch au début du seizième siècle. J'ai commencé à m'intéresser aux parcours des différents personnages mentionnés dans ce récit : Petronius Oris, Zita Van Kleve, Jacob Van Almaengien. Mes recherches sur Petronius et Zita n'ont rien donné, mais j'ai découvert que Van Almaengien avait été accusé d'hérésie et brûlé à Cologne en 1534. Rien d'extraordinaire, me direz-vous. Toutefois, dans le dossier du procès, j'ai trouvé une note du bourreau de la cité, dont le contenu m'a interpellé. Dans cette note, l'exécuteur des hautes œuvres avait écrit : "Reçu trois deniers pour le bûcher de maître Jacob Van Almaengien. L'accusé a brûlé avec tous ses biens, y compris vêture et chaperon." Vous comprenez ce que cela signifie ?

— Non, répliqua sèchement Keie. Je suis restaurateur et non historien. Je n'ai aucune idée des us et coutumes des bourreaux au seizième siècle. »

Antonio de Nebrija ne put se retenir d'intervenir :

« Dans les documents de cette époque, il est rarement fait allusion aux vêtements des condamnés. L'Église faisait don d'une chemise de crin aux pécheurs repentants. Seuls ceux qui refusaient l'absolution allaient au bûcher avec leurs propres vêtements. Et ils n'étaient pas légion. »

Baerle sourit. Il semblait apprécier grandement d'être au centre de l'attention.

« J'en ai donc déduit...

— que Jacob Van Almaengien avait quelque chose à cacher ! acheva de Nebrija avec enthousiasme. Et que l'Inquisition tenait étrangement à préserver son secret. Reste à découvrir ce que le savant dissimulait sous ses vêtements au moment de sa mort.

— Exactement, señor de Nebrija. Je pense qu'il s'agit d'un document ou d'un tatouage qui donnait la clé de l'interprétation du *Jardin des délices*. Malheureusement, Van Almaengien a brûlé avec son secret.

— Mais pourquoi Van Almaengien aurait-il utilisé son corps pour transmettre un message ? s'enquit Keie.

— Si je le savais, je serais en mesure de déchiffrer le tableau, señor Keie ! rétorqua Baerle. Mais une chose est sûre : cette mention du bourreau n'est pas anodine. Le même jour, quatre autres personnes ont été brûlées. Il n'est nullement spécifié si elles étaient nues ou si elles portaient leurs vêtements. Par conséquent, ce détail a son importance. »

Gagné par la fébrilité, Keie se mit à son tour à faire les cent pas dans le bureau. Une autre question lui brûlait les lèvres, mais de Nebrija le devança :

« Je ne comprends toujours pas pourquoi vous vouliez détruire le triptyque. Il n'y a qu'une explication plausible à mes yeux : vous avez découvert quelque chose sur le tableau, n'est-ce pas ? »

Le père Baerle resta muet. Il se contenta de toiser l'historien en attendant que celui-ci développe sa pensée.

« PSSNNMR, reprit de Nebrija. Comment liriez-vous cette inscription s'il s'agissait d'une abréviation latine, mon père ?

— Vous voulez me mettre à l'épreuve ? Si l'inscription est en latin, je dirais : *Posse non mori.* »

Antonio de Nebrija hocha la tête.

« Votre latin semble moins rouillé que le mien. Il m'a fallu toute la nuit pour trouver la solution. Ces lettres se trouvent sur le volet représentant le jardin d'Éden. C'est votre attaque au vitriol qui les a dévoilées. »

Le prêtre haussa les épaules, s'approcha du poster et marmonna quelques mots inintelligibles. Il regarda Keie du coin de l'œil, puis décrivit un cercle de la main.

« Le cercle n'a ni début ni fin. C'est le symbole de l'immortalité. Vous devriez concentrer votre attention sur l'étang du panneau central. »

Il sourit d'un air pensif avant d'examiner la reproduction du tableau en se penchant comme s'il souffrait de presbytie.

« Aviez-vous déjà remarqué que tous les cavaliers qui trottent autour de l'étang central sont des hommes ?

Inversement, seules des femmes se baignent dans le bassin. Étonnant, n'est-ce pas ? »

Baerle fit encore un pas vers le poster et laissa son regard errer sur les trois panneaux du triptyque.

« Je connais ce tableau par cœur. Si je savais peindre, je pourrais le reproduire entièrement de mémoire. Saviez-vous que l'hôpital dans lequel on m'a enfermé est entièrement géré par des femmes ? De la direction au service de nettoyage, il n'y a pas un poste qui ne soit pas occupé par une femme. Je n'ai pas vu un seul homme dans le bâtiment depuis mon arrivée. À part vous, señor Keie. »

Le restaurateur leva la tête et regarda le prêtre. Baerle lui en avait déjà fait la remarque la veille dans sa cellule, mais il n'avait pas prêté attention à ce détail.

« Quel rapport avec le tableau ?

— Tout est lié, répondit le prêtre en se redressant. Vous ne devez parler de votre découverte à personne. Elle pourrait tomber entre de mauvaises mains. Des mains féminines. Vous allez comprendre en entendant la suite de l'histoire de Petronius Oris. Vous êtes sûrement impatients d'apprendre ce qu'il est advenu du jeune peintre. Mais promettez-moi une chose. »

La voix du père Baerle était devenue rauque. Keie ne put s'empêcher de plonger son regard dans les yeux fiévreux du religieux.

« Promettez-moi de ne répéter à personne ce que je vais vous confier. C'est d'accord ? »

38

« Bien sûr que je suis d'accord », murmura Petronius en retenant son souffle.

Zita déboucla sa ceinture, dégrafa la chaînette qui maintenait son plastron et ôta sa robe en la faisant passer par-dessus sa tête.

« Alors tiens ça », commanda-t-elle d'une voix douce en lui donnant ses habits.

Elle se pencha pour dénouer ses sandales.

« Ne reste pas planté là avec cet air ahuri, souffla-t-elle en désignant un portemanteau vide. Tu peux accrocher tout ça là-bas. »

Petronius hocha la tête, mais il ne put détacher son regard de la jeune femme. Sous sa robe de couleur ocre, elle portait une fine tunique de lin qui épousait parfaitement les formes de son corps. Après s'être débarrassée de ses sandales, Zita se releva et retira également sa combinaison. Petronius prit le sous-vêtement. Le lin dégageait une odeur féminine tellement puissante qu'il eut envie de le presser contre son visage. Il contempla Zita dans sa nudité.

« À toi, maintenant, dit-elle en souriant. Et va suspendre mes vêtements, s'il te plaît. »

De nouveau, elle lui montra du doigt le portemanteau. Puis elle ramassa ses sandales et les tendit à Petronius. Troublé, le peintre se mit en mouvement comme un automate. Il suspendit les effets de Zita sur les patères avant de revenir se placer devant elle. Gêné, il ne savait que faire de ses mains.

« Déshabille-toi ! le pressa-t-elle. C'est à mon tour d'accrocher tes vêtements. »

Petronius commença à se dévêtir maladroitement.

« Zita, je... » bredouilla-t-il en détachant sa ceinture.

Son pantalon lui tomba sur les chevilles. Zita le ramassa dès que le compagnon se fut dégagé et le posa sur son bras.

« Tu es belle, balbutia Petronius.

— Dépêche-toi, ils nous attendent », le gronda-t-elle gentiment en ignorant le compliment.

Elle jeta un regard vers le couloir obscur où la tête de l'un des membres de la Confrérie était apparue quelques instants plus tôt.

Le peintre ôta sa chemise en hâte et la donna à Zita. Il ne pouvait plus dissimuler à présent combien la beauté de la jeune femme l'impressionnait. Zita sourit.

« Ne t'inquiète pas, ce genre d'incident peut arriver les premières fois. »

Elle regarda Petronius dans les yeux. Soudain, il la saisit par le bras et l'attira contre lui. Elle se laissa faire. Il sentit la pression d'une douce toison contre sa cuisse. Zita rejeta la tête en arrière ; ses cheveux tombèrent en cascade sur la cambrure de ses reins, qui formait un croissant au galbe harmonieux.

« Lâche-moi, s'il te plaît, Petronius. L'abstinence n'est pas chose facile, nous le comprenons bien, mais l'amour séraphique est pur. Nous sommes les enfants du jardin d'Éden, les fils et filles du Seigneur, comme Adam et Ève. Les élans du corps nous sont sacrés, y compris l'union charnelle. Dieu n'aurait pas créé l'homme et la femme avec de telles différences s'Il avait voulu les condamner avec leur désir réciproque. Mais nous nous retenons pendant la liturgie. Tu comprends ? »

Zita repoussa le jeune peintre avec douceur. Elle le prit par la main, puis le guida vers le corridor plongé dans la pénombre. Après une volée de marches, ils franchirent une porte et pénétrèrent dans la chapelle de la Confrérie. Le lieu saint avait changé d'aspect ; lorsqu'il avait été admis dans le cercle des Adamites, Petronius avait trouvé la chapelle austère. À présent, des tapis de laine verte recouvraient les dalles de pierre et les murs étaient décorés de tentures bleues. Comme les fenêtres aveugles ne laissaient pas passer le jour, des bougies posées sur des chandeliers de bois éclairaient la pièce. Zita et Petronius s'avancèrent. Sur le sol devant eux avaient pris place des hommes et des femmes, tous dévêtus comme les premiers habitants du paradis. Petronius remarqua qu'ils étaient assis en couple, deux par deux.

« Adam guida son Ève par la main, la pria de s'asseoir près de lui, de partager son repas et sa couche », murmura Zita lorsqu'elle vit Petronius scruter les membres de la Confrérie.

Elle lui fit signe de s'asseoir près d'elle. Un servant d'autel leur apporta des coussins de soie. Petronius s'aperçut que les regards des Adamites glissaient sur les corps sans s'attacher à leur nudité.

« Celui qui entre dans cette chapelle est traité d'égal à égal, chuchota Zita. Sa condition n'a aucune importance. Il fait partie des enfants du paradis. Homme et femme ne se distinguent que par leur corps. »

Au fond de la chapelle, où se trouvait auparavant l'autel, trônait le triptyque inachevé de Bosch. Lors de la première rencontre de Petronius avec les Adamites, le panneau central n'était qu'une ébauche. La composition était maintenant clairement visible. Seuls quelques personnages paraissaient encore nébuleux, sans visage ni corps, constitués uniquement de contours.

« C'est notre profession de foi, commenta Zita en indiquant du doigt le tableau. De notre monde, nous contemplons le paradis. Un lieu rempli d'une animation innocente, où les rapports sont cordiaux et joyeux, dénués de basses convoitises. L'homme et la femme y sont représentés avec les mêmes droits et les mêmes devoirs. C'est le vrai paradis ! »

Elle lui jeta un regard de côté et souffla :

« Ce paradis n'a jamais été perdu. Il existe ! »

Petronius acquiesça, même s'il n'était pas entièrement d'accord avec l'interprétation superficielle de la jeune femme. Le panneau central adoptait la même perspective que le premier volet du tableau. Le spectateur survolait ce monde insolite comme un esprit. Mais quelque chose avait changé par rapport au premier volet. Ce n'était plus un paradis absolu – Petronius ressentait instinctivement une sorte de tension ambiguë sans pouvoir l'expliquer à première vue –, mais plutôt un étrange royaume céleste, par trop terrestre avec ses plaisirs, dans lequel n'existait aucun sentiment de culpabilité, comme Zita l'avait reconnu avec justesse.

À cet instant, le prédicateur de la Confrérie, un homme de grande taille et de forte carrure, crâne rasé, entra dans la chapelle. Aux yeux de Petronius, il ressemblait plus à un forgeron qu'à un religieux. Il portait pour tout vêtement une étole en herbe tressée qui indiquait sa dignité de prêtre. Son regard balaya la petite assemblée devant laquelle il vint se placer. Puis il commença à célébrer la messe.

Après avoir salué l'assistance et dit la prière d'ouverture, le prêtre entonna le Kyrie. Pour autant que Petronius pouvait en juger, c'était un écart par rapport à la liturgie chrétienne, dans laquelle on récitait le Confiteor au début de la messe : « Je confesse à Dieu tout-puissant, je reconnais devant mes frères que j'ai péché. » Le prédicateur n'y fit aucune allusion. Le Kyrie fut suivi du Gloria, que les Adamites chantèrent avec ferveur.

Petronius sentit Zita se rapprocher de lui par un mouvement imperceptible. Leurs cuisses s'effleurèrent et le contact de sa peau fit frissonner le peintre. Il perçut avec délices l'odeur corporelle de la jeune femme.

Après le chant de louange vint la lecture d'un passage des Évangiles :

« Alors Jésus fut emmené par l'Esprit dans le désert, pour être tenté par le diable. Après avoir jeûné quarante jours et quarante nuits, il eut faim. Le tentateur, s'étant approché, lui dit : "Si tu es Fils de Dieu, ordonne que ces pierres deviennent des pains." Jésus répondit : "Il est écrit : l'homme ne vivra pas seulement de pain, mais de toute parole qui sort de la bouche de Dieu." Évangile selon saint Matthieu ! »

Le prêtre avait cité ce passage de mémoire. Un court silence s'ensuivit, durant lequel Petronius ressentit l'effleurement de la peau de Zita comme un tremblement de terre. Mais la jeune femme ne lui adressa aucun regard. Elle suivait la messe d'un air concentré. Petronius n'aurait su dire ce qui le fascinait le plus : le triptyque de Bosch ou la femme assise près de lui.

« Si nous vivons de la parole, comment doivent être les mots ? demanda le prêtre. Je vais vous le dire : comme des étoiles. Les étoiles sont visibles de tous et ne mentent pas. Alors nous partons en ce monde à la recherche de mots étoilés. La nuit, ils éclairent notre chemin et, le jour, ils brillent plus intensément que le soleil pour nous guider sur la bonne voie. Les étoiles donnent au paysan des indications pour ses plantations, aident le marin à s'orienter et inspirent le mathématicien dans ses calculs. Ces signes du Seigneur sont tellement clairs que même le paysan et le marin, qui ne savent pas lire, peuvent les comprendre... »

Le prédicateur se mit à parler du triptyque et de son message. Petronius l'écoutait d'une oreille distraite. Malgré la fraîcheur de l'air, le peintre perçut soudain l'humidité qui envahissait peu à peu la chapelle du fait de leur chaleur corporelle. Il sentit cette humidité couler le long des murs, imprégner les tapis. Son dos était inondé de moiteur. Fermant les yeux, il entendit le murmure des rivières qui sinuaient dans le jardin d'Éden et le clapotement des eaux de l'étang central. Le tableau n'abondait-il pas de symboles aquatiques ?

On y voyait coquillages, poissons et crabes. Ne représentaient-ils pas le mélange des fluides masculins et féminins, l'union de la chair ? Depuis des siècles,

les coquillages étaient un symbole d'amour, comme l'avait appris Petronius lors de sa formation, à cause de leur ressemblance avec le sexe de la femme. Si un peintre devait habiller un personnage féminin, il dissimulait les parties intimes derrière un coquillage. La moule, en revanche, était associée au diable. Dans la partie inférieure gauche du panneau, un homme portait son fardeau diabolique sur le dos, symbolisé par une moule géante dans laquelle copulaient deux êtres dont la semence procréatrice se cristallisait en trois perles.

« Nous, profanes, devons nous exercer dans la lecture des signes célestes. C'est pour cette raison que la Confrérie a commandé un tableau qui transpose notre parole, pure et claire comme de l'eau de roche, en signes intelligibles. Mais n'ai-je pas évoqué la tentation tout à l'heure ? Ici, par exemple, l'homme la porte sur les épaules. »

Le prédicateur montra du doigt le personnage au lourd fardeau qu'avait examiné Petronius.

« Le poids du désir concupiscent oppresse l'homme et restreint sa capacité à aimer, mais il doit supporter cette épreuve. Néanmoins, ce n'est pas le péché que nous montre le tableau, mais la beauté d'une communauté fondée par les Frères et Sœurs du Libre Esprit. L'amour, c'est la clé du message de cette peinture. L'amour tout-puissant, sans limites, que Dieu a prodigué à l'homme au paradis.

— Que signifie ce groupe de six personnes dans le coin inférieur gauche ? »

Petronius en resta bouche bée. Poser une question durant la messe était pour lui inconcevable. Il se tourna vers la femme qui avait parlé, une personne plantureuse dont les formes généreuses laissaient supposer qu'elle était riche et bien nourrie. Les mains croisées sur son giron, elle rougissait jusqu'aux oreilles.

« Notre foi ne fait pas de différence entre l'homme pieux qui attend la rédemption et l'homme qui pèche en procréant. Puissance procréatrice et volonté divine ne font qu'un. Ces six personnes incarnent le chiffre universel, le produit des chiffres féminins et masculins : deux fois trois. Le monde n'a-t-il pas été créé en six jours ? Un jeune homme tient dans les mains un fruit de forme ovoïde. Sur ce fruit, des plantules à trois feuilles nous montrent que la Création a eu lieu sous le signe de la trinité. La Nubienne que nous voyons est la bien-aimée du Cantique des cantiques : "Je suis noire mais gracieuse, ô filles de Jérusalem, comme les tentes de Kédar et les pavillons de Salomon... Ne prenez pas garde à mon teint sombre, c'est le soleil qui m'a brunie." Elle incarne avec sa couleur de peau la terre vierge et porte sur la tête une groseille en symbole de sa fertilité. De son giron naît la fleur de l'innocence. Les six personnages ont reçu un fruit, le fruit du monde, qu'ils vont transmettre à leurs semblables. Le regard de l'une des femmes se porte vers le jardin d'Éden, d'où arrive une colombe qui se pose sur sa main tendue. Ces six êtres humains louent la force démiurgique de Dieu. Ils reçoivent le pouvoir procréateur et le Saint-Esprit pour les transmettre au nouveau monde. Il n'est question ici ni de péché, ni de damnation, ni d'expulsion du paradis – termes qui reviennent si souvent dans la bouche de notre fausse mère l'Église catholique. »

Le prêtre-forgeron poursuivit son homélie.

Petronius s'aperçut soudain qu'il avait posé sans s'en rendre compte sa main droite sur la cuisse de Zita. Sentant la chaleur et la sueur de la peau étrangère, il la retira précipitamment. La jeune femme le regarda droit dans les yeux.

« Je n'avais rien contre, murmura-t-elle. Mais la prochaine fois, tu pourrais me demander la permission. »

« Aujourd'hui, reprit le prêtre, nous nous sommes penchés sur l'acceptation de notre corporalité. Lors de la prochaine messe, nous continuerons d'examiner le tableau. »

Le prédicateur invita l'assistance à se recueillir quelques instants, puis dit le Credo. Il prépara ensuite l'eucharistie, fit circuler le pain et le vin avant de bénir les frères et les sœurs rassemblés. Après cela, les Adamites se levèrent et sortirent deux par deux de la chapelle.

« C'est fini ? s'enquit Petronius à voix basse lorsque Zita le prit par la main et se mit debout.

— À quoi t'attendais-tu ? rétorqua-t-elle. À une orgie ? Tu pensais que j'allais te chevaucher afin de violer le caractère sacré de la messe ? »

Elle s'approcha de lui et lui jeta un regard moqueur.

« On raconte beaucoup de choses sur nous, Petronius, mais ces rumeurs sont le fruit de l'imagination salace des dominicains qui, au fond de leurs cellules sordides, ne songent qu'à l'acte charnel que le célibat leur interdit. Tu es déçu ? »

Petronius se sentit pris sur le fait.

Un bruit attira tout à coup son attention sur une petite ouverture grillagée qui surplombait une porte à demi cachée par une tenture. Il eut l'impression qu'une paire d'yeux l'observait de la lucarne obscure.

« Qu'y a-t-il derrière cette porte, Zita ? »

La servante se retourna vers l'ouverture.

« Un escalier en colimaçon qui permet d'accéder au toit. »

Petronius entendit le léger frottement d'une étoffe en s'approchant de la porte. Il actionna la poignée, mais l'huis était verrouillé.

« Que se passe-t-il ? » s'inquiéta Zita en le voyant poser une oreille contre le panneau de bois.

Petronius perçut des pas précipités qui s'éloignaient.

« Quelqu'un nous épiait ! Il s'est échappé. Du toit, il peut facilement rejoindre la nef centrale en utilisant l'un des échafaudages. »

Saisi d'un mauvais pressentiment, Petronius quitta la chapelle en compagnie de Zita. Dans le vestibule, les couples s'aidaient mutuellement à se rhabiller.

Lorsque Petronius et Zita traversèrent la nef pour sortir de la cathédrale, le peintre scruta la pénombre avec appréhension, mais ne décela aucun mouvement entre les imposantes colonnes de l'édifice.

39

Soleil et chaleur étaient au rendez-vous pour son jour de repos. Petronius était allongé sur le chemin de ronde ombragé du mur de fortification. Un agréable courant d'air frais venant du Dommel s'infiltrait par les meurtrières. Le peintre s'était réfugié en haut du rempart sud pour méditer en toute tranquillité sur les événements des derniers jours. Mais il ne parvenait pas à ordonner les pensées qui se bousculaient dans son esprit. Nerveux, il s'assit et se passa la main dans les cheveux. À ses pieds, la ville paraissait déserte. Fuyant la canicule, les habitants se terraient dans leurs maisons. Personne n'avait envie de travailler. Même le petit marché au pied de la muraille était peu animé. Les chariots remplis de marchandises en provenance d'Anvers et de Gand semblaient abandonnés. Petronius avait l'impression que le temps s'était arrêté à Bois-le-Duc. Seule la lente progression des ombres dans les ruelles de la cité prouvait que le soleil n'avait pas interrompu sa course dans le ciel et que la vie suivait son cours.

La vie suivait son cours. Mais pour combien de temps encore ? Le compagnon avait échappé à la mort par deux fois. Pourquoi continuer à prendre des risques ? L'envie de fuir et de reprendre son voyage le démangeait. À Bruges, Leyde, La Haye ou Amsterdam l'attendaient d'autres maîtres chez qui il pourrait parachever sa formation. Il voulait ensuite faire un crochet à Paris et, si sa santé le permettait, marcher jusqu'en Espagne pour voir Madrid, Salamanque et Cordoue. Il brûlait d'acquérir de nouvelles connaissances et de devenir un expert dans l'art des couleurs et de l'expression plastique. Toutefois, cette perspective s'évaporait lorsqu'il songeait à la personne qu'il devrait abandonner pour atteindre son but.

Après la messe de la veille au soir, il avait pris conscience de l'attachement qu'il éprouvait pour Zita. C'était elle qui le retenait à Bois-le-Duc et ce constat le rendait perplexe. La jolie servante correspondait à son image de l'épouse idéale. Énergique, indépendante et intelligente, elle alliait la fermeté à la douceur. Devait-il renoncer à elle et poursuivre son voyage ? Il n'avait malheureusement pas suffisamment d'argent pour l'emmener.

Il avait du reste appris à apprécier la petite cité dans laquelle tout le monde se connaissait. Néanmoins, il savait qu'il ne pourrait pas y rester plus longtemps. La mort de Pieter et l'intervention de l'inquisiteur avaient soulevé une grande partie de la population contre lui. Il le sentait quand il allait acheter du pain, des pinceaux, du papier ou de l'huile pour délayer les pigments. Partout, on se montrait hostile envers lui.

Petronius fut arraché à ses pensées par un froissement de bâches qu'on dépliait et des cris étouffés. Curieux, il jeta un coup d'œil en contrebas.

Le marché se ranimait. Les commerçants avaient surgi comme par enchantement ; certains tiraient de dessous leurs guimbardes des petits tonneaux remplis de produits divers qu'ils posaient sur leurs étals, tandis que d'autres proposaient à voix basse pots et sachets. Manifestement, cet empressement soudain avait été causé par l'arrivée d'un seul individu qui, à pas lents, inspectait à présent les échoppes ambulantes.

Petronius se redressa. Il reconnaissait la démarche du nouveau venu et les mouvements lents, presque maladroits, de ses mains fines veinées de bleu. Le peintre avait sous les yeux Jacob Van Almaengien. Ce dernier avait rabattu sa capuche sur sa tête pour se protéger de la chaleur. Il examinait avec attention les marchandises exposées sous les bâches, interrogeait les marchands, tâtait, soupesait. Petronius le vit acheter des plantes médicinales, des poudres, des graines et des champignons séchés. Un chariot en particulier semblait attirer Van Almaengien. Tout en poursuivant ses achats, il revint plusieurs fois vers le même colporteur.

Petronius hésita. Devait-il abandonner son point de vue surélevé pour descendre parler au savant ? Ou continuer de l'épier au risque d'être découvert ? Il se tapit dans l'ombre du chemin de ronde et se rapprocha de l'escalier par lequel il était monté. De son nouveau poste d'observation, il pouvait voir distinctement l'étal qui semblait intéresser Van Almaengien au plus haut point. Un drôle de manège se joua sous ses yeux. Visiblement, l'ami de Bosch souhaitait acheter des poudres de couleurs variées. Le marchand semblait cependant se faire prier pour servir son client. Il ne sortait certains pots de son chariot qu'après de longues hésitations ; il versait ensuite une petite quantité de poudre sur une balance de laiton, équilibrait les plateaux avec dextérité et s'empressait de faire disparaître le produit pesé dans un sac de papier. Van Almaengien déposait quelques piécettes sur le comptoir, prenait le sachet et le glissait subrepticement dans sa besace. Puis la négociation reprenait.

Petronius prit son courage à deux mains et descendit l'escalier en sifflant. Du coin de l'œil, il vit Van Almaengien sursauter et lever la tête d'un air effrayé. Le scientifique baissa sa capuche et le considéra avec méfiance. Arrivé au pied de l'escalier, Petronius s'étira en bâillant et promena son regard sur le marché. Feignant l'étonnement, il se dirigea vers Van Almaengien :

« Quelle surprise, messire ! Que faites-vous ici ? »

Entre-temps, le savant s'était ressaisi.

« J'achète des simples, répondit-il avec jovialité tout en s'éloignant mine de rien du marchand de poudres. Des épices comme la cannelle ou le clou de girolle, ainsi que certains ingrédients que j'utilise pour fabriquer mon encre, sont difficiles à trouver. (Il adressa un sourire au jeune peintre.) Je pensais justement aller vous retrouver, Petronius. Afin de terminer le portrait. Mais je vois que vous goûtez aujourd'hui un repos bien mérité. »

Petronius le dévisagea longuement.

« Je vous accompagne, finit-il par dire. Je commençais à m'ennuyer et il serait fort dommage de ne pas profiter de votre agréable compagnie. »

Les deux hommes longèrent le canal de la Dieze en direction de la cathédrale. Derrière eux, le colporteur qui avait vendu les mystérieuses poudres à Van Almaengien remballa ses produits et sauta sur sa charrette. Les bœufs s'ébranlèrent et la voiture se dirigea vers la porte de la cité.

« Permettez-moi de vous poser une question, messire, balbutia Petronius d'un air embarrassé.

— Je vous en prie ! Faites ! Si mon modeste savoir peut vous aider, j'en serai ravi. »

Oris se mordit la lèvre.

« Qu'avez-vous acheté, maître Jacob ? Des simples ou... »

Van Almaengien étreignit le bras du compagnon avec une force telle que celui-ci se figea net. Son visage resta impassible, mais ses yeux jetèrent des éclairs.

« N'accusez jamais un individu d'un forfait qu'il n'a pas commis, gronda-t-il. J'ai acheté des plantes que les marchands n'exposent pas sur leurs étals, c'est vrai. On les nomme communément "poisons". Mais chaque poison possède aussi des vertus curatives. Prenez la ciguë par exemple. Buvez un dé à coudre de sève extraite de cette plante et vous trépasserez après une longue agonie, car cette substance toxique engourdit et paralyse vos membres les uns après les autres. C'est un peu comme mourir de froid. En revanche, si vous en avalez quelques gouttes mélangées dans de l'eau ou si vous oignez des plaies de cette sève, vous constaterez que la ciguë apaise les douleurs. »

Confus, Petronius regarda le bout de ses bottes. Le savant l'entraîna dans une ruelle déserte.

« Les mots que nous employons peuvent être dangereux, Petronius. Imaginez qu'un passant entende par hasard le mot "poison" sans en comprendre le contexte. Apeuré, il va s'empresser de confesser au premier dominicain venu les bribes de conversation qu'il a saisies. Le religieux zélé se rendra aussitôt chez l'inquisiteur pour lui répéter ce qu'il vient d'apprendre. On met alors le doigt dans un engrenage fatal. Vous êtes soumis à la question parce qu'on vous accuse d'avoir tué quelqu'un par empoisonnement. Sur le chevalet, on vous arrache des aveux car, à la vue des instruments de torture, on n'est jamais sûr de pouvoir se maîtriser. Pour échapper au supplice, vous me dénoncez, mais vous dénoncez également votre maître et la moitié de la ville. Et c'est une chasse aux sorcières qui commence. Des dizaines d'innocents périssent parce que vous avez parlé imprudemment de poison, alors que vous vouliez simplement préparer un breuvage médicinal. »

En entrant dans l'ombre de la cathédrale Saint-Jean, Van Almaengien ralentit l'allure. Il montra du doigt les échafaudages sur lesquels travaillaient maçons et tailleurs de pierre.

« Élever de pareils édifices n'est possible que lorsque règne l'ordre public et que la population fait vœu d'obéissance. Voilà pourquoi les empoisonneurs et les criminels de toutes sortes ne sont pas les bienvenus. Pour assurer leur pouvoir, les prélats instillent dans le cœur des hommes le plus puissant des poisons : la peur. Seuls ceux qui sont dominés par la peur construisent de tels bâtiments à la gloire de l'Église et du Seigneur. »

Van Almaengien se tourna vers Petronius. Ses traits étaient empreints d'une gravité sévère. Il ouvrit la bouche pour reprendre sa démonstration, mais son attention fut attirée par des cris en provenance du parvis de la cathédrale, où s'était massée une foule de curieux.

40

« Vous allez me le payer, Bosch ! » vociféra une voix que Petronius reconnut sans mal.

Jacob Van Almaengien prit le compagnon par le bras et l'entraîna vers une maison toute proche. Ils grimpèrent les marches du perron pour observer la scène de loin.

« L'inquisiteur ! » souffla Van Almaengien en indiquant du menton le portail de la cathédrale.

Deux soldats vêtus d'uniformes chamarrés chassaient Baerle hors de l'édifice. Ils ne le lâchèrent que lorsque le lourd vantail se referma derrière eux. L'écume aux lèvres, le visage tordu par la haine, l'ecclésiastique balaya du regard l'attroupement de badauds sur le parvis. Prenant une profonde inspiration, il leva les bras vers le ciel et tonna :

« Peuple de Dieu, le conseil communal va vous priver de votre repos bien mérité au paradis. En interdisant la parole de notre seigneur Jésus-Christ, il vous pousse dans les flammes du purgatoire. Vous y expierez vos fautes pour l'éternité, car vous péchez contre les serviteurs de Dieu et de la Sainte Église ! Je vous le dis : chassez ces scélérats de la cité, brûlez ces politiciens impies ! Ceux qui interdisent aux dominicains de parler doivent être réduits au silence. »

Des cris d'approbation s'élevèrent de la foule frémissante. Des poings rageurs se tendirent en direction des soldats, qui s'écartèrent lentement de l'inquisiteur.

Jacob Van Almaengien tenait toujours Petronius par la manche. Il se pencha vers le peintre :

« Ils l'ont mis à la porte ! Mon Dieu. Le conseil communal et l'Illustre Confrérie de Notre-Dame veulent faire respecter la loi interdisant aux dominicains de prêcher à l'intérieur des murs de la ville. Ils refusent que les chiens du Seigneur répandent leur fausse parole. Une grande partie de la population les soutient, mais un tel geste ne restera pas sans conséquence. Les religieux voudront laver l'affront. »

La voix de Baerle retentit de nouveau. De toute évidence, l'inquisiteur sentait que sa violente tirade avait impressionné la foule rassemblée devant la façade de la cathédrale et il voulait profiter de cette soudaine attention.

« D'où vient cet esprit de rébellion contre notre Sainte Mère l'Église ? Je vais vous le dire : il vient de ces tableaux pervers qui pullulent en ce saint lieu. La maison de Dieu n'a pas encore de toit et les démons en profitent pour s'y introduire. Les peintures immorales profanent les autels et corrompent tous ceux qui sombrent dans leur contemplation. Brûlez ces œuvres diaboliques comme vous avez brûlé sorcières et hérétiques !

— Il est allé trop loin », murmura Van Almaengien.

Comme pour confirmer ses dires, la foule se mit à gronder. Les badauds qui grognaient quelques instants plus tôt contre les soldats de la milice communale commencèrent à conspuer le père Jean. Le dominicain avait touché sans le vouloir un point sensible : les habitants de Bois-le-Duc étaient fiers de leur cathédrale en construction. Les hallebardiers retrouvèrent leur assurance et saisirent Baerle à bras-le-corps pour le traîner hors du parvis. Le religieux se dégagea et hurla d'une voix stridente :

« Ne me touchez pas ! Je suis l'envoyé de Sa Sainteté le Pape. Prenez garde ! Si vous vous opposez à moi, vous subirez mon courroux ! Vous laissez n'importe quel prédicateur débiter des billevesées et vendre des lettres d'indulgence, mais vous refusez d'entendre la vérité de la bouche des dominicains. Misérable ville ! Sur vos épaules pèse une malédiction ! Vous nourrissez en votre sein le mal et la fourberie. Seul le feu vous délivrera ! »

« Il devient pathétique, notre père Jean, railla Van Almaengien. C'est un démon de la parole, un penseur dépravé. Chacun de ses mots est tranchant comme la lame d'un poignard. Il faudrait l'emprisonner. Cet homme empoisonne les pensées. »

Petronius nota une pointe d'admiration dans les paroles du savant. Il voulait descendre du perron ; leur poste d'observation était trop visible et il n'avait aucune envie d'être remarqué par l'inquisiteur.

À cet instant, Van Almaengien se pencha vers un homme qui s'éloignait de l'attroupement. Malgré la chaleur, celui-ci portait un pourpoint de velours rouge et une redingote en cuir avec un col de fourrure.

« Pouvez-vous nous raconter ce qui vient de se passer ? »

Le marchand au teint rubicond s'arrêta.

« Vous n'avez rien vu ?

— Malheureusement non... »

Le négociant jeta un coup d'œil par-dessus son épaule en direction du père Jean qui se débattait comme un beau diable entre les deux soldats, puis résuma en quelques mots l'incident qui avait eu lieu dans la cathédrale.

« Le prêtre entamait son sermon quand l'inquisiteur est monté en chaire, l'a violemment poussé et s'est mis à discourir sur l'immutabilité de la parole de Dieu. Le bourgmestre, qui assistait à l'office en compagnie de ses conseillers municipaux, a prestement ordonné à sa garde d'intervenir. Les soldats ont fait descendre le père Jean de la chaire par la force. Tudieu ! Le dominicain a fulminé comme un enragé ! (Le bourgeois regarda autour de lui d'un air inquiet.) Pardonnez-moi, mais je dois vous quitter. Il faut que j'aille retrouver ma famille. »

Jacob Van Almaengien le laissa partir sans mot dire. Ses yeux étaient rivés sur le portail de la cathédrale qui venait de s'ouvrir. Un peloton de hallebardiers sortit de l'édifice et forma une haie sur le parvis pour protéger les membres du conseil de la cité. Quatre soldats maintenaient à présent Baerle, qui continuait de se répandre en invectives. Le bourgmestre et ses conseillers, suivis du trésorier communal et du capitaine de la garde, passèrent près de l'inquisiteur sans lui adresser un regard.

« C'est bien, commenta Van Almaengien d'une voix blanche. Surtout ne pas répondre aux provocations. »

La foule s'était tue. On n'entendait plus que le crissement des bottes sur le pavé et les cris du dominicain.

C'est alors que Jérôme Bosch apparut sur le seuil de la cathédrale. Au même moment, un nuage passa devant le soleil, plongeant soudainement la place dans l'ombre. Un frisson parcourut l'échiné de Petronius. Il vit Van Almaengien rentrer les épaules, comme si le savant avait froid. Même l'inquisiteur parut étonné par cette curieuse coïncidence, car il cessa brusquement de rugir. Surpris par ce silence inattendu, les membres du conseil communal se retournèrent. Bosch profita de ce moment de flottement pour s'avancer vers le père Jean et le dévisager longuement.

L'atmosphère de tension qui s'était abattue sur la place était presque palpable. Petronius sentit ses poils se hérisser sur sa nuque. Tous les regards étaient dirigés sur Bosch et Baerle. Fébrile, la foule semblait attendre l'orage imminent.

« Je t'en prie, Jérôme, tais-toi ! murmura Van Almaengien d'un ton suppliant en étreignant le bras de Petronius. Ne dis pas un mot ! »

Au même moment retentit la voix vibrante de Bosch :

« Que votre parole soit oui, oui ; que votre parole soit non, non. Ce qu'on y ajoute vient du mal ! »

Ces mots prononcés par Jésus lors du sermon sur la montagne foudroyèrent le père Jean qui, médusé, se figea comme une statue de sel.

Les doigts de Jacob Van Almaengien s'enfoncèrent dans le bras de Petronius. Les ongles longs et effilés du savant se plantèrent dans sa peau comme des griffes.

Bosch se détourna de l'inquisiteur. Au moment où il se remit en mouvement, un rayon de soleil le frappa.

« Il a prononcé son arrêt de mort », souffla Van Almaengien, livide.

Le scientifique descendit les marches du perron en entraînant Oris.

« Inutile de s'attarder ici plus longtemps. »

Les deux hommes quittèrent la place et prirent une venelle plongée dans la pénombre. Derrière eux s'éleva un long cri aigu qui ressemblait au hurlement d'un loup blessé à mort.

41

Petronius se réveilla en sursaut. Tendant l'oreille, il scruta l'obscurité qui enveloppait sa chambre. Il croyait avoir entendu plusieurs coups secs. Encore ensommeillé, il s'efforça de chasser de son esprit les images du cauchemar auquel il venait d'échapper. Un songe confus, peuplé de démons et d'effrayantes chimères pourvues de bustes humains et de têtes d'animaux. L'inquisiteur était apparu au beau milieu du rêve. Transformé en un gigantesque dragon ailé, il avait attaqué la petite ville de Bois le-Duc. Son haleine de feu brûlait tout sur son passage, chassant les habitants effrayés qui fuyaient leur cité adorée, leur jardin d'Éden perdu à jamais.

De nouveau, des petits coups retentirent contre le battant de la fenêtre. Oris retint son souffle. Un instant durant, il pensa que les chimères s'étaient échappées de son cauchemar pour le poursuivre dans le monde réel.

Il se redressa lentement et s'ébroua. Puis, entrouvrant la fenêtre, il lança d'une voix peu assurée :

« Qui va là ?

— Petronius ? C'est toi ? Il faut que je te parle. C'est urgent ! »

Le Grand Zuid ! Petronius se pencha par le fenestron et tendit le bras vers l'extérieur.

« Accroche-toi à moi pour grimper ! »

Oris sentit la poigne solide du mendiant saisir son avant-bras. Le Grand Zuid se hissa à l'intérieur avec une agilité inattendue. Il referma aussitôt le battant et dit à voix basse :

« Pas de lumière, Petronius. Personne ne doit remarquer que je suis ici. Parlons le plus doucement possible. »

Oris acquiesça de la tête avant de se rendre compte que son interlocuteur ne pouvait pas le voir dans l'obscurité. Il chuchota un « d'accord » pour signifier son assentiment.

« Qu'est-ce qui t'amène ici, Zuid ? »

Un silence lui répondit. Au bout de quelques secondes, il devina que le mendiant cherchait à tâtons un endroit pour s'asseoir.

« Ici, installe-toi sur le lit. Alors ? Que voulais-tu me dire ?

— C'est la chambre où logeait Jan de Groot ? »

Au ton du mendiant, Oris sut que celui-ci connaissait déjà la réponse à sa question.

« Pourquoi me demandes-tu ça ? s'étonna-t-il.

— Parce que sur le mur, dehors, on a fixé des pitons. Apparemment, quelqu'un voulait se faciliter la tâche : quand on connaît les prises, on peut facilement entrer et sortir de cette pièce sans faire le moindre bruit. »

Perplexe, Petronius se gratta la tête. Voilà pourquoi le mendiant s'était hissé sans peine dans la soupente.

« Tu connaissais ces pitons ? Tu es déjà venu ici ?

— S'il veut survivre, un indigent doit apprendre vite. J'ai senti les prises en palpant le mur. »

Petronius ne tenait pas en place. Il se mit à arpenter fiévreusement la chambre en réfléchissant.

« Mais je suppose que tu n'es pas venu jusqu'ici pour me parler du mur. Tu as appris quelque chose de nouveau ?

— On ne peut rien te cacher. En effet, je me suis renseigné sur Jan de Groot.

— On m'a dit qu'il s'était volatilisé du jour au lendemain.

— Exact. Personne ne l'a jamais revu. Mais le plus intéressant, c'est que Bosch lui avait confié une commande spéciale avant sa disparition. Devine laquelle ! »

Petronius se figea, pressentant la réponse. Sa gorge se noua.

« De Groot était chargé de réaliser un portrait, enchaîna le Grand Zuid. Tu as une idée de la personne qu'il devait peindre ?

— Jacob Van Almaengien ! »

Oris frissonna. Prononcé dans les ténèbres, ce nom avait quelque chose d'inquiétant.

« Lui-même ! Encore une chose : le portrait a disparu en même temps que le compagnon. Mais sache que de Groot connaissait les mêmes problèmes que toi. D'après ce qu'on m'a raconté, il ne parvenait pas à achever le tableau. Quand il était ivre, il en parlait dans les tavernes qu'il fréquentait. Et les derniers temps, il buvait beaucoup ! »

Le peintre s'était remis à faire les cent pas dans la pièce. Le plancher craquait légèrement sous ses pieds nus.

« Pourquoi viens-tu me dire tout ça ?

— Bosch a commis une erreur devant la cathédrale. Tous les gens de son entourage sont menacés. Toi y compris. L'inquisiteur ne peut rien faire par la voie officielle contre ton maître, qui dispose du soutien du conseil communal et de la population. Il va donc tramer quelque complot pour se venger. Quitte la cité pendant qu'il en est encore temps. Ce qui est arrivé à de Groot devrait te servir de leçon. »

Petronius se mordit les lèvres.

« Tu crois que le père Jean a fait éliminer de Groot ?

— C'est possible. Ceux qui disparaissent dans les cachots de l'Inquisition ne brûlent pas tous en place publique. Certains sont ensevelis en catimini sans aucune bénédiction, d'autres noyés. Le Dommel est un fleuve clément. Il achemine à la mer tous les corps qu'on lui confie, sans se soucier de savoir s'il s'agit de chrétiens ou d'hérétiques. »

Les oreilles de Petronius se mirent à bourdonner. Dans son esprit résonna un charivari de voix qui le huaient et l'interpellaient. Le sang dans ses tempes battait comme un tam-tam assourdissant qui lui vrillait le crâne. Il pressa sa tête entre ses mains pour faire taire ce tumulte intérieur.

« Je ne peux pas partir, Zuid. Je ne peux pas.

— Pourquoi ? »

Sa question resta en suspens et résonna longtemps dans la pièce obscure.

« Zita. »

Les voix qui tiraillaient Oris s'éteignirent lorsqu'il finit par prononcer le nom de la fille qu'il aimait. Sa décision était prise : il ne quitterait pas la ville pour poursuivre son voyage.

« Pauvre fou, murmura le Grand Zuid en secouant la tête. Zita n'est pas revenue travailler à l'auberge depuis plusieurs jours. Pourquoi crois-tu que je suis ici ? »

Une pensée déchirante traversa l'esprit de Petronius comme un éclair. Zita avait disparu !

« Raison de plus pour ne pas quitter la cité. Si le père Jean touche un cheveu de sa tête, il le paiera cher ! »

42

Enrik quitta l'atelier le dernier, non sans rappeler auparavant à Petronius :

« Inutile d'appliquer une couche de peinture trop épaisse. On doit seulement pouvoir deviner les contours. Ce panneau fait partie des décors qui se trouvent au fond de la scène, derrière le mont de la Tentation. Mais fais vite, nous en avons besoin ce soir. »

La porte d'entrée se referma en claquant, puis le silence retomba. Petronius resta seul dans la maison.

Il sourit en contemplant la gigantesque toile de lin clouée sur un châssis de bois. Enrik avait réussi à le convaincre de terminer le décor et s'était éclipsé avec les autres compagnons pour participer aux dernières répétitions du mystère qui serait joué dans la cathédrale. Petronius avait accepté sans trop rechigner. Depuis la disparition de Zita, il n'éprouvait aucune envie de sortir de la demeure de Bosch.

À l'aide d'un large pinceau de paille, il commença à peindre une montagne sur le lin. Peu à peu, les rochers prirent forme et la ligne de faîte se découpa sur le fond bleu du ciel. Pour contrôler le résultat de ses efforts, il devait régulièrement descendre de son escabeau et se placer à une certaine distance de l'énorme toile. Au terme de nombreuses allées et venues, il déposa son pinceau et s'adossa contre le mur de l'atelier pour contempler son œuvre. Compte tenu du délai imparti, le décor était loin d'être parfait, mais il ferait illusion.

Tandis qu'il poussait un soupir de satisfaction, Petronius ressentit des vibrations dans son dos. Il se retourna vivement et posa les deux mains sur le mur qui tremblait. Une pensée lui vint aussitôt à l'esprit : il n'était pas seul dans la maison. Derrière cette paroi, il avait déjà surpris une conversation entre son maître et Van Almaengien. Quelqu'un était en train de monter ou descendre l'escalier secret permettant d'accéder au grenier sans être vu.

L'atelier des compagnons donnait sur un petit jardin. Entre les pommiers, les compagnons de Bosch avaient planté quelques herbes aromatiques. Toutefois, le jardinet paraissait laissé à l'abandon. Un chemin envahi par la végétation permettait de rejoindre la maison d'en face. Une vieille table et deux chaises vermoulues laissaient penser que les voisins n'utilisaient plus ce coin de verdure.

Petronius ouvrit l'une des fenêtres avec précaution et se glissa à l'extérieur. Une odeur de thym, mêlée de sauge et de mélisse, lui monta aux narines. Il se dirigea vers le passage coupe-feu qui débouchait sur le jardinet. On y accédait par un antique portillon de bois, d'un gris terni par le temps. Le battant était entrebâillé. Oris se glissa dans le boyau obscur qui séparait la maison de Bosch de l'habitation adjacente. Quelques pas plus loin, il remarqua une porte percée dans le mur.

Le cœur de Petronius battait la chamade lorsqu'il ouvrit tout doucement le panneau de noyer. Les gonds, qui se murent sans grincer, avaient été récemment huilés. Le peintre passa la tête dans l'entrebâillement et découvrit une étroite cage d'escalier, faiblement éclairée par une pâle lueur de bougies qui semblait provenir du grenier. Il se faufila à l'intérieur, referma la porte et attendit quelques instants sans bouger. Il osait à peine respirer. Peu à peu, ses yeux s'accoutumèrent à la pénombre. Comme rien ne bougeait, il grimpa lentement l'escalier de bois, très raide, jusqu'au premier étage. Soudain, entre deux marches, il croisa le regard d'un animal. Caché dans une niche murale, celui-ci avait un bec crochu et de gros yeux brillants, entourés de disques blancs qui lui donnaient un visage en forme de cœur. Un oiseau empaillé ! Remis de sa frayeur, Petronius passa la main à travers les échelons et caressa le plumage poussiéreux. La chouette oscilla sur son socle. Poussant un soupir de soulagement, le compagnon regarda autour de lui. Sur les murs couraient des étagères remplies d'objets insolites : des bouteilles renfermant des liquides de différentes couleurs, des pierres sur lesquelles on pouvait reconnaître des empreintes de toutes sortes, des cadavres d'animaux momifiés, des poissons séchés et des bocaux remplis d'alcool dans lesquels flottaient des êtres difformes à l'aspect monstrueux. Petronius comprit alors qu'il venait de pénétrer dans le cabinet de curiosités de Bosch. Presque tous les peintres de renom possédaient une pièce de ce genre dans laquelle ils puisaient leur inspiration en étudiant les formes et les couleurs des diverses créatures produites par la nature. Breu et Dürer disposaient d'un cabinet similaire, mais celui-ci avait quelque chose d'inquiétant, qui donnait la chair de poule. Petronius n'avait pas vu de telles horreurs chez ses anciens maîtres.

Sur sa gauche, il avisa des piles de livres, de manuscrits illustrés et de codex. Il sortit un ouvrage au hasard de l'un des rayons. En l'ouvrant, il reconnut immédiatement l'exemplaire qu'il tenait entre les mains : il s'agissait du *Malleus Maleficarum*, le « Marteau des sorcières ». Un texte qui semblait avoir été dicté par le diable en personne. Comme si le livre était empoisonné, Petronius s'empressa de le reposer sur l'étagère et s'essuya les mains sur son pourpoint.

Il poursuivit prudemment son ascension. Sur les poutres apparentes des murs étaient accrochées des gravures représentant des démons cornus et des animaux étranges, près desquelles on avait cloué des parchemins relatant des histoires surnaturelles. Sur une autre étagère s'entassaient des objets aux formes bizarres, forgés dans divers métaux – plomb, cuivre, fer, zinc.

Petronius traversa ensuite un espace rempli de caisses dans lesquelles son maître avait rassemblé une immense collection d'insectes plus insolites les uns que les autres. Des centaines de cadavres étaient épingles sur des planches d'entomologie. Oris aperçut toutes sortes de coléoptères géants dont on avait déployé les ailes. Des libellules étaient pendues aux murs comme des mobiles.

Mais Bosch ne se contentait pas d'étudier la nature, il s'adonnait aussi à des expériences pour créer les êtres fantastiques qui peuplaient ses peintures. Petronius vit ainsi que l'artiste avait greffé sur un corps de grillon la tête d'un coléoptère et les pattes d'une sauterelle. D'autres hybrides prouvaient que son maître inventait ici de nouvelles créatures, qu'il intégrait ensuite dans ses tableaux.

Le peintre grimpa encore quelques marches et son regard se posa sur une tablette où était exposé un mystérieux poisson ailé.

Juste avant de parvenir au second étage, il découvrit sur l'une des étagères une série de bocaux remplis d'un liquide jaunâtre. À l'intérieur étaient conservés des organes génitaux masculins et même des seins prélevés sur des corps de femmes. Stupéfait, Petronius s'immobilisa. Manifestement, les récipients n'étaient pas tout à fait hermétiques, car une odeur de formol et de décomposition flottait dans l'air.

Petronius tressaillit en entendant tout à coup une voix retentir au-dessus de lui :

« Enfin ! Nous commencions à désespérer de vous voir trouver le cabinet de curiosités ! »

Il gravit les dernières marches qui menaient à une petite pièce triangulaire. Dans l'angle le plus étroit se dressait une échelle permettant d'accéder au grenier. Lorsque le peintre se retourna, son regard tomba sur Jacob Van Almaengien, confortablement installé dans un fauteuil.

« Vous ? »

Le savant avait croisé les jambes et tenait un livre sur ses genoux. De nouveau, sa posture peu virile fit naître un sentiment de malaise en Petronius. Décidément, cet homme cachait quelque chose.

« Vous ne vous attendiez pas à me voir ici, Petronius ? »

Le compagnon balaya du regard la pièce exiguë. Son odorat crut percevoir une légère odeur de sang.

« J'aurais dû me douter que cette demeure abritait quelque part un cabinet de curiosités. Mais celui-ci est vraiment inhabituel, pour ne pas dire sinistre. »

Van Almaengien laissa fuser un rire cristallin. Il referma son livre et se leva.

« Un esprit simple pourrait prendre ce lieu pour l'antichambre de l'enfer. En revanche, pour une personne maîtresse de son imagination, c'est un paradis. Regardez autour de vous, ces curiosités n'ont qu'un seul but : rendre l'étrangeté de ce monde encore plus mystérieuse. Nous ne réfléchissons que lorsque nous remarquons quelque chose d'inhabituel. Mais ce quelque chose doit être familier sans être repoussant, il doit créer un sentiment de fascination pour attirer notre regard. Ceci fonctionne à merveille lorsque nous prenons des formes que nous connaissons, mais que nous ne contemplons jamais de manière consciente. Voilà ce qu'est l'art, Petronius, l'art véritable : faire naître l'horreur à partir du monde qui nous entoure. »

Tandis que le savant discourait en tournant autour de lui, Petronius s'abîma dans la contemplation des trésors que contenait la pièce. Des lentilles et des lunettes astronomiques étaient alignées sur des étagères. Près de l'échelle menant à l'atelier se trouvaient un alambic et un athanor. Méticuleusement étiquetés, des ossements et des crânes d'animaux de toutes tailles et de toutes sortes étaient exposés dans une vitrine à hauteur d'yeux. Oris vit également, posé sur un lutrin, un herbier ouvert où étaient conservées des plantes exotiques rapportées des Indes. Au pied du meuble était rangée une grande caisse contenant toute une collection de capsules séminales. Dans un coin de la pièce, on avait pendu au plafond des pattes d'animaux séchées ; Petronius reconnut entre autres des membres de chèvre, de vache, de chien et de chat.

« Généralement, les peintres sont fiers de leur cabinet de curiosités et le montrent à tout le monde, fit remarquer Oris. Pourquoi celui-ci est-il tenu secret ?

— Ce lieu est une porte, une source d'inspiration. (Van Almaengien fit un geste englobant la pièce.) Quand on pénètre dans ce monde, on est prêt à prendre les horreurs visibles sur les tableaux de Bosch pour la réalité. Celui qui arrive par la porte de devant est aveuglé par ses propres pensées et n'aura pas l'esprit pour interpréter correctement les œuvres. »

Le scientifique monta sur l'échelle pour accéder au grenier. Petronius le suivit en admirant les étagères remplies d'objets extraordinaires qui couvraient les murs.

De nouveau, il perçut l'odeur douceâtre du sang. Il ne vit pourtant aucune table de dissection dans la pièce. En continuant de gravir les échelons, il contempla un énorme scorpion naturalisé qu'on avait pendu au plafond par des ficelles. On avait coupé en deux le corps de l'animal. Au gré des courants d'air, pinces et dard exécutaient un ballet infini, se rapprochant sans cesse pour mieux s'éloigner.

Dès que Petronius fut entré dans l'atelier, Van Almaengien referma la trappe permettant d'accéder au cabinet de curiosités et la dissimula sous un épais tapis.

« Pour répondre à votre question, Petronius, l'homme est un être étrange. Donnez-lui un tableau représentant quelque chose d'inconnu ou de démoniaque, il pense aussitôt que c'est l'œuvre du diable. Et pourtant, c'est uniquement l'imagination qui guide le pinceau du peintre. Dans la réalité, seule la vie est envahie par le mal, la créativité est innocente, exempte de tout péché. Cette créativité est infinie, tandis que notre pensée reste enfermée dans les rets de nos erreurs. »

Petronius traversa le grenier pour aller se camper devant un panneau recouvert par un voile de lin noir. Il savait quel tableau se dissimulait sous l'étoffe. À quoi jouait Van Almaengien ? Le peintre pressentait que cette rencontre n'était pas une coïncidence. On l'avait attiré jusqu'ici. À vrai dire, rien de ce qu'il avait vécu depuis son arrivée à Bois-le-Duc ne semblait être le fruit du hasard. Il avait la désagréable impression de n'être qu'un pion sur un échiquier, de participer malgré lui à un plan dont il ignorait les tenants et les aboutissants. Mais qui tirait les ficelles ? La disparition de Zita faisait-elle partie de ce plan ?

« Pourquoi me racontez-vous tout ça, maître Jacob ? Pourquoi avoir attendu que les autres compagnons soient partis pour me guider jusqu'au cabinet de curiosités ? Il doit bien y avoir une raison, pardi ! »

Le savant contourna le fauteuil dans lequel il s'asseyait lors des séances de pose, passa près de la grande table sur laquelle s'entassaient pêle-mêle pinceaux, couleurs et pigments, puis vint se placer près de Petronius. D'un geste lent, il fit tomber le voile noir sur le sol, révélant le panneau central du triptyque. Bosch travaillait à un rythme effréné. La plupart des endroits qui n'étaient encore qu'ébauchés la dernière fois qu'Oris avait vu le tableau avaient été recouverts d'une première couche de peinture.

« Le jardin grouille d'hommes et de femmes, Petronius ! Tous les personnages sont à peu près du même âge. On ne voit ni vieillards, ni enfants. Ils se trouvent dans un état d'innocence, au printemps de leur vie. Comme dans les temps ayant précédé le déluge ; l'homme n'était alors pas conscient des vices auxquels il s'adonnait. Ou songez à ce paradis récemment découvert par Christophe Colomb. Un nouveau continent, à ce qu'on murmure. On prétend que les hommes y vivent encore tels que Dieu les a créés, sans conscience du péché ni crainte du vieillissement. Sur le tableau, les personnages célèbrent une véritable messe. L'amour est au centre de l'œuvre, tout comme l'empathie et l'attention réciproque que l'on porte à ses semblables, mais l'union charnelle y est absente. Personne n'accomplit l'acte de procréation. Voilà pourquoi ce tableau est dangereux, Petronius. Il semble oublier un principe élémentaire de l'Ancien Testament : "Soyez féconds et multipliez-vous." Mais si les hommes et les femmes de cette peinture s'accouplaient, l'Église lèverait un doigt menaçant, condamnerait le peintre et confisquerait l'œuvre – qui trouverait alors sans tarder une place de choix dans les appartements de quelque abbé dépravé. Mais ce n'est pas le cas, et c'est ce qui rend le tableau et son message dangereux : le désir fait le bonheur des hommes. Une pensée inacceptable ! Si ce panneau tombait entre les mains de l'inquisiteur, nous finirions tous sur le bûcher : maître Bosch, vous, moi et tous les compagnons de l'atelier qui ignorent l'existence de cette peinture. »

Petronius promena son regard sur le panneau. Partout, l'acte sexuel était implicitement suggéré. Certains fruits représentés comme les fraises, les raisins et les prunes faisaient symboliquement allusion à l'union charnelle. Un personnage masculin, allongé tout près d'une jeune femme, avait même été doté d'une tête en forme de prune, ce qui laissait sous-entendre qu'il ne songeait qu'à copuler. Oris vit également deux êtres assis dans une énorme capsule de fleur transparente qui échangeaient des caresses. L'homme avait posé la main sur le ventre de sa compagne tandis que celle-ci effleurait son genou. Il approchait son visage du sien pour lui donner un baiser.

Jacob Van Almaengien avait suivi le regard du jeune peintre.

« Vous êtes un excellent observateur, Petronius. Vous avez une intuition rare qui vous permet de comprendre les symboles cachés. C'est la raison pour laquelle je vous montre le tableau. Son interprétation est...

— Sibylline ! » le coupa Oris, qui venait de découvrir un détail surprenant.

Sur la fleur géante, des lettres étaient visibles.

« L'alpha et l'oméga, annonça Van Almaengien. Le début et la fin, l'homme du paradis et l'homme de la fin des temps. Ils se ressemblent dans l'amour ! »

Petronius faillit révéler au savant qu'il avait surpris une conversation entre Bosch et lui, mais il se ravisa, poussé par un obscur pressentiment.

« Vous êtes doué, Petronius. Très doué. Cette bulle que nous voyons est une chambre nuptiale, dont les occupants paraissent obéir au commandement du Seigneur : “Soyez féconds et multipliez-vous.” Mais elle a également un autre sens. Elle ne signifie pas : “Inondez ce monde de vos semblables”, mais plutôt “Transmettez nos idées à vos descendants.”

— *Senem est verbum dei !* murmura Petronius. La semence est la parole de Dieu qui fait naître la vie.

La bulle rappelle la fontaine de jouvence qui figure sur le premier volet du triptyque.

— Vous avez raison. C'est une nouvelle Création qui naît de l'innocence des êtres qui s'aiment. Une idée fantastique, qui surpasse toutes les paroles des prédicateurs du Jugement dernier, des sceptiques, des utopistes de l'au-delà et des assoiffés de pouvoir qui peuplent notre monde. Mais cette scène va encore plus loin. Elle montre le présent. Vous ne vous reconnaissez pas ? C'est un couple bien particulier qui est représenté ici dans la posture adamite de l'innocence : vous et Zita Van Kleve dans la capsule d'un pissenlit bercé par le vent. Vous serez porteurs du message de notre communauté à travers les siècles. »

Petronius se racla la gorge.

« Pourquoi Zita ? Pourquoi moi ? »

Van Almaengien s'assit sur un fauteuil entouré de chevalets. Sur le plancher, au milieu des palettes couvertes de couleurs, Petronius aperçut une chouette empaillée, probablement issue du cabinet de curiosités.

« Je crains le pire, soupira le scientifique. Après l'affront que lui a fait subir Bosch, le père Jean voudra se venger. L'inquisiteur prépare un complot contre les Adamites. Je le sens. Il faut protéger le tableau, et quelqu'un doit être capable de l'achever dans le cas où votre maître ne serait pas en mesure de le faire. Il est nécessaire que plusieurs personnes possèdent une clé pour déchiffrer le message de cette œuvre. Sa signification ne doit pas se perdre. À quoi sert une peinture dont le message reste incompris ou risque d'être mal interprété ? »

Petronius hocha la tête en silence. Il sentait cependant que Van Almaengien lui cachait autre chose.

« Vous devez étudier attentivement le tableau, poursuivit le savant. Vous devez savoir que ses personnages parlent une langue certes complexe, mais compréhensible. »

Oris contempla à nouveau le panneau, ses montagnes étranges, ses grappes d'humains, ses animaux et ses fruits géants.

« Si vous tenez tant à sauver le triptyque, c'est qu'il contient un secret autrement plus précieux qu'une simple profession de foi des Adamites, n'est-ce pas ? » lança-t-il de but en blanc.

Jacob Van Almaengien bondit de son siège. D'une voix perçante, il s'écria :

« Qui vous a dit que le tableau pouvait dissimuler autre chose que le credo de notre communauté ? »

43

« Cesse de te cacher, Petronius ! Et apporte le décor manquant ! »

Enrik avait crié à travers la forêt de piliers de la cathédrale. Petronius rêvassait, le regard rivé vers le ciel. De sombres nuages s'accumulaient au-dessus de la cité, annonçant de la pluie pour la représentation du lendemain. Mais, en cette fin de journée, de longs rais de soleil perçaient encore les nuées menaçantes et semblaient prolonger les colonnes jusqu'à la voûte céleste. Devant ce spectacle grandiose, Oris se sentait tout petit et avait l'impression de n'être qu'un infime rouage dans le plan de Dieu.

« Tu vis dans une autre dimension ! » gronda soudain Enrik à son oreille.

Le compagnon avait trouvé Petronius derrière un pilier et s'était approché sans que celui-ci ne s'en rende compte.

« Si tout le monde travaillait comme toi, il nous faudrait encore un an pour mettre en scène notre mystère. »

Détachant son regard du ciel, Petronius se tourna vers Enrik d'un air embarrassé.

« Où dois-je mettre le panneau ?

— Je te l'ai déjà dit trois fois ! Là-bas, sur la droite de la scène. Tu le déposes contre la colonne et tu l'attaches ensuite en haut de l'échafaudage qui supporte le mont de la Tentation. Tiens, voici une corde. Dépêche-toi ! »

Petronius acquiesça et transporta péniblement l'immense châssis tendu de lin jusqu'à l'endroit indiqué. De face, l'illusion était saisissante : le mont de la Tentation ressemblait à un vrai rocher que l'on aurait roulé à l'intérieur de la cathédrale. Sur les flancs, seules de grandes tentures dissimulaient l'armature de bois. Petronius plaça le panneau de trois mètres de hauteur sur l'emplacement prévu entre deux autres toiles, légèrement en retrait de la montagne artificielle. Les décors formaient ainsi un bel ensemble qui donnait une impression de profondeur aux spectateurs. Il se glissa ensuite sous les tentures, escalada l'échelle de l'échafaudage et monta au sommet du rocher.

À travers l'une des ouvertures étroites aménagées dans la paroi de papier mâché, il pouvait admirer, de ce point de vue surélevé, toute la nef et les bas-côtés jusqu'au chœur. On avait installé des bancs devant la scène pour le confort des bourgeois et des patriciens. Un peu plus loin, des cordons délimitaient les zones où se tiendrait le peuple.

Petronius passa la corde que lui avait donnée Enrik dans le crochet fixé sur le châssis de son panneau et l'accrocha fermement à l'un des montants de l'échafaudage. À cet instant, une voix furibonde retentit dans le vaste vaisseau gothique de la cathédrale :

« Bosch ! »

Le cri se répercuta contre les murs et les piliers de pierre.

« Jérôme Bosch ! »

La silhouette de l'inquisiteur apparut soudain dans la nef. Baerle gesticulait furieusement et tirait par le bras un comédien revêtu d'un déguisement. Petronius écarta légèrement l'une des tentures pour mieux observer la scène. Le père Jean écumait de rage. L'acteur trébuchant qu'il traînait comme un fardeau entra dans l'un des faisceaux de lumière qui perçaient la voûte nuageuse. Oris s'aperçut alors que le jeune homme, affublé de cornes, d'un pied bot et d'une queue pointue, était censé jouer le diable. Un diable vêtu d'une bure de dominicain.

« Jérôme Bosch ! hurla de nouveau l'inquisiteur d'une voix qui fit frissonner Petronius. Montrez-vous ! Je sais que vous êtes ici ! »

Sans lâcher le comédien effrayé, Baerle fit un tour sur lui-même pour scruter la nef. Son visage laiteux brillait dans la lumière du ciel couchant. Les yeux, enfoncés dans leurs orbites, ressemblaient à deux trous noirs. Instinctivement, Petronius recula derrière la tenture pour ne pas être découvert.

Bosch sortit des coulisses au moment où le religieux lui tournait le dos. Un sourire railleur sur les lèvres, il s'avança d'une démarche digne et assurée.

« Que voulez-vous, père Jean ? »

L'inquisiteur fit volte-face. Il dévisagea un instant son ennemi avant d'éructer :

« Ce que je veux ? Pouvez-vous m'expliquer ça ? »

Il empoigna le malheureux diable des deux mains et le jeta aux pieds de Bosch.

« Avez-vous perdu l'esprit ? Revêtir Satan de l'habit des dominicains ? N'est-il pas écrit dans les Évangiles : "Tu ne mettras pas à l'épreuve le Seigneur, ton Dieu ?" »

Bosch hocha la tête sans se départir de son calme. Puis il se baissa et aida le comédien à se relever. Effrayé, celui-ci se cacha aussitôt derrière le peintre.

« N'est-il pas écrit aussi : "Tu te prosterneras devant le Seigneur, ton Dieu, et tu ne serviras que lui seul ?" répliqua Bosch. À ma connaissance, la Bible ne dit point d'obéir aux dominicains. Mais comme vous vous mêlez impudemment des affaires religieuses de notre cité, le parallèle avec le diable de l'Évangile de saint Matthieu me paraît amplement justifié. »

L'artiste avait parlé sans regarder l'ecclésiastique. Il semblait prendre à témoin les gens présents. Attirés par les cris de l'inquisiteur, tous les volontaires qui préparaient la représentation s'étaient rassemblés autour des deux adversaires. Petronius aperçut Jacob Van Almaengien dans le cercle des spectateurs. Le savant avait enfoui son visage dans ses mains, épouvanté par la folle témérité de Bosch.

« Ne sommes-nous pas tentés tous les jours par le diable ? Ne cédons-nous pas aux volontés des dominicains parce qu'il est plus facile de dire "Celui-ci est coupable", "Celui-là mérite d'être livré au bûcher" que de clamer "Je suis coupable, nous devons tous être punis" ? Expions ensemble nos fautes, car notre fin à tous est la mort.

— N'interprétez pas la Bible d'après vos principes hérétiques ! Le Seigneur exige l'obéissance ! Je vous forcerai donc à obéir !

— Vous prendriez-vous pour Dieu, mon père, en faisant pareille promesse ? N'est-ce pas là l'un des crimes les plus hérétiques que l'homme puisse commettre ? Pour ma part, je préfère m'en tenir à la Bible.

— Je ne suis pas Dieu, et vous l'êtes encore moins ! Mais je vous promets que si votre diable monte demain soir sur scène en habit de dominicain, je ferai brûler cette ville jusqu'à la dernière maison ! Et vous regretterez alors de ne pas être déjà au purgatoire ! »

Petronius vit l'assistance se disperser. Tous les volontaires retournaient travailler en commentant l'affrontement à voix basse. Visiblement, les paroles de l'inquisiteur n'avaient impressionné personne. Furieux d'avoir une nouvelle fois perdu la face, Baerle se fraya un chemin à coups de coudes à travers les spectateurs de la querelle avant de disparaître derrière les colonnes de la nef.

Impassible, Bosch attendit que le religieux soit sorti de la cathédrale, puis lança à la ronde :

« Ne craignez rien. Nous avons le soutien du conseil communal. Reprenons notre travail à présent. Je vous promets que Satan ne fera pas son entrée sur scène en costume de dominicain. »

Petronius redescendit de l'échafaudage et contempla pensivement le mont de la Tentation. Tout comme Jésus, Bosch aurait bien besoin des anges de Dieu pour résister au diable de l'Inquisition. Tandis qu'Oris arpentait la nef centrale en direction du chœur, une pensée fulgurante lui traversa l'esprit. Il savait où trouver Zita. La jeune femme lui avait confié que Baerle avait essayé à plusieurs reprises de l'interroger et qu'elle avait toujours refusé déjouer les informatrices. Et si le prince des ténèbres l'avait emprisonnée dans son palais pour la faire changer d'avis ?

44

Petronius se hâta de sortir de la cathédrale par une porte latérale, longea le clocher et s'élança dans le dédale de ruelles de Bois-le-Duc. La nuit avait envahi la cité. De la boue giclait sur ses bottes lorsqu'il marchait par mégarde dans des flaques d'immondices. Il voulait se cacher non loin du palais de l'inquisiteur avant l'arrivée de celui-ci. Après une course effrénée, il arriva dans la rue de la Houle. Jetant un coup d'œil autour de lui, il s'arrêta devant l'atelier d'un forgeron. Il décida de se cacher derrière un gros tonneau rempli d'eau de pluie que l'artisan devait utiliser pour refroidir ses pièces métalliques incandescentes. Épuisé, le peintre se pelotonna contre le fût.

Il n'eut pas à attendre longtemps. Quelques instants plus tard, il retint sa respiration en entendant les pas du religieux. La sueur ruisselait le long de ses membres. Le père Jean passa près de lui sans le remarquer. Mais Oris relâcha un peu trop tôt l'air emprisonné dans ses poumons. Le son de sa respiration le trahit et le dominicain se figea. Petronius essaya de faire le moins de bruit possible en respirant par la bouche.

Méfiant, Baerle revint sur ses pas. Le religieux fouilla la rue déserte du regard, puis reprit son chemin en secouant la tête.

Petronius le laissa s'éloigner avant de le suivre discrètement dans l'obscurité. L'inquisiteur s'arrêta deux carrefours plus loin. Un rayon de lune éclaira ses mains opalines et sa tonsure brillante lorsqu'il frappa à la porte d'une maison faisant partie du couvent des dominicaines. Une religieuse lui ouvrit, mais le père Jean resta sur le seuil. Tête baissée, Petronius se rapprocha en rasant les murs. Baerle semblait attendre quelqu'un, car il se mit à faire les cent pas devant le bâtiment en faisant craquer nerveusement ses phalanges. Soudain, la porte se rouvrit lentement et une main fit signe à l'inquisiteur d'entrer. Celui-ci se glissa à l'intérieur sans un mot. Petronius rageait. Il brûlait de découvrir à qui le père Jean rendait visite à cette heure-ci. Fébrile, il regarda autour de lui à la recherche d'un arbre ou d'un avant-toit sur lequel se hisser.

Le peintre s'apprêtait à traverser la ruelle pour grimper sur la façade de la maison lorsqu'une main puissante le retint par le bras. Il trébucha mais, avant de pouvoir reprendre son équilibre, il fut attiré brutalement dans le renfoncement obscur d'une entrée.

« Sacrebleu, es-tu devenu fou ?

— Zuid ? s'étonna Petronius en distinguant la silhouette du mendiant dans les ténèbres. Mais que fais-tu ici ?

— Je ne pourrai te le dire que si tu restes en vie. Par un tel clair de lune, mieux vaut frôler les murs. Crois-tu que l'inquisiteur n'a pas pris ses précautions pour se débarrasser de petits fouineurs maladroits comme toi ? On t'aurait envoyé *ad patres* avant que tu n'aies le temps d'arriver au milieu de la ruelle. »

Le Grand Zuid montra du doigt le toit de la maison où était entré le père Jean.

« Là-haut, dans le pigeonnier, se cache un arbalétrier. Et il n'est pas manchot, crois-moi.

— Je suppose que je dois te remercier, soupira Petronius.

— Oh, ça fait partie de mes passe-temps préférés, de sauver des empotés la nuit venue. Mais trêve de plaisanterie : pourquoi suis-tu le dominicain ? »

Petronius se redressa. L'obscurité ne lui permettait pas de discerner les traits du mendiant.

« Il y a eu une nouvelle altercation entre Bosch et l'inquisiteur, ce soir dans la cathédrale. Je sens que cette histoire va mal finir, Zuid. Baerle était hors de lui quand il est sorti. Mon instinct m'a dit de le suivre. Je pensais qu'il me conduirait peut-être jusqu'à Zita. »

Le mendiant prit une longue aspiration et relâcha lentement l'air emmagasiné dans ses poumons.

« J'ai trouvé Zita. C'était un jeu d'enfant. Elle est dans sa chambre, à l'hospice Sainte-Gertrude. Mais on l'empêche de sortir, Dieu seul sait pourquoi. Je me rendais à la cathédrale pour te prévenir quand j'ai croisé le père Jean. Et quelques secondes plus tard, je t'ai aperçu. Ta filature n'était pas des plus discrètes. Tu te serais fait moins remarquer en marchant à côté du dominicain. »

Honteux, Oris baissa la tête.

« Et que faisons-nous à présent ?

— Nous pénétrons dans le foyer des femmes célibataires et tu vas parler avec Zita. »

Le peintre resta bouche bée.

« Mais je croyais...

— Fais-moi confiance, Petronius. Je ne vais pas laisser cet arbalétrier me trouer le cuir, je déteste les courants d'air. Suis-moi. »

Les deux hommes longèrent les façades des maisons à colombages en restant dans l'ombre. Lorsqu'ils furent hors de vue de la sentinelle, ils traversèrent la rue en courant et bifurquèrent dans une venelle latérale qui bordait d'autres bâtiments appartenant au couvent des dominicaines. Le Grand Zuid crocheta avec adresse un portillon, puis se faufila dans un passage coupe-feu. Petronius le suivit. Le boyau déboucha sur un jardin laissé à l'abandon qui ressemblait à celui de son maître. Sur le pourtour s'amoncelait un bric-à-brac de vieux objets hétéroclites. Le mendiant effleura le bras de Petronius et tendit le doigt vers une petite maison bancale située de l'autre côté du carré de verdure, dont les fenêtres béaient comme des orbites vides sur d'épaisses ténèbres. La porte était entrouverte. En quelques bonds, le Grand Zuid traversa le jardin et s'engouffra dans la maisonnette. Petronius l'imita.

« Ces anciens bâtiments font partie du couvent des dominicaines, mais ne sont plus utilisés depuis bien longtemps, murmura le mendiant en s'arrêtant au milieu du vestibule. Le couvent est également relié à l'hospice où vit Zita.

— Zita habite donc chez les nonnes ? s'étonna Petronius. Voilà qui explique pourquoi j'ai vu une dominicaine l'autre jour dans le foyer.

— Écoute-moi attentivement, reprit le Grand Zuid. Tu traverses cette bicoque et sors par la porte de derrière, qui donne sur un autre jardin. De l'autre côté de ce jardin, tu trouveras une deuxième porte. Elle n'est pas fermée à clé. Tu entres et prends l'escalier sur ta droite jusqu'au premier étage. La troisième chambre sur la gauche est celle de Zita. Les complies sont terminées. Les nonnes se sont glissées dans leurs petits lits froids et dorment à poings fermés. Tu as suffisamment de temps devant toi avant que les couventines ne soient réveillées par la mère supérieure pour aller à matines, l'office célébré à l'aube. »

Le Grand Zuid saisit Petronius par le bras et le poussa vers le fond du couloir où se dessinaient dans l'obscurité les contours d'une porte.

« Comment sais-tu tout ça ? balbutia le peintre.

— Je le sais, c'est tout. Les moniales aussi ont besoin, de temps en temps, de distractions. Une main lave l'autre, comme on dit. Va rejoindre Zita à présent. Et tâche de ne pas te faire prendre par la mère supérieure ! Elle n'est pas commode. »

Le rire clair du mendiant résonna dans le vestibule. Petronius se dirigea vers la porte et l'ouvrit avec précaution. Comme l'avait décrit le Grand Zuid, la maisonnette donnait sur un jardin de simples baigné par la lumière de la lune. Le peintre le traversa prestement en humant au passage les parfums de menthe, de camomille, de sauge et de thym. De l'autre côté, la porte tourna sur ses gonds sans un bruit. Petronius se faufila à l'intérieur du bâtiment. Son cœur battait à tout rompre et les veines de ses tempes palpitaient.

Il allait gravir l'escalier qui s'élevait sur sa droite lorsqu'il entendit des bruits à l'étage. Percevant les murmures d'un homme et d'une femme en pleine conversation, il se plaqua contre le mur. Au son de leurs pas, le peintre devina que l'une des deux personnes claudiquait.

Il reconnut avec effroi la voix de Baerle, qui parlait manifestement à une moniale. Il tendit l'oreille, mais ne put saisir qu'une seule phrase, prononcée par l'inquisiteur d'un ton presque badin :

« Alors je compte sur vous... Demain, la fille sera donc victime d'un "accident", si je puis dire... »

Ces mots firent vaciller le peintre, qui sentit sa gorge se nouer.

45

« Zita ! »

Petronius toqua à la porte en espérant ne pas s'être trompé de chambre. Il n'avait aucune envie de se retrouver nez à nez avec une religieuse ensommeillée qui, dans l'obscurité, risquait de le prendre pour le diable en quête d'âmes pécheresses.

« Zita, je t'en prie ! »

Il gratta de nouveau le panneau de bois, mais ne perçut aucun bruit dans la chambre. Les cloches du couvent sonnèrent onze heures. L'office de matines était encore loin, mais le peintre ne voulait pas prendre le risque de réveiller les voisines de Zita. La jeune femme avait-elle quitté l'hospice ?

Petronius décida néanmoins de tenter sa chance une dernière fois. Il frappa à la porte en murmurant le nom de la servante. Enfin, il entendit un froissement d'étoffe et le bruit sourd de pieds nus sur le plancher. On tira un verrou et la porte s'entrebâilla.

« Qui est là ?

— Zita ? s'assura Petronius avant de se glisser dans l'ouverture.

— Que fais-tu ici ? souffla la jeune femme en refermant la porte derrière lui. Comment es-tu entré dans le foyer ? »

Une odeur de sang et de gaze humide flottait dans la pièce exiguë.

« Je t'expliquerai plus tard. Qu'est-ce qu'ils t'ont fait ? T'ont-ils battue ? Torturée ? Parle, je t'en prie ! »

Zita alla s'asseoir sur le rebord de sa couche. La paillasse fraîche crissa légèrement sous son poids en exhalant un parfum de campagne. Un rayon de lune qui entrait par une petite fenêtre surélevée éclairait la cellule. En dehors du lit, celle-ci n'offrait pour tout mobilier qu'un prie-Dieu, une table et un tabouret.

Petronius prit place sur une caisse en bois posée près de la tête du matelas. Il s'appuya contre le mur blanchi à la chaux et regarda Zita. Ses longs cheveux bruns tombaient sur ses épaules. La jeune femme, vêtue pour la nuit d'une simple robe de bure sans cordelière, avait croisé les mains sur ses genoux.

« Pourquoi me poses-tu ces questions ? murmura-t-elle. Qui voudrait me torturer ?

— Le Grand Zuid m'a raconté qu'on te retenait ici prisonnière. Et en m'introduisant dans le foyer, j'ai entendu Baerle annoncer qu'on allait t'assassiner. Demain. »

Zita secoua la tête. Puis elle se pencha vers le peintre et lui caressa tendrement les cheveux, comme s'il était encore un garçonnet venant de faire un cauchemar. Oris sentit qu'elle prenait le temps de réfléchir avant de formuler sa réponse.

« Tout va bien, Petronius, finit-elle par dire. Je me suis simplement retirée dans ma cellule parce que j'ai mes menstrues. C'est toujours ce que je fais. Je ne manque de rien, crois-moi. »

Petronius était perplexe. Zita lui mentait-elle ou se faisait-il des idées ?

« Pardonne-moi, mais il se passe des choses vraiment inquiétantes dans cette ville. J'ai été entraîné malgré moi dans un conflit qui me dépasse. Comme tu vis dans l'enceinte d'un couvent qui entretient d'étroites relations avec l'inquisiteur, j'ai cru que tu étais devenue à ton tour la victime de toutes ces querelles et machinations.

— Mes saignements sont terminés, fit-elle en posant une main sur l'épaule d'Oris. Je retourne travailler à l'auberge dès demain. »

Elle se pencha vers le peintre et déposa un baiser sur son front.

« C'est touchant de savoir que tu te fais du souci pour moi. Ça n'a sûrement pas été facile de me retrouver. »

La voix de Zita vibrait d'émotion. Sans réfléchir, Petronius posa la main sur la nuque de la jeune femme. Lentement, il l'attira vers lui. La peau très douce de son cou dégageait une odeur troublante d'eau de source et de sueur nocturne tandis que ses cheveux sentaient bon la lavande. Elle vint se blottir tout naturellement contre lui.

Oris sentit le contact de sa poitrine, de ses lèvres contre les siennes. Il insinua sa main sous la robe de bure pour caresser la cuisse galbée de Zita. Emportés par un même élan, ils se laissèrent glisser doucement sur le sol. Les doigts de la servante se mirent à explorer le torse de Petronius et le débarrassèrent de son pourpoint. Puis, d'un geste preste, elle ôta sa bure qu'elle jeta négligemment sur le plancher. La lune inondait son corps d'une lumière jaune pâle, lui donnant une teinte de miel. Le peintre sentit croître sa virilité qui effleura la cuisse de Zita. La jeune femme gémit. D'un mouvement agile, elle se mit à califourchon sur lui. Leurs chairs mises à nu exhalaient un parfum organique saturé de passion. Petronius perdit tout contrôle en dévorant des yeux les seins épanouis, le ventre tendu et le pubis noir de la servante. Ses sens s'enfiévrèrent. Zita prit la main d'Oris et la guida jusqu'à son mont de Vénus. Une douce chaleur l'accueillit au creux de son intimité ; il en parcourut des doigts la moindre parcelle jusqu'à ce qu'elle se cambre en poussant un long soupir. Ivre de plaisir, elle retomba sur Petronius, dont le désir exacerbé commençait à devenir douloureux.

« À toi maintenant », susurra-t-elle.

Coulant la main entre les cuisses de Petronius, elle saisit délicatement le sexe érigé et souda ses lèvres aux siennes. À son tour, il fut gagné par la jouissance qui déferla en lui comme un raz de marée.

Petronius avait perdu toute notion de temps. Épuisés, ils finirent par s'endormir dans les bras l'un de l'autre. Lorsque les cloches du couvent sonnèrent les matines, Zita secoua le peintre :

« Tu dois partir. La mère supérieure ne va pas tarder à venir nous chercher pour l'office. »

Petronius se leva et enfila ses vêtements, non sans avoir auparavant couvert de baisers le corps de Zita.

« Attends ! le retint-elle. Il faut que tu me promettes une chose, Petronius. Peu importe ce qui va arriver, tu ne dois pas t'interposer entre Bosch et l'inquisiteur. Ne t'en mêle pas. Promets-le-moi ! »

Encore enivré par le parfum de la jeune femme, Oris demanda :

« Que sais-tu que j'ignore, Zita ? Pourquoi s'entre-déchirent-ils comme des loups enragés ? »

La servante se mit debout pour se presser contre Petronius. Ses doigts se crispèrent sur le pourpoint du peintre.

« Si tu interviens, tu finiras sur le bûcher ou au fond du Dommel comme tant d'autres avant toi.

— Tant d'autres avant moi ? répéta Oris. Comme Jan de Groot par exemple ? »

Zita le repoussa. Lui tournant le dos, elle se pencha pour ramasser sa bure et se rhabilla. Lorsqu'elle fit de nouveau face à Petronius, des larmes embuaient ses yeux.

« Jan méritait de mourir ! Et Pieter ne valait pas mieux. Disparais maintenant. »

Oris était stupéfait. Zita savait donc ce qui était arrivé aux deux hommes !

« Comment est mort de Groot ? Il faut que je le sache. J'ai découvert un message qu'il avait caché dans sa chambre. Malheureusement, on m'a volé le papier à l'auberge de l'Aigle. »

Zita recula de quelques pas et s'assit sur la caisse de bois. Elle s'accrocha au mur comme si elle était prise de vertige.

« Qu'avait-il écrit sur ce papier ? »

Petronius haussa les épaules.

« Je l'ignore. Le morceau de feuille était vierge, mais je suis sûr qu'il a utilisé une encre invisible.

— Et qui détient à présent ce mystérieux message ? » demanda la jeune femme en soupirant.

De nouveau, Oris haussa les épaules. Il s'approcha de Zita, s'agenouilla devant elle et lui prit les mains.

La servante le repoussa violemment, comme si elle avait été mordue par une vipère.

« Je ne sais pas qui l'a volé, Zita ! Je te le jure ! La salle était pleine. Un homme avec le visage dissimulé sous une capuche s'est glissé près de moi et me l'a arraché des mains. Même le Grand Zuid n'a pas pu l'identifier. »

Le cloître commençait à s'animer. Dans le fond du couloir, des coups sourds retentirent contre les portes des pensionnaires. Le murmure d'une litanie approchait de la cellule de Zita.

« Tu dois partir ! ordonna la jeune femme d'une voix blanche. Nous nous verrons plus tard. C'est aujourd'hui que le mystère sera donné à la cathédrale. »

Petronius entrouvrit la porte. À l'autre bout du corridor obscur, il aperçut une religieuse portant une bougie. La flamme ondulait dans les ténèbres. La mère supérieure du couvent s'arrêtait devant chaque porte et frappait quelques coups. Un instant plus tard, une silhouette sortait de la cellule et allait se placer dans la file de pensionnaires qui suivaient l'abbesse. L'étrange cortège progressait en psalmodiant.

Au moment où le peintre voulut se glisser dans le couloir, il sentit la main de Zita effleurer son épaule.

« Oublie ce que je viens de te dire, Petronius. Si tu tiens à la vie et à ton métier, quitte la cité et ne reviens pas. Ne pense plus à moi. Fuis ! »

Petronius n'avait pas le temps de répondre. Lorsque la procession s'arrêta devant une nouvelle porte, il se faufila dans le corridor et s'élança vers l'escalier. Arrivé dans le jardin de simples, il reprit son souffle et se demanda pourquoi Zita l'avait enjoint de manière si pressante de quitter la ville.

46

« Pourquoi m'avez-vous attiré dans le cabinet de curiosités ? »

Petronius s'était efforcé de donner un ton désinvolte à sa question.

Penché sur son portrait, il grattait pour la troisième fois, à l'aide d'un racloir, la partie inférieure du visage de Jacob Van Almaengien. Peu à peu, l'apprêt s'altérait et le bois commençait à transparaître sous l'enduit.

« Savez-vous vraiment ce qu'est la science, Petronius ? Quand la curiosité s'empare de l'esprit pour l'aiguillonner sans répit, quand on succombe à l'obsession de percer les mystères du monde ? Avez-vous la moindre idée de ce qui pousse des gens comme Christophe Colomb à vouloir traverser les océans sans aucune certitude d'arriver à bon port ? Votre métier se limite à un panneau de bois. Quand vous parvenez à une extrémité de votre monde, il vous suffit de tendre le bras pour en toucher l'autre bout. Le royaume de la connaissance est quant à lui infini.

— Ne bougez pas, messire, l'interrompit Petronius.

Je dois enfin réussir à ébaucher vos joues et votre menton. »

D'une main calme, il laissa glisser son pinceau sur la surface grisâtre pour fixer les contours du visage de son modèle. En partant des tempes, il s'évertua à reproduire sa mâchoire fuyante. Au bout de quelques touches de peinture, il sut que cette nouvelle tentative serait un échec. Les joues paraissaient trop pleines, le menton trop rond. Les lignes qui reliaient la racine du nez aux sourcils étaient trop floues.

« Je suis sur le point d'abandonner, maître Jacob. Mais votre portrait est la preuve que le maniement des pinceaux et des couleurs peut tout aussi bien devenir une véritable aventure. En fait, je crois que c'est même comparable aux découvertes de Colomb. Néanmoins, le marin ne peut découvrir que ce qui existe, tandis que le peintre, lors de son voyage dans le monde des couleurs, doit d'abord inventer ce qu'il souhaite découvrir. Mais vous n'avez pas répondu à ma question ! »

Son regard faisait le va-et-vient entre le panneau et son modèle, aussi Petronius remarqua-t-il que Van Almaengien l'observait d'un œil scrutateur.

« N'étiez-vous pas curieux de découvrir ce qui se cachait derrière la mystérieuse porte ? »

Petronius acquiesça. Il fit un pas en arrière pour apprécier son portrait et poussa un juron. Il ne comprenait pas ce qui l'empêchait de saisir les traits du savant. Malgré tous ses efforts, la figure était toujours trop efféminée.

« Mais pourquoi ne m'avez-vous pas tout simplement montré le cabinet après l'une de nos séances ? Maître Bosch aurait pu lui aussi me faire visiter son antre en me donnant des explications. »

Du pinceau, Oris donna des contours plus accentués au visage. Le portrait gagna en virilité, mais ne ressemblait plus du tout à Jacob Van Almaengien.

« Découvrir par soi-même n'a pas le même impact qu'apprendre une chose par un tiers sans l'avoir vécue. C'est le point faible de nos universités. Les étudiants ne réfléchissent pas par eux-mêmes sur le monde et ses secrets, ils reçoivent des explications toutes prêtes. Il ne leur reste plus qu'à adhérer aux théories qu'on leur sert sur un plateau. Le pire : ce système d'enseignement réduit l'horizon des jeunes gens et les empêche de percevoir certains phénomènes. Faites la comparaison avec des couleurs, Petronius. À force de broyer et mélanger un pigment, la teinte obtenue vous est peu à peu familière ; vous savez comment la modifier, comment lui donner plus de brillance et d'intensité. Si vous achetez cette couleur toute prête chez un marchand, vous ne connaîtrez jamais toutes ses propriétés car vous n'aurez pas accompli par vous-même le processus de fabrication. »

Petronius étendit une étoffe sur le tableau.

« Arrêtons pour aujourd'hui, maître Jacob. Je comprends vos explications, mais où voulez-vous en venir ?

— C'est l'expérience qui fait la différence ! » tonna une voix derrière Petronius qui, effrayé, laissa tomber sa palette et ses pinceaux.

Jérôme Bosch fit son entrée dans l'atelier. Oris ne l'avait pas entendu monter l'escalier. Gêné, il se pencha pour ramasser son matériel.

« Prenons un exemple, lança le Flamand. Je vous explique que la chouette est symbole de sagesse. Lorsque vous en verrez une sur un tableau, vous penserez immédiatement qu'il s'agit de l'incarnation de la sagesse. Mais si vous vous êtes déjà aventuré de nuit en forêt, si le bruit d'ailes d'une chouette effraie en chasse frôlant votre tête vous a fait sursauter, alors vous savez que cet animal peut également être un symbole de peur. C'est aussi simple que ça, Petronius. »

Tout en parlant, Bosch s'était dirigé vers le fond de l'atelier. Il rangea quelques tableaux et pots d'apprêt, puis tira au centre de la pièce un chevalet portant le panneau que Petronius connaissait bien. D'un geste brusque, Bosch retira l'étoffe qui le recouvrait. Oris constata avec étonnement que la peinture était achevée. Curieusement, il n'avait jamais vu le maître travailler sur ce tableau. Soit Bosch ne dormait jamais et peignait la nuit, soit quelqu'un d'autre l'avait réalisé pour lui. Néanmoins, la seconde hypothèse ne semblait guère plausible.

« Comme vous le savez, ceci est le panneau central d'un triptyque, Petronius. Quand on contemple un triptyque, on pense aussitôt qu'il s'agit d'un retable. Le contenu doit donc se lire comme tel. Sur le volet gauche et le panneau central, j'ai peint la Création du monde et des premiers hommes ainsi que le paradis. Sur le volet droit, que vous ne connaissez pas encore, sera représenté...

— L'enfer, je suppose », acheva Petronius.

Bosch échangea un sourire satisfait avec Van Almaengien.

« Exactement ! Une œuvre foncièrement chrétienne donc, que n'importe quel curé s'empresserait d'acquérir pour orner son autel. Mais notre intention n'est pas de réaliser un énième retable. Avec ce tableau, nous voulons transmettre un message. Et vous, Petronius, savez sûrement de quel message il s'agit. »

Surpris, Petronius acquiesça timidement de la tête. Avant de répondre, il marqua un temps d'arrêt. Les deux hommes voulaient-ils lui faire passer une épreuve ? En lui proposant une explication toute faite, Bosch n'était-il pas en train de faire ce contre quoi Van Almaengien l'avait mis en garde quelques instants plus tôt ?

« Sur le tableau, on peut lire la doctrine de la communauté adamite des Frères et Sœurs du Libre Esprit, murmura-t-il.

— En effet. Notre communauté est menacée par un ennemi contre lequel nous sommes impuissants. Les habitants de Bois-le-Duc nous soutiennent encore mais, chaque jour, les attaques de l'inquisiteur nous affaiblissent un peu plus. Bientôt, on nous persécutera comme nos frères et sœurs d'Eindhoven, de Chartres, de Bruxelles ou d'Anvers. Pour les gens du peuple, une communauté qui célèbre des messes secrètes pactise forcément avec les forces des ténèbres. Celui qui reçoit l'eucharistie dans l'innocence en souvenir des premiers hommes du paradis et cherche à s'élever au sublime sans s'encombrer de vêtements, eh bien celui-ci sera accusé d'hérésie. Maître Jacob nous avait prévenus, mais nous avons manqué de prudence. À présent, le temps nous est compté. L'influence des dominicains grandit. Voilà pourquoi nous devons cacher le message des Adamites dans une œuvre qui ne pourra pas être détruite quand nous brûlerons sur le bûcher. »

Petronius jeta un coup d'œil vers Van Almaengien. Le savant avait le regard fixe. Ainsi, lui aussi était convaincu que les Adamites seraient bientôt exterminés par l'ordre des Prêcheurs. Oris serra les poings. Était-ce la raison pour laquelle Zita lui avait conseillé de quitter la ville ? Le peintre balaya l'atelier du regard. Aux poutres du toit étaient accrochés des dessins représentant les différents tableaux du mystère qui serait joué le soir même dans la cathédrale. Il fit un pas en avant pour examiner l'une des ébauches : la Tentation du Christ sur la montagne. Soudain, Petronius eut une révélation. Bien sûr, la pièce reflétait symboliquement la situation des Adamites qui repoussaient les tentations de l'Inquisition. Voilà pourquoi Bosch souhaitait que Satan soit affublé de l'habit des dominicains.

« Une œuvre picturale est plus difficile à comprendre qu'un livre, remarqua Petronius. Pourquoi ne couchez-vous pas les préceptes adamites par écrit ? »

Van Almaengien éclata de rire, comme si Petronius avait fait une plaisanterie. Il bondit de son siège, s'approcha d'une pile d'ouvrages traitant d'interprétations mythologiques et prit un livre au hasard. Il l'ouvrit avant de le présenter à l'envers au compagnon. Perplexe, celui-ci contempla les lignes manuscrites sans pouvoir les comprendre.

« Lisez un passage à haute voix, Petronius Oris ! ordonna-t-il.

— Vous devez tourner le livre si vous voulez que je puisse lire, rétorqua Oris, déconcerté.

— Vous êtes troublé ? Mais vous vous êtes rendu compte que l'ouvrage était dans le mauvais sens. Pour celui qui ne sait pas lire, cela n'a aucune importance. Les livres sont peu répandus et rares sont ceux capables de les consulter. L'art de l'imprimerie fera peut-être évoluer les choses, mais cela prendra beaucoup de temps. En ce qui concerne les tableaux, c'est différent. Toute personne possédant au moins un œil peut les lire...

— Et les livres brûlent très bien, intervint Bosch. On les jette dans une cheminée et les connaissances qui se trouvent à l'intérieur sont réduites en cendres. En revanche, les retables, quand ils sont consacrés, sont rarement détruits. Si on les trouve trop dérangeants, on les met simplement de côté parce qu'on les considère tout de même comme des objets de culte. Ils disparaissent alors dans une sacristie ou chez un riche collectionneur. C'est un avantage énorme. Notre message pourra être conservé durant des décennies, voire des siècles. Vous comprenez, Petronius ? Un retable consacré est le meilleur garant de la survie de notre doctrine. »

Petronius commençait à comprendre ce qu'attendaient de lui les deux hommes. Bosch et Van Almaengien craignaient manifestement pour leur vie. S'ils étaient amenés à disparaître brusquement, quelqu'un devait achever le triptyque et s'arranger pour que celui-ci soit consacré par un prêtre.

Jacob Van Almaengien le regarda dans les yeux en hochant lentement la tête.

« Vous saisissez maintenant pourquoi je vous ai attiré dans le cabinet de curiosités.

— Il me semble que oui, dit Petronius. Vous vouliez me faire comprendre que les êtres inquiétants qui apparaissent sur les tableaux de maître Bosch sont bel et bien de ce monde, et non des créatures démoniaques. En observant la nature en profondeur, le peintre peut créer d'autres vérités. »

Petronius n'était pas sûr de ce qu'il avançait, mais Bosch approuva de la tête.

« Oui, mes tableaux expriment la diversité de notre monde. Et au cœur de cette diversité se niche le credo des Adamites. La mort n'est qu'un passage ouvrant sur le royaume de Dieu, dans lequel les forces antagoniques finiront par fusionner. »

L'artiste s'assit devant le chevalet et s'absorba dans la contemplation du panneau. Jacob Van Almaengien prit Petronius par le bras et le guida vers l'escalier.

« Ne le dérangez plus. Il est en quête de la vérité. Mais une vérité universelle est toujours le fait du menteur le plus doué. »

47

Accrochés sur de nombreuses colonnes de la nef, des flambeaux jetaient une lumière agitée sur les dalles de pierre. De petites lampes à huile éclairaient les décors représentant les montagnes arides de la Terre sainte. À gauche et à droite de la scène se dressaient de hauts candélabres garnis de bougies. Au-dessus de l'édifice inachevé, la lune brillait d'une lueur blafarde dans la voûte céleste.

Le murmure des spectateurs s'éteignit lorsque le diable fit son apparition sur la scène. Vêtu de rouge et de noir, la tête ornée de deux cornes de vache, il s'avança vers le public en boitant de son pied bot pour lancer :

« Si quelqu'un vous dit : “Voici le Christ”, ne vous y fiez pas, car il s'élèvera de faux Christ et de faux prophètes ; ils produiront de grands prodiges et des miracles de façon à égarer les élus. »

En citant l'Évangile selon Matthieu, Satan avait désigné du doigt le père Jean, assis au premier rang avec les dignitaires de son ordre, le supérieur de la congrégation masculine et l'abbesse du couvent des dominicaines. De sa place, Petronius put voir les joues de l'inquisiteur rougir de fureur. Mais avant que celui-ci n'ait le temps de protester, le diable s'éclipsa et le premier tableau du mystère, le baptême de Jésus, s'ouvrit. Jean le Baptiste, une croix dans la main gauche, fit entrer le Messie dans le lit du Jourdain. Le Christ, incarné par Jérôme Bosch en personne, s'agenouilla pour recevoir le sacrement. Des êtres fantastiques surgirent alors des coulisses et entamèrent une sarabande endiablée autour des deux hommes pour empêcher l'acte rituel. Des nains aux visages grimaçants bondissaient en poussant des cris ; des géants montés sur des échasses, entièrement vêtus de rouge, battaient l'air de leurs bras pourvus d'immenses ailes d'insectes et de hideuses créatures rampantes s'agitaient frénétiquement.

Baerle paraissait stupéfait par la présence de Bosch sur scène, car le peintre n'avait officiellement reçu aucun rôle dans la représentation. Les lèvres de l'inquisiteur tremblaient de rage. Aux yeux du clergé, Jésus devait être impérativement incarné par un religieux.

Le spectacle se transforma en attraction pyrotechnique. Lorsque saint Jean donna le baptême au Messie, une fusée blanche fila en sifflant vers le ciel et explosa en une gerbe scintillante. Puis une colombe en papier survola le public ahuri et une voix venue des hauteurs de la cathédrale tonna :

« Celui-ci est mon fils bien-aimé, en qui j'ai mis toute mon affection ! »

Effrayés par l'annonce du Seigneur, tous les êtres diaboliques disparurent en poussant un cri sauvage qui fit frissonner les spectateurs.

Petronius était ravi par la mise en scène du mystère. En regardant autour de lui, il constata que l'assistance entière était fascinée par la pièce. Même l'inquisiteur semblait s'être détendu. Les tableaux se succédèrent. Baerle se crispa de nouveau en apercevant le diable faire son retour en compagnie d'une meute de démons. Le prince des ténèbres, installé sur une chaise à porteurs, se fit déposer au milieu de la scène et sa suite se mit à danser autour de lui. Il portait sur la tête un chaudron rempli de goudron et, autour du cou, on lui avait noué un linceul en guise de bavoir. Ses serviteurs infernaux lui tendaient de grossières effigies d'hérétiques qu'il engloutissait avec avidité. Petronius faillit applaudir d'enthousiasme tant les masques des acteurs étaient réussis. Un murmure parcourut le public. Comme Bosch l'avait promis, Satan n'avait pas endossé l'habit des dominicains mais, en revanche, tous les autres démons bondissants étaient vêtus de la bure des chiens du Seigneur. Chacun d'eux possédait un instrument de musique avec lequel il jouait une effroyable mélodie. Soudain, des gobelets jaillirent des poches des déguisements et les créatures commencèrent à boire, à jouer aux dés et à chanter. En un instant, la maison de Dieu se transforma en un tripot des faubourgs. Filles de joie, larrons et bateleurs envahirent la scène.

Indigné par une telle abomination, le père Jean bondit de son siège et se plaignit rageusement en levant le poing, mais ses cris passèrent inaperçus au milieu des braillements des suppôts de Satan. Dans le public, personne ne prêtait attention aux récriminations de l'inquisiteur. Un spectateur le tira par la manche pour le forcer à se rasseoir. Baerle regarda autour de lui.

Les gens riaient de bon cœur, et certains commentaient le spectacle à voix basse en montrant du doigt les acteurs. Hébété, l'ecclésiastique se laissa retomber sur son banc.

Le tumulte s'apaisa lorsque Jésus revint sur scène. Satan descendit alors de sa chaise pour lui faire subir une série d'épreuves. Malgré tous les efforts du tentateur, le fils de Dieu demeura inflexible aux promesses trompeuses. Petronius vit que les visages des spectateurs étaient empreints d'admiration et de respect devant la force de caractère du Messie. Seule l'humeur de Baerle semblait s'assombrir de plus en plus.

Le dernier tableau se déroula sur le mont de la Tentation, à dix pieds de hauteur. Les spectateurs levèrent la tête pour suivre l'affrontement des deux protagonistes. Satan montra à Jésus toutes les merveilles du monde en désignant d'un geste circulaire la nef de la cathédrale. Puis il glissa d'un ton mielleux :

« Je te donnerai tout cela si tu te prosternes à mes pieds.

— Va-t'en, Satan ! répliqua le Messie de sa voix puissante. Car il est écrit : “Tu te prosterneras devant le Seigneur ton Dieu et le serviras lui seul !” »

Captivé, le public ne pipait mot en suivant la joute.

Le diable, humilié et vaincu, recula d'un pas. Poussant un cri de rage qui résonna longuement entre les murs de la cathédrale, il se précipita dans les entrailles de la montagne artificielle où, comme le savait Petronius, trois hommes l'attendaient pour amortir sa chute.

À cet instant, des anges apparurent au sommet du rocher. Vêtus d'or et de blanc, ils étaient incarnés par les jeunes vierges de la cité. Parmi elles, Petronius reconnut la fille du bourgmestre. Celle-ci se prosterna devant le Christ. Elle prit sa main et, se relevant lentement, lança à l'auditoire en contrebas :

« Il est mon Seigneur et mon Dieu, c'est lui que je veux vénérer. »

Le mystère touchait à sa fin. Les spectateurs, émus, avaient les larmes aux yeux. Tous se levèrent en silence pour quitter la cathédrale quand, soudain, un rire sardonique retentit dans la nef. Un staccato lugubre qui se perdit dans la forêt de piliers. Le public se figea de stupeur. Les gens regardaient dans toutes les directions sans pouvoir déterminer l'origine de cette voix sépulcrale.

À cet instant, Petronius vit surgir une imposante silhouette derrière l'ange qui avait prononcé la dernière réplique de la pièce. Une sorte d'épouvantail hermaphrodite, nu, doté de mamelles et d'un pénis. Le mannequin grotesque se pencha sur la vierge et lui donna une bourrade dans le dos. Bosch n'eut pas le temps de réagir. Déséquilibrée, la jeune fille fit de grands moulinets des deux bras avant de basculer dans le vide la tête la première. Elle poussa un cri à glacer le sang et, un battement de cils plus tard, s'écrasa sur le sol.

Pétrifiés de terreur, les spectateurs contemplaient le corps sans vie de l'ange qui gisait sur les dalles de pierre. Petronius détourna avec peine son regard de l'horrible vision. La fille du bourgmestre était morte. Plus personne ne pouvait l'aider.

D'un bond, Oris se rua dans les coulisses pour se lancer à la poursuite du meurtrier. Derrière les décors, il découvrit l'étrange épouvantail que le fuyard avait abandonné négligemment sur le sol. Il examina le mannequin de chiffons cloué sur une hampe. À son grand étonnement, les seins et le pénis de la figure n'étaient pas factices, mais avaient bel et bien appartenu à des êtres humains. Les organes exhalaient une odeur de formol et de décomposition. Oris secoua la tête, abasourdi. Il les avait déjà vus quelque part – plus précisément dans le cabinet de curiosités de Bosch.

Le compagnon regarda alentour. Au même moment, il entendit claquer l'une des portes latérales de la cathédrale. Le meurtrier avait réussi à s'enfuir. Mieux valait renoncer à la poursuite.

Petronius retourna sur la scène. Entre-temps, les spectateurs étaient sortis de leur torpeur. Sanglots et cris d'indignation se mêlaient pour former une bruyante confusion.

Le père Baerle profita du trouble pour prendre la parole. Sa voix tranchante s'éleva dans la nef et couvrit le tumulte :

« Jusqu'à quand, maître saint et véritable, ne juges-tu point et ne venges-tu point notre sang sur les habitants de la terre ? »

Un verset tiré de l'Apocalypse de Jean. L'inquisiteur évoquait la fin du monde pour effrayer les citoyens de Bois-le-Duc et les gagner enfin à sa cause. Le silence se fit aussitôt dans la cathédrale.

Le religieux assena avec fureur :

« Anéantissons ce qui attire le malheur sur la cité ! Cautérisons au fer rouge la plaie de l'incroyance qui détourne l'homme de Dieu et réclame des sacrifices sanglants comme celui auquel nous venons d'assister. Extirpons de notre chair les pustules du doute et du péché, car seul Dieu est vérité. Nous savons tous à qui nous devons cette catastrophe. Nous savons tous qui blasphème le nom de Dieu et attire le malheur sur nos têtes en célébrant des rites secrets. Coupons la main qui nous étreint à la gorge, arrachons l'œil qui jette des regards concupiscents ! »

Petronius vit le doigt de l'inquisiteur se lever lentement vers le sommet du mont de la Tentation où se tenait toujours Jérôme Bosch. Accablé, l'artiste fixait d'un regard vide le cadavre disloqué de l'ange étendu au pied du rocher.

Oris frissonna en contemplant le sinistre rictus peint sur le visage de Baerle. Il pouvait entrapercevoir la mort dans les yeux brillants du religieux.

48

Maison des Frères des Cygnes : c'était le message laconique qu'une main pressée avait griffonné sur un morceau de papier que Petronius avait retrouvé épingle sur le montant de sa fenêtre. Au-dessous de l'inscription se trouvait un Z pour toute signature.

Le beffroi avait déjà sonné l'heure deux fois depuis le repas du soir. Nerveux, le peintre ressortit le papier de son pourpoint pour l'examiner une énième fois. Le message précisait un lieu de rendez-vous, mais n'indiquait ni l'heure ni la date. Combien de temps lui faudrait-il patienter devant la demeure appartenant à l'Illustre Confrérie de Notre-Dame ?

Le verre bombé et bulle des fenêtres de la maison à colombages reflétait les passants en les déformant jusqu'à les rendre méconnaissables. L'image défigurée qu'il renvoyait pouvait être interprétée comme une mise en garde ; elle semblait signifier qu'il ne fallait pas se fier aux apparences et que tout n'était qu'illusion en ce monde. Les carreaux en culs de bouteilles se moquaient de la jeunesse en ne réfléchissant que laideur et difformité. Seul un observateur patient était en mesure de distinguer la vérité derrière les apparences trompeuses. Dans la pénombre, la porte d'entrée monumentale rappelait à Petronius la bouche béante d'un géant, et l'une des fenêtres, éclairée par la lueur tremblotante d'une bougie, semblait lui faire des clins d'œil.

« Qui cherches-tu, étranger ? » murmura soudain une voix derrière lui.

Petronius sursauta. Il fit volte-face et découvrit Zita qui se tenait à deux pas de lui, un sourire moqueur aux lèvres. La jeune femme s'était approchée sans bruit. Le parfum de lavande qui émanait d'elle ensorcela aussitôt le peintre.

« Je crois que tu voulais me voir, non ? »

Zita acquiesça de la tête. Elle passa près d'Oris en effleurant sa main pour lui faire signe de la suivre. Puis, voyant qu'il ne bougeait pas, elle se retourna avec légèreté et feignit une moue boudeuse. Petronius la rejoignit en trois enjambées.

« Pourquoi m'as-tu fait venir ici ? »

La jeune femme prit tout à coup un air sérieux :

« C'est plus discret. Il ne faut pas qu'on nous voie trop souvent ensemble.

— Mais pourquoi tant de secrets ? »

Zita soupira et se dirigea d'un pas rapide vers la cathédrale. Petronius accéléra l'allure pour la suivre.

« Attends ! J'aimerais seulement savoir...

— Savoir ! Savoir ! railla Zita. Pourquoi les hommes veulent-ils toujours tout savoir ? »

Ils arrivèrent sur le parvis de Saint-Jean et Zita guida le peintre vers l'une des portes latérales de l'édifice.

« C'est par ici que le meurtrier de la fille du bourgmestre s'est enfui », souffla Petronius lorsqu'ils entrèrent dans la cathédrale.

Après avoir refermé la porte en chêne, Zita s'arrêta. Elle se pressa brusquement contre Petronius, qui sentit sa poitrine douce et ferme à travers le tissu de sa robe.

« Vous, les hommes, vous devriez essayer de percevoir le monde avec vos sens, et pas seulement avec votre esprit. »

Lorsque Petronius voulut la serrer dans ses bras, la jeune femme s'écarta vivement et se glissa sous la bâche d'un échafaudage pour gagner la nef.

« Zita, attends ! » lança le peintre à mi-voix.

Il passa à son tour sous la toile, mais la jeune femme avait déjà disparu derrière les colonnes du vaisseau gothique.

« L'amour n'est-il pas étonnant, Petronius ? Il est comme une musique qui résonne en moi. »

La voix de la jeune femme vibrait harmonieusement, comme les cordes d'une harpe au milieu de la forêt de piliers. Au fond de la nef se dressaient les imposants décors du mystère, noirs et abandonnés.

« Il est dit dans l'une de nos prophéties que l'amour doit être pur comme la tunique immaculée des anges, et non entaché de péché. »

Petronius ferma les yeux pour mieux percevoir le son mélodieux de la voix de Zita. Celle-ci semblait provenir de toutes les directions, la jeune femme devait donc se déplacer autour de lui en passant de colonne en colonne. Le cercle de paroles qu'elle tissait autour de lui le retenait prisonnier comme dans les mailles d'un filet magique.

« Chaque fois que nous éprouvons de l'amour, c'est l'amour de Dieu que nous ressentons. Un amour pur et absolu. »

Petronius ouvrit les yeux et leva la tête vers la voûte éthérée qui surplombait la cathédrale béante. À l'intérieur du bâtiment, le ciel crépusculaire lui semblait encore plus profond. Zita réapparut soudain près de lui. Il l'enlaça avec douceur et montra d'un geste le firmament où apparaissaient les premières étoiles.

« J'aimerais fuir là-haut avec toi, murmura-t-il en la serrant dans ses bras. Et sur le chemin, je voudrais... »

Enivré par les paroles de Zita et ses propres sentiments, il commença à caresser avec tendresse les seins de la jeune femme. Elle se dégagea brutalement de l'étreinte, comme s'il lui avait fait mal.

« Idiot ! Tu n'as donc pas compris ce que je viens de t'expliquer ? Ce qui s'est passé dans ma cellule ne se reproduira pas. Nous nous sommes laissés emporter dans un moment d'inattention. C'est terminé à présent. La Confrérie ne connaît pas d'amour charnel avant l'hymen. Nous sommes comme Adam et Ève. Purs et innocents. C'est seulement après le mariage que nous pouvons assouvir nos désirs sensuels, au-delà du devoir de procréation prescrit par l'Église. Mais pas avant ! »

Petronius eut l'impression de recevoir une gifle. Que voulait dire Zita ?

« Mais je pensais que tu éprouvais les mêmes sentiments que moi, balbutia-t-il, abasourdi. Ma visite nocturne... »

Zita trépigna de colère.

« Justement, cette visite n'aurait pas dû avoir lieu. Nous avons croqué le fruit défendu, Petronius.

C'est contraire aux lois des Frères et Sœurs du Libre Esprit ! »

Au bord des larmes, Zita recula d'un pas et cacha son visage dans ses mains.

« Mais comment pouvons-nous nous aimer si nous n'avons pas le droit de nous unir ? » s'enquit Oris.

Se rapprochant de la jeune femme, il l'enlaça. Zita se laissa faire et posa la tête sur la poitrine du peintre. Sa respiration était saccadée.

« Comme Adam et Ève s'aimaient, répondit-elle d'une voix sourde. En toute innocence. »

Petronius secoua la tête.

« Je ne sais pas si j'en suis capable. »

À son grand étonnement, Zita ne réagit pas à son aveu. Elle se détacha de lui, puis le prit par la main et le guida vers la chapelle des Adamites.

« Viens. La Confrérie nous attend. »

Déconcerté, Oris la suivit. Le comportement de Zita lui était de nouveau incompréhensible. Cette scène n'était-elle qu'un prélude à la messe ? La servante tenait-elle à lui donner une leçon de vie avant qu'il ne paraisse devant la Confrérie ?

Ils marchèrent d'un pas rapide vers le chœur et son déambulatoire. Zita frappa deux coups à la porte de la chapelle absidiale. On leur ouvrit et ils se glissèrent dans l'antichambre. Conformément au rituel, la jeune fille ôta ses vêtements, puis les confia à Petronius qui les accrocha au portemanteau. Après que le peintre se fut déshabillé à son tour, ils descendirent les trois marches qui menaient au lieu de culte des Adamites. Dans la chapelle secrète, la messe avait déjà commencé. Comme lors de l'office précédent, le prédicateur livrait à ses ouailles des explications sur le panneau central du triptyque de Bosch.

Zita et Petronius s'assirent l'un à côté de l'autre et se concentrèrent sur les paroles du prêtre.

« ... c'est ainsi que l'on est initié au mystère de l'*acclivitas*. On ne révèle pas à n'importe qui le chemin vers l'élévation de l'esprit ; cette connaissance est transmise en secret par celui qui sait à celui qui ignore encore. La fiancée initie son fiancé, l'épouse son mari, le prêtre les membres de sa paroisse lors d'entretiens privés. Regardez le jeune homme allongé sur le ventre près de sa mie. Il porte sur la tête le signe de son hyménée : une prune. Il a été initié à notre vision de l'amour et tient... »

Petronius comprenait peu à peu ce qu'avait voulu représenter Bosch sur la partie inférieure du panneau. Ici, les hommes se transmettaient des connaissances qui n'étaient pas destinées à toutes les oreilles. Par petits groupes de deux, trois ou cinq, les profanes écoutaient une personne initiée qui leur révélait les secrets de la foi adamite. Oris savait de quel mystère il était question. La plupart de ces personnages étaient figurés avec des symboles explicites : cerises, prunes, mûres et fraises. Tous ces fruits représentaient la fertilité et faisaient allusion à l'amour charnel.

« ... regardez l'homme dans la tour qui laisse entrer au paradis les novices nouvellement initiés et curieux d'apprendre. Il montre du doigt une énorme carpe remplie d'œufs, symbolisant les conséquences d'un mariage fécond. Le bonheur implique une certaine responsabilité. Nous enrichissons le monde avec nos rires et nos espoirs, notre amour et notre tendresse. Mais nous rejetons les plaisirs grossiers et les penchants bestiaux de notre nature. Car Dieu, notre Seigneur, n'a pas créé les animaux au sixième jour de la Création... »

Petronius observa sur le tableau l'étrange dôme transparent sous lequel un prêtre semblait unir un couple et l'initier aux secrets de l'amour adamite. Non loin de ce trio, l'homme à la tête de prune enlaçait langoureusement sa bien-aimée. Le peintre pensa soudain à Zita. La jeune femme était assise à côté de lui, légèrement penchée en avant, nue comme les personnages de Bosch. Ses magnifiques seins blancs aux mamelons bruns se soulevaient régulièrement au rythme de sa respiration. Elle avait posé les mains sur son entrecuisse, dont la sombre toison bouclée remontait en une fine ligne jusqu'au nombril.

Petronius sentit sa virilité se durcir – la proximité de Zita, le parfum de ses cheveux et de sa peau avaient éveillé malgré lui son désir. Il tenta maladroitement de dissimuler l'incident mais, au même moment, le prédicateur remarqua son sexe dressé et attira l'attention de toute la Confrérie sur lui. Confus, il ne pouvait rien faire d'autre qu'attendre que son érection disparaisse. Zita le dévisagea avec étonnement et rougit jusqu'aux oreilles en découvrant le membre turgescent. Dans sa détresse, Petronius tendit la main vers la jeune femme. Celle-ci poussa un cri, se leva d'un bond et courut se réfugier derrière l'autel. Un murmure de désapprobation parcourut la petite assemblée. Le prédicateur sortit de sa stupeur et fulmina :

« Disparais, infâme ! Celui qui porte les germes du désir et du péché doit se purifier, et ne pourra franchir de nouveau les portes du paradis que lorsqu'il aura vaincu au fond de lui l'esprit de Satan. »

Petronius se leva. Une main posée sur son entrejambe, il se fraya un chemin à travers la communauté et se rua hors de la chapelle. Il empoigna ses vêtements dans l'antichambre, rejoignit le déambulatoire et se fondit dans la nef obscure.

49

« J'ai vu le meurtrier, Petronius ! »

Le Grand Zuid était pâle. Il ne cessait de gratter nerveusement son visage couvert de croûtes, et des écorchures sanguinolentes labouraient ses bras.

« Les gueux ne sont pas les bienvenus dans la cathédrale pendant la représentation. Je me suis donc glissé le plus discrètement possible à l'intérieur pour tout de même assister au mystère. Un spectacle grandiose. Et un vrai camouflet pour l'inquisiteur. »

Il émit un petit ricanement qui se mua en une quinte de toux. Puis il saisit Petronius par le bras et montra du doigt la maison appartenant au couvent des dominicaines dans laquelle Baerle était entré tout dernièrement. Les deux hommes étaient dissimulés dans l'ombre d'un porche, de l'autre côté de la ruelle éclairée par la lueur blafarde de la lune.

« À la fin de la pièce, poursuivit le mendiant, je suis sorti par l'une des issues latérales. Je me suis installé devant la porte en pensant qu'une partie du public sortirait par là. »

Il se pencha vers Petronius, qui sentit une odeur rance de sueur et de sang séché lui fouetter le visage.

« Tout à coup, j'ai entendu un cri. Puis un silence de mort a envahi la cathédrale. Au moment où je voulais me relever en m'aidant de mon bâton, la porte s'est brusquement ouverte. J'ai à peine eu le temps de dire "Une petite aumône, s'il vous plaît" qu'un gaillard encapuchonné me rentrait dedans. Il m'a heurté si violemment que mon bâton a volé de l'autre côté de la rue. »

Le Grand Zuid se gratta furieusement la nuque, comme s'il voulait écraser un pou. Lorsqu'il retira la main de sous son bonnet de cuir, Petronius vit que ses ongles avaient pris une teinte rouge sombre.

« Quand je suis nerveux, je pourrais m'arracher la peau, s'excusa le mendiant. Je devrais peut-être me faire moine, on dit que la clôture apaise les âmes. »

Content de sa plaisanterie, il pouffa comme un enfant. Petronius se força à rester calme, même s'il avait une furieuse envie de secouer son ami pour que ce dernier lui révèle enfin ses informations. Mais il était inutile de presser le mendiant. Vexé, il ne lâcherait plus un mot.

« Mais dans la bousculade, j'ai eu le temps de palper le fuyard », enchaîna le Grand Zuid.

Il marqua de nouveau une pause pour aiguillonner la curiosité d'Oris.

« Et alors ? demanda le peintre en s'armant de patience.

— Et alors ? C'est tout ce que tu trouves à dire ? Lorsque le meurtrier m'a heurté, je l'ai habilement fouillé. Et ce que j'ai découvert vaut son pesant d'or.

Le fuyard avait deux mamelles et pas le moindre braquemart. J'ai vérifié. Le gaillard était une garce !

— Tu es en certain, Zuid ? s'étonna Petronius. C'était vraiment une femme ? »

Le mendiant s'approcha tout près de Petronius et lui murmura à l'oreille :

« Je suis loin d'être un savant, mais je sais distinguer un homme d'une femme à cent pas. Et si j'ai en plus la chance de pouvoir faire usage de mes mains... C'était une rude gaillarde, solide et robuste, quoique de petite taille. Après le choc, elle s'est relevée d'un bond et a pris ses jambes à son cou. Je l'ai suivie jusqu'ici et je l'ai vue entrer par cette porte. »

Petronius regarda de l'autre côté de la ruelle. Un rayon de lune frappait l'huis de bois sombre. En quête d'une proie à chasser, un chat longeait le mur de la maison qui paraissait endormie. Mais les apparences étaient trompeuses. Dans la lucarne du pigeonnier apparaissait de temps à autre le carreau d'une arbalète. L'entrée était donc bien gardée.

Une pensée fulgurante traversa l'esprit de Petronius.

« C'est une dominicaine, murmura-t-il. J'ai entendu le père Baerle la charger de tuer la fille. »

Le compagnon se passa la main sur le visage. Ainsi, il s'était trompé de personne. Ce n'était pas Zita qui était visée par l'inquisiteur, mais la fille du bourgmestre.

« En tout cas, elle boite. J'ai bien cru que je suivais le diable en personne jusqu'aux portes de l'enfer.

— C'est bien elle, confirma Petronius. Il n'y a aucun doute.

— Que faisons-nous alors ? Nous n'avons aucune preuve contre elle. Le tribunal de la cité ne nous croira jamais. »

Oris haussa les épaules, résigné.

« Nous ne pouvons rien faire. Il faut... »

La main du Grand Zuid se posa sur sa bouche, l'empêchant d'achever sa phrase. Petronius sentit un goût de sang sur ses lèvres.

« Silence ! » intima le mendiant à voix basse.

Les deux hommes tendirent l'oreille. Bientôt, des bruits de pas leur parvinrent. Le mendiant retira lentement sa main et ils se plaquèrent contre la façade de la maison qui se dressait derrière eux pour se fondre dans l'obscurité. Enveloppée dans un manteau gris à capuchon, une silhouette apparut dans la ruelle.

« Avec un peu de chance, nous verrons le visage du mystérieux promeneur quand il entrera dans la lumière de la lune », souffla le Grand Zuid.

Fébrile, Petronius contracta tous ses muscles. Quand l'inconnu traversa la rue pour se diriger vers la porte du couvent, le peintre le reconnut sur-le-champ.

« Jacob Van Almaengien ! »

Oris avait prononcé le nom du bout des lèvres, mais le savant tourna la tête dans leur direction et scruta les ténèbres d'un air méfiant. Heureusement, à cet instant, le chat qui rôdait dans la venelle jaillit de l'ombre et s'approcha de maître Jacob en miaulant. Celui-ci chassa l'animal du pied avant de se remettre en mouvement. Arrivé devant la porte de la maison, il frappa plusieurs coups en cadence. Le panneau de bois s'ouvrit et l'érudit se faufila à l'intérieur de l'habitation.

« Par saint Thomas ! grogna le Grand Zuid avec étonnement. Que vient faire l'érudit au couvent ?

— En pleine nuit de surcroît, quand les braves citoyens dorment paisiblement ! ajouta Petronius.

— T'es-tu déjà demandé pourquoi un couvent de dominicaines est gardé par des sentinelles armées ? L'explication me semblait couler de source mais, depuis quelques jours, on y voit entrer et sortir les personnages les plus éminents de la cité et les veilleurs semblent trouver cela tout à fait normal. Si nous, les mendiants, approchons à dix pas de la maison, on nous troue la peau sans sommation. »

Oris sourit.

« Je peux comprendre leur réaction, Zuid. Vos guenilles qui sentent le fromage avarié se marient mal avec les bures amidonnées de ces dames.

— Moque-toi, le barbouilleur. Mais pourquoi le père Jean et Jacob Van Almaengien peuvent-ils entrer dans le couvent comme s'ils étaient chez eux ? »

Petronius se frotta pensivement le menton. Les visites de l'inquisiteur ne lui paraissaient pas anormales. Après tout, il s'agissait d'un couvent de sa congrégation, certainement soumis à son autorité. Baerle venait peut-être entendre les sœurs en confession ou célébrer la messe. Mais que faisait Van Almaengien à l'intérieur de ces murs ? Oris commençait à avoir des doutes sur l'étrange savant. Quel rôle maître Jacob jouait-il vraiment dans le combat qui opposait les dominicains au conseil communal ?

« Nous n'avons pas assez d'indices pour résoudre maintenant cette énigme, finit par dire le peintre. Partons d'ici. Nous pouvons nous retrouver demain à l'auberge de l'Aigle.

— Tu me dois deux hanaps de bière ! » lança le Grand Zuid avant de disparaître dans la direction par laquelle Van Almaengien était venu.

Petronius attendit quelques instants. Lorsque les pas du mendiant s'éteignirent, il battit en retraite à son tour. À peine sorti de sa cachette, il mit le pied dans un nid-de-poule et trébucha. Manquant de tomber, il parvint à retrouver son équilibre, mais sa maladresse l'entraîna au milieu de la ruelle baignée par la lueur nacrée de la lune.

À cet instant, il entendit un léger grincement derrière lui. Quand il fit volte-face, il vit que la porte du couvent s'était ouverte. Sur le seuil se tenait une religieuse. La dominicaine au visage barré par une vilaine cicatrice le toisa d'un œil mauvais. Petronius détala à toutes jambes sans demander son reste.

50

Affolé, Petronius courait à perdre haleine dans les rues de la cité. Les façades des maisons répercutaient derrière lui un bruit de bottes claquant sur le pavé. Quelqu'un le poursuivait depuis qu'il était sorti de l'auberge de l'Aigle. Il avait espéré distancer le mystérieux inconnu dans le réseau inextricable de venelles du nord de la ville, mais celui-ci ne le lâchait pas. L'homme à ses trousses devinait à chaque carrefour la direction qu'il allait prendre et, par moments, surgissait même devant lui pour lui barrer le passage. Petronius avait la désagréable impression qu'on le rabattait comme un gibier sans défense vers un lieu précis.

Clac-clac. Impitoyablement, le sinistre bruit de bottes le poussait vers la grande place du marché, dans le sud de Bois-le-Duc. La nuit était fraîche, mais Oris transpirait à grosses gouttes. La peur le forçait à ne pas ralentir l'allure, car l'ombre qui le traquait lui collait aux talons comme de la poix noire. Le peintre sentait que même s'il parvenait à atteindre la maison de

Bosch, il ne serait pas à l'abri de son poursuivant. Il lui faudrait trouver un autre refuge.

L'aide du Grand Zuid lui aurait été précieuse, mais le mendiant avait manifestement oublié leur rendez-vous à l'auberge. Petronius avait bu trois bières en l'attendant et en avait profité pour méditer sur les événements des derniers jours. Il serait probablement resté plus longtemps s'il n'avait pas remarqué à l'autre bout de la salle une étrange silhouette appuyée contre la porte de derrière. L'homme, revêtu d'une bure noire, capuchon rabattu sur le visage, n'avait pas cessé de l'observer. Mal à l'aise, Petronius avait fini par payer ses trois hanaps et avait quitté l'auberge pour rentrer à l'atelier de Bosch. À peine avait-il fait quelques pas dans la ruelle qu'il avait entendu un bruit de pas derrière lui. Se retournant, il avait vu l'inconnu se ruer vers lui. Oris avait alors pris ses jambes à son cou sans chercher à comprendre.

Épuisé, le peintre s'appuya contre le mur d'une habitation et respira profondément pour reprendre haleine. Prêtant l'oreille, il n'entendit aucun claquement de bottes. Était-il parvenu à semer son poursuivant ? D'après l'odeur nauséabonde qui flottait dans l'air, il comprit qu'il s'était aventuré sans s'en rendre compte dans le quartier des teinturiers. Dans les arrière-cours des maisons, les artisans avaient installé leurs cuves de bois, à l'intérieur desquelles ils faisaient macérer diverses plantes dans un mélange d'eau et d'urine pour obtenir leurs couleurs.

Petronius reprit sa course en guettant le moindre bruit. Tandis qu'il allongeait ses foulées, il songea à Jan de Groot. Le compagnon avait peut-être été pourchassé de la sorte avant d'être assassiné. Oris s'ébroua. Mieux valait ne pas y penser.

Soudain, un grand drap de lin humide tomba sur lui. Aveuglé, Petronius s'empêtra dans la lourde étoffe et s'écroula de tout son long. Avant qu'il n'ait eu le temps de se libérer du tissu, des bras puissants le saisirent et le remirent sur pied sans ménagement. La puanteur du drap trempé lui coupait le souffle. Complètement emmailloté, le peintre ne pouvait pas se défendre. Son agresseur le poussa rudement pour le forcer à avancer. Gêné dans ses mouvements par le tissu qui collait à sa peau, Petronius marcha à l'aveugle en titubant. Quelques instants plus tard, on lui flanqua une bourrade dans les côtes. Il perdit l'équilibre et tomba la tête la première dans une cuve remplie d'un liquide visqueux. Une peur panique le saisit. Le drap s'imbiba aussitôt comme une éponge, l'empêchant de respirer. Oris se débattit comme un beau diable sans toutefois réussir à se dégager. Privé d'air, exténué, il cessa bientôt de s'agiter et se laissa sombrer lentement au fond du bassin. Il allait perdre conscience quand soudain on le tira par les pieds pour le faire remonter à la surface. Émergeant du liquide poisseux, il fut jeté brutalement sur le sol. L'étoffe trempée adhérait à son visage comme une seconde peau, entravant toujours sa respiration. On le retourna sur le dos puis, un instant plus tard, on arracha le drap qui le recouvrait. Prenant avidement une goulée d'air, Petronius s'étouffa en avalant le jus immonde qui ruisselait sur sa figure. Il se tordit sur le sol de terre battue en toussant et crachant.

« Êtes-vous devenu fou, Petronius Oris ? »

Petronius n'essaya même pas d'ouvrir les yeux. Avec des gestes maladroits, il se débarrassa du tissu qui l'emmaillotait. Il avait immédiatement reconnu la voix de celui qui s'était adressé à lui.

« J'ai l'habitude de toujours teindre mes vêtements moi-même, mon père, haleta le peintre avant d'être secoué par une quinte de toux.

— Je constate que vous n'avez pas perdu votre sens de la répartie, vous n'êtes donc pas à l'article de la mort.

— Je me sentirais mieux près d'un bon feu. »

Petronius se redressa et ouvrit ses paupières collantes. Avisant autour de lui plusieurs cuves, il comprit qu'il se trouvait dans la cour d'une teinturerie baignée par le clair de lune.

« Venez-vous souvent vous promener dans le quartier, mon père ? » demanda le compagnon d'un ton sarcastique.

Il avait un horrible goût d'urine dans la bouche. Se raclant la gorge, il cracha sur la terre battue.

Baerle couvrit son nez avec la manche de son habit.

« Vous puez comme un bouc.

— Mieux vaut puer que croupir au fond d'une cuve. Vous ne m'avez toujours pas dit ce que vous faites ici.

— C'est le hasard qui m'a amené dans cette cour, éluda l'inquisiteur avec agacement. Un heureux hasard qui m'a permis d'aider mon prochain. Je passais dans la rue quand j'ai entendu un bruit dans la cour de la teinturerie. Au moment où je me dirigeais vers le portail entrouvert, j'ai vu un homme s'enfuir. Songeant alors à un crime, je suis entré et je vous ai découvert dans l'un des bassins, je suis arrivé juste à temps, on dirait. Sans mon intervention, vous seriez mort à présent.

— Votre histoire ne tient pas debout. Même si vous me juriez par tous les saints de dire la vérité, je ne vous croirais pas. Pourquoi vouliez-vous me réduire au silence ? »

Le dominicain se détourna avec une moue de mépris.

« J'aurais mieux fait de vous laisser vous noyer. Au lieu de me transmettre les informations dont j'ai besoin, vous ne me causez que des ennuis. »

Levant la tête, il fit signe à Petronius de le suivre. Au premier étage de la maison, des volets s'étaient ouverts et un homme bien en chair se pencha par la fenêtre pour crier :

« Hé ! qui va là ? Déguerpissez de chez moi, maudits gredins ! »

Petronius se releva avec peine et emboita le pas de l'inquisiteur. Ils sortirent de l'arrière-cour en empruntant un passage voûté. Lorsqu'ils débouchèrent dans la rue, Baerle lança :

« Je vais être honnête avec vous, Petronius Oris. J'ai effectivement de bonnes raisons de vous éliminer, mais je ne suis pas responsable de ce qui est arrivé ce soir. Quand j'ai vu devant l'auberge de l'Aigle que vous aviez un homme à vos trousses, j'ai décidé de vous suivre. »

Peu à peu, Petronius retrouvait ses esprits. Sous la clarté lunaire, la cité lui semblait plus belle que jamais. Les ruelles qui, durant sa fuite, lui avaient paru sombres et menaçantes avaient retrouvé leur aspect paisible.

« J'ignore encore pourquoi, mon père, mais vous mentez. Qui d'autre que vous aurait intérêt à me tuer ?

— À l'évidence, vous ne voulez pas comprendre. Si j'avais voulu me débarrasser de vous, je l'aurais déjà fait depuis longtemps. Je n'ai nullement besoin d'organiser une traque nocturne et de vous capturer à l'aide d'un misérable drap. Voyez-vous, je pourrais tout simplement vous faire brûler en place publique et donner ainsi une leçon à tous ceux qui croient pouvoir se moquer impunément de l'Église. Je vous le répète donc une dernière fois : ce ne sont pas mes hommes de main qui vous ont tendu un piège. »

Tandis qu'il suivait l'inquisiteur d'un pas machinal, Petronius baissa la tête, pensif. Si le religieux disait la vérité, il avait dans cette ville un ennemi invisible qui souhaitait sa mort. Mais pour quelle raison ? Un frisson parcourut son échine. Avait-il sans le savoir troublé les plans de quelqu'un durant les dernières semaines ? Qui pouvait bien se sentir menacé au point de vouloir l'éliminer ?

Petronius émergea de ses réflexions lorsqu'ils s'arrêtèrent devant une imposante demeure située non loin du mur de fortification. En voyant le père Jean frapper à la porte d'entrée, il demanda :

« Où sommes-nous ? »

Il regarda autour de lui afin de se repérer, mais l'huis s'ouvrit en grinçant et le dominicain le poussa avec brusquerie à l'intérieur du bâtiment. Baerle s'approcha d'une nonne qui les attendait derrière la porte pour lui souffler quelques mots. Lorsque la moniale tourna la tête vers Petronius, celui-ci eut un mouvement de recul. Sous la cornette, le visage de la femme paraissait sans âge. Une longue cicatrice courait d'un coin de sa bouche jusqu'à l'oreille droite, figeant sur ses traits un éternel sourire tordu. Les sourcils froncés, elle toisa le peintre, puis virevolta et disparut en boitant dans l'obscurité du corridor.

Quelques instants plus tard, elle revint avec des vêtements propres et un baquet rempli d'eau qu'elle déposa devant Oris.

« Merci, sœur Concordia, dit l'inquisiteur. Lavez-vous, Petronius Oris. Vous empestez comme une harde de sangliers ! »

Petronius accepta de bonne grâce. Après s'être déshabillé, il se nettoya soigneusement la tête et le corps, puis passa la tunique propre que lui avait apportée la nonne. Le vêtement de lin était beaucoup trop ample, mais la douceur du tissu fraîchement lavé ravit le peintre. Après ces ablutions salutaires, il retrouva son odorat. Son nez, très sensible, lui permit de deviner où l'inquisiteur l'avait emmené. Aux relents de bois vermoulu et de moisissure s'ajoutaient des effluves corporels de femmes et un parfum de thym. Petronius avait déjà perçu ces émanations douceâtres dans le foyer de Zita ; il en déduisit que la bâtisse dans laquelle il était entré appartenait également au couvent des dominicaines.

« Que faisons-nous ici ? s'enquit Oris en examinant le couloir mal éclairé.

— Veuillez ne parler que lorsqu'on vous adresse la parole », intima sèchement Baerle.

Petronius s'apprêtait à répliquer lorsque sœur Concordia réapparut au fond du corridor en leur faisant signe. Le père Jean hocha la tête, puis poussa le peintre devant lui.

Après quelques protestations, Petronius suivit la religieuse.

Le trio insolite marchait en silence. Plus ils s'enfonçaient dans les profondeurs de la maison, plus l'odeur mêlée de cire, de femmes et de thym s'intensifiait. La nonne boiteuse guida les deux hommes à travers d'étroits couloirs et leur fit prendre plusieurs escaliers en colimaçon. Petronius essaya fébrilement de mémoriser le chemin parcouru, mais dut bientôt renoncer. Les passages voûtés qu'ils empruntaient reliaient différents bâtiments entre eux et le peintre perdit rapidement tout sens de l'orientation ; le couvent était un véritable labyrinthe.

Ils finirent par pénétrer dans une petite salle faiblement éclairée par des chandeliers. Les murs lambrissés de chêne noir absorbaient une grande partie de la luminosité. Soigneusement cirés, les quelques meubles présents brillaient à la lueur des bougies. Une armoire massive, ornée de ferrures en laiton, écrasait l'espace. L'endroit éveilla immédiatement chez Petronius un sentiment de claustrophobie. Au centre de la pièce, dos tourné, se tenait une religieuse.

« Connaissez-vous sœur Hiltrud ? » demanda l'inquisiteur à Petronius.

Le compagnon rétorqua en secouant la tête :

« Je ne connais pas toutes les nonnes de ce couvent, mon père. De plus, vous l'aurez sans doute constaté, elle nous tourne le dos. Me prendriez-vous pour un devin ? »

Pourtant, un obscur pressentiment lui disait qu'il connaissait cette silhouette.

« Tournez-vous, sœur Hiltrud ! » ordonna Baerle.

La religieuse s'exécuta et Petronius découvrit avec stupéfaction un visage qui lui était très familier.

« Zita ! Mais qu'est-ce qu'ils t'ont fait ? »

La jeune femme avait les yeux rougis et gonflés. Elle pinça les lèvres et jeta à Oris un regard empreint d'une profonde tristesse qui semblait vouloir dire « Pourquoi n'es-tu pas parti quand je te l'ai demandé ? » Puis, visiblement bouleversée, elle baissa la tête sans piper mot.

L'inquisiteur se pencha vers Petronius.

« Que vous vous soyez fait des ennemis en ville ne m'intéresse guère, Petronius Oris. Ce sont vos problèmes, pas les miens. Mais pourquoi avez-vous entraîné sœur Hiltrud dans vos histoires ? Je vous avais enjoint de la laisser tranquille. C'est une moniale – elle est mariée au Seigneur. Malgré mon avertissement, vous avez continué de nourrir de faux espoirs. »

Sidéré par la vision de Zita en habit religieux, Petronius était resté muet. En entendant les paroles du père Jean, il eut l'impression que le sol se dérobait sous ses pieds.

« Zita, une moniale ? balbutia-t-il en gardant ses yeux rivés sur la jeune femme. Mais je croyais que... »

Zita releva la tête. Sur son visage, la tristesse avait cédé la place à une cinglante expression de dédain. Frappé au cœur, Petronius sentit monter en lui une rage impuissante. Il aurait pu hurler, fracasser des meubles sur le sol ou rouer de coups ce damné inquisiteur. Pourquoi Zita lui avait-elle menti ?

« Oui, je suis une religieuse, lança-t-elle d'un ton de défi. Et je suis fière de servir le Seigneur, mon Dieu. Je... »

D'un geste de la main, Baerle lui intima de se taire. À contrecœur, elle baissa de nouveau les yeux.

Petronius gronda en constatant la docilité de Zita. Furieux, il se tourna vers l'inquisiteur. Le père Jean l'observait d'un air impassible en arquant un sourcil. La colère du peintre semblait glisser sur lui.

« Sœur Hiltrud était nos yeux et nos oreilles au sein de la communauté adamite, expliqua le dominicain. En travaillant à l'auberge, elle pouvait nous livrer de précieuses informations sur l'humeur de la population. Mais elle ne nous sert plus à rien désormais. Après votre comportement bestial dans la chapelle, Petronius Oris, elle a été exclue de la Confrérie. Nous sommes soudain devenus sourds et muets. »

Il fit deux pas en avant et se campa devant Petronius en arborant un sourire carnassier. Le compagnon crut voir briller une lueur sadique dans son regard clair.

« Je vous laisse deux jours pour quitter Bois-le-Duc. Si, passé ce délai, vous traînez encore dans les murs de cette cité, je vous livre aux flammes du bûcher. Et cette fois-ci, jeune peintre en herbe, ce n'est pas une menace en l'air. »

Sur un signe de l'inquisiteur, sœur Concordia tira Petronius par la manche pour lui signifier de la suivre. La religieuse balafrée quitta la pièce et Oris lui emboîta le pas sans un mot.

De nouveau, il arpenta le lacis de corridors en s'attachant à la marche claudicante de la dominicaine. Ébranlé par ce qu'il venait de vivre, il se sentait comme mort intérieurement. La colère l'avait consumé comme un morceau de bois sec. Pourtant, malgré son dépit, il n'avait aucune intention de quitter la ville. En marchant, il se mit à réfléchir à un moyen de délivrer

Zita des griffes de l'inquisiteur. La vie revint peu à peu dans ses veines et sa respiration s'accéléra. Les lèvres tremblantes, il regarda autour de lui. Il ferait payer son arrogance à Baerle. Si l'ecclésiastique lui avait accordé un sursis de deux jours, cela signifiait certainement quelque chose. Restait à savoir quoi. Il devait sortir au plus vite de ce satané couvent pour hurler sa frustration.

Quelques instants plus tard, il reconnut au bout d'un couloir l'escalier qu'il avait emprunté pour rejoindre la cellule de Zita. Discrètement, il ralentit l'allure pour laisser la dominicaine prendre de l'avance. Lorsqu'ils passèrent devant la porte menant au jardin de simples, il actionna la poignée avec précaution et se glissa à l'extérieur. Petronius sourit en imaginant la grimace de sœur Concordia quand elle s'apercevrait qu'il lui avait faussé compagnie.

51

Prudemment, Petronius gravit l'escalier du mur d'enceinte jusqu'au chemin de ronde. Arrivé au sommet du rempart, il scruta la rue en contrebas pour s'assurer que personne ne l'avait suivi. Il resta immobile un long moment derrière l'un des poteaux de bois de la galerie, l'oreille aux aguets. Hormis le chant des oiseaux, il ne distingua aucun bruit anormal.

Son cœur battait toutefois la chamade lorsqu'il se hissa sur l'une des meurtrières. Prenant appui d'une main sur une saillie du mur, il palpa de l'autre une poutre du toit.

À son grand soulagement, le sac en cuir était toujours là. Il le récupéra avec précaution et redescendit d'un bond sur le chemin de ronde. Se plaquant contre la muraille pour ne pas être vu de la rue, il ouvrit la besace et en sortit le dessin que Pieter avait caché dans ses affaires juste avant son départ pour Oirschot. Il déroula lentement le rouleau de papier, puis l'examina à la lueur du crépuscule. Il comprenait à présent pourquoi le père Jean avait tué pour mettre la main sur cette esquisse au fusain. Particulièrement bien réussi, le visage de l'inquisiteur était reconnaissable au premier coup d'œil. Vêtu de l'habit de son ordre, on lui avait ajouté une queue pointue et des cornes de diable. À elle seule, cette caricature aurait suffi à envoyer son auteur sur le bûcher mais, après le mystère donné dans la cathédrale Saint-Jean, c'était la composition tout entière qui prenait valeur de prophétie. Le diable dominicain, accroché comme une marionnette au bout d'un bâton, bousculait sans ménagement un autre personnage du haut d'une montagne.

L'ébauche anticipait sans conteste le meurtre de la fille du bourgmestre. Cependant, ce n'était pas un ange qui était précipité dans le vide, mais le Christ lui-même.

Petronius sentit une brusque chaleur lui monter au visage. Ses oreilles bourdonnaient. Il avait bien fait de cacher ici ce dangereux fusain au lieu de le conserver dans sa chambre. Tandis que la nuit enveloppait peu à peu les rues de la cité, un flot d'interrogations assaillait son esprit. Qui avait dessiné cette esquisse ? L'un des élèves de Bosch, naturellement. Pieter ? Enrik ? Sans doute Pieter, puisque le compagnon avait caché le rouleau dans son sac sans le lui dire. Mais comment avait-il su qu'un assassinat aurait lieu le jour de la représentation ? Avait-il espionné l'inquisiteur ? Ou quelqu'un d'autre ? Jacob Van Almaengien peut-être ?

Petronius émergea de ses pensées en sursaut. Des pas retentissaient au pied du rempart. Retenant sa respiration, il pencha légèrement la tête au-dessus du vide pour observer la rue en contrebas. Deux femmes en train d'échanger des confidences à voix basse entrèrent bientôt dans son champ de vision. Portant chacune une cruche, elles se rendaient à la fontaine. Oris recula, s'adossa de nouveau contre la muraille et tenta de reprendre le fil de ses pensées.

Le dessin était donc un avertissement destiné à Bosch. Petronius serra les dents. Était-il indirectement responsable de la mort de la jeune fille puisqu'il avait préféré cacher l'esquisse au lieu de la montrer à son maître ? Le soir de sa mort, Pieter lui avait-il donné rendez-vous à l'auberge pour lui enjoindre de transmettre le rouleau à Bosch ?

L'image de Van Almaengien entrant dans le couvent des dominicaines lui revint soudain à l'esprit. L'érudit était-il mêlé à l'assassinat ? Pieter avait-il découvert quelque chose impliquant maître Jacob ? Était-ce la raison pour laquelle on l'avait éliminé ?

Les pensées se bousculaient dans la tête de Petronius, qui échafaudait les hypothèses les plus folles.

Le premier appel du veilleur de nuit le ramena à la réalité. Il remarqua alors que les ténèbres avaient rapidement envahi la cité.

Une chose était sûre. Le dessin ne devait pas rester à Bois-le-Duc. Il fallait soit le faire sortir de la ville, soit le détruire.

Tout à coup, le peintre perçut un léger grincement. De toute évidence, quelqu'un montait l'escalier. Très lentement, pour ne pas faire de bruit.

Petronius sonda l'obscurité du regard sans pouvoir discerner le mystérieux arrivant. Manifestement, malgré toutes ses précautions, il avait été suivi et épié.

Inquiet, il mit son sac en bandoulière après y avoir glissé le rouleau de papier et se cacha derrière l'un des poteaux de la galerie. Il était coincé comme un rat. Le chemin de ronde sur lequel il se trouvait n'avait qu'une seule issue. Au bout de quelques instants, il distingua une silhouette noire qui se découpait sur le ciel de la nuit. L'intrus approchait à pas de loup, enveloppé dans un manteau dont il avait rabattu la capuche sur sa tête.

Oris attendit fébrilement. Lorsque l'inconnu passa près du pilier, le compagnon bondit de sa cachette et le poussa violemment contre la balustrade avant de s'enfuir.

Le cœur battant, Petronius dévala l'escalier quatre à quatre sans se retourner pour voir s'il était suivi. En bousculant son adversaire, il avait senti avec étonnement des seins sous ses paumes. Le mystérieux inconnu était une femme.

Mais ce n'était pas le moment de réfléchir à l'identité de l'intruse. Il était en danger. Si les soldats du guet l'arrêtaient en possession du dessin, il serait fatalement condamné au bûcher.

S'élançant dans la ruelle qui faisait face à l'escalier, il commença à déchirer le fusain. Sans ralentir l'allure, il se dirigea vers le canal de la Dieze qui exhalait ses effluves saumâtres. Arrivé près de la berge, il s'empressa de jeter les fragments du dessin dans les eaux obscures de la rivière. Puis, hors d'haleine, il fit quelques pas et s'appuya contre la façade d'une maison. Son cœur battait à tout rompre, ses poumons brûlaient. Il respira profondément pour retrouver son calme. L'esquisse de Pieter détruite, il était hors de danger.

Il allait repartir en direction de l'atelier de Bosch lorsqu'une voix douce l'interpella.

« Que faites-vous dans la rue à cette heure tardive, Petronius Oris ? »

Petronius, qui avait posé les mains sur ses genoux pour récupérer, se redressa vivement.

Devant lui se tenait Jacob Van Almaengien, drapé dans une cape sombre.

« Je vous ai vu courir à perdre haleine. Que s'est-il passé ? Vous a-t-on agressé ? »

Petronius dévisagea le savant avec méfiance. Maître Jacob l'avait-il espionné ? Que faisait-il en pleine nuit dans ce quartier ?

« Les coupe-jarrets sont nombreux à rôder dans les rues obscures pour détrousser les passants insouciants, mentit le peintre en toussotant. Parfois, mieux vaut fuir que faire preuve de témérité si l'on tient à la vie. »

Van Almaengien émit un petit rire étouffé. Il montra du doigt la besace de Petronius :

« Vous devriez éviter de vous promener avec un bissac. C'est ce qui attire les malandrins. »

L'érudit s'éloigna sans attendre de réponse. D'un pas nonchalant, il marcha vers l'endroit où Petronius avait jeté les fragments du dessin. Oris le vit ensuite se baisser pour ramasser quelque chose et le lancer dans le canal.

Le peintre se frotta les yeux en se demandant s'il avait la berlue.

52

« Par tous les saints de l'Église ! Avez-vous perdu l'esprit ? »

Petronius n'avait encore jamais vu son maître dans une telle colère. Jérôme Bosch tiraillait nerveusement son pourpoint.

« Pourquoi n'avez-vous pas fait semblant de continuer à collaborer avec l'inquisiteur ? Ce pacte avec le diable aurait pu nous apporter de précieuses informations sur les manœuvres de nos ennemis ! Depuis la mort de la fille du bourgmestre, les dominicains tentent par tous les moyens de soulever les habitants contre nous. Ils font de la propagande en allant de maison en maison, de famille en famille. Toute la sainte journée, ils prêchent la méfiance à l'égard des Adamites. Savez-vous ce que l'on raconte maintenant, sous le manteau, à propos de notre communauté ? »

Maître Bosch faisait les cent pas dans le grenier. L'atelier paraissait étrangement vide ; durant les derniers jours, l'artiste avait dû enlever beaucoup d'esquisses pour les mettre ailleurs. Tout en marchant, il agitait son pinceau comme une épée. Sa palette était posée sur l'une des tables d'appoint. Les dernières retouches qu'il avait faites au panneau central de son triptyque brillaient encore.

« Si seulement nous avions su plus tôt ce que mijotait le père Jean ! » pesta Bosch.

Mal à l'aise, Petronius se balançait d'un pied sur l'autre. Il s'en voulait de ne pas avoir montré au Flamand le fusain de Pieter. D'une voix hésitante, il murmura :

« Malheureusement, l'inquisiteur ne me fait plus confiance depuis que... »

Bosch l'interrompit d'un geste brusque.

« Cela n'a plus d'importance. À présent, les dominicains nous accusent publiquement de nous livrer à des orgies durant nos messes. Une idée pareille ne peut provenir que du cerveau malade de moines frustrés. Mais ce n'est pas tout. Ils font également courir la rumeur que nous sacrifions des humains lors de nos rituels – des petits enfants plus précisément. Dans la région, plusieurs bambins ont disparu ces dernières années. On ne les a jamais retrouvés. Du pain bénit pour les dominicains. Ils clament sur tous les toits que les Frères et Sœurs du Libre Esprit sont des tueurs d'enfants. Et vous, Petronius Oris, ne trouvez rien de mieux à faire que de donner du grain à moudre à l'inquisiteur en vous comportant comme un butor pendant l'un de nos offices ! »

Le maître se planta devant Petronius et le regarda droit dans les yeux :

« Mais je vous pardonne. Vous ne vous doutiez pas des conséquences de votre maladresse. De toute manière, le père Jean vous a manipulé depuis le début. »

Il tourna le dos au compagnon et s'avança vers le tableau. Sans un mot, il examina longuement son œuvre d'un œil critique. Il semblait avoir oublié Petronius quand il virevolta brusquement vers son élève :

« Je crains que l'Inquisition ne lance dans les prochains jours une chasse aux sorcières contre notre communauté. Le meurtrier de la fille du bourgmestre court toujours et les chances de le retrouver sont infimes. C'est l'occasion rêvée pour Baerle de nous discréditer auprès de la population. »

Bosch marqua une pause, gardant le regard braqué sur Petronius.

« Vous savez comme moi que l'inquisiteur a lui-même orchestré cet assassinat, ajouta-t-il d'un air sombre. Notre ennemi veut nous imputer le crime afin de diaboliser la Confrérie. »

Le Flamand se retourna vers son tableau en poussant un soupir. D'un mouvement brusque, il mélangea une couleur sur sa palette. Puis il prit un pinceau très fin et, la main sûre, posa une touche de peinture sur un fruit que portait un personnage sur sa tête. Le symbole de fertilité se transforma instantanément en une tête de mort.

« Comment vous sont venues toutes ces idées, maître ? osa demander Petronius. Avez-vous imaginé seul la composition de ce panneau ?

— Personne ne peut imaginer seul une pareille complexité. Chaque pierre, chaque branche de ce tableau est dotée d'une signification. Le moindre élément de cette composition est porteur d'un savoir secret. Aux yeux du profane, le triptyque peut paraître diabolique. Seul l'initié peut le comprendre.

— Le panneau se lit comme une œuvre scripturale, remarqua Petronius en se souvenant de la conversation nocturne entre Bosch et Van Almaengien qu'il avait surprise dans l'atelier des compagnons. Il suffit d'en connaître l'alphabet pour le déchiffrer ! »

Bosch fit volte-face et fixa le compagnon avec étonnement.

« Et connaissez-vous cet alphabet ?

— En partie. Lors des offices, le prédicateur nous a livré plusieurs clés de compréhension. »

Le maître hocha la tête d'un air pensif.

« Nous devrons désormais renoncer à de telles séances d'exégèse. Le transport du tableau entre l'atelier et la cathédrale est devenu trop dangereux. Le triptyque ne doit pas tomber entre les mains de l'inquisiteur avant d'avoir été consacré. C'est un point crucial, Petronius Oris d'Augsbourg. Quand la curée commencera, vous devez me promettre une chose : quoi qu'il m'arrive, sortez le tableau de la cité et mettez-le à l'abri en l'emportant à Oirschot. Le curé du village est prévenu. Il bénira le retable qu'il cachera ensuite dans son presbytère. Mieux vaut que le triptyque disparaisse pendant cent ans plutôt que d'être brûlé par les chiens du Seigneur. Promettez-le-moi ! (Bosch vint se camper devant son élève et lui tendit la main.) Topez là ! »

Sans hésiter, Petronius prit la main de l'artiste en soutenant son regard.

« Vous brûlerez en enfer si vous ne respectez pas votre promesse ! » jeta Bosch d'un ton menaçant qui fit frissonner Oris.

Puis, sans transition, il tira le compagnon vers le tableau.

« Venez. Puisque vous acceptez de m'aider, je vais vous révéler l'un des secrets du triptyque. »

Le Flamand montra du doigt un personnage dans le coin inférieur droit du panneau. Caché dans une sorte de grotte, celui-ci paraissait regarder le spectateur.

« Vous voyez cet homme ? Qu'a-t-il de particulier à votre avis ? »

Gêné par la pénombre qui régnait dans l'atelier, Petronius se pencha vers le tableau pour l'examiner de près.

« Sur sa gauche, on distingue une petite colonne sur laquelle est posé un bocal en verre qui semble serti de perles. Dans ce bocal se trouve un oiseau. »

Bosch sourit et se pencha à son tour vers la peinture, comme s'il découvrait lui aussi ce détail.

« Bien observé, Petronius. L'oiseau est un shama à croupion blanc des Indes. C'est un animal rare, un admirable chanteur doté d'un timbre vibrant et mélodieux. Celui-ci est nourri par un second oiseau. Tous les deux sont des mâles. Ne nous prouvent-ils pas que rien n'est superflu en ce monde ? Si nous y prêtons attention, leur chant ravit nos oreilles et nous montre la splendeur de la Création. Mais les hommes ne sont-ils pas, à l'instar de cet oiseau, enfermés dans un bocal ? Nous ne voyons que ce qui nous entoure. Seuls les initiés peuvent nous délivrer de cette prison en nous donnant une nourriture spirituelle. »

Une nouvelle fois, le maître indiqua du doigt le personnage caché dans la grotte.

« Mais observez bien cet homme qui nous regarde. Que remarquez-vous ?

— Il est le seul à être vêtu, répondit Petronius.

— Exact.

— Et il désigne une femme près de lui... Une femme qui pourrait bien être Ève puisqu'elle tient une pomme dans la main droite. Mais son corps semble présenter des stigmates. »

Bosch eut un rire rauque et pointa le manche de son pinceau vers la femme mystérieuse.

« L'Ève du paradis adamite, en effet. Elle porte cinq sceaux sur le corps : sur son cou, sur sa poitrine, sur ses deux coudes et sur sa bouche. Véritable sibylle, elle incarne la sagesse. Elle est la salvatrice. Celle qui connaît le mystère du sang. »

Tout à coup, des pas retentirent dans l'escalier. Bosch interrompit brusquement ses explications et se tourna vers son élève. Ses yeux se mirent à briller comme ceux d'une chouette au milieu de son visage hâve.

« Reconnaissez-vous cet homme près de la sibylle ? » murmura-t-il.

Dans le clair-obscur de l'atelier, le personnage n'était pas facile à identifier. Petronius se pencha de nouveau en plissant les yeux. Soudain, il eut une révélation. Il souffla :

« Jacob... »

Il n'eut pas le temps de prononcer en entier le nom du savant car, à cet instant, Van Almaengien passa la tête par la trappe de l'escalier. L'érudit parut aussitôt comprendre ce qui se passait. D'une voix affable, mais non dénuée d'un certain tranchant, il déclara :

« J'espère que vous ne révélez pas tous les secrets du tableau, maître Jérôme. Un secret éventé n'est plus un secret. »

En jetant un dernier coup d'œil au panneau, Petronius s'aperçut d'un détail frappant qui lui avait échappé jusqu'alors. Van Almaengien ressemblait comme deux gouttes d'eau à l'Ève sibylline.

53

« Vite, Petronius ! Bosch a été arrêté ! L'inquisiteur va certainement exiger une perquisition. Il faut faire disparaître les tableaux ! »

Hors d'haleine et visiblement bouleversé, Enrik avait fait irruption dans l'atelier des compagnons alors que Petronius était plongé en plein travail.

Oris retouchait le fond souhaité par Jacob Van Almaengien pour son portrait. Sur la gauche s'ouvrait une vaste prairie herbeuse dans laquelle les hommes et les animaux vivaient en harmonie avec la nature. Sur la droite était représenté un paysage de désolation, plongé dans les ténèbres, qui ressemblait à l'antichambre de l'enfer. Pour souligner le principe de dualité, Van Almaengien avait exigé que Petronius peigne une chouette sur un arbre à demi nu.

Alarmé, l'Augsbourgeois s'approcha d'Enrik et le prit par le bras pour le faire asseoir sur l'un des tabourets qu'utilisaient les compagnons afin de peindre plus confortablement.

« Que s'est-il passé ? »

Enrik respira profondément. Retrouvant son calme, il bredouilla :

« Le festin du Cygne dans la demeure de l'Illustre Confrérie de Notre-Dame... L'inquisiteur était invité... Il a annoncé que l'assassin de la fille du bourgmestre avait été capturé. Sous la torture, l'homme aurait avoué avoir agi sur l'ordre des Adamites. »

D'un revers de main, le compagnon essuya la sueur sur son visage enflammé.

« Maître Bosch a alors répliqué qu'on pouvait faire dire n'importe quoi à un homme en le soumettant à la question et que l'inquisiteur en personne avouerait avoir crucifié le Christ. Il a ajouté qu'il pourrait le prouver devant toute l'assemblée si on lui apportait des pinces brûlantes. Le père Jean s'est mis à hurler et l'a traité de blasphémateur. »

Petronius songea au dernier entretien qu'il avait eu avec son maître. Ainsi, Bosch avait senti qu'il serait bientôt arrêté. Mais comment Enrik savait-il ce qui s'était passé ? Et que pouvait bien être ce festin du Cygne ?

« Tu viens de dire que l'esclandre avait éclaté pendant le festin du Cygne, Enrik. De quoi s'agit-il ? »

Le peintre grassouillet regarda Oris avec étonnement.

« Tu n'en as jamais entendu parler ? C'est un banquet organisé par l'Illustre Confrérie où, entre autres mets raffinés, on peut déguster du cygne. Tous les notables de la ville sont invités. Sont également présents des membres du clergé et de la noblesse, ainsi que divers artisans et naturellement le conseil communal. Il a lieu tous les ans juste après le mystère donné dans la cathédrale et permet de réunir symboliquement toutes les castes de la cité. Malgré la mort de sa fille, le bourgmestre n'a pas voulu l'annuler. Je crois que maître Bosch se doutait que le repas ne serait pas une partie de plaisir.

— As-tu assisté au banquet ? » s'enquit Petronius.

Enrik lui jeta un regard moqueur et secoua la tête en ricanant.

« Moi, un simple compagnon ? Tu rêves !

— Comment as-tu appris ce qui s'est passé alors ?

— Je me trouvais par hasard non loin de la Maison des Frères des Cygnes, devant la cathédrale... Là-bas, tu sais, avec quelques sous, on peut... »

Petronius fit un signe de ta main pour montrer qu'il avait compris. À l'intérieur aussi bien qu'à l'extérieur de Saint-Jean, on pouvait s'offrir toutes les formes d'amour sous les yeux conciliants des membres du clergé qui n'hésitaient pas eux-mêmes à se livrer aux plaisirs de la chair.

« Et ensuite ? Continue !

— Soudain, une compagnie de soldats a encerclé la maison de l'Illustre Confrérie. Des piquiers sont entrés avant de ressortir quelques instants plus tard avec maître Bosch. Ils l'ont traité avec respect, mais il ne fait aucun doute qu'il s'agissait d'une arrestation.

— Par les cornes du diable ! jura Petronius.

— Le maître m'a aperçu et m'a fait un signe. Je pense qu'il faut faire disparaître les tableaux. »

Oris acquiesça. Les peintures du Flamand ne devaient pas tomber dans les griffes de l'inquisiteur. Le meilleur abri était sans doute le domaine de Bosch à Oirschot. Mais comment faire sortir les tableaux de Bois-le-Duc sans éveiller les soupçons des factionnaires postés aux portes de la ville ?

« La cave ! suggéra Enrik. On pourrait y entreposer provisoirement les œuvres avant de trouver une meilleure cachette ! »

Petronius le regarda avec étonnement en se levant.

« La maison possède une cave ?

— Viens, je vais te montrer. Je l'ai découverte par hasard. Les autres compagnons ignorent son existence. »

Ils sortirent dans le couloir. Enrik ouvrit la porte de la pièce où Petronius avait admiré *Le Chariot de foin* peu de temps après son arrivée à Bois-le-Duc. Le peintre rondelet déplaça un gros vase en terre cuite, mit de côté plusieurs seaux et récipients de bois, puis dégagea l'anneau d'une trappe sous la sciure qui recouvrait le sol.

Les compagnons unirent leurs forces pour soulever le lourd abattant.

« Tu vois, fit Enrik en reprenant son souffle, l'ouverture est assez grande pour y faire passer les tableaux. On pourra ensuite les poser dans un coin du sous-sol et les dissimuler sous des tissus. »

Petronius se pencha pour jeter un coup d'œil dans la bouche obscure.

« On devrait peut-être vérifier qu'il y a assez de place, tu ne crois pas ? »

Enrik lui tendit un allume-feu et une bougie. Petronius enflamma la chandelle de cire. En éclairant la trappe, il découvrit une échelle qui permettait d'accéder à la cave. Prudemment, il commença à descendre en s'assurant à chaque pas que les échelons pouvaient supporter son poids.

Une odeur de moisissure flottait dans l'air. Arrivé en bas de l'échelle, il sauta sur le sol de terre battue et promena son regard dans la pièce souterraine. Deux grands tonneaux étaient disposés contre le mur du fond. Ils paraissaient avoir mieux résisté à l'humidité que les vieilles étagères en bois qui couraient le long des parois. La cave était suffisamment grande pour accueillir les peintures du maître.

« C'est très humide là-dedans ! lança Oris en levant la tête vers l'ouverture pratiquée dans le plafond voûté. Mais on pourra cacher ici les tableaux quelques jours en attendant de trouver une meilleure solution ! »

Le rire d'Enrik retentit comme un coup de tonnerre au-dessus de sa tête et, au même moment, la trappe se referma brutalement. Puis il entendit le compagnon remettre en place les objets qui dissimulaient l'accès au sous-sol.

« Hé ! Enrik ! Qu'est-ce que tu fais ? »

Petronius cria de toutes ses forces, mais n'obtint aucune réponse. Saisi de panique, il escalada l'échelle en hâte. Lorsqu'il tenta vainement de rouvrir l'abattant, l'un des barreaux de bois céda sous ses pieds et il manqua de se briser le cou en retombant lourdement sur le sol. Il était bel et bien prisonnier de cette oubliette humide.

54

Assis sur la terre battue, Petronius fixait la flamme de la bougie qui jetait une lumière agitée sur les murs de la cave. La chandelle de cire brûlerait encore une heure, peut-être deux, puis la lumière mourrait et il se retrouverait dans les ténèbres. Emmuré vivant, il trépasserait lentement au fond de cette fosse. Personne ne viendrait le secourir, car seul Enrik savait qu'il était enfermé ici.

Enrik. C'était donc lui l'espion infiltré dans l'atelier du maître. Personne n'aurait pu deviner que sous ce masque affable et débonnaire se cachait un traître à la solde de l'Inquisition. Le compagnon effacé avait dupé tout le monde, Petronius le premier, mais aussi Bosch, Van Almaengien – et probablement Pieter et Jan de Groot. Petronius serra les poings. Si ce chien lui tombait entre les mains, il lui tordrait le cou avec une joie peu chrétienne.

L'atmosphère devenait peu à peu étouffante dans le sous-sol, et l'air humide le faisait suer à grosses gouttes. Petronius avait de plus en plus de mal à respirer. Il finirait sans doute par s'asphyxier avant que le clocher de la cathédrale ne sonne la prochaine heure pleine. Le peintre regarda de nouveau sa bougie avec angoisse, mais celle-ci brûlait encore normalement.

Pourquoi Enrik l'avait-il attiré dans ce piège ? Oris se frappa le front du plat de la main. Bien sûr. Le délai de deux jours que l'inquisiteur lui avait accordé pour quitter la ville s'était écoulé. Le père Jean avait tenu parole et chargé Enrik de l'éliminer.

Petronius revit la silhouette encapuchonnée qui lui avait dérobé le papier de Jan de Groot dans l'auberge de l'Aigle. Encore un coup d'Enrik. Il sentit une lassitude accablante l'envahir. Ses paupières devenaient lourdes comme du plomb. Il était sur le point de se laisser aller à son sort.

Dans un dernier sursaut, il se redressa. Tant qu'il avait de la lumière, il devait fouiller sa prison pour trouver une issue. Qui sait, la vieille demeure du maître renfermait peut-être un autre passage secret ?

La bougie à la main, il inspecta soigneusement les étagères vermoulues et les murs de brique de la cave sans découvrir la moindre porte dissimulée. Déçu, il s'adossa contre l'un des grands tonneaux quand soudain la flamme de sa chandelle se mit à vaciller fortement. Un courant d'air ? Dans ce tombeau hermétique ? Petronius approcha le bougeoir des deux foudres de vin et la flamme trembla de nouveau. Il s'agenouilla pour examiner attentivement les tonneaux. En frappant contre la paroi de bois, il se rendit compte que les barriques étaient vides. Comme il s'intéressait au tonneau de droite, il vit que la bonde était ouverte. Il passa avec précaution la bougie devant le trou béant. Aussitôt, la flamme faillit s'éteindre, aspirée par l'ouverture.

Petronius prit une longue inspiration. Derrière les tonneaux se trouvait peut-être un puits d'aération. Avec un peu de chance, le conduit était suffisamment large pour qu'il puisse s'y glisser.

Il posa la chandelle sur le sol, appuya l'épaule contre le bois et se mit à pousser de toutes ses forces. Trop lourd, le grand tonneau ne bougea pas d'un pouce. Lorsque le peintre fit une seconde tentative pour déplacer la barrique, il glissa sur la terre battue et renversa le bougeoir. La flamme s'éteignit en sifflant. La cave fut instantanément plongée dans un noir absolu. Épuisé, Petronius s'assit lentement contre le tonneau. Il avait envie de hurler son désespoir. Sans lumière, il était perdu, pris au piège comme un rat dans ce cachot obscur.

Comme il tâtait du bout des doigts la bonde du fût, un léger courant d'air fit se hérisser les poils de sa main. Poursuivant son exploration, il toucha une sorte de bec métallique. Après l'avoir longuement palpé, il exerça une pression sur ce qui semblait être un petit levier et un clic retentit. Petronius sentit un mouvement dans son dos. Il se retourna et posa les mains sur le fond plat du tonneau, qui se déboîta sans mal.

Le peintre ramassa le bougeoir avant de grimper dans la barrique. À l'intérieur, le courant d'air était plus fort. Il rampa jusqu'à la seconde cloison de bois et la sonda minutieusement. Un autre petit levier la fit sauter et Petronius put sortir de l'autre côté du tonneau dans une pièce adjacente à la cave. Dans l'obscurité, le peintre aperçut un allume-feu rougeoyant sur un support mural. Il se releva lentement, puis marcha en titubant vers la faible source de lumière. Il saisit le bâton enduit de résine, souffla dessus pour l'enflammer et ralluma sa bougie.

Ce qu'il découvrit lui coupa le souffle. La pièce était aussi grande que la première cave d'où il venait de s'échapper. Mais les hautes étagères murales étaient remplies de poêlons, casseroles, livres, verres de toutes formes, cornues et alambics. De l'autre côté du sous-sol se trouvait une cuisinière à bois pourvue d'un trépied. Sous la hotte, accroché à une chaîne, pendait un chaudron noir qui se balançait légèrement. Les courants d'air provenaient donc bien d'un conduit d'aération. Sur l'un des murs de briques marbrés de suie, on avait accroché des dessins. Des cercles et des cases remplis de chiffres et de lettres.

Petronius s'approcha d'un pupitre ouvragé sur lequel était ouvert un livre illustré. Il lut la recette d'un breuvage à base d'armoise, belladone, digitale, stramoine, acore odorant, quintefeuille et aconit. Le peintre supposa qu'il s'agissait de la composition du philtre qui plongeait maître Bosch dans ses transes inspiratrices.

Oris se souvint de ce que lui avait raconté le Grand Zuid à propos de Jacob Van Almaengien. D'après la rumeur, le savant se livrait à des expériences alchimiques. Selon toute évidence, cet endroit était son laboratoire secret. Les séances de pose pour son portrait étaient une excellente couverture lui permettant d'aller et venir dans la maison de Bosch sans éveiller les soupçons. L'érudit devait certainement pouvoir accéder au sous-sol par le cabinet de curiosités.

Petronius était partagé entre l'envie d'explorer cet étonnant laboratoire et la promesse qu'il avait faite à Bosch. Si le Flamand avait réellement été arrêté, il fallait rapidement faire disparaître les tableaux qui se trouvaient dans l'atelier. Et Oris sentait que le temps lui était compté.

Un cliquetis de clés interrompit soudain ses réflexions. Au-dessus de lui, quelqu'un déverrouillait la trappe aménagée dans le plafond qui permettait de pénétrer dans la cave. Petronius jeta un rapide coup d'œil autour de lui avant d'éteindre sa bougie et de se glisser lestement dans le tonneau par lequel il était venu. Quelques instants plus tard, il vit Jacob Van Almaengien, un chandelier à la main, descendre l'étroite échelle fixée au mur entre deux étagères. À peine arrivé dans le sous-sol, le savant commença à se déshabiller pour revêtir une longue robe accrochée à une patère près du fourneau de cuisine.

Oris décida de se montrer. En s'extirpant de sa cachette, il lança :

« Maître Jacob, ne soyez pas effrayé. C'est moi, Petronius. »

Comme si le diable en personne lui avait adressé la parole, Van Almaengien, encore à moitié nu, poussa un cri aigu et fit volte-face. Petronius comprit aussitôt pourquoi il n'était pas parvenu à faire le portrait de l'érudit.

55

Sur la place du marché, des soldats de la municipalité montaient la garde devant la maison de Bosch. Petronius se mordit les lèvres. Embusqué dans une ruelle sombre en compagnie du Grand Zuid, il observait les sentinelles qui, armées de piques, toisaient d'un œil méfiant tous ceux qui passaient devant la demeure.

« Espérons que la perquisition n'aura pas lieu aujourd'hui, grogna le peintre. Si l'inquisiteur met la main sur le panneau central du triptyque, il le détruira. Nous devons impérativement sortir le tableau de la ville. Je l'ai promis à maître Bosch. »

Le Grand Zuid hocha la tête en signe d'assentiment.

D'après Jacob Van Almaengien, les deux volets extérieurs du triptyque se trouvaient déjà en sûreté à Oirschot. Jusqu'à présent, Petronius n'avait vu que celui de gauche, mettant en scène le Seigneur entouré d'Adam et Ève au cœur du paradis terrestre. Bosch avait apparemment achevé le volet de droite, une représentation de l'enfer, dans son manoir de campagne.

« Essayons de nous glisser dans le passage coupe-feu », suggéra Petronius.

Le mendiant le regarda en fronçant les sourcils.

« Trop dangereux. Les gardes vont nous repérer.

— Il existe un autre moyen. Nous pourrions nous introduire à travers le jardin en passant par la rue de derrière.

— Prions pour qu'il n'y ait pas de soldats à l'intérieur », souffla le Grand Zuid.

Oris haussa les épaules. La demeure paraissait paisible. Quelques heures seulement s'étaient écoulées depuis l'arrestation de Bosch. Avec un peu de chance, personne n'avait pénétré dans l'atelier.

Le Grand Zuid gratta son crâne parsemé de croûtes et s'essuya ensuite les ongles sur sa tunique loqueteuse.

« On dirait que le père Jean n'a pas encore eu le courage d'entrer dans la maison de son adversaire.

— Alors dépêchons-nous, fit Petronius. Il ne tergiversera pas longtemps. Procure-toi un chariot sans te faire remarquer. Nous devons faire sortir le tableau de l'enceinte de la ville avant la tombée de la nuit. Lorsque le guet fermera les portes, il sera trop tard. Je t'attendrai dans la rue de derrière. »

Il donna quelques pièces de monnaie au mendiant.

« Ça devrait suffire pour le chariot, le roulier et toi. Que Dieu te protège. »

Le mendiant s'éloigna en souriant.

« À tout de suite ! »

Petronius jeta un dernier regard aux soldats en faction devant le domicile de Bosch. Ils représentaient une menace, certes, mais également la garantie que personne n'entrerait dans l'atelier sans l'autorisation du conseil communal.

Il quitta la place et fit le tour du pâté de maisons. En arrivant dans la ruelle qui se trouvait de l'autre côté du bloc d'habitations, il examina les façades à colombages qui se succédaient. Laquelle de ces bâtisses donnait-elle sur l'arrière-cour de l'atelier ? Elles se ressemblaient toutes avec leurs petites fenêtres et leurs portes de couleur. Après un rapide calcul, il s'approcha de l'une des maisons et frappa à l'entrée.

S'ensuivit une longue attente, puis une femme âgée finit par lui ouvrir. Les cheveux cachés sous un foulard, elle avait les yeux très enfoncés dans les orbites et soulignés par des poches bleuâtres. Son visage était fripé comme une vieille pomme.

Petronius glissa quelques pièces dans la main de la Flamande en lui expliquant sa requête. Muette, celle-ci se contenta de s'écarter pour le laisser entrer.

Quand Petronius mit un pied dans le sombre vestibule, une odeur de moisissure, de linge sale et de pot de chambre lui sauta au visage.

« Vivez-vous seule dans cette maison ? demanda-t-il.

— Non, je m'occupe de mon mari malade. Il est couché au premier étage. Il ne peut plus marcher, ses jambes sont pleines d'eau et couvertes de plaies purulentes.

— Vous n'avez pas consulté un médecin ou un apothicaire ? »

La vieille le regarda avec une moue désabusée.

« Les médecins ambulants et les barbiers chirurgiens évitent notre cité. Ils ont trop peur des dominicains qui les persécutent. »

Elle parlait d'une voix sourde qui laissait entendre qu'elle s'était résignée à son sort.

Tandis que Petronius attendait le Grand Zuid dans le vestibule, la femme lui apprit que son époux était peintre de fresques. Rongé par la vieillesse et la maladie, il ne recevait plus de commandes. Il avait travaillé trop longtemps dans des églises humides et glaciales, ne gagnant pas assez d'argent pour acheter du charbon l'hiver. Autrefois, le fresquiste aimait s'installer aux beaux jours dans le jardin pour discuter avec les compagnons de Bosch, qui lui demandaient souvent conseil. Mais il y avait plus d'un an qu'il n'avait pas quitté son lit. Réduit au désespoir, le couple démuni attendait maintenant la mort patiemment.

En écoutant l'histoire de ces gens, Petronius eut une idée qui s'intégrait parfaitement dans son plan.

« Femme, faites vos affaires. Persuadez votre mari d'oublier la mort pendant quelque temps. Vous pouvez partir tous deux à Oirschot. L'épouse de maître Bosch vous accueillera avec chaleur et se fera un devoir de vous trouver un médecin. »

Hésitante, la Flamande triturait son foulard.

« On ne replante pas de vieux arbres.

— Vous allez revivre, je vous promets que votre mari sera bien soigné. »

À cet instant, le Grand Zuid apparat dans l'encadrement de la porte.

« Il faut vous décider rapidement, ajouta Petronius. Vous pourrez voyager sur notre chariot. »

Le mendiant comprit immédiatement l'intention d'Oris. Il renchérit :

« Vous partirez dès que nous aurons récupéré ce que nous sommes venus chercher. La charrette est devant la maison. »

La vieille guida les deux hommes vers le fond du vestibule, puis ouvrit une porte-fenêtre aux volets clos qui donnait sur l'arrière-cour et le petit jardin de l'atelier. Petronius reconnut immédiatement l'odeur des herbes aromatiques. Plissant les yeux, il observa quelques instants la demeure de son maître, mais n'aperçut aucune sentinelle. Son regard se porta sur le palan fixé à la potence de la toiture.

« Allons-y, murmura-t-il en se tournant vers le Grand Zuid. La voie est libre. Nous prendrons l'escalier du cabinet de curiosités pour atteindre le grenier. »

Petronius s'élança et le mendiant lui emboîta le pas. Après avoir traversé le jardinet, ils entrèrent furtivement dans la maison en passant par la porte latérale et grimpèrent sans bruit les étages jusqu'au grenier. La demeure paraissait déserte. En entendant la nouvelle de l'arrestation de leur maître, les élèves de Bosch avaient dû prendre le large et s'étaient sans doute réfugiés chez leurs modèles ou chez Gerd, le plus âgé des compagnons, qui possédait son propre logis.

« Le tableau est au fond, dans le renfoncement du mur », dit Petronius en ouvrant la trappe de l'atelier.

Le peintre constata avec soulagement que rien n'avait bougé dans la pièce. Aucune fouille n'avait eu lieu.

« Il faut faire vite. On enveloppe le panneau dans un drap et, avant de le corder, on place des protections de cuir sur les angles. Le matériel se trouve là derrière. »

Les deux hommes travaillèrent de concert. En un tournemain, la toile fut emballée. Ils la portèrent ensuite jusqu'à la lucarne où se trouvait le palan.

« La prochaine fois, tu pourrais conseiller à ton maître de choisir un support de plus petit format, haleta le Grand Zuid, inondé de sueur. Ce serait moins éreintant à transporter. »

Peu maniable, le tableau était effectivement très lourd. Petronius grimaça. Il n'avait encore jamais utilisé le palan, mais Gerd et Enrik lui avaient raconté que l'opération était loin d'être une partie de plaisir.

Ils nouèrent le câble de l'appareil autour du panneau puis hissèrent celui-ci par la lucarne.

« Fichtre ! j'espère que ça va tenir ! commenta le mendiant en examinant la corde usée.

— Nous n'avons pas le choix. »

Petronius fut pris d'une sueur froide lorsque le tableau bascula dans le vide. La corde se tendit pour le retenir et la poulie émit un grincement aigu. Suspendu dans les airs, le panneau central du triptyque se balançait au-dessus du jardin.

« On le fait descendre tout doucement », ordonna Petronius.

La petite roue du palan crissait horriblement. Les traits crispés par l'effort, le Grand Zuid marmonna :

« Si les gardes entendent ce bruit et préviennent l'inquisiteur, nous pouvons tout de suite nous pendre à ce maudit palan. »

Tandis que le mendiant et le peintre s'efforçaient de faire glisser le tableau en douceur vers le jardin, la corde rêche leur brûlait les paumes. Après quelques instants qui parurent durer une éternité, la toile finit par atteindre le sol.

« Le panneau est en bas ! annonça Petronius. Vite, sortons d'ici. »

Au même moment, des voix retentirent de l'autre côté de la maison. Petronius poussa son ami vers l'échelle du cabinet de curiosités, puis traversa le grenier pour jeter un coup d'œil par une autre lucarne percée au ras du plancher, qui permettait à son maître de surveiller la place du marché en contrebas. Ce qu'il vit le fit tressaillir.

Le bourgmestre, le commandant de la milice communale et l'inquisiteur s'entretenaient d'un ton vif devant la demeure. Derrière eux, légèrement en retrait, se tenait Jérôme Bosch. L'artiste avait les mains liées, mais gardait la tête haute.

Petronius dévala les étages jusqu'au rez-de-chaussée et rejoignit le Grand Zuid dans le jardin. Le mendiant avait déjà dénoué la corde du palan.

« Filons ! lança Petronius. Le père Jean est devant la porte ! »

Les deux hommes portèrent le tableau à travers le jardin et s'engouffrèrent dans la maison d'en face. Ils déposèrent la peinture dans le vestibule, où les attendaient le fresquiste, assis sur une chaise, et sa femme. Une odeur douceâtre de sang coagulé et de pus flottait dans l'air.

« J'accepte de partir pour sauver le tableau, déclara le vieux peintre au corps frêle. Je ne retrouverai jamais la santé, la mort rôde autour de moi depuis trop longtemps. Mais je refuse qu'une œuvre d'art tombe dans les griffes de ce diable d'inquisiteur ! »

Il esquissa un sourire las. Petronius fut saisi d'émotion. Malgré les douleurs qu'il endurait, l'homme était prêt à s'exposer au danger pour l'aider.

« J'ai un plan pour vous faire sortir de la cité », expliqua Oris.

Se tournant vers l'épouse du malade, il poursuivit :

« Nous allons coucher votre mari sur le tableau à l'arrière du chariot. Quand vous atteindrez la porte de la ville, dites aux gardes qu'il a une maladie contagieuse. Ils renonceront à toute fouille. Une fois arrivés à Oirschot, remettez la peinture à l'épouse de maître Bosch. Je vous rejoindrai là-bas plus tard. »

Il donna une pièce d'argent au couple.

« Cela devrait suffire pour les premiers jours. Que Dieu vous garde. »

Tout à coup, Oris entendit un officier hurler des ordres. Il fit signe au Grand Zuid. Pendant qu'un peloton de soldats prenait position dans le jardin, les deux hommes chargèrent le panneau central du triptyque sur la charrette qui les attendait dans la ruelle, puis aidèrent le fresquiste et sa femme à monter sur la plate-forme.

Après cela, Petronius donna le signal de départ au charretier qui fit claquer son fouet au-dessus de l'attelage. Le chariot s'ébranla et s'éloigna en cahotant vers la porte ouest de la ville.

« Partons, fit Oris en posant la main sur l'épaule du Grand Zuid. L'inquisiteur va piquer une colère quand il découvrira que le tableau a disparu. Et j'ai encore une dernière chose à régler aujourd'hui. »

56

« Vous avez eu tort de revenir ici, mon fils. Vous avez réussi à vous échapper de votre prison souterraine, mais la chance ne vous sourira pas deux fois. »

Petronius, qui venait de refermer la porte de la cellule dans laquelle il s'était glissé, découvrit le visage railleur de l'inquisiteur en faisant volte-face. Le dominicain était assis sur un siège en osier près de la fenêtre, les coudes posés sur ses genoux. Un rayon de lune éclairait faiblement la petite chambre austère du couvent.

« Certains hommes sont d'une nature si ingénue qu'il est facile d'anticiper chacun de leurs pas. Voilà pourquoi je vous attendais. Je savais que ce n'était qu'une question de temps avant que vous ne reparaissiez ici. »

Petronius se maudit intérieurement. Le religieux avait raison. Il avait commis une énorme maladresse en revenant au couvent. Mais le dicton populaire ne disait-il pas que l'amour rendait aveugle ?

« Où est Zita ? » gronda le peintre.

Il était à deux doigts de se jeter sur l'inquisiteur pour lui tordre le cou.

Devinant la pensée d'Oris, le père Jean lâcha d'un ton désinvolte :

« Avant d'agir de manière irréfléchie, sachez qu'une bonne dizaine de soldats vous attend en bas dans la cour du couvent. Me tuer ne vous servirait à rien. Si je meurs, un autre prendra ma place et terminera ce que j'ai commencé. Cette cité sera bientôt débarrassée de toute cette vermine hérétique qui la ronge depuis trop longtemps. »

L'ecclésiastique se rengorgea comme un paon.

« Mais j'aurais quand même le plaisir de vous envoyer pour quelques centaines de milliers d'années au purgatoire », rétorqua Oris.

L'inquisiteur partit d'un grand éclat de rire.

« Petronius Oris, susurra-t-il d'un ton railleur. Vous savez que je me délecte des fables que l'on raconte aux enfants pour les effrayer, mais je n'y crois pas moi-même. Soyons sérieux : où se trouve le triptyque inachevé de votre maître ? »

Dans la cellule exiguë, Petronius éprouvait un sentiment d'oppression. Le dominicain, duquel émanait une autorité implacable, cherchait à l'intimider.

Oris n'avait pourtant pas l'intention de céder. Le père Jean n'avait aucune idée de l'endroit où était caché le tableau. Il lui restait donc une carte à jouer.

« En sécurité. Mais pourquoi devrais-je répondre à vos questions si vous refusez de répondre aux miennes ? »

Petronius marqua une pause avant de demander à nouveau :

« Où est Zita ? »

Le père Jean fit deux fois le tour de la cellule, puis ouvrit la porte et sortit dans le couloir. Un parfum de lavande envahit aussitôt la pièce.

« Si vous parlez de la petite nonne qui logeait ici, je dois vous décevoir. Elle a dû quitter la ville. J'ignore où elle a été envoyée. Peut-être à Bruges ou Anvers. À moins qu'elle ne soit en chemin vers Rome. Vous devriez vous renseigner auprès de l'abbesse. Mais suivez-moi à présent. »

Petronius le rejoignit dans le corridor.

« Du reste, je vous félicite pour votre étonnante entrée en scène, reprit l'inquisiteur. Vous m'avez impressionné. Il faudrait que vous me décriviez le chemin que vous avez emprunté pour arriver ici à la barbe des sentinelles. »

Le peintre releva la tête, surpris. L'aveu du père Jean faisait renaître un espoir en lui. Si l'ecclésiastique ne connaissait pas l'entrée par la bicoque abandonnée que lui avait montrée le Grand Zuid, celle-ci n'était donc pas surveillée. Tout n'était pas perdu.

Mais, pour l'instant, il n'avait d'autre choix que de suivre le père Jean. Un garde était apparu près d'eux, et la pointe de sa pique était braquée sur le cœur de Petronius.

Le petit groupe s'ébranla. Baerle, qui ouvrait la marche, portait un flambeau que lui avait donné le soldat. Les trois hommes projetaient des ombres dansantes sur les murs blanchis à la chaux.

Petronius réfléchissait fébrilement en marchant. Le Grand Zuid et son ami Hannes l'attendaient devant la maisonnette branlante avec une charrette et des vêtements civils pour Zita. S'il parvenait à fausser compagnie à l'inquisiteur et son suppôt...

Ils approchaient de l'escalier en spirale au pied duquel se trouvait la porte donnant sur le jardin de simples que Petronius avait déjà traversé à plusieurs reprises. Le peintre avait laissé l'huis entrouvert pour faciliter sa fuite avec Zita. Baerle entama le premier la descente vers le rez-de-chaussée, bientôt suivi par Petronius et le garde.

En jetant un regard derrière lui, Oris constata que le soldat ne pouvait guère manier sa pique dans l'étroit colimaçon. Son cœur s'emballa et ses mains devinrent moites. Tout à coup, le temps parut se ralentir. Il perçut nettement l'humidité dégagée par la pierre du bâtiment, sentit sous la semelle de ses bottes les irrégularités des marches de bois. Dans le dernier tiers, l'escalier se rétrécissait encore. C'était le moment. Il devait agir.

Du pied, Petronius frappa brusquement le dominicain à l'épaule. Celui-ci heurta le mur de la tête, lâchant la torche qui s'éteignit aussitôt. Profitant de l'obscurité soudaine, Oris passa près du père Jean et dévala le colimaçon quatre à quatre. Arrivé en bas, il se glissa par la porte entrouverte et la referma immédiatement derrière lui. Le garde ne pouvait pas l'avoir vu. Petronius serra de toutes ses forces la poignée et attendit. Un instant plus tard, le piquier essaya d'ouvrir la porte. Oris tint solidement la poignée. Croyant l'issue verrouillée, le soldat s'élança dans le couloir du rez-de-chaussée.

S'étant assuré une légère avance sur ses poursuivants, Petronius traversa le jardin à grandes enjambées avant de se précipiter dans la vieille bicoque où l'attendaient les mendiants. Un silence pesant l'accueillit.

Dans les ténèbres, il ne percevait que sa respiration saccadée et son pouls battant.

« Zuid ? murmura-t-il. Zuid, Hannes, où êtes-vous ? »

Oris scruta le long vestibule obscur au bout duquel la porte d'entrée, éclairée par un faible rayon de lune, donnait sur la rue. Il crut soudain percevoir un mouvement dans l'ombre. Soulagé, il se remit en marche.

« Hannes, Zuid, vite ! Le père Jean et ses sbires sont à mes trousses ! »

Comme il arrivait près de la porte, il trébucha sur un corps étendu et tomba de tout son long. Saisi par un sombre pressentiment, il se traîna vers le gisant pour le palper. Ne reconnaissant pas le crâne couvert de croûtes du Grand Zuid, il en conclut qu'il s'agissait de Hannes. Sa main toucha alors le manche d'un couteau planté dans le dos du mendiant.

« Que s'est-il passé ici ? » articula-t-il en regardant autour de lui.

La réponse à son interrogation arriva promptement. La porte d'entrée s'ouvrit à toute volée et Petronius vit une lame briller dans la lumière de la lune. Instinctivement, il se jeta sur le côté pour esquiver l'attaque, mais la dague de son assaillant s'enfonça profondément dans la chair au-dessus de son cœur. Une douleur fulgurante irradia dans tout son corps et un râle caverneux jaillit du fond de sa gorge. Dans l'encadrement de la porte, il aperçut furtivement un visage barré par une longue cicatrice. Puis il s'effondra sur le sol comme une pierre. La vie semblait abandonner lentement son corps blessé. Comme si le monde autour de lui se disloquait, il entendit deux voix brouillées dans le lointain.

« Est-ce qu'il est mort ? »

Le peintre sentit des doigts palper sa poitrine.

« Oui, il n'y a plus aucune étincelle de vie en lui. »

Flottant dans une brume ouatée, Petronius avait envie de ricaner et de crier à ses agresseurs qu'il était bel et bien vivant.

« Tant mieux, déclara la voix en retrait tandis qu'Oris sombrait de plus en plus dans le néant. Qu'il se fasse dévorer par les vers. Sa curiosité l'aura perdu. La mort des deux autres aurait dû lui servir d'exemple. »

Ces paroles s'insinuèrent encore dans la conscience de Petronius, puis il s'enfonça dans les ténèbres en emportant avec lui l'identité de son meurtrier et de son commanditaire.

57

« Señor Keie ! Ça va ? »

Keie sentit une gifle claquer sur sa joue. Il ouvrit les yeux et vit le visage du père Baerle penché au-dessus de lui. Glissant la main dans sa poche, il chercha désespérément son couteau suisse sans le trouver.

La voix agacée d'Antonio de Nebrija retentit de l'autre côté du bureau :

« Bon sang ! Mais que s'est-il passé ?

— Votre manière de conter les histoires commence à me faire peur, mon père, gémit Keie en se prenant la tête entre les mains. J'étais tellement absorbé dans votre récit que j'ai cru recevoir moi-même un coup de couteau. Mais quelle est la part de vérité dans tout ce que vous nous avez raconté ? »

Baerle se rassit sur son siège après avoir aidé le restaurateur à se relever.

« Presque tout est vrai. Mais pardonnez-moi de ne pas avoir interrompu ma narration plus tôt. Vous étiez tellement captivé que vous avez glissé de votre chaise. Votre tête a heurté la table de travail avant que je n'aie eu le temps d'intervenir. »

Keie dévisagea le prêtre d'un air incrédule.

De Nebrija semblait, lui aussi, avoir recouvré ses esprits. Il se leva et exécuta quelques flexions de genoux qui firent craquer ses articulations.

« Tout ce que vous nous avez dit se trouve dans le manuscrit que vous avez découvert dans votre ancien couvent ? »

Le religieux hocha la tête.

« Je n'ai rien inventé, messieurs. Pourtant apparemment, vous doutez de ma parole.

— Ne le prenez pas mal, mon père, intervint Keie, mais votre histoire est tellement incroyable... »

De Nebrija se rassit près de Baerle. Pour sortir de sa torpeur, Keie se mit à arpenter le bureau en se massant les tempes. Ses doigts palpèrent la vilaine bosse qui était en train de se former sur son crâne.

« Votre narration, mon père, est une aide précieuse qui nous fait faire un bond prodigieux dans nos recherches, affirma Antonio. Elle permet de voir le triptyque sous une tout autre perspective. L'histoire de ce compagnon est une révélation pour moi. C'est comme si j'avais pu mettre de l'ordre dans le chaos qui règne dans mon esprit depuis des lustres. »

Le vieux Madrilène leva les bras comme s'il se lançait dans un prêche :

« À l'aide de votre récit, je vais essayer de combiner certains éléments qui me trottent dans la tête depuis longtemps. »

Baerle tressaillit et passa les deux mains sur son visage. Il paraissait soudain inquiet.

« Mais tout ce que je vous ai raconté sur le tableau est très fragmentaire... »

Il se recula sur son siège et ferma les yeux.

Keie n'avait aucune envie de s'asseoir. Allant se placer derrière sa chaise, il posa les mains sur le dossier. Une atmosphère suffocante régnait dans le bureau. Le restaurateur ouvrit les deux premiers boutons de sa chemise et gratta lentement sa barbe de trois jours. Du coin de l'œil, il observa Baerle.

Étrangement, le prêtre semblait de plus en plus nerveux. Tout en se pétrissant les doigts, il balayait la pièce d'un regard fébrile.

De Nebrija entama ses explications :

« Nous croyons de nos jours que la vie se déroule de manière linéaire. Elle commence par la naissance et s'achève par la mort. Ces deux événements sont reliés par une ligne droite. Dès notre plus jeune âge, on nous apprend à regarder vers l'avant, à planifier notre avenir. Et notre perception du temps renforce cette vision rectiligne. »

L'historien de l'art marqua une pause pour se racler la gorge. Baerle baissa les yeux et continua de se malaxer les mains d'un air gêné.

« Mais cette image de notre existence est bien trop simpliste, poursuivit Antonio. Et probablement fausse. »

Keie voulut faire une remarque, mais l'Espagnol le pria d'un geste de se taire.

« Je voudrais vous donner quelques exemples pour vous montrer que la nature elle-même ne fonctionne pas comme nous l'imaginons. Notre vie est marquée par des cycles périodiques, même si nous ne voulons pas le voir. Le cycle des jours, le cycle des saisons, le cycle du soleil.

— Pourquoi l'idée de linéarité serait-elle fausse ? » objecta le père Baerle d'un ton railleur.

Keie avait compris où de Nebrija voulait en venir. Il contra :

« Je ne suis pas étonné de voir que vous avez du mal à vous faire à une pensée cyclique. L'Église et ses représentants masculins ne connaissent qu'une avancée en ligne droite de la naissance jusqu'au paradis. Aucun cycle, aucune révolution. Une progression du temps sans fin. Une représentation de la foi chrétienne prisonnière de la linéarité. »

De Nebrija acquiesça. Keie mit en marche le ventilateur en voyant des perles de sueur se former sur le front de Baerle.

« Les femmes pensent différemment, mon père, reprit Antonio. À cause de leurs menstruations et de l'alternance de périodes fécondes et inféconds. Leur corps est étroitement lié au cycle lunaire. C'est peut-être la raison pour laquelle la plupart des théories linéaires ont été développées par des hommes et sont confortées par les systèmes patriarcaux. »

Keie s'assit sur sa chaise. Il songea à Grit Vanderwerf et Zita, deux femmes qui l'attiraient mystérieusement.

Le père Baerle fixait le plancher, les mains croisées sur les genoux.

De Nebrija poursuivit :

« L'idée de linéarité est occidentale et moderne. Les hommes du Moyen Âge avaient compris la nature cyclique du temps. Ils considéraient la vie comme un éternel retour. Et le présent était niché quelque part au milieu de ce cercle continuel. »

De Nebrija marqua un temps d'arrêt pour rassembler ses idées. Baerle s'essuya la sueur du front d'un revers de main. Le visage du prêtre devenait de plus en plus pâle.

Le regard de Keie se posa sur la reproduction du *Jardin des délices* accrochée au mur. Le restaurateur découvrit soudain que le tableau regorgeait de cercles symboliques.

« Vous avez certainement remarqué, mon père, que de nombreux cercles apparaissent sur le triptyque, enchaîna de Nebrija. Les cercles des oiseaux dans le ciel, la chevauchée autour de l'étang, la composition même de l'œuvre, dont les trois volets nous entraînent de la création du monde jusqu'au tréfonds de l'enfer, forme un cycle. Je les compte depuis des années. Le panneau central surtout est rempli de cercles, de globes, de plantes et de fruits aux rondeurs charnues. Mais réfléchissons ensemble : dans de nombreuses cultures anciennes, connues déjà de Bosch, le déroulement cyclique du temps était structuré par des rites. Prenons comme exemple l'Antiquité. Dans le monde antique, l'idée de l'éternel retour dominait déjà. Les stoïciens étaient d'ardents défenseurs de cette théorie. Pour eux, après la fin d'un cycle, tout recommençait à l'identique. »

Le père Baerle passait sans cesse la main sur son nez perlant de sueur. Même si la chaleur estivale commençait à entrer par la fenêtre, le ventilateur assurait une température agréable. Keie surveillait discrètement le prêtre. Le raisonnement d'Antonio semblait le torturer.

Keie repensa à l'histoire de Petronius Oris. Grâce aux explications d'Antonio, tout devenait plus clair. Jacob Van Almaengien et Bosch lui-même avaient essayé de faire comprendre au compagnon cette vision cyclique de la vie.

« Et quelle conclusion tirez-vous de tout ça, Antonio ? s'enquit-il.

— Que le tableau recèle un message lié à cette philosophie. »

Baerle sursauta.

« Parce que les Adamites passaient pour les prédicateurs d'une nouvelle idéologie basée sur cet éternel retour ?

— Oui, mon père, répondit de Nebrija. Et dans cette idéologie, un Dieu comme le célébrait l'Église catholique n'avait pas sa place. Voilà pourquoi elle se méfiait de ce triptyque. »

Le vieil historien se leva pour continuer son exposé.

« Admettons que Jacob Van Almaengien ait influencé Bosch pour cette peinture. C'était un Juif converti et un savant. On peut donc supposer que le triptyque contient des éléments tirés de la kabbale. L'un des principes de cette dernière était de masquer la réalité pour la rendre invisible au regard profane et accessible aux seuls initiés. Le livre d'Hénoch parle d'un rideau cosmique, d'un manteau de souvenirs. Celui-ci serait porteur des représentations de toutes les choses qui ont été créées depuis le jour de la Création. Tous les événements sont brodés dans ce manteau. D'après la kabbale, le monde se dirige vers une lutte finale entre le bien et le mal et, à la fin des temps, toute la vérité sera révélée. Mais seul les mystiques, les initiés, connaissent la date de cette ultime bataille et pourront la communiquer au peuple. »

De Nebrija se mit à tourner en rond autour de Keie et Baerle, comme s'il voulait souligner sa pensée cyclique. Sa respiration bruyante et son agitation contrastaient fortement avec le calme apparent du prêtre.

« Ces principes nous donnent la composition de base du tableau : le bien et le mal représentés sous leur forme la plus extrême sur les volets extérieurs, la doctrine de l'éternel retour sur le panneau central. La scène doit avoir lieu lors des premiers temps de la Création, puisque tous les personnages ont approximativement le même âge. On ne voit ni enfant ni vieillard.

— Ces hommes et femmes reçoivent un enseignement, remarqua Keie. Ils apprennent à connaître l'amour, l'affection, la tendresse, mais ils apprennent, aussi à comprendre le monde.

— Un dernier point avant de nous consacrer au tableau, annonça Antonio. La tradition judéo-chrétienne possède une pensée cyclique en rapport avec le chiffre sept : sept jours, sept sacrements, sept âges de la vie, sept grandes fêtes religieuses. On a également utilisé le produit du chiffre sept : on célèbre la fête juive Chavouot sept semaines après l'offrande de l'omer, ce qui correspond à sept fois sept jours. On fête Pâques cinquante jours après la Pentecôte, soit sept fois sept jours plus un jour. Tout le calendrier hébraïque repose sur des cycles de sept. Sept jours de la semaine, sept périodes de cinquante jours. Il est même question d'un cycle de sept fois sept mille ans ; à la fin de chaque cycle commence une nouvelle ère. »

Le père Baerle serra les poings.

« Taisez-vous ! explosa-t-il. Silence ! Tout ceci est de la pure hérésie. Des tableaux pareils ne devraient jamais naître ; il faut les cacher aux yeux du peuple pour ne pas traumatiser les gens. »

La voix du prêtre partit dans les aigus. Antonio de Nebrija garda son calme et lui jeta un regard étonné.

« Vous ne comprenez pas, mon père ? PSSNNMR. *Posse non mori*. Si les événements se répètent, si chaque détail d'une action revient en boucle, comme l'hiver ou le soleil, alors nous sommes immortels ! »

Baerle semblait s'être ressaisi.

« Qui dit ça ? demanda-t-il d'un ton mielleux.

— Les lettres dissimulées sur le livre du poisson à bec. (De Nebrija vint se placer devant la reproduction du tableau.) Grâce à cette indication, un autre symbole devient plus clair : celui de la chouette. Elle demande au spectateur de regarder la scène sous un autre angle. Ce n'est pas un paradis – et donc le terme d'un processus d'évolution – qui est représenté ici, mais un cycle éternel. »

Un cri strident retentit soudain dans le bureau. Keie se pencha vers l'ecclésiastique qui tremblait de tout son corps.

« Qu'avez-vous, mon père ? »

Baerle se frappait les tempes des poings, comme s'il voulait faire sortir de sa tête les mots prononcés par de Nebrija.

L'historien ignora les grognements du religieux. Il se tourna vers Keie et lança :

« Michael, il faudrait faire un agrandissement du cliché que vous avez réalisé du troisième panneau. Il nous aidera peut-être à résoudre l'énigme du tableau. Nous sommes à deux doigts de comprendre le message laissé par Bosch ! »

Le père Baerle se leva brutalement, renversant sa chaise. Son visage ressemblait à celui d'une statue de granit. Seuls ses yeux brûlaient comme des charbons ardents.

« Vous ne connaîtrez jamais le fin mot de l'histoire ! » cracha le prêtre en poussant Keie qui voulait l'empêcher de sortir du bureau.

Arrivé sur le seuil, il se retourna brièvement. Une expression de haine et de mépris était peinte sur son visage. Puis il se précipita dans le couloir.

58

« J'ai bien cru que vous m'aviez oubliée, docteur Keie ! »

Grit Vanderwerf se tenait devant la porte des ateliers du Prado, radieuse dans la clarté matinale. Keie fut subjugué par la beauté de sa peau ambrée qui brillait comme du velours sous les rayons du soleil. La robe rouge vif qu'avait revêtue la psychologue mettait en valeur sa magnifique chevelure brune, qui coulait sur ses épaules.

« Je suis désolé de ce retard, señora Vanderwerf. Nous avons dû renforcer nos dispositifs de sécurité. »

Keie posa deux baisers sur les joues de la jeune femme. Cette forme de salutation, rare en Allemagne, était courante dans la péninsule Ibérique. Le Berlinois apprécia pleinement la coutume.

« Renforcer les dispositifs de sécurité ? Mais pourquoi ? »

Keie fit signe au portier dans sa loge. L'homme accourut pour les faire entrer dans le bâtiment et referma aussitôt à clé derrière eux. En regardant Vanderwerf franchir devant lui le seuil du bâtiment,

Keie eut l'impression qu'elle irradiait la lumière extérieure dans le sombre corridor. La psychologue ne dissimulait pas ses charmes. Sa robe décolletée dans le dos moulait à merveille sa taille gracile. Il admira un instant sa démarche ondulante avant de répondre :

« Le père Baerle est venu ici. »

Grit Vanderwerf virevolta pour le dévisager.

« Il est venu ici ? répéta-t-elle d'un air inquiet. J'ai pourtant prévenu ton collègue. Est-il arrivé quelque chose au *Jardin des délices* ? »

Le restaurateur fut surpris par le brusque tutoiement, mais décida spontanément de l'adopter à son tour.

« Non, Grit. Il n'a pas touché le tableau. Je l'ai surpris dans le bureau d'Antonio, où il s'était introduit par effraction. Il m'a paru très agité. Il s'est enfui du bâtiment, mais de Nebrija a réussi auparavant à lui soutirer un autre fragment de l'histoire de Petronius Oris. »

Ils se remirent à arpenter le couloir en direction des salles de restauration.

« Et vous n'avez pas prévenu la police, je suppose ? » demanda Vanderwerf.

Keie secoua la tête.

« Vous devriez être plus prudents à l'avenir, fit la thérapeute. Le père Baerle est dangereux.

— Oui, c'est un homme imprévisible, mais ses connaissances sur le triptyque sont précieuses. De Nebrija voulait savoir si nos hypothèses de travail étaient fondées.

— Et alors ? »

Keie raconta à la jeune femme la découverte de l'inscription PSSNNMR sur la peinture, sans omettre l'interprétation du vieil historien de l'art, qu'avait confirmée Baerle. Il fit ensuite un résumé de l'histoire de Petronius Oris. Lorsqu'il évoqua le nom de Jacob Van Almaengien, Vanderwerf lui adressa un regard soucieux.

« Qu'a dit Baerle à propos de lui ?

— Que le savant cachait un secret. »

Après être passés devant un vigile qui montait la garde dans le couloir, ils entrèrent dans l'un des ateliers de restauration. La lumière du jour inondait la salle dotée de grandes baies vitrées. Les cheveux de Grit Vanderwerf jetèrent des reflets cuivrés sous les rayons du soleil. Keie plissa les yeux pour s'habituer à la clarté soudaine. Assis devant des tableaux de grand format posés sur des chevalets, quatre restaurateurs en blouse blanche travaillaient avec application. Ils dépoussiéraient les toiles à l'aide de tampons de ouate ou effectuaient des retouches pour combler des craquelures. L'air était saturé de relents de térébenthine et d'huile de lin.

Le Jardin des délices se trouvait au milieu de la pièce. Le triptyque resplendissait de ses couleurs vives. Vanderwerf s'approcha pour examiner les travaux de restauration.

« Vous avez réussi à masquer toutes les altérations du vernis, constata-t-elle avec soulagement. Les projections de vitriol ne sont plus visibles. »

Keie regarda tour à tour le tableau et les formes gracieuses de la psychologue. Il n'aurait su dire ce qui le fascinait le plus.

« Cette œuvre ressemble à un dessin pour enfants où l'on doit rechercher un objet caché, poursuivit Vanderwerf. L'œil se promène de personnage en personnage, de scène en scène. Où se trouve le secret de Bosch ? Quelque part sur le tableau, à la portée de tous. Il faudrait simplement se poser les bonnes questions. »

Surpris, Keie reporta son attention sur la peinture. Il ne l'avait encore jamais considérée sous cet angle. Le raisonnement de Grit était intéressant.

« Et quelles questions te poserais-tu ? »

La psychologue haussa les épaules et se tourna vers Keie.

« Si tes réflexions t'avaient conduit à croire que notre existence est un éternel retour – ce qui peut être perçu de manière positive ou négative selon la perspective –, comment transmettrais-tu cette découverte aux générations futures ? »

Keie se concentra sur le tableau et la philosophie des Adamites.

« Il y a deux possibilités, Grit. Si l'histoire se répète à l'identique et que le retour du paradis est inéluctable, je ne prendrais pas la peine de transmettre cette découverte puisque le monde serait détruit par une sorte d'apocalypse avant de renaître comme avant. Mais si cet éternel retour périodique est en même temps une source d'évolution et de perfectionnement, alors je souhaiterais aider les générations futures à progresser en écrivant des livres ou en peignant des tableaux qui résistent à l'épreuve du temps.

— Je suis arrivée à la même conclusion. Mais écoute-moi bien. Tu connais l'histoire de Jacob Van Almaengien telle qu'elle est décrite dans le manuscrit de Petronius Oris. Elle comporte pourtant un élément très intéressant que le père Baerle a certainement omis de mentionner. »

Keie regarda la thérapeute avec étonnement. De Nebrija avait-il raison en affirmant que Vanderwerf en savait plus sur le tableau qu'elle ne l'avait laissé sous-entendre jusqu'à présent ?

« Admettons qu'il existe depuis des siècles un petit cercle d'érudits infiltrés dans les organisations les plus diverses. On a retrouvé leurs traces dans des sociétés religieuses juives ou chrétiennes, tout comme chez les templiers, les rosicruciens ou les francs-maçons. Un groupe de cinq ou six personnes qui correspondent entre eux durant toute leur vie. Les nouveaux membres sont soigneusement recrutés et cooptés par les anciens, qui les initient ensuite à leur cause. Ces érudits se nomment eux-mêmes les "sages".

— De quoi parles-tu, Grit ? Comment as-tu entendu parler d'un tel cercle ? Et quel est leur lien avec le triptyque ? »

Vanderwerf ignora les questions du restaurateur.

« Van Almaengien appartenait à ce groupe, poursuivit-elle. Il était l'un des sages de son temps. Ces érudits croyaient avoir deviné que le monde connaîtrait prochainement un tournant décisif, une nouvelle ère, et voulaient transmettre leur savoir aux sages du futur. Ils ont décidé de cacher dans *Le Jardin des délices* des informations secrètes. »

Keie n'en croyait pas ses oreilles.

« Dans ce cas, le triptyque ne serait qu'une simple expérience visant à transmettre le savoir d'un obscur groupuscule ? Van Almaengien aurait manipulé Bosch pour parvenir à ses fins ? Le tableau a une esthétique si originale, une composition si complexe. C'est bien plus qu'un vulgaire transmetteur d'informations. »

Keie contemplait *Le Jardin des délices*. Comme à chaque fois, il se sentait tout petit face à l'impressionnante œuvre d'art. La psychologue fit un pas vers lui et il respira soudain son parfum aux essences de fleurs. Elle rétorqua :

« En tant que membre de la communauté des Adamites, Van Almaengien était en mesure de modeler leur philosophie et d'incorporer au tableau des symboles équivoques qui ne pouvaient être déchiffrés que par ses pairs. Le triptyque est une œuvre à deux niveaux. Une sorte de machine à remonter le temps qui aurait traversé les siècles pour éclairer un petit cercle d'initiés. »

Keie jeta un regard sceptique à Vanderwerf, puis se tourna de nouveau vers la peinture.

« Et qui est censé lire le message à présent ?

— Je l'ignore. Peut-être quelqu'un comme Baerle. Avec son manuscrit, il détient une clé précieuse pour l'interprétation du tableau.

— Ça n'a aucun sens ! répliqua Keie. Le prêtre a tenté de détruire *Le Jardin des délices*. Et il recommencera à la première occasion ! »

Le parfum de la psychologue l'enivrait. Il essaya de se concentrer sur le tableau.

« Si je te suis bien, Grit, ces “sages” existeraient toujours. Mais si le groupe transmet son savoir de génération en génération, ils détiennent déjà le secret du triptyque, non ? »

Grit Vanderwerf hésita quelques secondes avant de répondre :

« Pas forcément. Beaucoup de ces savants sont morts sur les bûchers de l'Inquisition avant de pouvoir léguer leurs connaissances à leurs successeurs.

— En admettant que ce que tu dis soit vrai, je me demande comment tu as appris l'existence de ce groupe d'érudits. Ceci dépasse le simple suivi psychologique de ton patient. Baerle t'aurait-il confié d'autres détails sur le tableau ? »

Vanderwerf pivota vers Keie et planta ses yeux gris acier dans les siens.

« Antonio a peut-être raison en voyant en toi une Adamite », bluffa-t-il pour provoquer la psychologue.

Il voulait savoir pourquoi elle s'intéressait tant au tableau. La jeune femme se tut, sans toutefois lâcher le Berlinois du regard.

« Les Adamites n'ont sans doute pas tous été exterminés, insista-t-il. La communauté du Libre Esprit était répandue dans toute la Hollande, en France et dans certaines parties de l'Allemagne. Ceux qui étaient pourchassés par l'Inquisition pouvaient échapper au bûcher en trouvant refuge à l'étranger chez d'autres membres. »

Keie sonda les yeux clairs de Grit. Leur couleur lui rappelait un lac en hiver, dont la surface serait recouverte d'une fine couche de glace que viendraient frapper les rayons du soleil. Son regard se perdit dans ces eaux troubles sans pouvoir en atteindre le fond.

Il poursuivit son raisonnement :

« La secte s'est réfugiée dans les méandres de l'Histoire. Elle a subi de lourdes pertes, mais les survivants étaient soudés par une cause commune : protéger leur doctrine mystique. L'Inquisition a traqué les Adamites sans relâche parce qu'elle savait qu'ils détenaient un message mettant en péril l'Église catholique. Et ce message est caché dans *Le Jardin des délices*. Voilà pourquoi le triptyque n'a pas été détruit. Rome tenait absolument à mettre la main sur ce secret, toutefois celui-ci n'a jamais pu être décrypté.

— Bravo, Michael ! s'écria Vanderwerf d'un ton railleur. Ce que tu racontes ressemble à un vrai roman d'aventures. Tu devrais devenir écrivain. Moi, une Adamite ! De nos jours, une secte pareille n'aurait plus besoin de se cacher dans d'obscures caves pour célébrer des messes nudistes. Tu as trop d'imagination ! »

Keie saisit la thérapeute par le bras et la força à contempler le tableau.

« Pas si la secte se considère comme une communauté élue. Élue parce qu'elle tente depuis plus de cinq cents ans de déchiffrer le message perdu de ses fondateurs ; un message dont la teneur pourrait ébranler dangereusement l'Église catholique. »

Il montra du doigt le poisson à bec plongé dans la lecture de son livre.

« Sur le livre, on peut lire l'inscription *Posse non mori*. La foi dans l'immortalité. Si les Adamites ont fait une découverte capitale à ce propos, c'est un secret qui peut souder une secte pendant plus de cinq cents ans. Un secret caché dans le tableau, dont la teneur s'est perdue avec le temps. Lorsque le triptyque a été vandalisé, ils sont sortis de leur anonymat pour essayer de décrypter le message de leurs ancêtres.

— C'est complètement absurde, Michael. Tu devrais plutôt songer à renforcer la sécurité du bâtiment. Je suis certain que Baerle tentera de détruire le tableau si celui-ci contient effectivement un secret. Peu importe lequel. »

Vanderwerf posa de nouveau ses yeux d'acier sur Keie. Il crut lire dans ce regard magnétique la confirmation de sa théorie. Il devait la pousser à se trahir. Pour cela, il avait un atout dans sa manche. Une idée qui avait germé dans son esprit au début de leur conversation. Il désigna le volet de l'enfer.

« Nous avons fait une autre découverte intéressante sur cette partie du triptyque. Un symbole mystérieux que nous n'avons pas encore déchiffré. Le père Baerle n'est pas au courant. »

La psychologue fit un pas vers lui. Leurs corps se touchaient presque. Une ondée de désir parcourut les veines du restaurateur. Déstabilisé, il évita le regard de la jeune femme et chercha à faire diversion :

« Tu as raison, il faut que j'appelle la direction du musée pour obtenir quelques vigiles supplémentaires. Ça ne devrait pas poser de problème. Est-ce que je peux te laisser seule pendant quelques minutes ? De Nebrija devrait arriver d'un instant à l'autre. »

Grit Vanderwerf sourit et acquiesça de la tête. Elle recula d'un pas, libérant Keie de son emprise. Puis elle se tourna vers *Le Jardin des délices*, sortit une loupe de son sac à main et, sans plus s'occuper du Berlinois, commença à étudier attentivement le panneau central.

59

« Fariboles ! Cette histoire de “sages” n’est qu’une manœuvre de diversion. De la poudre aux yeux ! »

De Nebrija s’échauffait en parlant tandis qu’il se dirigeait en compagnie de Keie vers la salle de restauration. Une pile de livres sous le bras, il gesticulait de sa main gauche.

« C’était une bonne idée de traiter cette Vanderwerf d’Adamite, reprit l’historien. Ça va peut-être la tirer de sa réserve et nous permettre de découvrir ce qu’elle mijote. »

Tout en marchant, Keie s’éventait avec une enveloppe. À l’approche de midi, les couloirs se transformaient en fournaise. Seuls les ateliers étaient climatisés ; il y régnait une température stable afin d’empêcher les œuvres d’art de se dégrader.

Lorsque les deux hommes pénétrèrent dans la grande salle de restauration où se trouvait *Le Jardin des délices*, Grit Vanderwerf avait disparu.

« *¡ Madre de Dios !* pesta de Nebrija. Où est-elle passée ? »

L'Espagnol se dirigea vers le triptyque. Celui-ci était installé sur une sorte de pont élévateur qui permettait de le soulever et de l'incliner selon les besoins des restaurateurs.

« Profitons de l'occasion pour discuter de choses qui ne la regardent pas, fit le vieil historien. Avez-vous fait l'agrandissement du cliché du volet droit, Michael ? »

Keie brandit l'enveloppe qu'il tenait à la main. Il fouilla la vaste pièce du regard à la recherche de la psychologue. L'avait-il laissée seule trop longtemps ? Il l'avait quittée une demi-heure plus tôt en lui promettant de revenir rapidement.

« Elle est peut-être allée aux toilettes... »

La voix de Vanderwerf retentit soudain de l'autre côté de l'imposant tableau :

« Ou elle se trouve tout simplement derrière le triptyque pour admirer l'envers des volets ! »

La jeune femme apparut près du retable, un sourire malicieux aux lèvres.

« Qu'est-ce qui ne me regarde pas ? s'enquit-elle d'un ton tranchant. Aviez-vous l'intention de me cacher quelque chose ? »

De Nebrija se mordit les lèvres. Il répondit en grimaçant :

« Pas du tout. Mais je pense qu'une discussion approfondie entre historiens de l'art sur l'interprétation d'un tableau peut s'avérer très ennuyeuse pour une personne profane.

— Oh ! je vois. Pourtant votre collègue me prend pour une Adamite. Je devrais donc avoir les compétences requises pour suivre votre brillante exégèse du *Jardin des délices*. »

Antonio de Nebrija se raidit. Keie remarqua que les manières insolentes de Vanderwerf irritaient le Madrilène. Grit avait passé un mètre ruban autour du cou et tenait toujours sa loupe à la main. Une vraie Sherlock Holmes en herbe, mais en version sexy. Keie sourit intérieurement.

« Et que voulez-vous nous prouver avec votre loupe pour détective en culotte courte ? » ironisa de Nebrija.

Vanderwerf ne releva pas la pique et se tourna vers le tableau.

« Si vous le voulez bien, commençons par faire un résumé du panneau central. La partie supérieure est dominée par cinq tours-rochers aux formes insolites et un lac dans lequel nagent d'étranges êtres marins. Au-dessous, au milieu du tableau, on voit une sorte de marche triomphale autour d'un étang. La partie inférieure, délimitée par une ceinture végétale, est peuplée d'êtres humains et d'oiseaux rassemblés en petits groupes. Sur les trois plans, on aperçoit d'étranges objets cylindriques ou sphériques qui font explicitement référence à l'alchimie. »

La psychologue parlait d'un ton de conférencier, comme si elle avait déjà présenté son exposé des centaines de fois. Elle prit tout à coup son mètre et tira une diagonale sur le tableau.

« Dans un musée, dit-elle en souriant, on m'arrêterait pour un tel geste. L'alarme se déclencherait et les gardiens se jetteraient sur moi. Mais ici, señores, je peux vous faire cette petite démonstration. Si l'on trace deux diagonales sur le panneau, on trouve à leur croisée un personnage frappant : un cavalier, monté sur un lion, qui porte un énorme poisson comme une lance. »

Elle se retourna vers les deux hommes en arborant un sourire narquois. Keie la trouva très séduisante.

« Señor de Nebrija, vous savez certainement pourquoi ce personnage tient une place centrale. Le poisson est un symbole du Christ. Le lion, animal royal, renforce cette interprétation. Dans le *Physiologus*, un bestiaire du Moyen Âge, on l'assimile aussi à Jésus. Il existe en outre un lien entre cette ronde de cavaliers et le Christ ; dans un traité alchimique du dix-septième siècle, on peut lire : "L'Être de Dieu est semblable à une roue." »

De Nebrija avait écouté attentivement Vanderwerf. Lorsque la psychologue avait parlé du lion, il avait immédiatement ouvert l'un des livres qu'il avait apportés. Voyant une représentation figurée du zodiaque sur la couverture, Keie en déduisit qu'il s'agissait d'un ouvrage d'astrologie. Le Madrilène compulsa le volume en hochant la tête pour montrer son assentiment. Grit venait de marquer un point avec ses explications.

« D'un point de vue astrologique, indiqua-t-il, nous nous trouvons encore dans l'ère des Poissons, qui a commencé avec la naissance du Christ. Mais nous allons bientôt connaître un grand changement et entrer dans l'ère du Verseau. »

Il posa l'ouvrage sur une table d'appoint, indiquant du doigt à Keie et Vanderwerf le passage où se trouvait cette information.

« Nous changeons d'ère tous les deux mille ans environ. Il est toutefois impossible de calculer avec précision quand débutera celle du Verseau. »

L'historien jeta un coup d'œil à Vanderwerf avant de s'approcher du triptyque.

« L’œuf cosmique qui plane au-dessus du poisson confirme le début imminent d’une nouvelle ère.

— Si l’on regarde bien, reprit Vanderwerf, tous les cavaliers de ce défilé sont des hommes. L’historien de l’art Wilhelm Fraenger a cependant relevé une exception. D’après lui, les deux personnages représentés sur le cheval blanc qui suit le porteur de poisson seraient un couple de jeunes mariés. »

Keie s’avança à son tour vers le tableau.

« Ça me fait plutôt penser au sceau de l’ordre du Temple, intervint-il. Deux moines montés sur un palefroi blanc. Ce symbole était censé représenter la pauvreté et l’humilité, mais aussi la vie en collectivité dirigée vers un but commun. Ici, le but est masqué puisque les deux hommes ne voient rien sous leur coiffe végétale. »

De Nebrija compta en silence le nombre de personnages en passant le doigt sur la peinture.

« Cent cavaliers masculins qui chevauchent autour de l’étang central, dans lequel se baignent trente-trois femmes. Ce n’est pas un hasard. Mais pourquoi n’y a-t-il aucun homme dans le bassin ?

— Et pourquoi tous les personnages ont-ils le même âge ? ajouta Keie. On ne voit ni enfants ni vieillards. »

Grit Vanderwerf s’assit sur ses talons. Parcourant la salle du regard, Keie découvrit deux tabourets près des baies vitrées. Il alla les chercher et proposa à Grit et Antonio de s’asseoir. La psychologue le remercia d’un sourire.

De Nebrija brisa le silence qui s’était installé.

« Ce tableau est un casse-tête des plus complexes. Tout est sujet à diverses interprétations. »

Keie regarda alternativement Vanderwerf et le tableau.

« Que peux-tu nous dire d'autre sur cet étrange cortège, Grit ? »

Soudain, de Nebrija se frappa le front du plat de la main. Il se leva du tabouret et se mit à feuilleter fébrilement son ouvrage de symbologie.

« Les cigognes ! s'écria-t-il. Devant le cavalier au poisson, nous voyons deux cigognes perchées sur le dos d'un sanglier. Ces oiseaux ne sont-ils pas les annonciateurs du printemps ? Les cigognes sont aussi synonymes d'une vie nouvelle, puisque ce sont elles qui, dans la tradition populaire, apportent les bébés. L'une d'elles regarde en arrière, en direction de l'ère des Poissons, tandis que l'autre est tournée vers l'avant, vers l'avenir. »

Vanderwerf fronça les sourcils.

« Le sanglier est en revanche l'emblème d'Ares, le dieu de la guerre, et d'autres divinités de la mort. Cet animal évoque les conflits armés et la désolation. Certains auteurs du Moyen Âge lui prêtaient même des pouvoirs diaboliques. »

Les dieux de la guerre et de la mort, le diable. C'en était trop pour Keie.

« Ne nous laissons pas embarquer dans ce labyrinthe de symboles ésotériques, objecta-t-il d'un ton brusque. En résumé, s'il est effectivement question dans ce tableau d'une nouvelle ère, celle-ci devrait donc commencer par l'avènement d'un homme providentiel et une guerre. Tout ça n'est pas vraiment crédible. »

De Nebrija lui jeta un regard agacé. Il répliqua :

« Si le père Baerle a peur que nous déchiffrions le message du triptyque, Michael, il y a une bonne raison. Il ne s'agit pas d'une recette de cuisine ! L'enjeu est de taille ! »

Vanderwerf se leva et s'approcha tout près de Keie.

« *Posse non mori*, lui rappela-t-elle. L'inscription sur le livre du poisson à bec. »

La voix mélodieuse de la jeune femme l'ensorcelait. Il sentit son pouls s'accélérer.

« L'immortalité, le cycle éternel. Celui qui est immortel n'a besoin d'aucun dieu, Michael. Il devient lui-même un dieu. Si elle se propage, cette idée représente un danger pour l'Église catholique, qui s'est toujours arrangée pour préserver son pouvoir.

— Alors c'est l'Église elle-même qui aurait chargé Baerle de détruire le tableau ? » demanda Keie.

De Nebrija secoua la tête.

« Pas nécessairement. Le prêtre peut avoir agi seul. Après tout, les hommes sont influençables. Baerle ne fait peut-être plus la différence entre son intérêt propre et celui de sa hiérarchie. Je me demande si tout ça n'est pas lié au secret qui entoure Jacob Van Almaengien. »

Grit Vanderwerf se redressa en entendant le nom du savant juif. Elle braqua son regard sur de Nebrija.

« Que vous a raconté Baerle à propos de Van Almaengien ? »

Cette question mit la puce à l'oreille de Keie. La psychologue l'avait déjà interrogé à ce sujet un peu plus tôt dans la matinée.

« Pourquoi tiens-tu tant à le savoir, Grit ? s'enquit-il, intrigué.

— Simple curiosité. »

Keie n'en crut pas un mot. À cet instant, un employé de la direction du musée entra dans l'atelier et se dirigea vers lui.

« Señor Keie, les gardiens supplémentaires que vous avez réclamés sont arrivés. Pourriez-vous venir leur donner vos instructions ? »

Keie acquiesça. Il s'excusa auprès de Grit Vanderwerf, puis pivota vers de Nebrija.

« Ah, j'allais oublier, Antonio. Voilà le cliché que vous m'avez demandé. »

De Nebrija détourna les yeux du triptyque et prit l'enveloppe que lui tendait Keie.

« Merci. Je vais l'examiner attentivement. »

En jetant un regard en coin vers Vanderwerf, il ajouta :

« Le moment venu. »

Keie suivit l'employé du musée. Lorsqu'il passa près de Grit, celle-ci étreignit furtivement sa main. Troublé, il marcha jusqu'à la porte de l'atelier, se retourna sur le seuil et fixa brièvement la thérapeute. Ses yeux gris acier brûlaient d'un feu glacé.

60

« Seulement trois gardes supplémentaires, Michael ? Vous pensez que ça va suffire ? »

De Nebrija arpentait derrière Keie le couloir au bout duquel se trouvaient leurs bureaux respectifs.

« Vous croyez que la direction du Prado va nous envoyer la garde nationale parce qu'un prêtre dérangé est susceptible d'abîmer une œuvre d'art ? Ce n'est qu'un tableau, pas un homme. Ils m'ont fait comprendre que nous n'obtiendrions pas un vigile de plus.

— Ne courez pas comme ça, Michael. Je ne suis plus de la toute première jeunesse. »

Keie ralentit le pas. De Nebrija le rattrapa en boitillant.

« Grit Vanderwerf vous a-t-elle raconté quelque chose d'intéressant après mon départ ? » demanda Keie.

À bout de souffle, le Madrilène leva les bras au ciel.

« Nous ne devons pas faire l'erreur de sous-estimer cette femme. Elle nous cache quelque chose ! Sa connaissance du triptyque est tout bonnement incroyable. »

Keie inclina la tête en souriant.

« Le poisson au croisement des deux diagonales. Elle vous a épaté, pas vrai ? »

Ils se remirent à marcher lentement.

« Nous avons discuté encore quelques instants et elle m'a donné une nouvelle piste, reconnut Antonio. Au temps de Bosch, les hommes vivaient avec l'alchimie et l'astrologie comme nous vivons aujourd'hui avec l'astronautique. Ils étaient entourés d'une nature magique. Le feu, la terre, l'eau et le ciel étaient peuplés d'êtres chimériques que nous ne pouvons plus nous imaginer de nos jours. Mais le monde, malgré ces éléments fantastiques, était précis. Les savants pouvaient le calculer, le saisir par des formules mathématiques, l'additionner et le soustraire. Vanderwerf m'a conseillé d'observer attentivement tous ces chiffres présents sur le tableau. Dans l'étang s'ébattent par exemple trente-trois femmes à la peau blanche ou noire. Le chiffre trente-trois représente la perfection. Jésus a vécu trente-trois ans sur terre. Le roi David a régné trente-trois ans. Dans le paradis islamique, l'âge idéal des bienheureux est également de trente-trois ans. J'ai remarqué un autre détail intéressant dans le bassin : il y a trois groupes, trois couples et trois femmes seules. Trente-trois multiplié par trois donne quatre-vingt-dix-neuf. Le quatre-vingt-dix-neuf est un chiffre au-dessous de cent, le nombre de la perfection absolue. Les cavaliers autour de l'étang sont au nombre de cent. Le chiffre symbolisant l'idéal dans le monde hellénistique. C'est aussi un chiffre important dans la chrétienté. Dans le langage courant, n'emploie-t-on pas l'expression “Je te l'ai déjà dit cent fois” comme figure d'insistance ? Le cent pourrait faire référence à une nouvelle ère. »

Keie réfléchit un instant. Il n'avait encore jamais regardé le tableau sous cet angle-là. L'argument était plausible. Le cortège de cavaliers autour du bassin constituait une énigme sous la forme d'un jeu de chiffres.

« Avez-vous montré à Vanderwerf l'agrandissement que je vous ai donné, Antonio ?

— Bien sûr que non. Mais elle se doute de ce dont il s'agit. »

Les deux hommes entrèrent dans le bureau de l'Espagnol. Keie alla se placer devant la reproduction du *Jardin des délices*.

« Pourquoi y a-t-il autant d'animaux différents dans le cortège autour de l'étang ? » s'entendit-il demander.

De Nebrija referma la porte derrière lui et répondit :

« L'ère des Poissons est une période agitée, truffée de paradoxes. Ce bestiaire en est l'illustration. Le pouvoir est représenté par des animaux royaux tels que le griffon et la panthère ; le calme et la paix sont figurés par les chevaux ; la fécondité est incarnée par la chèvre ; et la famine, d'origine diabolique, est symbolisée par l'ours. La licorne, elle, est l'emblème de la foi et du Christ. Le cerf évoque l'amour et la vitalité. Un fatras d'allégories et de symboles issu de la peinture à fresque du Moyen Âge, dont Bosch se devait de reprendre les codes. »

Keie marqua un temps d'arrêt.

« Si je vous suis bien, Antonio, le cortège de cavaliers nous dit : "Regardez, l'ère des Poissons, dominée par le Christ, arrive à son terme et nous allons entrer dans un nouvel âge. L'ère que nous quittons était remplie de contradictions, mais la prochaine sera calme et sûre, semblable à un bain délassant dans un étang, où les hommes pourront savourer sereinement leur existence." »

De Nebrija hocha la tête avec énergie.

« Effectivement, je l'interpréterais ainsi. J'irais même plus loin en affirmant que la partie inférieure du panneau représente la doctrine des Adamites tandis que la partie centrale est consacrée à ce qu'on pourrait appeler "la prophétie des sages". J'ignore néanmoins ce que la partie supérieure du panneau signifie. Mais j'ai remarqué une chose : sur la gauche, ces hommes à queue de poisson qui se dirigent vers le centre du grand lac pourraient être des verseaux. Pourtant, ils sont revêtus d'armures et avancent en ordre de bataille, ce qui ne correspond pas à notre théorie d'une nouvelle ère de paix. »

Keie regarda son collègue avec une moue sceptique.

« J'avoue qu'il y a une chose que je ne comprends pas. Pourquoi se donner tant de mal à réunir toutes ces informations sur un tableau ? L'ère du Verseau arrivera de toute manière, avec ou sans le triptyque, ce n'est qu'une question de temps. Et la chrétienté survivra à ce changement.

— Il s'agit peut-être d'un avertissement ! Vous avez sûrement entendu parler de cette prédiction astrologique selon laquelle, le dix-huit août 1999, les planètes formeront une croix en se plaçant dans les constellations du Taureau, du Lion, du Scorpion et du Verseau. Des scientifiques prévoient des tempêtes et des tremblements de terre ce jour-là, et l'axe terrestre pourrait même être modifié. Sur le panneau, on retrouve les quatre signes du zodiaque qui forment une croix : le lion marche devant l'étang et, de l'autre côté, on aperçoit un taureau ; à droite du bassin, une gigantesque queue de scorpion est portée par un groupe d'hommes tandis qu'à gauche on remarque une sorte d'animal à bec amphibien qui pourrait bien symboliser le signe du Verseau.

— Une prophétie apocalyptique ? s'exclama Keie en souriant. Vous allez un peu loin, Antonio. Je ne vois aucun verseau à gauche de l'étang. Et si je ne me trompe pas, les animaux du tableau ne respectent pas l'ordre du zodiaque. Le taureau et le lion ne devraient pas être l'un en face de l'autre.

— En ce qui concerne le signe du Verseau, les représentations diffèrent. Cet étrange oiseau, avec son long bec et son corps sphérique, rappelle un alambic d'alchimiste et peut tout à fait incarner un verseau. En revanche, je le concède, l'ordre zodiacal a été modifié et j'ignore pourquoi. »

La tête de Keie bourdonnait. Le tableau l'attirait comme une mystérieuse amante lui révélant avec prudence et délicatesse ses secrets. Il en était à la fois fasciné et dégoûté. Il avait beau se concentrer, tous ces détails lui donnaient le vertige.

« Il nous manque quelque chose pour décrypter entièrement le triptyque, Antonio. Je ne peux pas l'expliquer, mais mon instinct me dit que Baerle et Vanderwerf nous dissimulent des indices. »

De Nebrija se tourna vers Keie.

« Avant de partir, la psychologue a ajouté que nous avions négligé un détail dans le cortège : perchée sur la longue corne d'une licorne, une chouette observe la scène. D'après Vanderwerf, cette chouette est la clé de l'interprétation. L'animal serait le symbole d'un groupe d'êtres humains qu'elle nomme les "hommes-graines". Ceux-ci se prépareraient à régner sur l'ère du Verseau lorsque celle-ci débutera. »

Keie se pencha vers la reproduction pour examiner la chouette et la licorne que venait d'évoquer Antonio.

« Grit a peut-être raison. La symbolique de la chouette joue probablement un rôle primordial dans l'exégèse du tableau. Vous avez également découvert le visage d'une chouette sur l'un des agrandissements. Cet animal correspond parfaitement à la doctrine des Adamites : symbole d'Athéna, la déesse qui défend l'égalité des sexes, mais aussi symbole de la nuit, du mystère. Tout concorde. »

De Nebrija se laissa tomber sur sa chaise de bureau avec un soupir.

« C'est possible, Michael. Mais nous n'avons aucune certitude. Nous trouverons peut-être une réponse là-dessus ! »

Le Madrilène agita l'enveloppe qui contenait l'agrandissement du troisième volet.

« Je vais étudier votre cliché. »

Keie s'ébroua. Il détourna ses yeux du tableau et vit son collègue penché sur l'agrandissement qu'il avait réalisé. Il se dirigea vers la porte, car il voulait encore donner quelques consignes supplémentaires aux vigiles. Arrivé sur le seuil, il pivota vers le vieil historien.

« Je n'ai rien découvert de nouveau sur le cliché, mais vous aurez peut-être plus de chance que moi. »

Antonio de Nebrija, qui examinait la photo à la loupe, parut ne pas l'entendre. Keie haussa les épaules et quitta la pièce.

Livre troisième

Et ils croquèrent le fruit défendu...

61

« Nous tournons en rond depuis quatre jours et rien ne se passe ! »

De Nebrija s'assit sur le bureau de Keie et jeta un coup d'œil sur le plan du bâtiment que le restaurateur avait déplié devant lui.

« La direction du musée a accepté de nous envoyer trois vigiles supplémentaires, expliqua Keie en pointant son stylo rouge vers les croix indiquant l'endroit où les gardiens étaient postés. J'en ai placé un devant la salle de restauration, un autre près de l'entrée de derrière et le dernier à côté de la porte de la cave. Seuls vous et moi avons l'autorisation de pénétrer dans l'atelier où se trouve *Le Jardin des délices*. Plus les deux restaurateurs qui sont en train de nettoyer le Goya. Nous pouvons garder ce dispositif de sécurité jusqu'à la semaine prochaine. Ensuite, l'exposition Vélasquez commence au Prado et nous devrons nous passer des trois vigiles. »

Il s'appuya contre le dossier de son siège et observa de Nebrija. Depuis sa rencontre avec Baerle, l'historien de l'art paraissait avoir rajeuni. Il s'était même mis à se raser tous les jours.

Keie montra son oreillette et le petit micro posé sur le bureau qu'il pouvait accrocher au revers de sa veste.

« Avec ça, je peux rester constamment en contact avec les vigiles. Du matériel dernier cri. Emprunté à la Guardia civil. »

De Nebrija leva le pouce pour le féliciter.

« Bravo, c'est presque un miracle avec la politique d'austérité que mène le musée. »

Il marqua un temps d'arrêt avant de demander :

« Avez-vous vu Grit Vanderwerf aujourd'hui, Michael ? »

Keie s'efforça d'éviter le regard de l'Espagnol. Il voyait Grit tous les jours. L'avant-veille, ils étaient même allés déguster un plat de poisson au restaurant Terra a Nosa. La psychologue avait revêtu une ravissante robe mordorée. Après le dîner, ils s'étaient promenés sur la plaza Mayor et avaient ensuite marché jusqu'à la Gran Via. Keie était rentré chez lui tard dans la soirée.

Il regarda sa montre. Elle avait promis de l'appeler vers dix heures.

« Non. Pourquoi ? »

Antonio fronça les sourcils et se passa la langue sur les lèvres. Puis il prit l'agrafeuse de Keie qu'il tritura nerveusement.

« Écoutez, Michael. C'est une femme séduisante et je comprends qu'elle vous fascine. Mais tous les jours, après son travail, elle passe ici pour me demander si j'ai trouvé quelque chose sur le troisième agrandissement. Vous ne trouvez pas ça étrange ? »

Keie prit une profonde inspiration.

« Changez de refrain, Antonio ! Ce qui se passe entre elle et moi ne vous regarde pas.

— Je sais. Mais je suis prêt à parier que Vanderwerf se sert de vous. Elle ne s'intéresse qu'au tableau. »

Keie songea au bref baiser que Grit lui avait donné devant l'hôtel Emperadeur. Rien de sérieux certes, mais ce baiser était tout de même la preuve d'une certaine affection.

« Qu'est-ce qui vous fait croire qu'elle essaie de me manipuler ? »

De Nebrija sortit une feuille de la poche de sa chemise. Après l'avoir dépliée, il alla la punaiser sur la porte. Keie considéra avec étonnement le signe tracé sur le papier.

« Et alors ? C'est ça, votre réponse ? Une croix surmontée d'un cercle ?

— Le symbole de Vénus. Je l'ai découvert sur le troisième agrandissement. »

Keie poussa un léger sifflement et se leva.

« Vous en êtes sûr ?

— Oui. Il était dissimulé juste au-dessus de la barque où se tient l'homme-arbre. »

Keie se mit à faire les cent pas dans la pièce.

« Deux choses, Antonio. *Primo*, je ne comprends pas quel est le rapport entre la découverte de ce symbole sur le volet de l'enfer et Grit Vanderwerf. *Secundo*, je suis intrigué depuis le début par le fait que les dégradations du tableau soient si légères. Et partout où le vernis a été endommagé, vous avez trouvé quelque chose. J'ai moi aussi examiné le dernier cliché, Antonio, et je n'ai rien vu. »

Il se planta soudain devant l'Espagnol, qu'il dépassait d'une tête, et croisa les bras. De Nebrija ne recula pas d'un pouce.

« Je comprends vos doutes, Michael. Mais on peut supposer que le père Baerle connaissait les endroits où les signes étaient dissimulés. Si c'est vraiment le cas, il n'a pas lancé le vitriol au hasard. »

Keie s'appuya contre son bureau.

« D'accord, admettons que tout ça soit indiqué dans le manuscrit. Quel est le lien entre le symbole de Vénus et Grit Vanderwerf ?

— Savez-vous ce que pourrait signifier ici ce symbole, Michael ?

— J'ai ma petite idée. Nous avons déjà évoqué l'importance de l'étang réservé aux femmes, qui se trouve au milieu du panneau central. »

De Nebrija hocha la tête en souriant.

« Et si c'était justement ça, le thème central du tableau ? Le rôle que joueront les femmes dans l'avenir. Vénus est le symbole de la féminité. »

L'idée n'avait pas traversé l'esprit de Keie. D'un autre côté, toutes ces théories le dépassaient. Il avait l'impression que cette chasse aux symboles cachés tournait à l'obsession chez son collègue.

« Peut-être bien. Mais en quoi ce message est-il aussi extraordinaire ? Bosch dessine au seizième siècle un symbole de Vénus sur son tableau avant de le recouvrir d'une couche de peinture en espérant que dans un futur lointain quelqu'un sera en mesure de le remarquer ? Pourquoi se donner tant de mal ? Ne faisons-nous pas fausse route ? Tous ces signes et lettres cachés ne sont peut-être que de simples repentirs comme on en trouve sur presque tous les tableaux.

— Possible. Mais comment Grit Vanderwerf peut-elle connaître aussi bien le triptyque ? Ce n'est pas un hasard.

— C'est vous qui lui avez donné de précieux indices quand nous lui avons montré le tableau. »

De Nebrija acquiesça.

« C'était pour l'appâter, répondit-il en passant la main dans sa crinière blanche. Je voulais découvrir ce qu'elle savait. Vous n'avez pas remarqué qu'elle possède des connaissances étonnantes sur *Le Jardin des délices* ? J'ai mis quarante ans pour en arriver au même point.

— Vous pensez aux Adamites ?

— Oui, et à Jacob Van Almaengien ! D'ailleurs, à ce propos, il faudrait réinterroger Baerle pour savoir ce que Petronius Oris a découvert sur le savant. »

Antonio de Nebrija respira profondément. Keie pouvait sentir le dilemme qui faisait rage en lui : faire revenir le prêtre dans les locaux n'était pas sans risque. Baerle pourrait chercher à s'esquiver pour détruire définitivement le triptyque.

À cet instant, l'oreillette de Keie grésilla. Le restaurateur tressaillit. Il la retira et la déposa sur le bureau afin que son collègue puisse également écouter la communication. Une voix déformée résonna dans le récepteur.

« Señor Keie, le portier a reçu un appel de la Guardia civil. Ils nous envoient un certain commissaire Rivera. »

Le Berlinois prit son micro.

« Et que vient-il faire ici ?

— Voir si tout va bien et contrôler le matériel qu'ils nous ont prêté.

— D'accord. Quand il sera là, vérifiez sa carte et conduisez-le jusqu'à mon bureau.

— Oui, señor. »

Keie reposa le micro en soupirant.

« J'espère qu'il ne s'agit pas d'une histoire d'assurance. C'est à la direction du musée de s'occuper de ce genre de chose. »

En levant la tête, il vit que de Nebrija s'apprêtait à sortir du bureau.

« Attendez, Antonio. Une dernière question. Ce qui m'intrigue depuis le début, c'est que je n'ai encore jamais entendu parler de ce Petronius Oris. J'ai vérifié dans plusieurs ouvrages d'histoire de l'art – aucune trace de lui. Si ce que raconte Baerle est vrai, Oris aurait dû se distinguer par ses propres tableaux. Connaissez-vous un peintre de ce nom ?

— Non, mais ce n'est pas surprenant. Les peintres comme Bosch, les frères Van Eyck ou plus tard Rubens engageaient souvent dans leurs ateliers des spécialistes pour peindre les fonds, les drapés ou les motifs architecturaux. Cela permettait aux maîtres de gagner du temps et de se concentrer sur les points les plus intéressants de leurs compositions. Ces assistants, même lorsqu'ils étaient très doués, sont restés pour la plupart anonymes. Il est tout à fait possible que Petronius Oris ait rempli ce genre de tâches pour Bosch et d'autres artistes célèbres. Dans ce cas, son nom n'est pas passé à la postérité. »

Keie avait écouté attentivement la réponse de son collègue. Cela lui semblait curieux que Petronius Oris se soit perdu dans les méandres du temps. Un peintre de son talent ne disparaissait pas sans laisser de trace. À moins qu'il n'ait été brûlé par l'Inquisition. Mais dans ce cas, comment aurait-il pu rédiger le manuscrit retrouvé par Baerle ?

« Petronius Oris était très doué, Antonio. Breu et Dürer l'ont recommandé comme portraitiste, ce n'est pas rien.

— Ou alors Bosch l'a employé à d'autres fins. Je me suis souvent dit que l'imagination exubérante du *Jardin des délices* ne pouvait être le fruit d'un seul homme. Oris livrait peut-être des idées à son maître – il était en quelque sorte un pourvoyeur d'images. Certaines créatures du triptyque ne sont peut-être pas nées dans l'esprit de Bosch...

— Ce ne sont que des spéculations ! le coupa Keie. Nous nageons en pleine fiction !

— Qui sait ? » rétorqua de Nebrija avec un sourire en coin.

Puis l'Espagnol arracha le papier qu'il avait punaisé sur la porte et sortit du bureau.

Keie réfléchit quelques instants. Il décida de retourner à l'atelier pour examiner le tableau. Un symbole de Vénus. Au milieu de l'enfer !

62

Keie sursauta en entrant dans l'atelier. Une femme se tenait devant *Le Jardin des délices*. Ce n'est qu'au deuxième coup d'œil qu'il reconnut Grit Vanderwerf.

« Grit ? Mais que fais-tu ici ? Comment es-tu entrée ? »

La psychologue se retourna lentement vers lui et montra en souriant le badge qui pendait sur sa poitrine.

« La direction du musée m'a accordé une autorisation spéciale. »

Keie la regarda avec stupéfaction.

« Je leur ai raconté que je pourrais être utile dans le cas où le père Baerle parviendrait à s'introduire ici, poursuivit-elle. Je suis peut-être la seule personne capable de l'empêcher de détruire le tableau. »

Son sourire était un peu trop innocent au goût de Keie. Le restaurateur sentit la colère le gagner. À l'évidence, la direction du Prado ne prenait pas la situation au sérieux et laissait entrer n'importe qui dans l'atelier.

« Toi ? ricana-t-il. Baerle déteste les femmes. Tu crois sérieusement qu'il t'écouterait ? »

Vanderwerf ignora sa remarque et se tourna de nouveau vers le panneau central du triptyque.

« N'est-il pas magnifique, ce jardin d'Éden dans lequel s'ébattent hommes et femmes ? Tout respire l'amour et la joie. »

La psychologue prit Keie par le bras lorsque celui-ci s'approcha. Comme il restait muet, elle ajouta d'une voix douce :

« Ne sois pas fâché, Michael. Si je t'avais demandé de me laisser entrer, tu m'aurais dit non. Je me trompe ? »

Keie hocha la tête. Elle lui jeta un regard désarmant, mais il ne voulait pas se laisser démonter. Grit se moquait de lui.

« Que les choses soient claires : tant que Baerle sera en cavale, personne ne s'approchera du *Jardin des délices*, à l'exception de ses restaurateurs. Et ce sont Antonio et moi.

— Oh, je vois. Tu t'es reconverti en garde du corps pour tableaux. C'est une promotion ? »

La pique mit Keie hors de lui. Il répliqua d'une voix rauque :

« Tu me prends pour un abruti transi d'amour qu'on peut mener par le bout du nez ? Il n'est pas seulement question ici de ton cul, bordel ! Et tu n'as vraiment rien d'autre à foutre que de chercher à contourner mon dispositif de sécurité ? »

Grit s'écarta brusquement de lui et le regarda d'un air choqué.

« Qu'est-ce qui t'arrive ?

— Ce qui m'arrive ? »

La voix de Keie s'envola dans les aigus. Il s'efforça

de se maîtriser en faisant les cent pas au milieu de la pièce.

« Quelqu'un essaie de détruire un tableau que je considère comme le plus génial de son temps et tu te fous de moi ! hurla-t-il. Tu ne peux pas oublier un instant ton bla-bla de psychologue et songer au triptyque ? »

Grit Vanderwerf recula d'un pas. Ses lèvres se plissèrent pour ne devenir qu'une fente étroite.

« Retire ce que tu viens de dire ! » siffla-t-elle avant de virevolter brusquement et de se diriger vers la porte.

Horrifié par sa propre réaction, Keie regretta aussitôt ses paroles. Tandis que la jeune femme marchait vers la sortie, il se demanda fébrilement comment il pouvait s'excuser. À son grand étonnement, Grit lança sans se retourner :

« En fait, j'étais venue ici pour te parler de certains détails du tableau qui m'intriguent. Mais si tu ne veux pas m'écouter... »

La psychologue paraissait irritée, mais prête à passer l'éponge. Cherchait-elle à l'appâter ? Il attendit qu'elle pose la main sur la poignée de la porte pour la retenir.

« Attends, Grit. Pardonne-moi, j'ai les nerfs à vif en ce moment. Que voulais-tu me dire ? »

Elle lâcha la poignée et resta figée devant la porte.

« Tu te fiches pas mal de ce que je peux penser !

— Tu sais bien que ce n'est pas vrai. Je me suis comporté comme un mufle. Quand je t'ai vue ici en entrant, ça m'a mis en rogne. »

Keie s'avança vers elle. Son cerveau fonctionnait à toute allure. Il lui semblait que Grit avait cédé un peu trop vite. Avait-elle une idée derrière la tête ? Qu'attendait-elle de lui ?

Elle pivota sur ses talons, puis vint à sa rencontre. Keie s'arrêta et la regarda se planter devant lui. Il déglutit avec peine. Grit ferma les yeux et tendit légèrement la bouche, exigeant de lui un baiser. Après une courte hésitation, il se pencha pour l'embrasser. Mais ses lèvres étaient sèches et froides.

Puis la thérapeute s'écarta doucement de lui et tourna la tête vers le triptyque.

« Avez-vous trouvé quelque chose sur le volet de l'enfer ? demanda-t-elle d'un ton désinvolte. De Nebrija n'est pas très bavard avec moi. Je crois qu'il ne m'aime pas.

— Non, tu te trompes ! » mentit Keie en songeant aux avertissements du vieil érudit.

Grit se comportait de manière très étrange. Pourquoi n'était-elle pas venue le retrouver dans son bureau ? Il décida de lui taire la dernière découverte de son collègue.

« Antonio n'a rien trouvé sur le troisième agrandissement, esquiva-t-il.

— Dommage, murmura-t-elle en faisant une moue boudeuse. J'aurais aimé être là au moment de la résolution de l'énigme.

— De quelle énigme parles-tu ? Que voulais-tu me dire tout à l'heure ? Je... »

Grit l'interrompit d'un geste brusque. Elle le prit par le bras et l'entraîna vers le triptyque.

« Tu sais, Michael, pour un tableau réalisé par un peintre de sexe masculin, *Le Jardin des délices* contient trop de thèmes féminins dont la signification reste mystérieuse. »

Keie tendit l'oreille.

« Qu'entends-tu par là ? Tu trouves que le tableau possède un côté masculin et un côté féminin ? »

Les pensées se bousculaient dans son esprit. Que cherchait-elle à lui dire ?

« Regarde d'un peu plus près. Tout d'abord, Dieu le Père a été relégué sur le revers du triptyque. Il trône à l'écart du globe terrestre, dont les rondeurs féminines rappellent l'œuf cosmique. Sur le volet du paradis terrestre, le Christ effleure Ève tandis qu'Adam se détourne. Elle joue la coquette, mais refuse de se soumettre. Sur le panneau central, ce sont les femmes qui détiennent le secret de l'amour. »

Keie se souvint de la scène racontée par Baerle dans laquelle le prêtre des Adamites expliquait à la petite communauté le sens du tableau. Il était question d'un amour séraphique délivré de tout péché.

« De plus, les femmes sont au centre du triptyque, poursuivit la psychologue. Aucun homme ne se baigne dans l'étang. Et sur le volet de l'enfer, on ne voit presque aucune figure féminine. »

Keie détailla le volet droit du triptyque. De Nebrija avait-il réellement découvert un symbole de Vénus au milieu de ce monde de violence ? Grit possédait-elle une explication ou cherchait-elle seulement à le provoquer pour qu'il lui raconte ce que son collègue avait trouvé ?

« Les rares femmes représentées sont des nonnes ayant renié leur foi ou des prostituées. Elles sont tombées sous l'influence des hommes et ont ainsi trahi leur féminité. Tous les autres personnages sont de sexe masculin ! Pourtant, d'après les croyances de l'époque, l'enfer aurait dû fourmiller de femmes. L'Église n'a eu la bonté de nous accorder une âme, à nous les femmes, qu'en 1475. Avant ça, nous étions condamnées à brûler en enfer. »

Keie sourit en entendant la remarque ironique de la psychologue. Il tourna légèrement la tête pour l'observer de profil.

« Jusqu'à présent, le père Baerle n'a vandalisé que des tableaux sur lesquels apparaissaient des femmes qui célébraient l'amour ou l'érotisme. Nous ne connaissons pas le message du *Jardin des délices*...

— S'il en possède un, objecta Keie.

— On peut toutefois le supposer. Et comme il a trait d'une manière ou d'une autre à la femme, Baerle ne renoncera pas à le détruire. Il va revenir, j'en suis sûre.

— Pourquoi ?

— Il est malade, Michael. Il est psychiquement instable. Je travaille comme psychologue depuis longtemps, mais je n'ai jamais rien vu de pareil. Il voue aux femmes une haine furieuse. Il se prend vraiment pour l'inquisiteur Jean de Baerle. »

Keie réfléchit fébrilement. Il devait découvrir quelles étaient les intentions de Grit.

« Tu as évoqué l'autre jour un cercle de sages qui traverse les siècles. Y crois-tu vraiment ? Si c'était vrai, l'existence d'un tel groupe d'érudits aurait forcément été révélée à un moment ou à un autre. »

La thérapeute lâcha son bras et le dévisagea en silence. Puis elle se mit à tourner lentement autour de lui.

« Savais-tu, Michael, qu'il est très difficile de conserver des données sur le long terme ? Par exemple, ce que chaque compagnie d'assurances essaie de faire de nos jours, c'est-à-dire de stocker pour l'avenir le maximum d'informations sur leurs clients, est voué à l'échec. Ces données finiront par ne plus être lisibles, ce n'est qu'une question de temps. Soit parce que l'informatique aura évolué, soit parce que les supports de données n'auront pas résisté à l'usure des ans, soit parce que les informations se seront multipliées avec une telle surabondance qu'elles perdront toute valeur. La durée de vie de ces données ne dépasserait pas cinquante ans d'après les prévisionnistes. C'est un gros problème pour les historiens. »

Grit Vanderwerf s'approcha du *Jardin des délices*. Elle portait de nouveau cette robe décolletée dans le dos qui dénudait ses omoplates. Keie remarqua que la peau de la jeune femme était légèrement plus bronzée le long de la colonne vertébrale.

« C'est un problème pour nous tous, reprit-elle. Nous connaissons la vie de nos parents, plus ou moins celle de nos grands-parents et quelques bribes de celle de nos arrière-grands-parents, mais ça ne va pas plus loin. L'histoire d'un État meurt lentement, même si les archives ralentissent le dépérissement. Restent des anecdotes, quelques vagues témoignages à partir desquels on tente de se faire une idée d'une époque révolue.

— N'est-ce pas notre droit d'oublier certaines choses et de tirer un trait sur le passé ? » fit remarquer Keie.

Grit se retourna brusquement et lui décocha un regard qui le fit déglutir. Ses prunelles jetaient une lueur inquiétante.

« Jusqu'où remontent nos souvenirs ? Mille ans ? Deux mille ans ? »

Keie se racla la gorge.

« Dix mille ans. Au moment où est née l'écriture. »

Grit hocha la tête et fixa le sol, comme si elle cherchait à se contenir. Lorsqu'elle se remit à parler, sa voix n'était plus qu'un murmure. Keie dut faire un pas vers elle pour comprendre ce qu'elle disait.

« Et qu'y avait-il avant ça ? Le savons-nous ? Les êtres humains peuplent la terre depuis un million d'années, voire plus. Peut-être que la volonté d'échapper au présent et de connaître le passé existe depuis la nuit des temps. En un million d'années, on a le temps d'étudier les cycles de ce monde et de collecter de nombreuses connaissances. Et si un groupe d'érudits avait été élu depuis l'aube des temps pour relater le développement de l'humanité ? »

Elle parlait de plus en plus vite, d'une voix pénétrante. Keie sentit un frisson courir le long de son échine. Grit avait toujours le regard rivé au sol, comme si elle lisait un manuscrit invisible.

« N'est-il pas dit dans la Bible : "On raconte que..." ou "Il est écrit que..." ? T'es-tu déjà demandé qui étaient ces narrateurs et où se trouvaient ces écrits dont il est fait mention ? Durant très longtemps, l'homme a transmis oralement son savoir. Des générations d'initiés se léguaient leurs connaissances. Jusqu'à l'invention de l'écriture où tout a pu être consigné sur des supports variés. Une tradition a été remplacée par une autre. Certains de ces documents historiques existent toujours. »

Elle marqua une pause pour laisser à ses paroles le temps de faire leur effet, puis ajouta :

« Ce tableau en fait partie. »

Keie sentit qu'il commençait à transpirer.

« Pourquoi dans ce cas son message n'a-t-il pas été interprété depuis longtemps ? »

Grit releva la tête.

« Parce que l'Église a fait une chose sans précédent : elle a exterminé tous ceux qui savaient. En deux cents ans d'Inquisition, elle est parvenue à gommer le savoir de milliers d'années.

— Tu sous-entends qu'il existe une société secrète qui transmet des connaissances depuis des milliers d'années et qu'une partie d'entre elles est dissimulée dans ce triptyque ?

— Jusqu'à présent, on ignorait que le tableau était une relique des sages. C'était certes une peinture insolite, mais qui ne semblait contenir aucune menace pour l'Église. Jusqu'au jour où le père Baerle a découvert le manuscrit de Petronius Oris. »

Keie acquiesça.

« Le prêtre a alors compris que *Le Jardin des délices* pouvait être dangereux et il a décidé de le détruire. C'est possible, mais tiré par les cheveux, Grit. Si Baerle n'avait pas jeté de l'acide sur le tableau, ton prétendu message serait resté caché sous une couche de peinture jusqu'à la fin des temps.

— Ou jusqu'à ce qu'une autre personne tombe sur une copie du manuscrit. Tu sais qu'une partie des archives secrètes du Vatican doit être rendue publique. Si on y trouve le moindre indice sur les sages ou les Adamites, certains fanatiques n'hésiteront pas à passer à l'action pour protéger l'Église.

— Mais cette bataille n'a plus lieu d'être à notre époque, rétorqua Keie. Qui se sentirait menacé aujourd'hui si un tableau annonçait la fin du patriarcat ou de l'Église catholique ? »

Les yeux de Grit étincelèrent.

« Crois ce que tu veux. En tout cas, si le triptyque recèle un message, Baerle voudra le détruire. Il prend cette menace très au sérieux.

— Et comment sais-tu tout ça, ma petite Adamite ? »

La psychologue sourit.

« Oh, c'est moins mystérieux que ce que tu sembles imaginer. Même de nos jours, il y a encore des femmes qui ont des croyances abstruses, qui se prennent pour des sorcières et s'adonnent à la magie noire. Au début de mes études, j'ai fait la connaissance d'un groupe d'illuminées de ce genre. Fascinant pour une jeune fille de vingt ans qui avait le sentiment de vivre dans un monde dominé par les hommes et qui cherchait à s'opposer à cette société patriarcale. Parmi ces agitées, il y en avait une qui répétait sans cesse que la solution à tous nos problèmes se trouvait sur le triptyque. D'après elle, il suffisait de le décrypter. J'avais oublié ça depuis longtemps, mais quand on m'a chargée de suivre Baerle et que j'ai compris pourquoi il détestait autant le tableau, je me suis souvenue des paroles de cette femme. »

À cet instant, le bipeur de Keie sonna. Il se retourna et pressa son oreillette pour écouter le message. Grit lui parla, mais il ne comprit pas ce qu'elle dit car, au même moment, le vigile de l'entrée annonçait :

« Señor Keie, le commissaire Rivera est arrivé, mais... »

La communication fut brusquement coupée.

« Je ne vous entends plus ! fit Keie. Vous êtes encore là ? »

Un grésillement retentit, puis la voix du gardien jaillit de nouveau de l'oreillette.

« Ce n'est rien, señor. Des signaux parasites. Nous avons contrôlé les papiers du commissaire. Tout est en ordre.

— Envoyez-le dans mon bureau. »

Keie remit le micro dans sa poche. Quand il se retourna, Grit avait disparu. Était-elle partie l'attendre dans son bureau ?

Il jeta un dernier regard au triptyque, puis quitta l'atelier en humant le parfum de la psychologue qui flottait dans l'air.

63

Saisi d'un mauvais pressentiment, Keie descendit l'escalier en courant. Son bureau était vide, il n'avait trouvé ni Grit ni le commissaire Rivera. Lorsqu'il arriva dans le couloir menant à la salle de restauration, son cœur cessa de battre. Le vigile qui montait la garde devant la porte avait disparu. Pris de panique, il accéléra l'allure. Son visage le brûlait. Quand il ouvrit la porte, il fut aveuglé un instant par la lumière crue de la pièce. Il avança lentement dans l'atelier et sentit soudain son sang se glacer dans ses veines. Sur la table d'appoint qui se trouvait près du *Jardin des délices*, quelqu'un avait déposé un crucifix ; à l'extrémité des quatre branches brûlaient des bougies. On avait brisé le Christ en bois et réorienté sa tête face à ses pieds. Keie se rua vers la table, éteignit les bougies et jeta le crucifix dans un coin de la pièce. Puis il examina le triptyque. Heureusement, celui-ci était intact. Keie poussa un soupir de soulagement et sa respiration se calma. Il passa la main dans ses cheveux. Mais où étaient Grit et le commissaire ? Et qui avait placé ici ce fichu crucifix ?

Soudain, la porte se referma derrière lui en claquant. Keie tressaillit et fit volte-face. Devant lui se tenait l'un des vigiles. Vêtu de l'uniforme bleu du musée, l'homme avait rabattu la visière de sa casquette sur les yeux.

« Où étiez-vous passé, bon sang ? s'agaça Keie.

— La nature change, la vérité tue ! » gronda le gardien.

Stupéfait, Keie examina plus attentivement les traits de l'employé et reconnut tout à coup le père Baerle.

« Vous !

— Surpris, señor Keie ? Vous ne vous attendiez pas à me voir ici, n'est-ce pas ?

— Je ne pensais pas que vous parviendriez à entrer dans le bâtiment.

— C'était plus facile que prévu. Un coup de téléphone a suffi. Personne n'a songé à vérifier mon identité. C'est très imprudent.

— Ainsi c'était vous, le commissaire Rivera ?

— Ma petite surprise est très réussie, n'est-ce pas ? »

Keie réfléchit fiévreusement. Baerle avait certainement sur lui un flacon d'acide qu'il viderait à la première occasion sur le triptyque. Il fallait gagner du temps en détournant son attention.

« Où sont les vigiles, mon père ? »

Le prêtre ricana.

« Partis. Je leur ai dit de prendre leur pause-déjeuner. Ils sont tellement crédules. »

Baerle enleva sa casquette. Un éclat mauvais passa dans ses yeux. Keie se doutait que l'ecclésiastique essaierait d'exercer sa force de suggestion. Sa bouche tressaillait nerveusement.

Lentement, le père Baerle s'avança vers *Le Jardin des délices*. Keie lui barra le chemin. Il chercha désespérément une question pour distraire l'attention du religieux.

« Pourquoi vous êtes-vous introduit ici, mon père ? Qu'attendez-vous de moi ? »

Baerle se figea. Ses yeux, qui roulaient nerveusement dans tous les sens, se rivèrent sur le restaurateur. Mais son regard restait vide comme celui d'un aveugle.

« La seule chose que j'attends de vous, c'est que vous vous écartiez de mon chemin. »

Un sourire sinistre se dessina sur ses lèvres.

« Si vous voulez, mon père, je vais chercher Grit Vanderwerf, lança Keie. C'est votre thérapeute, vous pouvez vous confier à elle. »

Son inspiration soudaine eut l'effet escompté. Comme piqué par une guêpe, Baerle recula d'un pas. Les paupières du prêtre tressautèrent, et sa voix grimpa dans les aigus.

« Je l'ai vue ! hurla-t-il en faisant de grands moulinets avec les bras. Le serpent. C'est Satan qui l'a envoyée.

— Pourquoi la traitez-vous de serpent ? »

Le religieux jeta un coup d'œil derrière lui, puis il murmura avec un air de conspirateur :

« C'est une femme. Elle refuse de reconnaître que c'est à cause de son sexe que le péché est entré en ce monde. L'état d'innocence de l'homme s'est...

— Arrêtez, mon père, l'interrompit Keie, agacé. Je ne veux pas entendre vos histoires à dormir debout. »

Baerle baissa les yeux. Tout son corps commença lentement à se balancer d'avant en arrière.

« Avez-vous découvert un troisième symbole sur le volet de l'enfer, señor Keie ?

— Non. »

Le prêtre éclata de rire.

« Dans ce cas, il est trop tard.

— Que voulez-vous dire ?

— Vous n'aurez plus l'occasion d'examiner le tableau », répondit Baerle avec un rictus mauvais.

Une sonnette d'alarme se mit à hurler dans le cerveau de Keie. Il maudit les vigiles qui avaient abandonné leur poste. Et où était passée Grit ?

« Pourquoi tenez-vous tant à détruire ce triptyque, mon père ? »

Le visage de l'ecclésiastique perdit soudain toute expression. Keie songea à l'homme-arbre qui se trouvait sur le volet de l'enfer. Le personnage avait le même regard vide qui semblait traverser le spectateur pour se perdre dans le lointain.

Sans dire un mot, Baerle contourna Keie et ramassa le crucifix qui gisait sur le sol.

« Que signifie cette mise en scène ? » demanda Keie.

Le prêtre lui tourna le dos. Il alla déposer avec précaution la croix sur la petite table et remit en place la figure du Christ.

« Ceci est mon arrêt de mort. Elles ont brisé le corps du Christ parce qu'il ne signifie rien pour elles. À leurs yeux, ce n'est qu'une idole masculine. »

Baerle parlait d'une voix traînante, comme s'il devait chercher les mots un à un dans son esprit avant de les faire passer péniblement entre ses lèvres.

« Qui a déposé ici ce crucifix, mon père ? Le savez-vous ? »

Le religieux acquiesça de la tête. Sa main droite glissa dans la poche de son uniforme. Keie retint sa respiration. Mais Baerle ressortit la main et présenta sa paume ouverte au restaurateur.

« Qui a déposé ici le crucifix ? répéta-t-il en grimaçant. Êtes-vous vraiment aussi naïf, Keie ? Ce sont elles, bien sûr ! Elles veulent tuer une seconde fois notre Sauveur ! Et ce serpent de Vanderwerf est de mèche avec elles !

— Grit ? Vous êtes fou ! »

Baerle toussa.

« Et qui d'autre cela pourrait-il être ? Pourquoi aurais-je brisé ce Christ ? C'est absurde. »

Perplexe, Keie songea au manuscrit de Petronius Oris. Le jeune peintre avait reçu le même avertissement. Et on avait ensuite tenté de l'assassiner. Baerle avait-il raison ?

« Bon, admettons que ce soit Grit Vanderwerf. Pourquoi aurait-elle placé le crucifix dans l'atelier ?

— C'est une menace. Pour me dissuader de toucher au tableau. »

Baerle regarda Keie droit dans les yeux.

« Vous êtes-vous renseigné sur elle, señor Keie ? Avez-vous vu son arbre généalogique ? »

Surpris, le restaurateur secoua la tête. Il n'avait aucune raison d'enquêter sur la famille de Grit.

« Elle est la dernière descendante de la lignée des Vanderwerf, dont le nom s'écrivait autrefois "Van der Werf". Leur arbre généalogique remonte à plus de trois siècles. Rien d'inhabituel jusque-là, señor Keie, je vous l'accorde, mais le meilleur arrive. Vers le milieu du seizième siècle, les Van der Werf s'allient par mariage avec une famille qui porte le nom de

Van Sint Jan. Ça vous rappelle quelque chose ? Philipp Van Sint Jan était le nom catholique de Jacob Van Almaengien. Jacob a donc eu des descendants. Et si le savant appartenait aux Adamites, on peut supposer que les Van der Werf partageaient ses croyances. En effet, ils ont changé fréquemment de domicile avant de finir par s'installer dans la république des Provinces-Unies, où ils ont pu bénéficier de la liberté de culte qui en était un des principes. »

Keie était sidéré. Grit était-elle vraiment la descendante du mystérieux érudit ou s'agissait-il d'une nouvelle invention du prêtre ?

« Si je suis votre raisonnement, mon père, ce serait Jacob Van Almaengien qui aurait déposé le crucifix dans la chambre de Petronius Oris pour l'intimider ?

— Probablement.

— Mais pourquoi ? Que reprochait Van Almaengien au peintre ? »

Baerle fit un pas vers *Le Jardin des délices*. Keie lui barra de nouveau le passage.

« En lisant le manuscrit, j'ai remarqué que la première partie de l'histoire avait été écrite par une personne puis, brusquement, c'est une autre écriture qui prend le relais. Au premier abord, on pourrait croire que Petronius Oris a dicté la fin de son récit parce qu'il ne pouvait plus écrire, mais le style n'est pas le même... »

Keie était enfin parvenu à orienter l'attention du prêtre sur le manuscrit.

« Vous pensez qu'il est arrivé un malheur à Petronius Oris ? Est-ce la raison pour laquelle vous avez interrompu votre narration l'autre jour ? »

L'ecclésiastique braqua son regard vers le tableau et s'absorba dans la contemplation du volet de l'enfer. Keie s'apprêtait à le tirer de ses pensées quand la voix rocailleuse du prête l'enveloppa pour l'entraîner dans le passé :

« Les événements se précipitaient à Bois le-Duc, et la mort tendait ses mains griffues vers Petronius Oris... »

64

La camarde semblait frapper à la porte pour venir le chercher. Émergeant du néant, Petronius ouvrit lentement les yeux, réveillé par ces battements cadencés. On aurait dit qu'un charpentier clouait des planches. Durant un long moment, il resta allongé sur le dos sans bouger, le regard rivé sur le plafond bas, dont les moellons bruts étaient parcourus de veines blanchâtres. Le martèlement se prolongeait, et Petronius imagina de longs clous s'enfonçant dans le bois. Il passa la langue sur ses lèvres desséchées. Il avait du mal à avaler sa salive. Lorsqu'il se tourna sur le côté pour se redresser sur son séant, il ressentit dans son épaule une douleur fulgurante qui se propagea jusqu'à son flanc gauche. Il se laissa retomber sur le sol. Sa mémoire lui jouait des tours. Comment était-il arrivé dans ce cachot ? La cellule puait l'urine et la merde, le pain moisi et la paille souillée.

« Hé, mon gaillard ! Ici, t'es pas dans un lit à baldaquin. Fais attention aux autres quand tu t'retournes sur ta paillasse. »

Submergé par la douleur qui irradiait de son épaule, Petronius fut incapable d'articuler un mot. Il ferma les yeux et s'efforça de contrôler sa respiration. Il sentit contre sa hanche droite la chaleur d'un corps qui se pressait contre lui.

« Où suis-je ? » gémit-il.

En essayant de bouger la main, il constata que son avant-bras gauche était devenu insensible et qu'il sentait à peine ses doigts engourdis.

« T'entends ça, Griet ? ricana le corps allongé à sa gauche. »

Incapable de mouvoir la tête, Petronius ne parvint pas à regarder le visage de son voisin de cellule. Du coin de l'œil, il distingua cependant un rayon de lumière qui tombait dans le cachot. La porte devait se trouver de ce côté-ci.

« Notre homme appartient à la racaille de la pire espèce et il veut nous faire croire qu'il sait plus d'où il vient ! »

Un peu plus loin sur sa gauche, Petronius entendit le rire d'une femme. Elle susurra :

« Faudrait lui r'mettre les idées en place. Laisse-moi passer, Ruff. J'vais t'le ravigoter, l'olibrius.

— Tais-toi, maudite catin ! » grogna l'homme près de Petronius. Puis il se pencha vers le peintre et demanda d'un ton cynique : « Ils t'ont pas dit qu'ils feraient défiler tout un régiment en ton honneur ? Mais t'auras droit qu'une fois à ce traitement de faveur ! »

Son haleine empestait affreusement. Il partit d'un rire gras et donna une grande tape sur l'épaule de Petronius. Un voile noir se déposa sur les yeux du peintre.

Il devait avoir dormi. Lorsqu'il rouvrit les paupières, les moellons au-dessus de lui suintaient d'humidité et les battements de marteau avaient cessé. Son voisin ronflait à faire trembler les murs. À intervalles rapprochés, l'homme lâchait des pets sonores et nauséabonds.

Durant son sommeil, Petronius s'était retourné sur le côté. En inclinant légèrement la tête en arrière, il aperçut dans le mur un soupirail grillagé. La lumière qui jaillissait de la petite ouverture carrée était aveuglante. Prudemment, il tenta de se redresser, mais un violent élancement dans son épaule gauche l'en dissuada aussitôt.

« Enfin réveillé, mon mignon ? » roucoula une voix féminine près de lui.

Dans la pénombre du cachot, il distingua des cheveux hirsutes et un nez sale. La femme se pencha vers lui et il sentit des doigts experts défaire les boutons de sa chemise et déboucler sa ceinture. Après un bon bain et revêtue d'une toilette propre, elle aurait certainement été ravissante, mais la crasse qui la couvrait la rendait repoussante. Petronius recula péniblement.

« Arrête, femme ! grogna-t-il. Dis-moi plutôt où nous sommes. »

La respiration saccadée, il avait des difficultés à articuler. La douleur à l'épaule était insoutenable. De la main droite, il chassa les doigts de la prostituée qui palpaient son entrejambe.

« Comme tu veux, maugréa-t-elle. D'ordinaire, tous les gars s'jettent sur moi comme des bêtes affamées, et le freluquet joue les effarouchés ! »

Vexée, elle pinça les lèvres.

« Je t'en prie, femme. Dis-moi où nous sommes ! »

La catin le dévisagea avec insistance, puis elle parut ressentir un élan de pitié. Sa bouche se détendit et elle lui jeta un regard compatissant.

« J'm'appelle Griet. Tu dois vraiment être mal en point si tu t'rappelles même pas où t'es. »

Elle marqua une pause pour l'observer de nouveau. En proie à une souffrance atroce, Petronius gémit en serrant les dents.

« T'es pas un traîne-misère, j'le vois à tes mains, souffla la prostituée. Bah, qu'importe, d'belles paluches peuvent aussi manier le poignard. T'es enfermé dans l'cachot sous l'escalier d'la mairie, mon joli. »

Petronius leva la tête pour jeter un coup d'œil par le soupirail. Il s'était mis à pleuvoir. À travers le grillage, il vit passer des attelages et distingua des passants qui arpentaient le pavé mouillé de la place du marché. Près de lui, Ruff commença à bouger. Griet s'empressa de grimper par-dessus le dormeur pour retourner à sa place. Avant de disparaître derrière Ruff, elle fit un clin d'œil à Petronius.

Le peintre se tourna sur le dos et soupira en contemplant le plafond. De l'eau de pluie s'écoulait goutte à goutte des fissures.

« Qu'est-ce que je fais ici ? » s'interrogea-t-il à haute voix.

Réveillé, Ruff se redressa et lui lança un regard mauvais.

« Ils vont t'pendre, compère ! siffla-t-il. Le conseil t'a condamné à mort. C'est l'sort réservé aux maraudeurs d'ton espèce. En tout cas, moi, je préférerais... »

Petronius regarda avec stupéfaction l'homme au visage hâve. On voulait le pendre ? Mais pour quelles raisons ? Il n'avait pas échappé à un meurtre pour finir sur le gibet.

« Je me fiche de tes préférences, Ruff ! » répliqua-t-il.

Son voisin aux traits décharnés ricana.

« Qu'le diable t'emporte ! J'aimerais t'voir balancer au bout d'une corde. C'est toujours un bon moment d'voir un pendu s'faire dessus quand ses boyaux finissent par s'relâcher. »

Ruff aboya ces paroles avec une haine non dissimulée. Petronius se demanda si l'homme n'essaierait pas de l'étrangler avant son exécution. Celui-ci s'approcha et lui cracha au visage. Le peintre sentit son haleine pestilentielle lui monter aux narines.

« J'vais t'donner un bon conseil, mon gaillard », gronda Ruff.

Il retroussa les lèvres, découvrant un chapelet de chicots jaunes et déchaussés.

« Touche pas à ma régulière, sinon j'pourrais priver l'conseil communal d'leur p'tit plaisir. »

Il joignit le geste à la parole en serrant le poing d'une manière explicite. Petronius laissa retomber sa tête sur la paillasse. Épuisé, tenaillé par la douleur, il se sentait défaillir.

« Ruff ! » cria soudain une voix caverneuse dans le dos du prisonnier.

Celui-ci sursauta et virevolta vers la grille d'entrée qui donnait sur la place. Assis contre les barreaux, un bâton coincé entre les jambes, un mendiant faisait l'aumône. L'indigent tourna la tête vers l'intérieur du cachot.

« Ruff ! Cesse ton petit jeu. Si tu touches un cheveu du peintre, je pends tes entrailles aux créneaux des remparts et je jette ton cadavre dans le fleuve pour nourrir les brochets. Tu m'as compris ? »

Dieu merci, le Grand Zuid était vivant ! Soulagé, Petronius essaya d'articuler quelques mots, mais il ne parvint qu'à émettre un gémissement sourd.

« Écoute-moi, Petronius ! Je vais te lancer une petite bourse. Il y a un onguent à l'intérieur. Applique-le sur tes blessures, même si ça fait mal. Et toi, Ruff, tu as intérêt à l'aider, sinon je t'arrache les yeux. Je ne peux pas rester plus longtemps, les gardes vont me chasser. Mais je reviendrai. »

Au bord de l'évanouissement, l'esprit embrumé par la douleur, Petronius entendit la bourse tomber près de lui. Puis il sentit deux mains ouvrir sa chemise et enduire son aisselle blessée d'une pâte gluante. Les mouvements circulaires sur sa peau furent un supplice presque insoutenable. Griet déchira ensuite les manches de sa chemise pour en faire des bandages. Pendant ce temps-là, Ruff s'était retiré dans un coin du cachot. Les bras passés autour des jambes, le menton posé sur les genoux, il fixait Oris avec des yeux mauvais. Petronius perdit de nouveau connaissance.

Lorsqu'il revint à lui, il ne voyait plus rien. Durant quelques instants, il se crut frappé de cécité. Puis il se rappela où il se trouvait et comprit que la nuit avait plongé le cachot dans les ténèbres. Peu à peu, la douleur afflua de nouveau.

« T'es réveillé ? » murmura une voix à son oreille.

Le peintre se demanda s'il avait rêvé. Sa main droite palpa près de lui un corps aux formes féminines. Griet.

« T'as encore mal ? »

Il secoua la tête et voulut retirer sa main, mais la prostituée la retint.

« Que s'est-il passé ? souffla-t-il.

— T'es pas obligé d'chuchoter, fit Griet. Ruff dort. On pourrait tirer au canon, il entendrait rien. J'ai enduit ta blessure d'pommade et ensuite j'l'ai pansée. T'avais d'la fièvre, mais elle est r'tombée. Tu saisis ce que j'dis, Petronius ? »

Surpris, le peintre ne comprit pas immédiatement la question de Griet.

« T'es assez réveillé pour esgourder c'que j'dis ?

— Bien sûr, balbutia-t-il.

— J'sais pas combien d'temps Ruff s'tiendra tranquille. L'est jaloux comme une bête. Mais j'dois t'dire que Zita est en sécurité. T'as entendu ? Elle est en sécurité !

— D'où la connais-tu ? »

Petronius voulut se redresser, mais son épaule le rappela violemment à l'ordre. Il faillit hurler de douleur.

« J'sais rien d'plus, répondit Griet. Zita m'a d'mandé d'te faire passer ce message. »

Ne sachant plus quoi penser, Petronius scrutait fiévreusement l'obscurité. De petites taches rouges dansaient devant ses yeux.

« Ah, j't'y prends, sale garce infidèle ! Damnée putain ! »

Ruff s'appuya soudain contre Petronius et se mit à cogner Griet des deux poings. Visiblement, il avait fait semblant de dormir.

« J'vais t'donner un avant-goût d'l'enfer ! »

Griet gémissait sous la pluie de coups. Trop faible, Petronius ne pouvait rien faire. Son bras valide était coincé sous le corps de Ruff. Il pencha la tête et mordit l'épaule du jaloux. Celui-ci tressaillit, mais se dégagea sans peine en frappant Oris du plat de la main en pleine poitrine. Le souffle coupé, le peintre vit des étoiles danser devant ses yeux. À demi assommé, il crut entendre un cliquetis d'armes, puis le tintement d'un trousseau de clés.

« Les gardes ! » haleta-t-il.

Ses mots eurent un effet inespéré. Ruff lâcha aussitôt Griet.

« Si tu dis un mot de c'qui vient d'se passer, j'vous expédie tous les deux pour d'bon en enfer », gronda le décharné en se cachant dans la paille derrière Petronius.

La lueur d'une torche apparut derrière la grille et projeta des ombres vacillantes sur le pavé inégal. Deux soldats s'approchèrent des barreaux.

« Petronius Oris d'Augsbourg ! lança l'un d'eux en s'agenouillant pour éclairer la geôle souterraine. Tu es encore en vie ? »

Le peintre hésita à répondre, mais Ruff prit les devants.

« Le drôle est ici ! Et plus vite il sortira d'ce trou, mieux ce s'ra. »

Une clé tourna deux fois dans la serrure, puis l'un des gardes ouvrit la porte et ordonna à Petronius de sortir. L'épaule en feu, le compagnon rampa péniblement vers la sortie. Ruff lui asséna une bourrade pour le forcer à avancer plus vite. Dans la lumière de la torche, Petronius vit le visage impassible du geôlier. Celui-ci semblait considérer les prisonniers qui croupissaient dans le cachot comme des bêtes nuisibles. Il fit sortir le peintre sans ménagement du trou obscur. Petronius se releva en vacillant.

« Ton heure a sonné, compère ! cria Ruff dans son dos avec une joie féroce. T'en as plus pour longtemps ! »

Les soldats refermèrent la grille et encadrèrent Petronius pour le mener vers la potence qui se dressait de l'autre côté de la place. Rongé par la douleur, Oris serra les dents et se mit en marche d'un pas flageolant. Les ricanements de Ruff l'accompagnèrent dans la nuit.

65

« Où est le tableau, Petronius Oris ? »

Il avait l'impression de sentir le nœud coulant de la corde de l'étrangleur se resserrer autour de sa gorge.

« Je vous préviens : cette fois-ci, vous avez échappé à la potence, mais il me suffit de lever le petit doigt pour faire virer au bleu votre joli minois. »

On l'avait installé à un bureau en bois de chêne poli. La chaise rembourrée était agréablement moelleuse. Les rayons du soleil qui entraient par les deux hautes fenêtres garnies de barreaux inondaient la pièce de lumière. Nerveux, l'inquisiteur faisait les cent pas derrière Petronius.

« Vous allez me répondre, je vous le promets. Quand la peur vous tiraillera les entrailles et vous fera monter l'écume à la bouche, vous me supplierez d'épargner votre misérable vie et vous me direz tout ce que je veux savoir. »

Baerle se tut, comme s'il avait soudain pris conscience que le soleil et la vue sur le ravissant jardin planté d'arbres ne concordaient pas avec le tableau de terreur qu'il était en train de brosser.

Petronius resta muet, le regard rivé sur les épaisses frondaisons verdoyantes.

« Je vous donne une dernière chance, reprit le religieux. Après tout, vous êtes un homme intelligent et je ne suis pas un monstre. »

Tout en parlant, il ouvrit le panneau d'un secrétaire en bois sombre pour en sortir du papier, un encrier et une demi-douzaine de plumes d'oie.

« Vous avez été admis dans la secte des Adamites. Racontez-moi tout ce que vous avez vu. N'omettez aucun détail, mais n'affabulez pas. Nous savons vous et moi que les rumeurs qui courent dans la cité ne sont que des sornettes. Je veux la vérité. »

Le dominicain déposa le papier et le matériel d'écriture sur le bureau devant Oris. Celui-ci contempla les plumes, puis leva la tête vers Baerle. Leurs regards se croisèrent. Petronius crut voir une étincelle de folie briller dans les yeux de l'inquisiteur.

Il ne ressentait plus aucune peur à présent. Après l'avoir sorti du cachot, les gardes l'avaient conduit jusqu'au gibet, près duquel patientaient le bourreau et ses deux valets. Il avait murmuré une dernière prière tandis que l'exécuteur encagoulé lui avait passé la corde au cou. Puis on lui avait ordonné de monter sur un petit tabouret et le nœud coulant s'était resserré sur sa gorge. Le bourreau avait tiré sur la corde jusqu'à ce que Petronius se hisse sur la pointe des pieds. Au moment où il s'attendait à basculer dans le vide, l'inquisiteur avait surgi des ténèbres comme un beau diable, brandissant un parchemin. D'une voix rauque, Baerle avait interpellé l'exécuteur et lui avait montré le document portant le sceau du conseil communal qui l'autorisait à emmener le condamné.

Les quelques secondes durant lesquelles Petronius avait senti le nœud étreindre sa gorge et le priver d'air l'avaient transformé. Sa peur s'était envolée. Il avait compris que ce n'était pas l'homme, misérable ver de terre, qui choisissait l'heure de sa mort, mais une puissance supérieure. En cet instant d'extrême lucidité, il avait vu le bourreau et ses valets céder un peu trop vite à la demande de Baerle pour croire à un simple hasard. Il s'était douté que son incarcération, sa mise à mort et l'intervention de l'inquisiteur n'étaient qu'une mise en scène pour briser sa volonté et le rendre plus docile.

Soudain, le père Baerle se pencha en avant et lui souffla à l'oreille :

« Une menace plane sur la ville, Petronius Oris. Une menace que vous ne pouvez pas comprendre et que je parviens à peine à cerner. Mais elle se rapproche lentement, toutes griffes dehors, et nous devons nous préparer au pire. Écrivez tout ce que vous savez sur les Adamites. Faites-le pour moi, pour vous, pour cette cité qui dépérit peu à peu. Vous ne remarquez rien parce que vous ne vivez pas ici depuis assez longtemps. Bois-le-Duc tombe en décrépitude comme un corps gâté par la bile noire. La ville n'est plus que l'ombre d'elle-même, elle se désagrège de l'intérieur et il ne restera bientôt plus qu'une coquille vide qui finira par tomber en poussière. »

Petronius sentait l'haleine du dominicain sur sa nuque. Rebuté, il remua nerveusement, puis bondit de son siège. En se levant, il heurta de l'épaule la mâchoire du dominicain, qui se mordit la langue.

« Arrêtez vos histoires, Baerle ! Vous n'y croyez pas vous-même. »

L'inquisiteur joua avec sa langue endolorie. Au coin de sa bouche perlait un filet de salive teinté de sang qu'il ravala avec précaution.

Petronius regarda par la vitre. Dehors, les rayons du soleil baignaient le feuillage luxuriant des arbres. L'exubérance de la végétation contrastait vivement avec l'austérité de la pièce. Le secrétaire, la chaise et le bureau constituaient le seul mobilier. Les murs chaulés avaient une couleur grisâtre. Sur l'un d'eux était accroché un crucifix surdimensionné. Cette pauvreté ascétique n'était pourtant que façade : le secrétaire de marqueterie était enrichi d'incrustations de nacre et d'ambre jaune.

« Je ne vous ai pas sauvé de la potence pour que vous jouiez les récalcitrants, Petronius Oris. J'attends votre rapport détaillé. Si vous refusez de me le livrer de bon gré... »

Petronius soupira et contempla les barreaux des fenêtres. Il était certes installé ici plus confortablement que dans le cachot de la mairie, mais la pièce restait une cellule.

« Vous me l'extorquerez par la torture, je sais. (Il acheva la phrase de l'inquisiteur.) Épargnez votre salive, je connais le refrain. Pourquoi avez-vous besoin d'un tel rapport ? Je pensais que Zita, enfin sœur Hiltrud, vous avait donné assez de détails. »

Le père Baerle sourit.

« Vous êtes l'informateur parfait. Indépendant, sans attaches, vous avez beaucoup voyagé grâce au compagnonnage. Vous n'êtes plus un jouvenceau enclin aux frasques de la jeunesse, mais vous n'êtes pas encore assez âgé pour tomber dans l'obstination de la vieillesse. Écrivez, Petronius Oris. C'est la seule raison pour laquelle je ne vous ai pas envoyé depuis longtemps au bûcher. »

Oris souffla bruyamment par le nez en grimaçant.

« Qu'est-ce qui vous fait croire que je vais accepter ? »

Les bras croisés dans le dos, l'inquisiteur s'approcha des fenêtres et contempla les champs qui s'étendaient jusqu'aux murailles de la cité. Plusieurs vilains retournaient la terre en menant leurs charrues tirées par des bœufs.

« Il y a des gens qui ne font jamais les bons choix dans la vie. Ils servent des personnes indignes de confiance, se trouvent toujours dans le mauvais camp, et leur existence n'est qu'un long chemin épineux au milieu d'une vallée de misère. Vous n'êtes pas forcé de faire partie de ces gens-là. Vous êtes encore jeune, Petronius, vous avez compris comment fonctionnait le monde et vous êtes capable d'influencer les événements et, par là même, le destin. Vous êtes un peintre talentueux et vous avez toujours choisi les meilleurs maîtres pour vous assurer un bel avenir. Vous n'allez pas tout gâcher maintenant. Vous avez encore tant de beaux projets à réaliser. Voilà pourquoi vous allez faire ce que je vous dis. »

Le religieux se retourna brusquement, considéra Petronius d'un œil moqueur et marcha vers la porte.

« Mon épaule est très douloureuse, remarqua Oris. Ce sera un travail pénible. »

Baerle s'arrêta devant la porte et pivota vers le peintre. Il rétorqua d'une voix glaciale :

« Vous avez tout votre temps. Enfin presque. Écrivez, tenez-moi au courant de vos progrès, et vous pourrez peut-être échapper au bûcher grâce au manuscrit que vous rédigerez. Nous avons déjà arrêté certains Adamites, mais ce n'est que du menu fretin. Les meneurs de la secte sont des gens puissants. Pour les condamner, nous avons besoin de documents compromettants, de preuves, de chefs d'accusation. Préparer de tels procès demande beaucoup de travail. Écrivez pour sauver votre vie, Petronius Oris, si vous voulez revoir Augsbourg un jour. En ce qui concerne votre épaule, ne vous inquiétez pas, je vous enverrai des religieuses pour soigner votre blessure. Commencez à présent ! »

L'inquisiteur sortit de la cellule, et un moine referma immédiatement derrière lui la porte à double tour. Petronius s'approcha de l'une des fenêtres et regarda dehors.

Des nuages sombres avaient envahi le ciel et la pluie se mit à battre les carreaux. Les paysans qui travaillaient dans les champs courbaient l'échine sous l'averse. Petronius contempla le paysage sans bouger. Son bras gauche pendait le long de son corps. Tournant la tête, il jeta un coup d'œil maussade sur les feuilles de papier et les plumes posées sur le bureau. Devait-il réellement écrire ce qu'il avait vécu ces dernières semaines ? Il lui fallait être prudent. Durant son séjour à Bois-le-Duc, il avait appris une chose. *Veritas extinguit.* La vérité tue.

66

Petronius avait l'impression d'être un géant. Les pieds posés sur deux barques, il surplombait les eaux sombres d'un fleuve et se sentait comme saint Christophe portant l'enfant Jésus sur son épaule. Sous lui, les deux canots flottaient sur les ondes ténébreuses et miroitantes qui paraissaient immobiles, comme gelées. Il se dressait comme un arbre au-dessus de l'étendue d'eau, non, il était vraiment un arbre, avec ses racines et sa vaste ramure. Mais il était mort, sans feuillage, son écorce avait été dévorée par les insectes et son tronc dénudé avait blanchi sous les éléments. Il baissa la tête pour se contempler. Alors il se vit, lui, l'homme-arbre, avec son visage aplati, ses yeux éteints et sa bouche chagrine. Il se sentait étrangement vide et découvrit soudain avec effroi son corps creux, réceptacle de tous les vices, dans lequel festoyaient des bouffons impies qui l'avaient coiffé d'une cornemuse, l'emblème des saltimbanques et des bateleurs de foire. Il resta immobile, prenant conscience qu'il incarnait l'arbre de la connaissance, gangrené par le péché, symbole de la vanité humaine. Il se savait condamné à sombrer dans le fleuve dès que la glace qui recouvrait ses eaux noires aurait fondu.

« Petronius ! »

Une voix résonna à l'intérieur de son corps évidé. Comme aimanté, il quitta cette enveloppe maudite pour partir à la recherche de ce son mélodieux, laissant derrière lui le fleuve et les ténèbres qui l'entouraient.

« Petronius ! »

Il ouvrit les yeux et vit que tout était à l'envers. En face de lui sur le mur, le crucifix était accroché de travers et le secrétaire semblait avoir été retourné. Perplexe, Petronius avait du mal à reconnaître ce monde comme le sien. Il avait l'impression d'avoir laissé derrière lui une autre réalité.

Il entendit dans son dos un petit rire moqueur. Une main effleura son épaule et caressa doucement sa nuque.

« Petronius ! » répéta la voix, cette fois plus distincte.

Le peintre comprit lentement qu'il s'était endormi sur le bureau. Son étrange aventure n'était qu'un rêve. Il releva la tête et le monde retrouva son sens normal. Son front était humide. Un liquide coulait sur son sourcil droit. Lorsqu'il toucha sa peau, son doigt se teignit d'encre. Manifestement, il s'était assoupi pendant qu'il écrivait et avait renversé son encrier. Sur le papier, une tache sombre s'était formée.

« Tu parles en dormant, Petronius ! »

Il virevolta, reconnaissant tout à coup la voix qui l'avait arraché à son rêve.

« Zita ! »

Petronius bondit de son siège et fit un pas vers la jeune femme. Vêtue de l'habit des dominicaines, elle avait dissimulé ses mains dans ses manches évasées. Elle secoua la tête et désigna du menton la porte. Puis elle sortit une main de sa robe de bure et posa l'index sur ses lèvres.

« Les murs ont des oreilles ! »

Petronius ne savait comment réagir. Son cœur battait la chamade, ses bras voulaient étreindre la nonne devant lui et il avait envie de crier de joie. Zita lui sourit. Elle semblait heureuse de le revoir. Ses yeux pétillants le détaillèrent un instant, puis elle sortit un mouchoir de ses amples manches, qu'elle humidifia avec sa salive, et nettoya la joue maculée d'encre de Petronius. Elle força ensuite le peintre à se rasseoir et ramassa la sacoche posée à ses pieds pour la déposer sur le bureau.

« L'inquisiteur croit que je me trouve à Gand ou à Bruges, mais j'ai envoyé une autre religieuse à ma place. Il fallait que je te voie. Personne ne sait que je suis ici. »

Zita lui décocha un nouveau sourire et commença à le déshabiller. Trop ému pour parler, le compagnon se laissa faire. Elle examina la blessure sous son aisselle gauche, la nettoya avec un linge humide et l'enduisit de pommade.

« La plaie est en train de cicatriser. Tu es hors de danger. La lame est passée juste au-dessus de la cage thoracique. L'entaille n'est pas profonde.

— Le Grand Zuid m'a donné un baume à appliquer sur la blessure », balbutia Oris.

Zita rit doucement.

« Je sais. Griet me l'a raconté. Elle m'a également dit que tu avais su résister aux tentations de la chair. »

Petronius fronça les sourcils et dévisagea la nonne avec étonnement. Puis sa mine se rembrunit.

« Tu es bien informée, ma parole. On pourrait presque croire à une mise en scène. »

Après avoir pansé la plaie, Zita s'assit sur ses talons devant Petronius. Celui-ci se rhabilla.

« Tu nous as posé beaucoup de problèmes, Petronius. Pourquoi as-tu fui devant l'inquisiteur ? Sœur Concordia a bien failli te poignarder. »

Déconcerté, Oris resta sans voix. Que voulait dire Zita ? La dominicaine avait failli le poignarder ? Elle l'avait bel et bien embroché et il était passé à deux doigts de la mort. Pouvait-il faire confiance à la jeune femme ? On avait essayé de l'assassiner, mais restait à savoir pourquoi.

« Je ne comprends plus rien, Zita », murmura-t-il, la gorge sèche.

Le visage de la nonne devint sérieux. Elle plissa le front et ses yeux s'assombrirent. Puis elle fixa le sol, comme si elle lisait un message tracé dans la poussière blanchâtre du plancher. Quelques instants plus tard, elle se releva et marcha vers les fenêtres contre lesquelles battaient les gouttes de pluie.

« Tu devais être tué, Petronius, murmura-t-elle d'une voix à peine audible. Tu en savais trop sur nous, sur notre manière de célébrer la messe. Ton impair dans la chapelle a scellé ton arrêt de mort. Dieu merci, la tentative a échoué. »

Zita parlait par saccades, le regard rivé sur les vitres ruisselantes. Petronius se pencha en avant pour mieux entendre ses paroles. Le peintre sentit alors un courant d'air frais effleurer sa joue.

« Ironie du sort, c'est le père Baerle qui t'a sauvé la vie. »

La jeune femme se retourna et s'appuya contre le rebord de la fenêtre.

« Qui voulait me tuer, Zita ? demanda fébrilement Petronius. (Soudain, un souvenir lui traversa l'esprit comme un éclair.) Le crucifix brisé dans ma chambre ! C'était un avertissement, n'est-ce pas ? Qui a tenté de me prévenir ? »

Les yeux de Zita s'embuèrent. Elle se mordit les lèvres. Ses mains s'agrippèrent convulsivement au rebord de la fenêtre et les jointures de ses doigts virèrent au blanc. De nouveau, un filet d'air caressa la joue de Petronius, éveillant cette fois sa méfiance. Le peintre fit signe à Zita de se taire. Il inspecta la pièce du regard. La porte et les fenêtres étaient fermées, le courant d'air ne pouvait provenir de là. Ses yeux se posèrent tout à coup sur l'immense crucifix. Il se leva sans bruit et s'avança vers le mur. En poussant légèrement la croix de côté, il découvrit dans la paroi une ouverture large comme son pouce.

Petronius montra le trou à Zita, qui comprit aussitôt. On les espionnait. À l'autre bout du conduit se trouvait certainement l'un des sbires de l'inquisiteur pour écouter leur conversation. Zita haussa les épaules, marcha vers le bureau et écrivit calmement sur l'une des feuilles de papier :

Ne pose pas de question, Petronius. Tu seras en sécurité dans cette chambre tant que tu écris le rapport que t'a demandé le père Baerle. Tu dois lui obéir, c'est ta seule chance de quitter cette ville vivant.

Les lèvres de la nonne articulèrent les mots en silence. Après avoir lu le message, Petronius chuchota :

« Je dois savoir ce qui s'est passé, Zita. Peut-être t'a-t-on envoyée ici pour achever le travail ? »

La jeune femme tressaillit et secoua vivement la tête. Elle s'approcha d'Oris pour lui souffler à l'oreille :

« Je n'étais au courant de rien. J'ignorais qu'on avait déposé un crucifix dans ta chambre, et je ne sais pas non plus qui a tué Pieter. J'ai seulement surpris une conversation dans laquelle il était question de ton assassinat. Quand le moment m'a paru favorable, je suis allé voir sœur Concordia. J'ai menacé de la dénoncer. Lorsqu'elle t'a attaqué, elle a sciemment évité de te donner un coup de poignard mortel. »

Petronius s'affala sur sa chaise. Son épaule le faisait souffrir. Dans quel nid de vipères était-il tombé ?

« Qu'est-ce que tu racontes ? » s'écria-t-il avant de se rendre compte qu'il avait parlé trop fort.

Il saisit une plume d'oie qu'il trempa dans l'encrier. Puis il griffonna sur la feuille :

Je sais qui est derrière cette tentative d'assassinat.

Zita posa un doigt sur ses lèvres.

« Tu soupçonnes la mauvaise personne », souffla-t-elle.

Le moine qui les espionnait devait avoir remarqué à présent qu'ils ne s'entretenaient plus de manière naturelle. Allait-il prévenir Baerle ?

« Si je peux me fier à quelque chose, Zita, c'est à mes yeux et à mes oreilles. J'ai entendu sa voix. Et en tombant, j'ai reconnu sa cape. »

Petronius reprit sa plume et écrivit un nom sur la feuille maculée d'encre : *Jacob Van Almaengien* !

Zita eut un soubresaut, puis plaqua ses mains sur son visage. Petronius se leva pour la prendre dans ses bras. Les cheveux de la nonne sentaient le thym et le clou de girofle.

« Pourquoi aurait-il fait ça ? Il n'y a aucune raison, à moins que... »

Zita s'écarta de Petronius et planta ses yeux dans les siens à la recherche de la vérité.

« ... tu ne connaisses son secret. »

Trop nerveuse pour se maîtriser, la jeune femme avait parlé à voix haute. Oris imagina le mouchard à l'autre bout du conduit tendre l'oreille pour ne pas rater une miette du dialogue. Il prit une autre feuille et écrivit :

Comment sais-tu que Jacob Van Almaengien détient un secret ?

Il tendit le papier à Zita en guettant sa réaction. Il devait découvrir ce qu'elle savait.

Dans la pièce, l'atmosphère devint tout à coup étouffante, comme avant un orage. L'air semblait chargé d'une étrange tension.

Zita ne chercha pas à esquiver le regard scrutateur du peintre. Au contraire, elle le détailla attentivement comme si elle essayait de lire en lui. Petronius vit briller dans ses prunelles la flamme de la jalousie.

La nonne décocha d'une voix cristalline :

« Après tout, je suis une femme ! »

Oris en resta coi. Zita avait raison. Seule une femme pouvait percer le secret du savant. Les femmes étaient sans doute capables de reconnaître l'une de leurs semblables – même déguisée – à la légèreté de ses mouvements, à ses attitudes et à son odeur. Les hommes ne prêtaient guère attention à ce genre de détails. Petronius s'approcha lentement de Zita, qui était retournée près de la fenêtre. En silence, ils regardèrent tous les deux les champs qui se gorgeaient d'eau. Le peintre se pencha pour murmurer à l'oreille de la religieuse :

« Van Almaengien a voulu me supprimer parce qu'il a vu que je n'étais pas en mesure de faire son portrait. Lui et maître Bosch pensaient pouvoir me duper, mais ils se sont trompés. J'ai remarqué les incohérences de son visage. Et je ne suis pas le seul. Jan de Groot est probablement mort parce qu'il avait lui aussi compris le stratagème. La vérité tue, m'a dit le père Baerle. C'est effectivement ce qui arrive quand on s'approche trop près de Jacob Van Almaengien. Pieter a certainement subi le même sort que Jan de Groot. D'une manière ou d'une autre, il avait également découvert la véritable identité du savant. Je nourrissais des soupçons depuis longtemps, mais c'est en entrant dans le laboratoire que j'ai obtenu des certitudes. »

Zita tourna la tête vers lui. De nouveau, ses yeux brillaient de jalousie. D'une voix cassante, elle demanda :

« Tu es entré dans le laboratoire ? »

Petronius roula les yeux. Secouant la tête, il prit la jeune femme par les épaules et l'attira à lui.

« Par hasard, chuchota-t-il. Van Almaengien a utilisé Enrik pour mettre son plan à exécution. Je devais disparaître, comme Jan de Groot. Les soupçons se porteraient ensuite tout naturellement sur Enrik parce que celui-ci était l'espion de Baerle dans l'atelier. Jacob Van Almaengien le savait et a convaincu le compagnon de m'éliminer. Enrik m'a enfermé dans la cave, mais j'ai découvert un passage secret qui menait dans le laboratoire. C'est là que j'ai vu le savant dans le plus simple appareil. »

Zita rougit jusqu'aux oreilles. Gênée, elle baissa les yeux.

« Alors tu as vu... »

À cet instant, un trousseau de clés tinta dans le couloir et Petronius entendit deux hommes parler à voix haute. Zita jeta un coup d'œil vers la porte avant de se tourner vers le peintre.

« L'inquisiteur ne doit pas me voir ici. Essaie de distraire son attention en lui parlant. Tu dois écrire ton histoire, Petronius. Promets-le-moi. Et je voulais également te dire que le triptyque est bien arrivé à Oirschot. Il sera consacré dans deux semaines. »

Elle rangea à la hâte le baume et les pansements dans sa besace puis, rabattant le bord de sa cornette sur ses yeux, elle se plaça dos à la porte. Une clé tourna dans la serrure. Petronius s'empressa de cacher les feuilles griffonnées sous le papier marqué de la tache d'encre.

« Maître Bosch a été libéré, ajouta Zita d'une voix à peine audible. Ils n'ont rien contre lui, Petronius. Tu as encore un puissant protecteur. »

Elle ébouriffa les cheveux du peintre en souriant. Une poignée de secondes plus tard, la porte s'ouvrit à toute volée et le père Jean entra d'un pas vif dans la pièce, faisant gonfler les pans de sa soutane. Tête baissée, Zita ramassa sa besace et sortit. L'inquisiteur ne lui adressa pas un regard.

« Alors, Petronius Oris ? Avez-vous décidé de vivre ? »

Le peintre prit une profonde inspiration. Avant qu'il n'ait le temps de répondre, le père Baerle montra du doigt la feuille souillée d'encre. Le religieux saisit le papier et examina la marque noire dont la forme s'était imprimée sur le front de Petronius. Celui-ci s'empara brusquement de la feuille, la froissa et la jeta par terre. Il ne détourna pas le regard lorsque le dominicain le dévisagea longuement pour essayer de lire en lui.

« Au moins, c'est un début », bredouilla Oris en manquant de s'étrangler avec sa propre salive.

Le père Baerle se pencha lentement pour ramasser le papier. Après l'avoir défroissé, il lut le nom que Petronius avait griffonné à l'intention de Zita.

« Jacob Van Almaengien ! fit-il d'un ton railleur. Je constate, Petronius Oris, que vous avez effectivement commencé ! »

67

Moi, Petronius Oris d'Augsbourg, enfermé ici dans cette cellule exiguë, suis arrivé à un carrefour de ma vie, et je tente, avec mes doigts engourdis par la fraîcheur automnale, de mettre de l'ordre dans le chaos de mes pensées égarées et confuses. Lorsque je regarde derrière moi, je reconnais que mon existence en ce monde n'était consacrée qu'à de frivoles préoccupations. J'ai oscillé entre la vraie foi éternelle, dans laquelle notre Mère l'Église nous offre espérance et réconfort, et une croyance fourvoyée par l'agitation, l'inconstance, la dépravation et l'aveuglement, l'hérésie des Frères et Sœurs du Libre Esprit. Ayant renié Dieu, condamné à brûler pour l'éternité au purgatoire, je rentre, repentant, dans le giron de l'Église, dans l'espoir d'être accepté de nouveau dans la communauté des fidèles pour sauver mon âme en cette vie. Avec ces lignes, j'annonce ma ferme intention de revenir dans le droit chemin. J'ai péché en pensée, en parole, par action et par omission. Je consignerai dans cette confession tous mes écarts, priant pour que ceux qui voudront bien lire mes paroles embrouillées daignent m'accorder le pardon...

Petronius poussa un cri et jeta violemment sa plume par terre. Des gouttes d'encre éclaboussèrent le mur. L'hypocrisie et le ton obséquieux de ces lignes le rendaient fou. Épuisé, il se sentait vidé, aussi creux que l'homme-arbre qui hantait ses rêves.

Il ne supportait plus sa vie en captivité. Comme un lion en cage, il faisait les cent pas devant les fenêtres de sa cellule, reproduisant toujours le même cercle, marchant sur ses propres traces. Zita et l'inquisiteur n'étaient pas revenus le voir. Dix jours s'étaient écoulés depuis son arrivée ici. Maître Bosch ne lui avait pas rendu visite, et Jacob Van Almaengien croupissait probablement dans l'une des geôles de la cité ou était parvenu à s'enfuir. Sa blessure était en voie de guérison, écrire n'était plus aussi douloureux qu'au début. Les pages manuscrites étaient empilées sur un coin du bureau. Mais personne ne semblait s'y intéresser. En séchant, l'encre les avait collées les unes aux autres. Ses seules visites étaient celles des moines qui lui apportaient ses repas et vidaient le seau dans lequel il faisait ses besoins. Le manuscrit était presque achevé, Petronius s'efforçait de rédiger une sorte d'introduction dans laquelle il décrivait sa captivité et expliquait les raisons pour lesquelles il avait accepté de coucher cette confession sur le papier. Mais l'hypocrisie avec laquelle il se justifiait le dégoûtait. Il était fréquemment pris d'accès de colère durant lesquels il se retenait avec peine de mettre en pièces le triste mobilier de sa cellule. Certains jours, le vent lui apportait une odeur de chair grillée et les cris des condamnés sur les bûchers dressés en dehors de la cité. Dans ces moments-là, il cessait d'écrire et se réjouissait de ne pas sentir les morsures des flammes sur sa peau.

Petronius tendit l'oreille pour distinguer le tintement d'un trousseau de clés, les pas ou les murmures des moines qui s'occupaient de lui. La tête posée dans ses mains, il attendait avec impatience son repas. Son estomac criait famine.

Soudain, un vacarme insolite éclata à l'intérieur du bâtiment. Petronius sursauta. Il perçut des cris, des ordres qu'on aboyait et des cliquetis d'armes. Un bruit de bottes retentit dans l'escalier. Quatre, non cinq hommes, d'après ce qu'il pouvait entendre, gravissaient rapidement les marches. Le plancher du couloir grinça et sa porte s'ouvrit violemment. La feuille sur laquelle il était en train d'écrire vola contre le mur. Une odeur de cuir rance et d'acier huilé se mêla à l'air confiné de la cellule. Petronius resta assis. Que voulaient ces hommes ? Il n'avait pas encore terminé sa besogne.

« Petronius Oris ? » l'interpella une voix autoritaire.

Oris se retourna. Vêtus de rouge, chaussés de hautes bottes, un masque de cuir sur le visage, le bourreau et ses aides se tenaient sur le seuil. Les quatre valets portaient une épée courte.

« C'est bien moi », articula Petronius.

Il déglutit avec peine. Son heure avait-elle sonné ?

« Venez ! »

Oris se racla la gorge et demanda d'un air désinvolte :

« Et où allons-nous ? »

Le bourreau fit un signe de sa main gantée et deux de ses valets s'avancèrent vers Petronius. Ils le soulevèrent sans ménagement de sa chaise et le poussèrent vers la porte. Le peintre trébucha et se retint au chambranle. Il allait mourir. Devait-il se réjouir qu'on mette un terme à sa vaine existence ou éprouvait-il des regrets de ne pas avoir achevé sa confession, même si celle-ci était truffée de mensonges ?

Ils longèrent le corridor puis empruntèrent l'escalier qui menait au rez-de-chaussée. Petronius pensait qu'ils allaient sortir du couvent et quitter la cité pour se rendre à l'endroit où les bûchers flambaient sans interruption depuis une semaine mais, à son grand étonnement, le bourreau frappa à une petite porte qui se trouvait légèrement en retrait de l'escalier. Un trou noir s'ouvrit devant eux et ils s'engouffrèrent dans l'ouverture. Accrochées sur les murs noircis par la suie, des torches éclairaient chichement les marches de pierre qui descendaient bien au-dessous du niveau de la rue. Petronius avait la gorge sèche et fut pris d'une quinte de toux. L'étroit passage sentait le moisi et l'humidité. Une odeur douceâtre lui monta soudain aux narines. Le peintre la reconnut aussitôt. L'odeur du sang. Le bourreau et deux valets le précédaient, tandis que les deux autres aides lui coupaient toute retraite. Il compta trente-cinq marches jusqu'au pied de l'escalier qui débouchait sur une pièce plongée dans une semi-obscurité. Avant qu'il n'en franchisse le seuil, une voix rauque cria :

« Alors où est-il, ce chien ? »

Petronius flageola sur ses jambes en apercevant l'inquisiteur.

« Surpris, messire girouette ? Vous pensiez pouvoir me duper, moi ? Vous devriez savoir une chose, cher Petronius Oris : j'ai des yeux partout et mes oreilles peuvent entendre des conversations qui ont lieu derrière les murailles les plus épaisses. Il est donc inutile de jouer la comédie ou de chercher à me leurrer. »

La tirade du dominicain frappa Oris comme une gifle. Ses yeux s'habituèrent lentement à la pénombre rougeoyante du sous-sol. Le père Jean se tenait à quelques pas devant lui, appuyé contre un pilier qui se dressait au milieu de la pièce et semblait soutenir la voûte de la cave. Le sang de Petronius se glaça lorsqu'il jeta un regard autour de lui. Dans la lueur rougeâtre jetée par un fourneau rempli de charbons ardents, il découvrit un chevalet, un palan, des masques de torture, des fers, une chaise de Judas, des chaînes et des fouets de toutes sortes.

« Observez bien les lieux, Petronius Oris. Dans cette cave, il y a un instrument adapté à toutes les vérités. Je ne vous demande qu'une chose : répondez à mes questions en votre âme et conscience. Montrez-vous récalcitrant, et le bourreau se chargera de vous remettre dans le droit chemin. Me suis-je bien fait comprendre ? »

Petronius acquiesça de la tête. Sur les murs, les ombres dansantes des instruments de torture lui firent penser à des démons s'étant réunis pour lui souhaiter la bienvenue en enfer. Mal éclairé par les braises du fourneau, le visage anguleux de l'inquisiteur avait un air inquiétant. Ses orbites ressemblaient à deux grands trous noirs au milieu desquels ses yeux flamboyaient, et son nez en bec d'aigle paraissait s'être allongé. Dans ce décor infernal, Petronius sentit monter en lui une terreur noire, un sentiment qu'il n'avait connu qu'une seule fois durant son existence lorsque, encore enfant, la maison de ses grands-parents avait brûlé et qu'il était resté tétanisé devant un mur de flammes qui barrait la porte d'entrée. Son père l'avait alors soulevé du sol et l'avait projeté au travers du feu avant de sauter lui-même vers l'extérieur. Ce sentiment paralysant de totale impuissance, qui l'avait profondément marqué, le submergea de nouveau.

Sa respiration s'accéléra, ses yeux se révulsèrent et il sentit ses jambes se dérober sous lui. L'un des aides du bourreau le saisit par le bras pour l'empêcher de s'écrouler sur le sol carrelé.

« Vous êtes déjà terrorisé, Petronius Oris ? lâcha l'inquisiteur avec un sourire railleur. Nous n'avons même pas commencé. Rassurez-vous, si vous répondez à mes questions, il ne vous arrivera rien. Avez-vous parlé à Zita durant votre incarcération ? »

Ainsi, Petronius ne s'était pas trompé. Grâce au conduit dissimulé derrière le crucifix, le père Jean avait écouté leur conversation quelques jours plus tôt.

« Non ! articula-t-il avec peine.

— Vous niez avoir rencontré sœur Hiltrud ? »

Le peintre hocha fébrilement la tête. Un rideau de sueur lui brouillait la vue, l'empêchant de discerner les réactions de Baerle.

« Où se trouve le tableau que votre maître a réalisé en secret ?

— Je sais seulement qu'on l'a fait sortir de la cité », répondit Petronius sans hésiter.

Le dominicain devait croire qu'il lui racontait la vérité.

« Où se cache Jacob Van Almaengien ? »

Petronius grimaça. Les questions de l'ecclésiastique étaient autant d'épines qui s'enfonçaient dans sa chair. Van Almaengien avait donc réussi à échapper aux griffes de l'Inquisition, ce qui signifiait qu'il était toujours en danger. Le savant essaierait sûrement une nouvelle fois de se débarrasser de lui pour protéger son secret.

« Répondez, Oris, ou le bourreau emploiera les fers pour vous délier la langue.

— J'ignore où il se terre. Avant d'être jeté au cachot, je ne l'avais pas vu depuis des jours.

— Que représente le tableau peint par maître Bosch ?

— Je n'en sais rien, il ne me l'a jamais montré ! »

Le père Baerle s'était avancé vers Petronius en le dévisageant attentivement pour jauger sa sincérité. Après de longues secondes, il se retourna brusquement en croisant les bras dans son dos.

« Vous mentez, constata-t-il avec un calme menaçant. Vous mentez, Petronius Oris ! Avez-vous oublié que vous m'aviez promis de m'informer de tout ce qui se passait dans la maison de votre maître ? Vous avez négligé de façon impardonnable votre mission. Et maintenant que je vous demande gentiment de me raconter ce que vous avez appris, vous vous dérobez à vos engagements ? »

Le religieux virevolta vers Petronius, qui vit passer dans ses yeux une lueur mauvaise. Baerle désigna du doigt une rangée de pinces accrochées au mur et dit d'un air détaché :

« Bourreau, remplissez votre office. À circonstances exceptionnelles, méthodes exceptionnelles. Attachez-le ! »

D'une main de fer, les valets de l'exécuteur saisirent Petronius par les bras et l'entraînèrent vers le chevalet. Ils le forcèrent à s'allonger sur l'instrument de torture et attachèrent ses membres avec des lanières de cuir. Pendant ce temps, le bourreau avait décroché du mur deux fers qu'il avait déposés dans le fourneau. Puis il actionna un soufflet pour attiser le feu.

« Je vous le demande une nouvelle fois : où se trouve le tableau ? lança l'inquisiteur.

— J'ai raconté tout ce que je savais dans mon rapport, répondit Petronius. J'ignore où est le tableau !

— Vous êtes un homme entêté, Oris. Mais les fers vous extirperont la vérité. »

Le bourreau s'approcha du prisonnier et lui montra un fer rouge dont l'embout représentait la lettre M.

« Nous allons vous marquer du M des menteurs sur la face interne de vos bras, expliqua le père Jean. Nous reprendrons ensuite notre entretien. »

Petronius poussa un long cri lorsque l'exécuteur appliqua la marque incandescente sur son avant-bras. Son regard se voila. La douleur lui coupa le souffle et il sentit une répugnante odeur de chair brûlée. Le bourreau prit le second fer et s'approcha à nouveau du chevalet.

« Où est-il ? » demanda l'inquisiteur.

Petronius secoua faiblement la tête.

Sur un signe du dominicain, le fer rouge se posa sur l'autre avant-bras d'Oris, qui hurla comme un dément. Une nuit profonde tomba sur son esprit.

« Je ne sais rien », murmura-t-il avant de sombrer dans les ténèbres.

68

« Qu'est-ce qu'ils t'ont fait ? »

Petronius ouvrit lentement les yeux. Sa vue était brouillée. Il était allongé sur le plancher, enroulé dans une couverture. On avait tourné ses avant-bras vers le plafond afin que les blessures puissent sécher à l'air libre. Les plaies brûlaient comme si on les avait frottées avec du sel. Au-dessus de lui, il distingua la cornette d'une religieuse et un visage flou. D'après ce qu'il pouvait voir, on l'avait ramené dans sa cellule. La douleur était insupportable. Tout doucement, la nonne enduisait ses blessures de pommade. Le moindre contact sur ses chairs meurtries lui vrillait le cerveau.

« Tu m'entends, Petronius ? »

Il sortit de sa torpeur et tendit l'oreille. À qui appartenait cette voix ?

« Tu es réveillé, Petronius ? »

Cette fois, il reconnut la voix de Zita et écarquilla les yeux. Leurs regards se croisèrent. La jeune femme sourit.

« Pourquoi es-tu revenue ici ? gémit Petronius. As-tu perdu l'esprit ? »

Le visage de Zita redevint grave.

« Il ne peut pas être partout. Et nous devons te soigner ! Rassure-toi, il est en train de mener d'autres interrogatoires. »

Elle marqua une pause, puis ajouta avec douceur :

« Tu t'es évanoui au bon moment, sinon ils t'auraient haché menu. Quand on est inconscient, on ne peut pas répondre aux questions. Ils remettent donc l'interrogatoire à plus tard. »

Petronius hocha la tête distraitement. Il n'avait qu'une envie : fermer les yeux et dormir. Dormir plusieurs jours d'affilée. Mais la douleur le maintenait éveillé.

« Est-ce que tu peux marcher ? » demanda Zita d'une voix pressante.

Petronius essaya de se concentrer et rouvrit ses paupières.

« Je n'en sais rien, marmonna-t-il. Donne-moi un coup de main ! »

La nonne le prit par les épaules et l'aida à se relever. Elle dut le soutenir pour l'empêcher de s'effondrer.

« Petronius, murmura-t-elle. Fais un effort, je t'en prie. S'ils reviennent te chercher, tu ne survivras pas à un second interrogatoire. Nous devons quitter le couvent au plus vite. J'ai trouvé un moyen de sortir discrètement de la cité. Peux-tu marcher ? »

Oris respirait avec difficulté. Il humecta ses lèvres avec sa langue, qui lui paraissait avoir doublé de volume. Un filet de salive s'accrocha à la commissure de sa bouche. Les plaies sur ses avant-bras le faisaient horriblement souffrir. Il déglutit avec peine. Un goût amer se répandit dans sa bouche. Zita avait raison, il devait sortir de cette cellule. Le plus vite possible.

« Ça va aller, haleta-t-il en se dirigeant d'un pas vacillant vers la porte. Il faut que...

— Attends, fit Zita en le retenant par l'épaule. Il te manque encore quelque chose. »

Elle appuya avec précaution le peintre contre le bureau, puis alla frapper quelques coups à la porte de la cellule. Le panneau de bois s'entrouvrit. La jeune femme chuchota quelques mots par l'entrebâillement et se retourna ensuite vers le blessé.

« Petronius, une de mes sœurs va entrer. »

À peine avait-elle prononcé ces paroles que la porte s'ouvrit en grinçant et une religieuse se glissa dans la pièce. Petronius regarda les deux nonnes avec étonnement.

« As-tu apporté l'habit ? » s'enquit Zita.

La moniale acquiesça. Elle sortit de sous sa bure une autre tenue de dominicaine qu'elle tendit à Petronius. Zita aida le peintre à enfiler le vêtement avec précaution.

« Ma confession, balbutia Petronius en apercevant la pile de feuilles sur son bureau. Je dois la... »

Les deux religieuses ne prêtèrent pas attention à ses paroles. Lorsqu'il tendit la main vers les pages manuscrites, Zita le prit par le bras et l'entraîna vers la porte.

« Vite, Petronius. Mon amie va rester à ta place dans la cellule. Il ne lui arrivera rien. Et maintenant, baisse la tête et laisse-toi guider. »

Elle frappa de nouveau contre le panneau de bois pendant que l'autre moniale s'allongeait sur le sol pour faire semblant de dormir. Myope comme une taupe, le vieux dominicain qui montait la garde dans le couloir leur ouvrit et leur fit signe de sortir. Il bénit les deux fuyards avant de retourner tranquillement s'asseoir sur sa chaise. Zita et Petronius marchèrent jusqu'à l'escalier menant au rez-de-chaussée. Puis ils bifurquèrent sur la droite et empruntèrent un long couloir étroit au bout duquel se trouvait une porte entrebâillée. Zita l'ouvrit et ils se retrouvèrent dans une ruelle longeant la Dieze, l'une des deux rivières qui traversaient Bois-le-Duc.

L'air était chargé d'une odeur d'eau croupie et d'algues pourries. Zita entraîna le peintre vers un appontement et le fit monter dans une barque. Déséquilibré par le tangage, Petronius trébucha et tomba de tout son long sur le fond de l'esquif. La nonne étendit une couverture sur lui. Après avoir largué l'amarre, elle saisit une longue perche qu'elle utilisa pour faire avancer l'embarcation. Celle-ci glissa sur l'eau et s'éloigna de la berge. Bercé par les vagues, Petronius se mit à somnoler. Les pensées se bousculaient dans son esprit. Leur fuite avait été étonnamment simple. Ils n'avaient rencontré aucun garde. Et pourquoi l'avait-on ramené dans sa cellule lorsqu'il s'était évanoui ? D'ordinaire, le bourreau attendait que le supplicié reprenne connaissance avant de poursuivre son office. S'agissait-il encore d'un piège ? Épuisé, il finit par renoncer à chercher des réponses.

Le bachot vogua en silence pendant un temps qui lui parut interminable. Puis, d'un œil somnolent, il vit le Grand Zuid et un autre homme qui aidèrent Zita à le transporter hors de la barque pour le déposer entre des balles de marchandises et des rouleaux de cordages. Quand le ciel se mit à déverser des trombes d'eau, ils déployèrent une banne au-dessus de lui. Petronius avait l'impression que l'humidité apaisait ses blessures. Mais le froid tomba brusquement sur lui, et il commença à grelotter de fièvre.

Il ne remarqua pas immédiatement que Zita l'avait rejoint pour se blottir contre lui. Il finit par sentir la chaleur de son corps et son haleine sur sa nuque. Il tourna la tête vers elle et contempla son visage.

« Je sais que ce n'est pas bien, murmura-t-elle à son oreille, mais je t'aime. Fuyons loin de cette ville maudite et de ce tableau. Tu es un peintre de talent, Petronius. Tu trouveras sans peine un autre maître qui t'accueillera dans son atelier. Je t'accompagnerai. »

Elle se pressa contre lui et le prit dans ses bras.

« Si tu veux de moi, bien sûr », ajouta-t-elle.

Petronius fut envahi par un sentiment de sécurité. À cet instant, un cri retentit au-dessus de leurs têtes. Il entendit un bruit de pieds nus courant sur le plancher. Des cordes fendirent les airs en sifflant. Le peintre comprit alors qu'ils se trouvaient à bord d'un bateau qui appareillait. L'un des matelots entonna une cantilène que l'équipage reprit bientôt en chœur. Les voix rocailleuses chantaient faux, mais elles résonnaient dans l'air glacial en dégageant une incroyable émotion. Les marins chantaient une vieille complainte du Brabant qui évoquait des canaux aux ondes noires comme la nuit, des marais inextricables qui se nourrissaient de chair humaine et des vents redoutables qui n'hésitaient pas à sacrifier les imprudents aux anciennes divinités des tourbières.

Petronius songea à l'homme-arbre dressé au milieu du fleuve noir. À ses pieds, des créatures bizarres et des humains dans le plus simple appareil patinaient sur les eaux gelées sans craindre les morsures du froid.

Par endroits, la glace se brisait et les étranges patineurs sombraient dans l'onde ténébreuse.

Cachés sous la banne, Petronius et Zita entendirent les douaniers municipaux inspecter rapidement l'embarcation. Puis la grille barrant le canal s'ouvrit en grinçant pour laisser sortir le bateau de la cité. Le peintre attendit un moment puis, quand il entendit le vent souffler avec force dans les voiles, il se dégagea de l'étreinte de Zita, se redressa et rabattit la banne. Devant ses yeux apparut la plaine du Brabant, qui s'étendait jusqu'à Utrecht. En se retournant, il aperçut les tours inachevées de la cathédrale Saint-Jean qui se dressaient vers le ciel. Ils avaient quitté Bois-le-Duc.

« M'emmèneras-tu avec toi ? » demanda Zita dans son dos.

Petronius se tourna vers elle et remarqua qu'elle avait troqué son habit de religieuse pour une robe de paysanne. Un parfum de thym s'échappait de ses cheveux. Petronius ferma les yeux.

« Si tu renonces à porter le voile, oui ! »

69

Petronius regarda alentour. Ne voyant personne, il obliqua à droite et quitta le chemin.

« Suis-moi », dit-il en entraînant Zita derrière lui.

La pluie tombait à verse. Les deux fuyards étaient trempés jusqu'aux os. La prairie qui s'étendait devant eux était inondée. Çà et là, des herbes émergeaient de l'eau qui leur arrivait au mollet. Ils se dirigèrent en sautillant vers une petite butte qui surplombait la plaine. Arrivés au sommet du tertre couronné par un bois de bouleaux, ils se cachèrent dans les fourrés pour ne pas être vus du chemin en contrebas.

« Pourquoi grimper jusqu'ici ? demanda Zita. Nous devrions nous rendre au plus vite à Oirschot.

— J'ai un mauvais pressentiment. »

Petronius balaya du regard les terres immergées à travers le rideau de pluie. Quelques éminences couronnées d'arbres se dressaient comme des îlots au milieu de cette mer vert émeraude aux reflets chatoyants. Une brume grisâtre s'élevait des fossés de drainage remplis de grands roseaux aux panaches soyeux.

Oris tendit ses avant-bras sous la pluie. Les gouttes fraîches qui tombaient sur sa peau lui faisaient du bien. Ses yeux scrutaient le chemin qui se déroulait au pied de la butte. Il passa la main dans ses cheveux trempés. Ainsi agenouillé sous la verte frondaison des bouleaux, il sentait la fatigue l'envahir de nouveau.

« Ne trouves-tu pas que notre fuite a été un peu trop facile ? »

Autour d'eux, la pluie battait de manière continue les feuilles des arbres.

« Qu'est-ce que tu veux dire ? demanda Zita en plissant le front.

— Imagine que tu veuilles découvrir l'endroit où est caché un tableau. Je suis ton prisonnier, et je ne veux rien te dire. Mais tu te doutes que si j'étais libre, j'essaierais aussitôt de récupérer l'œuvre d'art. Que ferais-tu dans une situation pareille ? »

Zita écarta une mèche humide de son visage.

« Je faciliterais ton évasion et te suivrais ensuite discrètement. »

Petronius se mordit la lèvre pour chasser sa fatigue.

« Exactement. »

Ils se turent. Zita se mit à trembler de froid et se colla contre Petronius. Il la prit doucement par la taille.

« Si quelqu'un nous file, il passera forcément par ici ! »

Ils n'eurent pas à attendre longtemps. Sur le chemin apparut bientôt un cavalier au trot. Le buste penché en avant, il semblait suivre une piste. Son corps était caché sous un ample manteau de feutre.

« Et voilà notre limier, murmura Petronius.

— Apparemment, il n'a eu aucun mal à suivre nos traces, même sous la pluie.

— C'est un jeu d'enfant pour un bon pisteur. »

Leur poursuivant mit pied à terre à l'endroit où ils avaient quitté le chemin. Il s'agenouilla, toucha le sol de sa main gantée et regarda autour de lui. Son regard se riva sur la butte au sommet de laquelle ils s'étaient dissimulés. Soudain, l'inconnu se releva et fit un signe de la main dans leur direction.

« Petronius ! Zita ! »

Oris tressaillit. Ils étaient découverts. À son grand étonnement, Zita se leva et sortit des fourrés, un sourire aux lèvres.

« C'est le Grand Zuid ! » s'écria-t-elle en tirant le peintre de sa cachette.

Petronius hésita. Il avait des doutes. Le Grand Zuid portant des gants et montant un cheval ? Le mendiant n'aurait jamais pu s'offrir pareille monture avec les maigres oboles qu'il gagnait.

Ils descendirent du tertre. Le Grand Zuid les attendait au bord du chemin, un large sourire aux lèvres.

« Je savais que je vous retrouverais sans peine. Même un aveugle pourrait suivre vos traces avec sa canne. »

Petronius regarda le cheval, puis détailla le mendiant de la tête aux pieds. Il remarqua sous le manteau entrouvert un riche pourpoint rehaussé de ferrets en métal ouvragé. La tenue était complétée par des bottes hautes et des gants de cuir.

« Où as-tu dégoté tout ça, Zuid ? » demanda Oris d'un air soupçonneux.

Le Grand Zuid lui jeta un regard étonné.

« Ne me fais-tu point confiance ?

— Nous nous sommes cachés au sommet de cette éminence pour vérifier si nous n'étions pas suivis.

Je me suis dit que le père Baerle avait certainement envoyé quelqu'un pour nous espionner. »

Le mendiant hocha la tête.

« Une réflexion tout à fait pertinente, approuva-t-il en souriant. Comment un indigent comme moi est-il devenu propriétaire d'un cheval ? L'explication est fort simple. J'ai aidé Zita à te transporter sur le chaland. Quand je suis redescendu à terre, j'ai remarqué un gaillard sur le quai. Il ne cessait de lorgner le bateau. Méfiant, j'ai décidé de le surveiller et de rester dans les environs durant la nuit. Le lendemain matin, lorsque le chaland a appareillé, l'inconnu est monté sur son cheval et s'est mis à le suivre sur la berge. Mais il n'a pas fait attention et sa tête a malencontreusement heurté mon bâton ! »

Le sourire du Grand Zuid s'élargit et il fit un moulinet avec son bâton avant de poursuivre :

« De toute manière, la vie à Bois-le-Duc devenait trop dangereuse pour moi. Le père Jean veut purger la cité des hérétiques et des sorcières. Les jours derniers, il a fait arrêter beaucoup de gens. Des Adamites, mais aussi de nombreux innocents. »

Le regard de Petronius s'assombrit. Il se remit en marche sans attendre ses deux compagnons. La pluie lui fouettait le visage. Dans quel guêpier s'était-il fourré ? Au nom de la foi, un fou condamnait sans aucun scrupule des innocents parce qu'ils pensaient autrement et pratiquaient d'autres rites que ceux imposés par l'Église catholique. Tous croyaient pourtant au même dieu, à la même rédemption, au même paradis !

Le Grand Zuid le rattrapa. Petronius entendit derrière lui les sabots du cheval marteler le sol.

« Je vais partir. Bruges ou Gand sont des villes cosmopolites, moins papistes que Bois-le-Duc. On n'y brûle pas ceux qui tendent la main pour demander l'aumône. Vous n'avez qu'à venir avec moi ! »

Oris s'arrêta et se retourna vers son ami.

« Nous avons encore une mission à remplir. Nous devons... »

Soudain, son estomac se noua. Il tourna la tête vers Zita. Trempés, ses vêtements de lin lui collaient à la peau. Il venait de songer à son manuscrit, resté au couvent des dominicains. Celui-ci ne devait pas tomber entre les mains de l'inquisiteur.

« Zita ? La confession que Baerle m'a forcé à rédiger... Quand nous avons quitté précipitamment ma cellule, je l'ai laissée sur mon bureau... »

La jeune femme lui sourit. Deux mèches humides lui barraient le front et des gouttes de pluie perlaient au bout de ses cils.

« Ne t'inquiète pas, j'y ai pensé, le rassura-t-elle. Cela aurait été trop dangereux de l'emporter avec nous. J'ai chargé quelqu'un de s'en emparer discrètement. Si je ne me trompe pas, notre ami ici présent porte sur lui le manuscrit. Nous avions prévu de nous retrouver à Oirschot. »

Un sourire malicieux glissa sur les lèvres du Grand Zuid, qui tapota sur son manteau légèrement renflé au niveau du ventre.

À cet instant, le craquement d'une branche fit tressaillir Petronius. Ils étaient arrivés près d'un carrefour. L'un des chemins menait à Nimègue, l'autre partait vers le sud en direction d'Oirschot. Près de l'embranchement se dressait un petit bois touffu.

« Les forêts ont des oreilles ! murmura Oris. Les brigands ne sont pas rares sur ces chemins. »

Il pria son compagnon de lui remettre le manuscrit. Le Grand Zuid ouvrit avec précaution son manteau et en retira une besace qu'il tendit au peintre.

« Prends garde, le sac n'est pas tout à fait étanche. »

Après avoir passé la bandoulière sur son épaule, Petronius serra chaleureusement la main du mendiant.

« Merci ! Et bonne chance à toi ! »

Le Grand Zuid hocha la tête. Il adressa un sourire à Zita qui, en retour, lui fit un clin d'œil, puis il enfourcha lestement son cheval et le talonna. Sans se retourner, il s'élança sur la route de Nimègue.

De nouveau, Petronius entendit un craquement suspect en provenance du petit bois qui bordait le chemin. Il prit Zita par le poignet et l'entraîna vers le carrefour d'un pas rapide. La besace lui battait la cuisse. À l'embranchement, un homme à la tignasse hirsute jaillit des buissons et leur barra le passage. Une barbe broussailleuse, longue et grisonnante, lui mangeait la moitié du visage. L'inconnu flottait dans ses haillons humides, qui pendaient sur son corps décharné. Petronius remarqua que sa main gauche portait des traces de torture. Ses doigts étaient déformés et une chair rosâtre et boursoufflée bourgeonnait sur ses ongles brisés.

Le peintre se plaça devant Zita et pressa la besace contre lui. Il aurait aimé posséder un bâton comme le Grand Zuid pour se défendre. Du regard, il scruta désespérément les fourrés qui se trouvaient au bord du chemin à la recherche d'une grosse branche.

« Ne bougez pas ! » gronda le vagabond.

Oris lâcha la main de Zita et lui murmura :

« Fuis ! Cours à travers champs ! Je te rejoindrai ! »

70

« Le tableau est là-dedans !

— Merci, Meinhard. Sans vous, nous ne l'aurions jamais trouvé. »

Petronius se tourna vers le barbu à la crinière ébouriffée.

« Je suis content d'avoir pu vous servir de guide », répondit celui-ci avant de pousser en soufflant la lourde porte en chêne de l'église Saint-Pierre.

La nuit tombait sur Oirschot et des bancs de brume envahissaient lentement la place du marché. Les retrouvailles entre les deux hommes, qui avaient eu lieu dix heures plus tôt, avaient été pour le moins rocambolesques. Le prenant pour un bandit de grands chemins, Petronius n'avait pas identifié immédiatement le charretier d'Aix-la-Chapelle, qu'il croyait mort depuis longtemps. Le visage dissimulé sous son épaisse barbe, le corps amaigri, Meinhard était méconnaissable.

Incrédule, Oris avait bondi vers le vieil homme et s'était mis à tourner autour de lui en gesticulant fiévreusement.

« Je vous croyais mort !

— Morbleu ! C'est ce qu'a également cru ce diable d'inquisiteur ! Mais il faut plus qu'une poignée de moines bigots pour envoyer Meinhard d'Aix-la-Chapelle en enfer ! C'est maître Bosch qui m'a trouvé, inconscient au bord du chemin. Cet homme n'est pas seulement peintre, il est aussi guérisseur. Dieu le bénisse. Il m'a envoyé à votre rencontre pour que je vous guide jusqu'à Oirschot.

— Il sait que nous nous sommes échappés de Bois-le-Duc ? »

Petronius s'était retourné vers Zita. Gênée, la jeune femme avait baissé les yeux.

« J'ai parlé à maître Bosch de mon plan d'évasion.

— Et comment vont le vieux fresquiste et sa femme, Meinhard ?

— Malheureusement, il est à l'agonie. Son seul réconfort est d'avoir réussi à sortir le tableau de la cité. Les gardes ont cru à son histoire de maladie contagieuse. Il était mal en point quand ils sont arrivés tous les deux au domaine des Bosch. »

Les trois compagnons avaient profité de la longue marche jusqu'à Oirschot pour se raconter leurs aventures. Bosch et son épouse avaient accueilli Meinhard dans leur demeure, où le charretier avait pu reprendre des forces. Seules les blessures de sa main gauche avaient mal cicatrisé. C'était lui qui avait aidé le fresquiste et sa femme à entrer dans Oirschot avec le panneau central du triptyque. Quand il avait su que Petronius et Zita arrivaient, il avait tenu à venir à leur rencontre pour les protéger d'éventuels brigands.

L'imposante église Saint Pierre témoignait de la richesse de la cité. Les petites maisons bourgeoises qui bordaient la grande place du marché paraissaient comme intimidées devant le gigantesque édifice de pierre dont la tour menaçante s'élevait dans le ciel crépusculaire. Le portail était gardé, mais Meinhard avait expliqué aux sentinelles que Petronius et Zita étaient des invités de maître Bosch et on les avait autorisés à entrer. Manifestement, l'artiste avait encore bonne réputation à Oirschot.

La nuit s'était déjà glissée dans la haute nef de Saint-Pierre, dont on ne distinguait presque plus le plafond voûté. Une lampe rouge brûlait dans le chœur.

Petronius et Zita grelottaient de froid, mais le peintre avait tout de même insisté pour voir le tableau avant de se rendre chez son maître.

« Où se trouve le triptyque, Meinhard ?

— Près de l'autel. Allez-y, je vous attends ici. »

Oris entraîna Zita dans l'église déserte. L'écho de leurs pas se répercutait contre les murs et les piliers de la nef. Peu à peu, leurs yeux s'habituèrent à la pénombre. Le triptyque apparut devant eux, dressé sur un chevalet.

« Il nous faut plus de lumière », murmura Petronius.

Ils franchirent le cancel qui fermait le chœur. Zita aperçut des chandelles sur une petite étagère près de la balustrade. Elle en prit une et la tendit à Petronius.

« Tiens, une chandelle de suif ! Tu peux l'allumer à la lampe éternelle. »

Le peintre s'avança vers l'unique source de lumière, qui symbolisait la présence de Dieu en ces lieux. D'une main tremblante, il approcha la chandelle de la flamme.

« Si la lampe éternelle brûle en donnant une lumière vive, la paroisse connaîtra bientôt un décès, prophétisa Zita en regardant la mèche s'embraser.

— Tu ne crois pas à ces sornettes, j'espère ? »

La jeune femme ignora la remarque et alluma une seconde chandelle à celle de Petronius. Puis ils allèrent se placer devant le triptyque. La lueur des bougies jeta des reflets changeants sur la surface brillante. Oris vit apparaître le visage blafard d'un homme-arbre au corps évidé. Les pieds du géant reposaient sur deux barques flottant sur les eaux sombres d'un fleuve.

Il poussa un cri et tomba à genoux sur les dalles de pierre en lâchant sa chandelle, qui s'éteignit dans un grésillement.

« Que t'arrive-t-il ? » s'inquiéta Zita.

Ramassé sur lui-même, Petronius se tenait la tête entre les mains.

« J'ai des visions, gémit-il. Je t'en prie, regarde le tableau et dis-moi si tu aperçois cet homme-arbre que je n'avais jamais vu auparavant et qui hante mes rêves depuis des jours ! »

Zita éclaira le volet droit du triptyque et contempla l'homme-arbre dont le visage ressemblait étrangement à celui de Jacob Van Almaengien. Son regard était empreint d'une profonde tristesse.

« Tu as peur du tableau ? souffla-t-elle.

— Non, de mes propres rêves. »

Petronius se releva péniblement, ralluma sa chandelle et la passa lentement de haut en bas sur le troisième volet.

« Voilà des semaines que je rêve de cette créature mi-homme, mi-arbre. Je me réveille en sueur la nuit parce que, dans mes songes, je me transforme en cet être hybride. Je n'ose même plus fermer les yeux par peur de le voir. Et pourtant je n'avais encore jamais admiré cette partie du volet. Comment se fait-il que je rêve de ce qui est peint ici ? »

Zita détourna les yeux du tableau pour observer Petronius. Le peintre avait une nouvelle poussée de fièvre. Les yeux écarquillés, il fixait le volet en agitant nerveusement sa chandelle. Ses lèvres bougeaient sans émettre le moindre son.

« Bon sang, Zita, c'est plus qu'une représentation de l'enfer, c'est une apocalypse, un monde détruit par les flammes, que maître Bosch nous livre ici. Regarde le ciel. »

Il éclaira la partie supérieure du volet. Dans la lueur ondoyante des chandelles, le tableau semblait prendre vie. La cité en feu peinte à l'arrière-plan s'anima. De hautes flammes se découpaient sur l'horizon rougeoyant, chargé de fumées. Des hommes couraient au milieu de ce brasier, cherchant désespérément à quitter la ville. Au pied des fortifications, un lac reflétait l'incendie infernal. Sur sa rive, une armée en marche massacrait les fuyards.

« Sodome et Gomorrhe ! » articula Zita.

La peinture lui coupait le souffle. Sentant ses poils se dresser sur ses bras nus, elle s'ébroua pour chasser son malaise.

« C'est tout un monde qui s'écroule ici, articula Petronius en vacillant sur ses jambes. Regarde le lac : l'eau s'est embrasée. Et le moulin ? Ses ailes sont calcinées. L'air s'est transformé en un souffle brûlant. La matière est elle aussi dévorée par les flammes, la cité est sur le point d'être réduite en cendres. Zita, sur ce volet, le feu a vaincu les trois autres éléments ! Qu'adviendra-t-il ensuite ? »

Le peintre s'affaissa, mais Zita bondit vers lui pour le soutenir. Sa respiration était courte et précipitée.

« Bosch a peint mes cauchemars, Zita, ahana-t-il. Mes cauchemars, pas les siens ! Comment a-t-il fait pour s'insinuer dans mes songes ? »

Soudain, un rire clair résonna dans l'église, faisant tressaillir Petronius.

« Qui est-ce ? »

Encore secoué par sa découverte, il jeta des regards anxieux autour de lui. La fatigue, le froid et la fièvre embrumaient son esprit agité.

De nouveau, un ricanement sardonique retentit et son écho se répercuta contre les murs. Petronius crut d'abord à une hallucination. Son cerveau lui jouait-il des tours ? Peut-être était-ce son propre rire qu'il entendait ?

« Le diable ! murmura Zita en se blottissant contre le peintre.

— Si le diable était venu nous chercher, il ne se serait pas donné la peine de se cacher », répondit Oris en la serrant dans ses bras.

Il tendit l'oreille pour tenter de repérer l'endroit d'où provenaient les rires, mais les résonances l'en empêchèrent. Mettant ses mains en porte-voix, il cria :

« Qui que tu sois, montre-toi !

— Encore en train de déchiffrer une nouvelle énigme, Petronius Oris ? Vous ne me reconnaissez donc pas ? Je suis pourtant votre conscience, Petronius. Votre mauvaise conscience. »

Le peintre ferma les yeux pour se concentrer sur la voix déformée par l'écho. Puis, tout à coup, il comprit. Il ne pouvait en être autrement.

« Jacob Van Almaengien ! »

Zita hocha la tête.

« Avez-vous contemplé le triptyque, Petronius Oris ? Avez-vous vu l'apocalypse ? Une pluie de feu s'abattra sur ce monde, jusqu'à ce que la terre brûle et que les mers s'assèchent, jusqu'à ce que l'air s'embrase et que les flammes dévorent l'humanité tout entière. »

Les yeux fermés, Petronius tourna sur lui-même pour tenter de repérer la position du savant, mais il avait l'impression que celui-ci planait dans l'église, changeant constamment d'endroit. Le peintre eut beau se concentrer, il n'entendait aucun pas. D'une voix rauque, il lança dans l'obscurité :

« Disparaissez de notre vie, Jacob Van Almaengien ! Nous n'avons plus rien à nous dire ! »

De nouveau, un éclat de rire fusa dans l'église.

« Ce n'est pas si simple, Petronius ! Nous devons nous entretenir. J'aimerais savoir si le même cauchemar hante toujours vos nuits, si vous rêvez de moi, de l'homme-arbre, de cette enveloppe corporelle maudite dont vous n'arrivez pas à vous débarrasser. »

Petronius haletait. Terrassé par la fièvre, il vacilla. Zita essaya de le retenir, mais il s'écroula sur le sol. Ses bras et ses jambes étaient brûlants. Tremblant comme une feuille, il sentait son visage gonfler comme une baudruche sous la bouffée de chaleur qui l'envahissait. Il se redressa lentement, cherchant à reprendre son souffle et à rassembler ses idées. La chandelle qu'il tenait toujours dans la main coulait sur une dalle sculptée et le suif fondu sinuait dans les rainures de la pierre. Le peintre revit en pensée les traits familiers de l'homme-arbre.

« Votre visage, répétait-il inlassablement comme une litanie. Votre visage ! Mais bien sûr ! »

L'écho de sa voix se perdit dans la nef. Dans son esprit, l'image de l'arbre de la connaissance se superposa à celle de l'homme-arbre au corps creux. Il comprit tout à coup la symbolique. Le grand végétal du jardin d'Éden était voué à la mort.

« Voulez-vous savoir pourquoi votre esprit est hanté par les images de l'enfer, Petronius ? Vous n'allez pas le croire ! »

Oris se mit à tousser bruyamment.

« Vous avez joué avec mes peurs, maître Jacob !

— Pas avec vos peurs. Avec vos songes. Vous nous avez beaucoup aidés, bien mieux que Jan de Groot. Du reste, je ne l'ai pas assassiné, comme vous semblez le croire. Il s'est donné la mort tout seul. C'était un très mauvais rêveur, un piètre intermédiaire. Contrairement à vous.

— Vous êtes le diable ! » cria Petronius.

L'écho fut interrompu par le rire cristallin du savant. Oris se souvint des pitons fixés sur le mur extérieur sous le fenestron de sa chambre. Jacob Van Almaengien s'était-il introduit par là pour le droguer durant son sommeil et le faire entrer en transe comme Bosch ? La fièvre embuait ses pensées, mais les pièces du puzzle se mettaient lentement en place.

« Ne soyez pas injuste, Petronius Oris. Grâce à moi, c'est votre imagination qui a engendré le volet de l'enfer. Vous devriez en être fier !

— Et je vais en mourir ! » grogna Petronius entre deux quintes de toux.

Zita se décida soudain à agir. Elle saisit le peintre sous les aisselles et le traîna vers la nef.

« Meinhard ! »

Le charretier entendit son appel et surgit quelques instants plus tard de la pénombre. Comprenant aussitôt la situation, il chargea Petronius sur son épaule et le porta hors de l'église.

« On raconte que l'église est hantée, commenta Meinhard en traversant la place du marché. Certains ont été victimes d'hallucinations entre ses murs. »

Il pleuvait à torrents et, en un clin d'œil, ils furent de nouveau trempés. Petronius délirait. Zita écarta une mèche humide de son front. Peu de temps après, ils arrivèrent devant l'imposante demeure des Bosch. Ils franchirent un portail et pénétrèrent dans la vaste cour intérieure, bordée de bâtiments sur trois côtés.

Au premier étage du corps de logis, des bougies brûlaient aux fenêtres. Le silence régnait dans la cour. Zita grelottait de froid. Le charretier se dirigea vers la porte d'entrée et frappa contre le panneau de bois. Son haleine exhalait des panaches de vapeur dans l'air glacial. Soudain, Petronius se mit à hurler.

Son corps fut parcouru de spasmes et Meinhard dut le retenir des deux mains pour l'empêcher de glisser de son épaule.

« C'est la fin ! hurla le peintre. La fin ! »

À cet instant, la porte s'ouvrit et Meinhard s'engouffra dans la demeure, Zita sur ses talons.

71

Petronius ouvrit les paupières et se sentit aussitôt apaisé. Une main lui caressait le front. Il vit deux grands yeux bleus au milieu d'un visage laiteux, encadré par une coiffe blanche amidonnée. Lorsque la femme remarqua qu'Oris était éveillé, elle retira sa main en souriant.

« Dieu soit loué ! Nous pensions que vous alliez mourir ! »

Peu à peu, les souvenirs remontèrent à la surface de sa conscience : Oirschot, Meinhard, Saint-Pierre, la voix de Van Almaengien, Zita. Mais il ne reconnaissait pas la chambre dans laquelle il se trouvait.

« Je suis dans la demeure de maître Bosch, n'est-ce pas ? » murmura-t-il en balayant la pièce du regard.

Il était couché dans des draps blancs et, au-dessus de lui, des rideaux d'un jaune moiré retombaient d'un baldaquin. Un courant d'air frais entrait par une fenêtre entrouverte. En dehors du lit près duquel était assise la femme à la beauté enchanteresse, la chambre n'avait pour tout mobilier qu'un grand coffre garni de ferrures et fermé par un énorme cadenas.

« Vous parlez durant votre sommeil », dit l'inconnue.

Petronius admira le visage penché sur lui. De ses yeux bleus émanaient une quiétude balsamique et sa bouche mutine souriait avec bienveillance. Il contempla avec ravissement le léger duvet blond qui couvrait sa lèvre supérieure et ses joues, donnant à sa peau un aspect velouté. Elle laissa le regard du peintre courir sur elle sans rien dire, arquant légèrement ses sourcils dans une expression espiègle.

« J'espère au moins que je n'ai pas parlé de vous, finit-il par répondre. Qui êtes-vous, noble dame ?

— Si vous avez retrouvé votre sens de la curiosité, c'est que vous allez mieux.

— J'aimerais savoir à qui appartient la main qui a apaisé mes maux. »

De nouveau, la femme sourit. Tout son être inspirait un profond sentiment de sérénité. Petronius ferma les yeux pour apprécier sa voix douce.

« C'est d'accord, Petronius Oris. Je vais vous révéler mon nom. On m'appelle Aleyt Goyaert Van der Mervenne. »

Stupéfait, Petronius rouvrit les yeux. La femme lui parut tout à coup inaccessible. Elle était issue d'une illustre famille patricienne de Bois-le-Duc. Même si le peintre ne l'avait jamais rencontrée dans l'atelier de Bosch, il avait beaucoup entendu parler d'elle dans les mois qui avaient suivi son arrivée.

« Vous êtes l'épouse de mon maître !

— Calmez-vous, Petronius. Je demeure à Oirschot depuis que les dominicains essaient de s'emparer du pouvoir à Bois-le-Duc. J'ai veillé à votre chevet parce que Zita avait besoin de repos. Elle est restée trois jours auprès de vous. Comme votre fièvre est retombée et que vos blessures sont en train de cicatriser, je lui ai dit ce matin d'aller se coucher. »

À cet instant, Petronius remarqua que ses avant-bras le brûlaient. Ils étaient étendus près de lui comme s'ils n'appartenaient pas à son corps.

« Restez allongé. Nous avons ligoté vos bras, sinon vous auriez gratté vos plaies. »

Petronius essaya de se détendre, mais il sentait à présent les lanières de cuir qui retenaient ses bras.

« J'espère que je n'ai pas raconté des choses qui auraient pu vous déplaire. »

Un rire étouffé sortit de la gorge d'Aleyt. Elle caressa du revers de la main le front du peintre, qui se mit à rougir jusqu'aux oreilles. Puis elle pouffa.

« Oh, vous étiez très bavard. »

De nouveau, elle gloussa.

« Par moments, vos paroles ont plongé Zita dans l'embarras. Mais après tout, c'est normal, une religieuse a peu d'expérience dans le domaine de l'amour. »

Le visage de Petronius devint cramoisi. Mais Aleyt ne paraissait nullement gênée.

« Comme je suis une femme mariée, j'ai trouvé cela très amusant. »

Elle se leva et se dirigea vers la porte.

« J'ai promis à Jérôme de le prévenir dès que vous seriez réveillé. De plus, vous avez besoin à présent d'une bonne soupe pour retrouver des forces. »

La porte se referma en grinçant. Resté seul, Petronius se mit à réfléchir. Qu'avait-il raconté durant son sommeil ? Et où était Jacob Van Almaengien ? Devait-il croire à ce que le savant lui avait dit dans l'église ? Quel rôle avait-il précisément joué lors de l'élaboration du troisième volet ?

Il ferma les yeux pour se remémorer les événements des dernières semaines. À plusieurs reprises, il s'était réveillé la nuit et avait entendu des pas dans le passage coupe-feu. Le Grand Zuid l'avait prévenu qu'on pouvait facilement s'introduire dans sa chambre. Avait-il reçu de la visite sans s'en rendre compte ? Lui avait-on administré à son insu quelque mixture à base de poison pour le faire entrer en transe comme son maître ? Jan de Groot avait-il subi le même sort ?

Lorsque Petronius ouvrit les paupières, il tressaillit. Devant lui se tenait maître Bosch, enveloppé dans une pelisse à col de fourrure. Son visage hâve était empreint de gravité.

« Comment vous sentez-vous, Petronius ?

— On ne peut mieux. Qui se plaindrait d'être ligoté à un lit à baldaquin ? »

Bosch ignora la remarque ironique. Il gratta son menton mal rasé.

« Vous avez parlé du tableau durant votre sommeil.

— Oui, apparemment, je parle beaucoup en dormant. »

Oris ferma les yeux et tira sur ses liens. Ceux-ci étaient suffisamment serrés pour l'empêcher de bouger d'un pouce, sans toutefois blesser ses poignets. Peu à peu, un sentiment de malaise l'envahissait. L'avait-on réellement attaché afin qu'il ne gratte pas ses brûlures ?

« Avez-vous vu le troisième volet ? »

Petronius acquiesça lentement de la tête. Il hésitait. Devait-il mentionner sa rencontre avec Van Almaengien ?

« Racontez-moi vos impressions », le pria Bosch en s'approchant.

Il s'assit sur le bord du lit, rajusta sa pelisse et murmura :

« S'il vous plaît. »

La demande du Flamand interloqua Petronius. N'était-ce pas plutôt à son maître de lui expliquer le tableau ? Il garda les yeux fermés et se concentra pour rappeler à sa mémoire l'image du triptyque.

« Sur le troisième volet, vous reniez tout ce que vous avez prophétisé sur les deux premiers panneaux, maître Bosch. Vous reniez le message des Adamites. La connaissance corrode l'homme-arbre, qu'on a coiffé de la cornemuse des bouffons, symbole de la vanité qui a submergé le monde. L'œuf cosmique et son pouvoir fertilisant ont été détruits. L'impensable a eu lieu : l'orgueil, la luxure, la gloutonnerie et l'avarice sont parvenus à anéantir la Création. »

Nerveux, Bosch se releva et se mit à arpenter la chambre, les mains croisées dans le dos.

« J'avais prévenu maître Jacob qu'il fallait se méfier de vous. Il n'a pas voulu m'écouter. »

Le Flamand se campa au pied du lit et braqua son regard sombre sur Petronius.

« Vous êtes un peintre remarquable, et le triptyque n'a plus de mystère pour vous. »

Oris dévisagea Bosch avec étonnement. Le compliment était ambigu. Pourquoi son maître lui racontait-il ces choses ? Il sentait peu à peu ses forces l'abandonner.

« Je pourrais continuer la description, murmura-t-il d'une voix faible. Je suis fasciné par la lampe et le disque terrestre représentés à droite de l'homme-arbre.

À cet endroit, sept chimères fondent sur un chevalier dont la bannière est ornée d'une grenouille, symbole du diable. Ce chevalier tient dans sa main un calice d'où tombe une hostie. Le disque terrestre tient en équilibre sur la lame d'un couteau géant. La foi, matérialisée par l'hostie, l'Église, incarnée par le calice, et le défenseur de cet ordre ancien, le chevalier, semblent voués à la damnation. En arrière-plan, d'autres paladins sont livrés au martyr, ce qui me fait penser au Livre de la Genèse : "Quiconque versera le sang de l'homme, par l'homme son sang sera versé, car Dieu a fait l'homme à son image." »

Petronius rouvrit lentement ses paupières, qui lui parurent lourdes comme du plomb. Bosch se tenait toujours au pied du lit et l'observait.

« Il a puisé ces idées en vous, parce qu'il m'a détruit. Vos songes sont sinistres, Petronius Oris. C'est la fin des Adamites qui est prédite ici. La fin de notre croyance, de nos principes. Et cette sombre prophétie, c'est en vous qu'il l'a trouvée.

— Je ne comprends pas. »

Jérôme Bosch sourit d'un air torturé. Tête baissée, il contourna le lit et alla s'appuyer contre le coffre.

« Vous êtes le créateur du troisième panneau, Petronius Oris. Pourquoi croyez-vous que je vous ai fait peindre une nouvelle représentation du paradis ? Pourquoi vous ai-je chargé de réaliser le portrait de Jacob Van Almaengien ? Pourquoi avez-vous frôlé la mort si souvent ces derniers temps ? Tout cela devait stimuler votre imagination ! »

Petronius fut pris de vertige en entendant cette révélation. Ainsi, c'était la raison pour laquelle il avait éprouvé de violents maux de tête durant des jours entiers et que d'horribles cauchemars peuplaient ses nuits. De nouveau, il tira sur ses liens, mais les lanières de cuir le maintenaient cloué sur le lit.

« Vous auriez dû remarquer que ce troisième volet était différent de mes visions du paradis. L'enfer est votre œuvre, Petronius Oris.

— Mais pourquoi moi ? Pourquoi Van Almaengien m'a-t-il choisi ? »

Bosch se redressa et marcha vers la fenêtre pour la fermer. À l'évidence, il hésitait à en dire plus. Il se retourna brusquement vers le blessé, l'air décidé. Ses lèvres formaient une ligne mince.

« Van Almaengien possède le savoir, mais il lui manque les visions. Quiconque consacre sa vie entière à la vérité et ses diverses manifestations perd le sens de l'imagination. La créativité lui fait défaut. Il avait besoin d'images dans lesquelles il puisse crypter ses pensées. Ces images, il les a d'abord puisées chez moi. Mais regardez ce qu'il a fait de moi, Petronius. J'ai affreusement maigri, je suis devenu un squelette ambulant qui arrive à peine à tenir un pinceau. »

Petronius avait l'impression que la chambre se remplissait d'une chaleur suffocante. Des perles de sueur naissaient sur son front et sa poitrine. Sous les lanières de cuir qui retenaient ses poignets, sa peau était devenue moite.

« Vous auriez pu lui résister. »

Bosch laissa échapper un rire amer.

« Personne ne résiste à Jacob Van Almaengien. Il est comme un puits sans fond dans lequel on plonge indéfiniment. Il a absorbé toute ma force vitale. Lentement. Jusqu'à ce qu'il ne me reste plus que la peau sur les os. Quand je suis devenu trop faible pour lui livrer les visions dont il avait besoin, il a jeté son dévolu sur vous.

— Mais avant cela, il a exercé son emprise sur Jan de Groot ! »

Stupéfait, Bosch écarquilla les yeux.

« Vous le saviez ?

— Je m'en doutais, murmura Petronius, épuisé. Vous venez de me donner la confirmation que je ne m'étais pas trompé.

— Jacob Van Almaengien a disparu sans laisser de traces. Il est peut-être tombé dans les griffes des dominicains. L'inquisiteur voulait sa mort. »

Oris ferma les yeux en souriant faiblement. Il luttait contre le sommeil qui l'envahissait de nouveau.

« Je l'ai rencontré à Oirschot, maître, articula-t-il avec peine. Dans l'église. Vous avez raison. Il m'a manipulé, tout comme il l'avait fait avec vous. En fait, il nous a tous dupés. »

Il eut soudain l'impression qu'un nœud se dénouait dans son estomac, le libérant de tout ce qui l'oppressait depuis des semaines. Un bref sentiment d'euphorie inonda son cerveau. Il rouvrit les yeux et fixa Jérôme Bosch, qui s'était penché au-dessus de lui pour comprendre ses paroles.

« Jacob Van Almaengien nous a tous mystifiés, maître. Le savant est une femme. Je l'ai vue nue dans le laboratoire qu'elle a aménagé dans la cave de votre maison. »

Le Flamand se redressa brusquement. Ses traits se déformèrent sous l'effet de la fureur.

« Vous auriez mieux fait de garder cela pour vous, Petronius Oris. »

D'un pas rapide, il quitta la chambre et claqua la porte derrière lui. Petronius se retrouva seul. La fatigue lui donnait l'impression de flotter dans un lit de ouate. Un voile de gaze tomba sur ses yeux et lui brouilla la vue.

72

Petronius se réveilla en sursaut. Une main s'était posée sur sa bouche et il sentit un corps se jeter sur lui avec force pour l'empêcher de se redresser.

« Chut, Petronius ! C'est moi, Zita ! »

Le peintre se détendit et resta allongé. Durant les derniers jours, le temps s'était écoulé dans une alternance confuse de moments de veille et de sommeil. Il avait l'impression qu'il aurait pu dormir un siècle entier tant il était épuisé. Seuls Zita, Aleyt et Meinhard venaient lui rendre visite. Il n'avait pas revu Bosch depuis leur dernier entretien et il ignorait si son maître était encore dans la demeure ou s'il était retourné à Bois-le-Duc.

Lentement, Zita écarta la main de sa bouche, mais posa un doigt sur ses lèvres pour lui dire de se taire. Le peintre hocha la tête.

« Tu poussais d'horribles ronflements. »

Le ton de sa voix n'était pas railleur comme à l'accoutumée, la jeune femme paraissait inquiète. Surpris, Petronius s'assit sur son lit. De la cour en contrebas montaient des voix. Le soleil brillait faiblement dans le ciel voilé de cette fin d'été.

« Jacob Van Almaengien ! » murmura Zita en entraînant Oris vers la fenêtre.

Avec prudence, Petronius jeta un coup d'œil dehors. Les deux personnes qui s'entretenaient dans la cour étaient cachées sous le porche.

« Je ne peux rien voir, mais je reconnais sa voix sans le moindre doute », souffla Petronius.

La conversation paraissait animée, mais les deux interlocuteurs s'efforçaient de parler à voix basse.

« Il doit disparaître ! Le plus tôt sera le mieux, disait le savant.

— Vous n'y pensez pas, maître Jacob. Les lois de l'hospitalité sont sacrées. Tant qu'il sera sous mon toit, vous ne toucherez pas à un seul de ses cheveux !

— Depuis quand êtes-vous sentimental, maître Jérôme ? »

Van Almaengien ricana. De son point de vue surélevé, Petronius ne pouvait apercevoir que les mains du savant qui gesticulaient fébrilement.

« Petronius Oris est une menace pour nous. S'il a réellement rédigé une confession pour le père Jean, la Confrérie est en danger. Il aura sûrement donné des noms. Des dizaines de nos frères et sœurs vont être brûlés sur les bûchers de l'Inquisition. De plus, je... »

Bosch lui coupa la parole :

« Vous avez commis l'imprudence de lui révéler votre identité ! »

Jacob Van Almaengien recula d'un pas et, durant une poignée de secondes, Petronius put apercevoir son visage. Le savant avait les cheveux hirsutes, comme s'il dormait depuis plusieurs semaines dans des granges ou des étables.

« Qui vous a dit cela ?

— Lui-même. La fièvre le fait parler durant son sommeil.

— Qui veille à son chevet ? Qui d'autre que vous aurait pu l'entendre ? »

En proie à une grande nervosité, Van Almaengien respirait par saccades. Petronius imagina le savant prendre Bosch par les épaules et le secouer.

« Zita. Elle passe beaucoup de temps près de lui. Je ne vois personne d'autre.

— Zita ! siffla Van Almaengien. Nous avons sous-estimé notre jeune peintre. Il est dangereux. Croyez-vous qu'il ait compris...

— Il a encore les idées confuses. Mais il est toujours assailli de cauchemars. L'homme-arbre hante ses nuits. Je suppose qu'il finira sans doute un jour ou l'autre par comprendre de lui-même ce qui s'est passé. »

Petronius sourit. Son maître mentait. Bosch ne lui avait-il pas expliqué clairement d'où provenaient les visions représentées sur le volet de l'enfer ?

« Où est-il ? »

Le silence retomba. Maître Bosch avait-il indiqué par gestes que sa chambre se trouvait juste au-dessus d'eux ? Probablement, car la conversation prit fin.

Petronius s'écarta de la fenêtre et pria Zita à voix basse de s'asseoir dans le fauteuil d'osier qui se trouvait derrière la porte. Il sentait que Jacob Van Almaengien ne pourrait s'empêcher de s'introduire ici et il préférait ne pas être seul avec le savant.

Quelques instants plus tard, ils entendirent des pas discrets dans le couloir, suivis d'un murmure de voix. Oris courut se glisser dans son lit. Les rideaux du baldaquin ondulaient encore lorsque la porte s'entrouvrit lentement. Avec précaution, Jacob Van Almaengien se glissa par l'entrebâillement et s'approcha du lit.

« Petronius ? M'entendez-vous ? »

Bosch entra à son tour dans la pièce. S'efforçant de respirer calmement, Petronius fit semblant de se réveiller. Quand il ouvrit les yeux, il vit le visage de Jacob Van Almaengien penché au-dessus de lui.

« Vous ? Que faites-vous ici ? »

Van Almaengien lui sourit, et Petronius vit sur ses joues un léger duvet qui ressemblait à celui d'Aleyt.

« Que voulez-vous ?

— M'entretenir avec vous, Petronius. Votre prestation dans l'église l'autre soir était pitoyable. »

Oris se redressa brusquement, forçant le savant à reculer.

« Je serais peut-être mort à l'heure qu'il est si Zita et Meinhard ne m'avaient pas aidé. Vous m'avez poussé à bout, maître Jacob, alors que la fièvre me rongeait. »

Van Almaengien se détourna. Passant la main sur ses lèvres, il se mit à arpenter la chambre et se figea net en découvrant Zita derrière la porte. Il ignora ostensiblement la jeune femme et virevolta vers Petronius. Maître Bosch se tenait légèrement en retrait, muet comme une statue, le front plissé.

« Le père Jean n'a pas été tendre avec vous, remarqua Van Almaengien en observant les avant-bras de Petronius. Ces stigmates vous accompagneront toute votre vie. Mais par chance, vous pouvez reprendre des forces dans la demeure de maître Bosch.

— Je lui suis profondément reconnaissant de m'accueillir ici, et j'espère pouvoir m'acquitter un jour de cette dette.

— Lorsque vous étiez retenu prisonnier chez les dominicains... (Van Almaengien fit mine de chercher ses mots) le père Jean n'a-t-il pas exigé que vous rédigiez une confession, un manuscrit rapportant tout ce que vous avez vécu durant les derniers mois ? »

Oris s'attendait à cette question. Le manuscrit. Il avait chargé Meinhard de le cacher. Personne ne trouverait les feuillets dissimulés sous la paille de la grange.

« De quel manuscrit parlez-vous ? »

Petronius riait intérieurement, car il avait une longueur d'avance sur le savant. Van Almaengien n'obtiendrait jamais le document.

« Vous savez exactement de quoi je parle, gronda Van Almaengien, qui avait visiblement de la peine à se maîtriser. Vous allez me remettre le manuscrit. Songez aux horribles visions qui vous assaillent depuis des semaines. Je peux faire de votre vie un véritable enfer. Croyez-vous réellement que je vous laisserai vous promener tranquillement avec un document compromettant sur moi et les Adamites ? Vous n'êtes qu'un sot, Petronius Oris. »

Bosch interrompit l'érudit.

« Tant que mon élève séjournera sous mon toit, maître Jacob, vous vous montrerez poli envers lui comme il sied à un homme de bien. »

Van Almaengien tressaillit, puis fit volte-face pour river son regard pénétrant sur les yeux clairs de Bosch.

« Soit, concéda-t-il en hochant la tête. Très bien. Je resterai poli. »

Sur ces mots, il quitta la chambre sans se retourner et disparut dans le couloir. Petronius l'entendit dégringoler bruyamment l'escalier.

Maître Bosch se dirigea à son tour vers la porte. Arrivé sur le seuil, il jeta un regard vers Zita, puis lança en direction de Petronius :

« Tant que vous serez ici, vous serez sous ma protection. Mais je ne pourrai plus rien faire pour vous quand vous quitterez cette demeure. »

Comme il tournait les talons, Petronius le retint :

« Pourquoi le visage de Jacob Van Almaengien apparaît-il sur le volet de l'enfer ? »

Bosch se figea dans la pénombre du couloir.

« Parce qu'il n'est pas un homme et qu'il aimerait se dépouiller de cette enveloppe. »

Le Flamand s'éloigna et descendit l'escalier menant au rez-de-chaussée. Petronius bondit de son lit.

« Zita. Le manuscrit est notre unique gage de survie. C'est trop risqué de le garder sur nous. Il faudrait trouver une cachette accessible à tout moment. Nous devrions peut-être le diviser. En donner un tiers à Aleyt et un autre à Meinhard. Nous conserverons le reste. »

Dodelinant de la tête, Zita fit une moue sceptique.

« Où est le manuscrit ?

— Suis-moi ! Meinhard l'a caché dans la grange qui sert d'écurie. »

Ils se glissèrent furtivement hors de la chambre. Petronius sentit sous les bandages ses brûlures l'élancer. Le peintre ne put s'empêcher d'y voir un mauvais présage. Ils n'étaient pas encore sortis d'affaire.

73

« Au feu ! »

Le cri retentit dans l'esprit de Petronius tandis qu'il se débattait entre les griffes de la femme-oiseau qui l'avait arraché de la mêlée confuse des damnés. La créature hybride à tête de rapace s'apprêtait à l'engloutir tout entier. Une longue étoffe ensanglantée couvrait ses genoux et tombait jusqu'au sol. De la bave coulait de son bec puissant et pointu. Son corps était de couleur bleue, symbole de la trahison et du mensonge. Petronius comprit qu'il était perdu. Le diable femelle dévorait les âmes des réprouvés. Assise sur une haute chaise à trois pieds représentant la trinité, la démone se repaissait de chair humaine. Mais elle ne mangeait que des hommes. Elle savourait tranquillement son repas cannibale pendant que le monde se consumait dans les flammes de l'enfer.

« Au feu ! »

De nouveau, le cri s'insinua dans le cerveau de Petronius, chassant la diablesse à tête d'oiseau.

« Au feu ! Au feu ! »

La voix stridente résonna en lui jusqu'à ce qu'il se réveille en sursaut. Le peintre constata alors avec effroi que rêve et réalité avaient fusionné. La démone avec son bec de rapace n'avait pas disparu. Elle tendait ses mains griffues vers lui. Derrière elle, il apercevait comme à travers une paroi de verre les murs d'une grange envahie de fumée. La diablesse était-elle parvenue à le suivre dans le monde réel ou assistait-il à la fin du monde ? Son esprit flottait entre le triptyque et la grange.

« Au feu ! »

Cette fois, le cri le ramena dans le présent et dissipa l'image de la femme-rapace.

Il était allongé dans la paille, les bras emmaillotés de bandages. Une fumée grise et acre flottait dans l'air et irritait ses narines.

N'avait-il pas surpris une conversation entre maître Bosch et Jacob Van Almaengien ? Était-ce un rêve ? Il se souvenait pourtant d'une chambre douillette et d'un lit à baldaquin dans lequel il avait passé plusieurs jours. Pourquoi se retrouvait-il à présent couché sur un tas de paille qui le grattait terriblement ?

Voyant les nuages de fumée s'accumuler au-dessus de sa tête, il se redressa et chercha du regard une issue. Il n'avait aucune idée de l'endroit où il se trouvait.

Puis la mémoire lui revint brusquement. Il était venu ici avec Zita récupérer la besace qui contenait le manuscrit. Ils avaient fini par la dénicher sous les montagnes de paille, mais il s'était senti mal, gêné par la chaleur qui régnait dans la grange et épuisé par l'effort. Zita lui avait massé la nuque et les épaules avec un onguent à la fraîcheur apaisante, mais il n'avait aucune idée de ce qui s'était passé ensuite. Il ne se souvenait que de l'horrible cauchemar où la démone à tête d'oiseau avait failli le dévorer vivant. Peut-être était-il encore en train de rêver et il se réveillerait bientôt dans sa chambre ? Les tourbillons de fumée suffocante qui emplissaient la grange paraissaient toutefois trop réalistes pour n'être qu'un songe.

« Petronius ! cria soudain une voix assourdie par les nuages de fumée qui s'épaississaient de plus en plus. Petronius, où es-tu ? »

Zita ! Elle était à sa recherche. Oris essaya d'articuler une réponse, mais il fut pris d'une violente quinte de toux. Le temps lui était compté, il ne tarderait pas à manquer d'air.

« Dis quelque chose ! Je ne sais pas où tu es ! »

De nouveau, le peintre fut secoué par un accès de toux. Il commençait à respirer d'une haleine courte et pénible quand il sentit une main l'agripper. Zita. Levant les yeux, il vit qu'elle portait une robe bleue. La nonne l'entraîna à travers le fenil et le mena jusqu'à une échelle. Elle le précéda pour l'aider à descendre en guidant ses pieds, échelon après échelon. Arrivé au rez-de-chaussée, Oris s'écroula sur le sol, épuisé. En bas, la fumée était moins épaisse. Sa toux se calma et il put reprendre son souffle.

« Où sommes-nous, Zita ? Que s'est-il passé ?

— Ce n'est pas le moment, Petronius, répondit-elle en s'agenouillant près de lui. Nous devons sortir de cette maudite grange. Tu as perdu connaissance là-haut, dans le fenil. Je suis allée trouver Meinhard et je lui ai confié le manuscrit. »

Tout à coup, dans le dos de Zita, des bottes crissèrent sur la terre battue. La jeune femme se releva et fit volte-face. Devant eux se tenait Jacob

Van Almaengien, la main droite tendue comme s'il demandait l'aumône.

« Le manuscrit, Petronius Oris. Donnez-le-moi et disparaissez à jamais de cette contrée. »

Petronius regarda le savant, hagard. Il entendit dehors des pas précipités et des cris. On commençait à jeter des seaux d'eau sur la grange pour lutter contre l'incendie.

Derrière Jacob Van Almaengien, les flammes dévoraient la cloison de bois. La température augmentait rapidement et la fumée devenait de plus en plus dense, enveloppant la silhouette de l'érudit.

« Je n'ai plus le manuscrit », balbutia Oris.

Un silence pesant s'installa, bientôt couvert par le crépitement des flammes.

« Écoutez-moi, Petronius. Remettez-moi la confession que vous avez rédigée sur l'ordre de l'inquisiteur, ou vous mourrez dans cette grange avec votre nonne. Vous avez le choix !

— Le manuscrit n'est plus à Oirschot, ma sœur ! » intervint Zita.

Elle avait prononcé le mot « sœur » d'un ton tranchant comme le fil d'une dague. Petronius lui jeta un regard stupéfait.

Zita se mit à tousser. Van Almaengien s'avança vers le couple d'un air menaçant, sa main droite dissimulée dans la poche de son manteau. Petronius devinait que le savant était armé d'un poignard.

« Meinhard d'Aix-la-Chapelle galope en ce moment même vers Bois le-Duc avec le manuscrit dans ses fontes, reprit Zita. S'il nous arrive quelque chose, il remettra les pages à l'inquisiteur. J'ai pris soin de compléter la confession en y ajoutant tous les détails concernant votre véritable identité. Inutile de partir à la recherche de Meinhard, vous ne le trouverez pas. Si vous nous épargnez, nous lui enverrons dans quatre semaines un message pour lui demander de vous livrer le manuscrit. Mais pas avant. Et maintenant laissez-nous partir. »

Van Almaengien s'était planté devant Zita. Son visage tressaillait dans la lueur rougeoyante du brasier. Les lèvres tremblantes de colère, la femme travestie luttait visiblement pour se maîtriser.

« Vous avez gagné, ma sœur. Je vous laisse la vie sauve. Mais si vous osez trahir mon secret, je vous retrouverai pour vous expédier de mes mains en enfer. J'en fais le serment ! »

Jacob Van Almaengien virevolta sur ses talons et se dirigea vers une petite fenêtre percée dans le mur de la grange. Au moment où le savant se glissait dans l'ouverture, Petronius l'interpella :

« Maître Jacob ! Que comptez-vous faire du triptyque ? »

Van Almaengien se retourna et répondit quelque chose, mais ses paroles se perdirent dans le vacarme de l'incendie. Au même instant, une poutre se détacha de la charpente et s'écrasa sur le sol. Une pluie de feu s'abattit dans la grange. Le savant rabattit sa capuche sur son visage et disparut par l'ouverture. Un rideau de flammes empêcha Petronius et Zita de s'enfuir par le même chemin. Tête baissée, ils titubèrent jusqu'à la porte du bâtiment.

Au moment où ils sortirent de la fournaise, le feu se propagea rapidement et transforma la grange en un gigantesque brasier. Le souffle puissant de l'incendie fit voler le bonnet d'un paysan venu combattre les flammes.

Zita soutint Petronius et le guida vers le portail de la cour. Ils descendirent la ruelle en direction des fortifications. Il faisait encore nuit, mais les soldats du guet avaient ouvert la porte de la ville pour permettre aux habitants d'Oirschot de former une chaîne jusqu'à l'étang qui se trouvait à l'extérieur de l'enceinte. Dans la lueur de l'incendie, ils se transmettaient de main en main des seaux d'eau. Zita et Petronius sortirent discrètement de la cité au milieu du tumulte.

Le couple s'enfonça dans la campagne tandis que l'aube se levait. Ils firent une halte sous l'un des arbres qui bordaient le chemin. Épuisé, Petronius enchaînait les quintes de toux. Pendant qu'il s'asseyait sur le sol, Zita observa les alentours. Au milieu de la nature verdoyante, sa robe bleue étincelait dans la pâleur du jour naissant. Le peintre se dit qu'elle ressemblait à une nymphe.

« Et si nous tâchions à présent d'accomplir tes rêves, Petronius Oris ? » murmura-t-elle en surveillant le chemin.

S'adossant au tronc de l'arbre, Oris dévisagea la jeune femme avec étonnement.

« Et que sais-tu de mes rêves ?

— J'ai appris beaucoup de choses ces derniers jours, rétorqua-t-elle en souriant. Tu parles pendant ton sommeil. Je sais par exemple que tu aimerais te rendre à Vienne à la cour des Habsbourg ou visiter le Paris de Louis XII. »

Il s'apprêtait à répondre quand il entendit un claquement de sabots porté par le vent. Il essaya de se relever, mais ses jambes se dérobèrent sous lui.

Poussant un soupir, il se rassit. Zita ne paraissait pas inquiète. Quelques instants plus tard, la silhouette de Meinhard se découpa sur le ciel qui se teignait de rose sous les feux de l'aurore. Le charretier tirait quatre chevaux derrière lui.

« Mais je croyais que... »

Petronius ne put achever sa phrase, interrompu par une violente quinte de toux. Pourquoi diable Meinhard n'était-il pas en train de chevaucher vers Bois-le-Duc ?

Zita émit un petit rire.

« Je me suis dit que nous pourrions nous rendre en France pour échapper à cette bête féroce qui se fait appeler maître Jacob. Elle tue tous ceux qui percent son secret. J'ai donc décidé de mentir pour la mettre sur une fausse piste. »

Petronius était déboussolé. Tant que le manuscrit n'était pas en lieu sûr, il courait un grand danger. Meinhard s'approcha de lui et le souleva par les aisselles. Puis il le hissa sur un cheval et l'attacha fermement à la selle avec une corde pour l'empêcher de tomber. Le peintre se laissa faire. Une nouvelle poussée de fièvre lui embrumait le cerveau. Tout à coup, il songea à Pieter. Dans cette histoire, tous les mystères n'avaient pas été éclaircis. Certes, il avait démasqué Jacob Van Almaengien dans son laboratoire. Après quelques secondes d'observation, ils s'étaient jetés l'un sur l'autre dans une étreinte effrénée. C'était peut-être la raison pour laquelle il était encore en vie. Mais Zita avait également sa part d'ombre. Une seule personne pouvait avoir empoisonné Pieter dans l'auberge. Et cette personne l'aidait à présent à fuir d'Oirschot.

S'il avait bien compris ses paroles dans la grange, elle avait complété son manuscrit. Avait-elle noté ce qu'il avait raconté dans son délire ? Avait-elle également ajouté ce qu'il avait décidé de taire ? En tout cas, la menace qu'elle avait proférée dans la grange avait suffi à faire plier Jacob Van Almaengien.

Zita avançait au trot près de lui. Elle tendit la main pour caresser son front brûlant. La robe bleue de la nonne bouffait autour de ses bras, qui ressemblaient à des ailes frémissantes. Elle roucoulait à côté de lui comme une tourterelle. Ou n'était-ce pas plutôt le cri étouffé d'un rapace prêt à se jeter sur sa proie ? L'image de la démone à tête d'oiseau s'insinua de nouveau dans l'esprit du peintre. Ballotté sur son cheval, il tourna la tête vers la jeune femme. Remarquant son regard, elle lui sourit. La besace contenant le manuscrit pendait au pommeau de sa selle.

74

« *Hola*, Michael ! Heureusement, vous êtes là. Il faut que je vous montre quelque chose ! »

Keie sursauta. La porte s'était ouverte à toute volée et de Nebrija s'était rué dans l'atelier. Le vieux Madrilène le prit par le bras et l'entraîna vers le triptyque sans prêter attention au père Baerle, qui portait toujours son uniforme de gardien. Il se campa devant le volet de l'enfer et attaqua sans préambule :

« J'ai beaucoup cogité ces derniers jours. Et puis j'ai fini par avoir une révélation. »

Il désigna la partie supérieure du volet de l'enfer, où deux oreilles surdimensionnées étaient découpées par un couteau géant.

« Écouter ! »

Puis son doigt descendit vers l'homme-arbre.

« Voir ! »

Il montra ensuite les différentes scènes représentées dans la partie inférieure du panneau.

« Sentir ! »

L'Espagnol se tourna vers Keie.

« Cela me fait penser à l'un des dessins à la plume de Bosch, *Le champ a des yeux, la forêt des oreilles*. Ce peintre était un prophète, Michael. Il savait que quelqu'un finirait par interpréter son message. Dans cet enfer, l'ouïe et la vue sont annihilées. Bosch veut nous dire que nous vivons sans rien voir ni entendre. Et il a raison. Ne sommes-nous pas aveuglés par le divertissement ? Nous évoluons dans une société où la culture du plaisir et la superficialité jouent un rôle primordial. Bosch décrit ici le déclin de l'humanité. Les hommes sont enchaînés à la musique, ils se dévoient dans des tripots et le diable bleu à tête de rapace dévore finalement tout ce qui leur reste : leur âme. Les sens de l'ouïe, de la vue et du toucher se sont transformés en vices. »

Keie suivait distraitement les explications de son collègue. Il était encore sonné par le récit du père Baerle. Jetant un regard vers le prêtre déguisé qui se tenait en retrait, il appuya sur le bouton d'alarme de son bipeur, mais il ne reçut aucune réponse dans son oreillette. Les vigiles n'étaient malheureusement pas encore rentrés de leur pause-déjeuner. À cet instant, de Nebrija frappa dans ses mains et s'écria :

« Voilà qui explique la présence du symbole de Vénus ! Tout concorde. Vous ne remarquez rien ? Ce n'est pas le visage de l'homme-arbre qui est au centre du volet, mais les deux barques sur lesquelles il se tient. En traçant les diagonales, on s'aperçoit que c'est précisément la barre du canot de droite qui se trouve au milieu du panneau. La barre, Michael ! Ce n'est pas un hasard. Souvenez-vous, dans le premier volet, c'est la lucarne de la fontaine avec la chouette qui était au centre. Dans le panneau central, c'est le cavalier au poisson qui annonce une nouvelle ère et, ici, c'est la barre d'un esquif. Tout se tient. La barre symbolise un changement de cap. La direction prise par l'homme-arbre n'était pas la bonne, elle menait tout droit en enfer. Bosch sous-entend qu'il faut changer d'orientation – voilà pourquoi il a ajouté près de la barque le symbole de Vénus que l'on peut voir sur l'agrandissement ! »

Keie hocha la tête en comprenant soudain le raisonnement de l'Espagnol.

« Ce n'est pas tout, poursuivit Antonio. Grit Vanderwerf n'a-t-elle pas donné aux générations futures qui régneront sur l'ère du Verseau le nom d'"hommes-graines" ? »

Le père Baerle éclata de rire.

« Ils sont depuis longtemps parmi nous, señor de Nebrija. Ils l'ont toujours été. Au début du seizième siècle, Jacob Van Almaengien essayait déjà de consigner le savoir des "hommes-graines". »

Le vieil historien de l'art tressaillit et fit volte-face. Il dévisagea Baerle avec stupéfaction.

« Vous ? Dans un uniforme de vigile ? Avez-vous perdu l'esprit ? »

Le religieux ne se formalisa pas. Il reprit à voix basse ses explications :

« Cette femme travestie a survécu à tous les autres protagonistes de l'histoire. Bosch est mort en 1516. Il était à bout de forces après l'achèvement du triptyque et les conflits incessants avec l'inquisiteur le minaient. Mais les dominicains n'ont jamais pris le pouvoir à Bois-le-Duc. Le père Jean a été assassiné par Van Almaengien en 1515. »

Keie passa la main dans ses cheveux. D'où Baerle tenait-il tous ces détails ? Manifestement, le religieux avait fait des recherches poussées sur tous les personnages du manuscrit.

L'ecclésiastique baissa encore la voix, comme s'il craignait d'être écouté par des oreilles indiscrètes. Keie dut faire un pas vers lui pour comprendre ce qu'il disait.

« C'est le manuscrit qui a sauvé Petronius Oris et Zita Van Kleve. Ils se sont enfuis en Espagne. À Salamanque probablement, puisque c'est là-bas que j'ai retrouvé la confession du peintre. Pourtant, il a dû se passer quelque chose juste avant sa mort. La dernière partie du document a disparu. Nous savons que c'est Zita qui en avait repris la rédaction, mais le récit s'achève au moment de leur départ d'Oirschot. Toutes les pages contenant les révélations sur Jacob Van Almaengien et l'interprétation finale du tableau ont été dérobées. Le savant est peut-être parvenu à s'en emparer. En tout cas, nous avons très peu d'informations sur la dernière partie de la vie de Petronius Oris. Dans la bibliothèque de Salamanque, j'ai trouvé certains indices laissant penser qu'il est mort sur le bûcher. Ce qui ne serait guère étonnant pour un homme doté d'une telle imagination ! En revanche, Zita, elle, a disparu sans laisser de trace. »

Un silence oppressant envahit la salle de restauration. Keie réfléchissait fébrilement. Pourquoi le père Baerle leur donnait-il ces détails ? Pouvait-on le croire, ou leur racontait-il ce qu'ils avaient envie d'entendre ? Keie priait pour que les vigiles reviennent enfin à leur poste.

De Nebrija reprit la parole :

« C'est étrange, mon père. En faisant disparaître la dernière partie du manuscrit, on a réduit le triptyque au silence. Jusqu'à aujourd'hui. Car le tableau recommence à parler. Nous possédons en effet la clé de son interprétation. *Le Jardin des délices* dénonce le système patriarcal défendu depuis des siècles par l'Église catholique. »

La haine déforma soudain les traits du prêtre.

« Avez-vous quelque chose contre cette vision du monde, señor de Nebrija ? »

Keie observa Baerle avec inquiétude. Le religieux semblait sur le point d'exploser.

« L'Église a exterminé les femmes érudites en les envoyant au bûcher, rétorqua Antonio. Au même moment, les hommes-graines œuvraient en secret avec Jacob Van Almaengien pour que les choses changent. De tout temps, les femmes ont transmis leur savoir, mon père. Elles ont agi dans la clandestinité, pendant que l'Inquisition organisait de gigantesques chasses aux sorcières. »

Keie tourna la tête vers son collègue. Il sentait que de Nebrija avait raison.

« Nous, les hommes, nous nous sommes longtemps voilé la face, enchaîna le vieux Madrilène pour provoquer Baerle. Nous étions trop sûrs de nous. Sur le tableau de Bosch, ce sont les hommes qui tournent en rond autour de l'étang en paradant pendant que leur règne s'achève et qu'une nouvelle ère se dessine. »

Keie devinait où Antonio voulait en venir.

« Ah oui ? grogna le prêtre. Et à quoi est-elle censée ressembler, cette nouvelle ère ?

— Ce sera l'ère des femmes, mon père ! C'est le message du tableau ! »

Les flammes qui dansaient dans les yeux du religieux s'éteignirent brusquement et son regard devint étrangement vide. Il s'affaissa sur lui-même et ramena ses bras autour de ses épaules. Un frisson secoua son corps et son front se mit à perler de sueur. Keie s'approcha et posa la main sur le bras du prêtre. Baerle leva la tête vers lui, mais son regard se riva sur le tableau dont les couleurs luisaient sous les rayons du soleil.

« Je ne veux pas retourner au couvent avec toutes ces femmes, señor Keie !

— Nous voilà arrivés à un point déterminant ! » lança une voix derrière les trois hommes.

Grit Vanderwerf avait fait irruption dans l'atelier. Elle s'avança vers le triptyque.

Baerle rejeta la tête en arrière et glissa la main sous sa veste. Il ressortit de sa poche intérieure un stylo-plume qu'il serrait nerveusement.

« Ce tableau prédit effectivement l'avènement d'une ère nouvelle dans laquelle les femmes joueront un rôle prépondérant, messieurs ! L'existence humaine est un cycle éternel dans lequel alternent essor et déclin, vie et mort. Les femmes l'ont toujours su. En des temps immémoriaux, c'étaient elles qui dominaient le monde. »

Elle désigna le panneau central et fit un pas vers les trois hommes.

« Sous le signe du Lion, il y a environ dix mille ans, leur domination s'est éteinte. L'ère du patriarcat a débuté. Les femmes ont perdu leur pouvoir, leur autorité et leur influence. Elles se sont soumises aux hommes. »

Keie n'en croyait pas ses oreilles. Il remarqua que Baerle avait tourné le dos à la psychologue. Sa main serrait si fort le stylo-plume que ses jointures en étaient devenues blanches. À l'évidence, les paroles de Grit le mettaient hors de lui.

« Elles ont cependant continué à se transmettre leurs connaissances sur l'enfantement et la mort. Mais ce savoir oral menaça de disparaître lorsque l'Église catholique commença à exterminer les femmes savantes vers la fin du Moyen Âge pour affermir son autorité. On a alors cherché un moyen de sauvegarder ces connaissances ancestrales. L'écriture était l'apanage des hommes, et donc contrôlée par l'Église. Il paraissait trop dangereux de convertir en mots l'expérience amassée depuis des millénaires et transmise de mère en fille. La peinture représentait une excellente alternative. Voilà pourquoi Jacob Van Almaengien a crypté une partie de ce savoir sur le tableau. Une infime partie, bien sûr. Mais d'importantes informations ont pu ainsi être conservées.

— Le thème de l'immortalité par exemple », intervint Keie.

Grit lui jeta un regard amusé. La psychologue était lancée. Keie se demanda si elle jouait la comédie pour faire craquer le père Baerle.

« *Non posse mori.* La pérennité du savoir féminin repose sur la transmission de mère en fille. L'immortalité est le fondement de la pensée maternelle.

— Ce qui explique le signe de Vénus sur le dernier volet ! »

Keie avait parlé sans réfléchir. Le père Baerle le foudroya du regard.

« Vous êtes un imbécile, Keie ! lâcha-t-il avec fureur. C'était la confirmation qu'elle attendait. Sans cette information, sa théorie ne serait restée qu'une naïve illusion.

— Je me doutais que ce signe était caché quelque part, mon père, répliqua Vanderwerf. N'aviez-vous pas remarqué que la figure de Dieu le Père, minuscule, avait été reléguée sur le revers du triptyque, dans le coin supérieur gauche ? Le monde jaillit de l'utérus cosmique. Le Seigneur, le dieu masculin de la Bible, n'est qu'un simple spectateur. Il peut regarder, mais n'a pas le droit d'intervenir. Il est autorisé à parler, mais ce sont les femmes qui agissent. Il n'est que le porteur de la semence, elles accouchent du paradis ! »

La thérapeute gesticulait en parlant. Chaque phrase faisait tressaillir le père Baerle comme s'il recevait un coup de fouet. Keie comprit que Grit voulait pousser le prêtre à bout avec son interprétation hardie. Elle s'avança d'un pas assuré vers le triptyque. Comme si elle s'apprêtait à lui infliger le coup de grâce, elle leva la main vers le volet du paradis.

« Et regardez ici, mon père. Ce volet montre le paradis de la femme. Assis à l'écart sous l'arbre de vie, Adam n'est pas au centre du panneau. Il semble lui-même s'en étonner et se demande pourquoi le Seigneur s'intéresse autant à Ève. Tout est décalé sur ce volet. C'est la fontaine de vie qui constitue l'élément central – et, si on regarde de plus près, elle possède une forme et une couleur singulières. Cette fontaine, messieurs, représente de manière stylisée l'appareil génital de la femme, à une époque où personne ne savait exactement à quoi il ressemblait. »

Un cri interrompit les explications de Vanderwerf. Le père Baerle pressait ses deux poings contre ses tempes sans lâcher son stylo-plume. Conscient du danger, Keie appuya de nouveau sur le bouton de son bipeur. Il maudit intérieurement la négligence des vigiles.

« Arrêtez ! hurla le religieux. Laissez-moi tranquille !

— Qu'y a-t-il, mon père ? s'enquit Grit d'un ton moqueur. Vous n'êtes pas d'accord avec mon interprétation ? »

Baerle haletait. Lentement, il leva la tête vers la psychologue. Ses yeux exorbités, brillant d'un éclat fiévreux, roulaient en tous sens.

« Arrêtez ! répéta-t-il en gémissant. Je ne veux plus rien entendre. Quelle hérésie ! Pourquoi notre monde devrait-il changer ? Le matriarcat a disparu depuis longtemps. »

Grit dévisagea froidement le prêtre qui se triturait nerveusement les mains. D'une voix tranchante, elle assena :

« Le matriarcat n'a jamais disparu. Il a été supplanté parce que les hommes croyaient avoir découvert à leur tour le mystère de la vie avec l'acte de procréation. Une erreur que l'humanité aurait certainement surmontée si la religion ne s'était pas faite la servante de l'ignorance.

— Le tableau contient donc une prophétie », glissa Keie.

Il regretta aussitôt d'avoir parlé, car sa remarque avait fait sursauter le prêtre, qui étreignait toujours son stylo-plume. Grit poursuivit :

« C'est vrai. Le cavalier au poisson annonce la fin d'une ère. Après avoir trop longtemps tourné en rond, les hommes ont fini par s'engager dans une impasse. Le temps du plaisir et du mensonge est terminé. L'ère du Verseau commence. Un signe zodiacal foncièrement féminin. De tout temps, les femmes ont porté l'eau de la vie, que ce soit dans une cruche posée sur leur tête ou dans leur ventre. Ces femmes dans l'étang du panneau central représentent l'avenir. Elles sortent de l'eau pour conquérir le pouvoir ! »

Le père Baerle poussa un hurlement sauvage et arracha le bouchon du stylo-plume.

« Tout ça n'est qu'un tissu de mensonges ! Pour empêcher que de telles horreurs ne se répandent, je vais détruire ce maudit tableau ! »

L'ecclésiastique fit un pas vers le triptyque en brandissant son stylo.

« Ne faites pas ça, mon père ! » lança Keie.

Grit s'interposa entre le tableau et le prêtre.

« Écartez-vous ! gronda Baerle. Le stylo est rempli d'acide.

— Que voulez-vous, mon père ? demanda Vanderwerf. Des excuses ? »

Le cœur de Keie battait à tout rompre. Où étaient ces fichus vigiles ? Il appuyait désespérément sur son bipeur pour donner l'alerte. Pendant ce temps, Grit tentait d'apaiser le prêtre en lui parlant avec douceur. Imperceptiblement, elle se rapprochait du religieux. Puis, soudain, elle se jeta en avant en poussant un cri. Baerle tressaillit et recula d'un pas, mais le poing de Grit frappa sa main. Le stylo-plume lui échappa et son contenu éclaboussa son uniforme. Au même moment, trois gardiens du musée firent irruption dans la salle. Après une courte hésitation, ils se ruèrent sur le prêtre pour le saisir au corps. Le dominicain se débattit comme un beau diable en hurlant de rage. Une écume blanchâtre sortait de sa bouche à gros bouillons et délavait son menton grêlé de taches noires.

Grit rajusta sa jupe et tendit à Keie le stylo-plume qu'elle avait ramassé sur le sol.

« Ce n'est que de l'encre », murmura-t-elle.

Elle se laissa tomber sur un tabouret et enfouit son visage dans ses mains.

Les vigiles attachèrent le père Baerle sur une civière et l'emmenèrent hors de la salle. Les cris furieux du religieux résonnèrent dans le couloir.

« Je crois que nous ne pourrons jamais démêler le vrai du faux dans l'histoire de ce prêtre », soupira de Nebrija avant de boitiller vers la porte.

Grit prit la main de Keie et l'étreignit.

75

« Encore un interrogatoire ? Demain au poste, calle de San Nicolas ? D'accord, commissaire. »

Keie raccrocha le combiné du téléphone en soupirant et réexamina à la loupe les agrandissements du *Jardin des délices*. Même avec la meilleure volonté du monde, lorsqu'il effaçait les traits de marqueur, il ne distinguait que des points et des formes indécises là où Antonio avait découvert des lettres, le visage d'une chouette et le symbole de Vénus. De Nebrija et lui n'avaient-ils pas vu sur le tableau ce qu'ils désiraient y voir ?

Quelqu'un frappa. Avant qu'il n'ait le temps de répondre, Antonio de Nebrija ouvrit la porte et se glissa dans le bureau.

« Vous a-t-on également convoqué au commissariat, Michael ? »

Keie acquiesça.

« Demain.

— Moi aussi. Des nouvelles de Grit Vanderwerf ?

— Non, aucune. Vous avez l'air fatigué, Antonio ! »

Le vieux Madrilène prit une chaise, la retourna et s'assit à califourchon.

« J'ai beaucoup réfléchi ces dernières heures, Michael. Et mes questions restent sans réponse. Que voulait Vanderwerf ? Pourquoi s'est-elle occupée de ce pauvre prêtre à l'esprit confus ? Et pourquoi nous a-t-elle entraînés dans cette histoire ? »

Keie se cala dans son siège et observa son collègue.

« Grit ne nous a pas entraînés, nous nous sommes jetés tête baissée dans cette impasse. Elle était sans doute aussi fascinée que nous par le père Baerle. Au lieu de garder la tête froide, nous avons succombé au pouvoir de suggestion du dominicain. J'aurais dû examiner plus attentivement les clichés avant de vous croire. »

Il prit les agrandissements posés sur son bureau et les lança en direction de l'Espagnol.

« Ces prétendus signes ne sont que le fruit de votre imagination. »

Accoudé sur le dossier de sa chaise, de Nebrija avait posé le menton sur ses avant-bras croisés.

« Les symboles sont là, Michael. J'en suis convaincu. Nous n'avons pas encore compris leur véritable signification, c'est tout.

— Ouvrez les yeux, Antonio ! Regardez le visage de la chouette sur le panneau central, par exemple. Je ne le vois qu'en reliant arbitrairement certains points entre eux. Tout ça me paraît bien mince. »

Le Madrilène bondit de son siège et se mit à faire les cent pas devant le bureau de Keie.

« Grit Vanderwerf a confirmé l'existence de ces symboles. Nous n'avons pas rêvé. Si nous arrivons à prouver ce que nous avançons, nos découvertes feront sensation ! »

Keie était trop fatigué pour se quereller avec le vieil historien de l'art. Depuis la veille, le téléphone n'arrêtait pas de sonner et il avait passé plusieurs heures à répondre aux questions des enquêteurs de la police et de la direction du musée. Il devait reconnaître qu'il s'était emballé trop rapidement quand de Nebrija lui avait fait part de ses découvertes. Les théories douteuses de son collègue ne reposaient sur rien de solide. Il se passa les deux mains sur le visage.

« Ne soyez pas ridicule, Antonio. Ce ne sont que des suppositions, nous n'avons aucune preuve. Si vous rendez publiques de telles élucubrations, vous nuirez à votre réputation et à celle du musée.

— Il y a à peine quarante-huit heures, vous croyiez pourtant à ces symboles », contra l'Espagnol.

Il prit les agrandissements et les contempla en plissant les yeux.

« En regardant attentivement, on reconnaît certaines formes...

— Bon sang, Antonio, redescendez sur terre ! s'emporta Keie. Sur le premier volet, vous avez lu l'abréviation PSSNNMR. Tout à l'heure, avec ma loupe, j'ai distingué un V, un A et deux B. L'endroit a été trop abîmé par l'acide, on peut y voir tout l'alphabet si on veut ! Impossible d'affirmer sérieusement qu'il s'agit d'un message caché.

— Je vous ai dit que Bosch avait utilisé la technique de l'écriture en miroir ! On peut quand même distinguer les formes des lettres... »

Keie se leva brusquement de son siège.

« Tout ça, c'est du vent, Antonio ! Je voulais y croire mais, en réalité, ces signes n'existent pas. »

Il saisit le cliché du premier volet et l'examina. Aussitôt, le doute l'assaillit. De Nebrija avait raison. On pouvait deviner certaines lettres. Néanmoins, il n'y voyait aucune preuve indubitable.

« Je ne sais plus ce que je dois croire, souffla-t-il, découragé. Mais une chose est sûre : si vous publiez un article là-dessus, vous perdrez votre job. La communauté scientifique se fera un plaisir de vous clouer au pilori.

— Et pourquoi le prêtre et Vanderwerf se sont-ils rués de la sorte sur le tableau ? Pourquoi Baerle tenait-il tant à le détruire ? Et pour quelle raison votre belle psychologue a-t-elle disparu ?

— Épargnez-moi vos théories conspirationnistes, répliqua Keie. Ça devient agaçant. Grit est sans doute chez une quelconque amie pour prendre un peu de distance. »

Le Berlinois arpenta fébrilement son bureau.

« Je comprends que vous soyez sceptique, Michael, tempéra de Nebrija. C'est normal, le triptyque a été conçu pour semer le doute dans l'esprit de celui qui le contemple. Prenez par exemple la chouette. Contrairement à d'autres figures animales, ce symbole fait l'objet de nombreuses interprétations. Pour les uns, il représente la sagesse, tandis que pour d'autres il est l'incarnation du mal par excellence. Sur le volet du paradis, une chouette niche dans la fontaine de jouvence, à la source de la vie pour ainsi dire, pour reprendre les paroles de Grit Vanderwerf. Toutefois, l'oiseau remplit ici un rôle inattendu : il est le gardien du silence. De son observatoire, la chouette veille d'un œil perçant sur les secrets du tableau. »

Keie s'apprêtait à répondre quand la sonnerie du téléphone retentit, l'arrachant à ses réflexions. Il décrocha le combiné avec hargne.

« Allô, qui est à l'appareil ? Grit ? »

Il jeta un regard à de Nebrija, qui comprit aussitôt et quitta la pièce.

« Où es-tu, Grit ? » murmura Keie.

76

Keie était rentré chez lui. Allongé sur son lit, il fixait le plafond. Son studio se trouvait dans la calle San Vincente Ferrer, une ruelle tranquille située au nord du centre-ville. Le restaurateur avait bien besoin de calme après les événements des derniers jours. Il avait tiré les rideaux, et seul un mince rai de lumière filtrait dans la pièce, qui possédait pour tout mobilier un lit, une table, une chaise et une armoire.

« La fin du patriarcat ! » murmura-t-il.

L'interprétation de Grit était captivante, même si les preuves manquaient. Toutes les découvertes qu'ils avaient faites cadraient avec cette théorie.

Un personnage représenté sur le volet de l'enfer lui revint en mémoire : le banquier du tripot, les bras en croix, l'homme était adossé contre une table de jeu renversée. Sa main droite était transpercée par un stylet. Un démon l'avait saisi à la gorge et l'étranglait. Le supplicié avait-il été envoyé en enfer pour avoir prêté un faux serment au nom de l'Église ? Ce châtiment sous-entendait-il que le pacte du Nouveau Testament avait été rompu ?

Keie fixait toujours le plafond. Son esprit projeta l'image du triptyque sur cette surface blanche. Il essaya d'imbriquer les différentes pièces du puzzle.

Il y avait trente-trois femmes qui s'ébattaient dans l'étang du panneau central. Ce chiffre trois redoublé faisait sans doute référence à la Déesse Mère, la Matrice universelle, et à son retour en force imminent. Divinité ancestrale, elle possédait un triple visage : vierge, mère et vieillarde. Cette trinité apparaissait dans toutes les mythologies, qui abondaient de triades divines, comme les trois Moires et les trois Gorgones chez les Grecs, les trois Grâces chez les Romains ou les trois Nornes des Vikings. Le chiffre trois annonçait la fin de l'ère des Poissons, dont le porte-drapeau, Jésus, avait vécu trente-trois ans, et prédisait dans le même temps l'avènement de l'ère du Verseau, qui serait dominée par les femmes.

Le restaurateur ferma les yeux. Les questions se bousculaient dans son esprit. Il aurait pu méditer durant des heures sur les différentes scènes du *Jardin des délices*, mais il entendit soudain qu'on frappait à sa porte. L'image du tableau s'évanouit et il se redressa sur son lit.

Comme les coups redoublaient, il finit par se lever. Arrivé près de la porte, il tendit l'oreille, puis ouvrit.

Grit Vanderwerf se tenait sur le seuil. Elle était vêtue d'un jean noir moulant et d'un chemisier sombre.

« Grit ! »

La psychologue se glissa sans un mot dans l'appartement. Après avoir détaillé la pièce avec curiosité, elle se tourna vers Keie :

« Charmant, ton petit studio. »

Le cœur du restaurateur se mit à battre la chamade.

« Dans l'immeuble, il n'y a que des bureaux. La journée, c'est très animé, mais le soir, j'ai la paix. Et Dieu sait si j'en ai besoin en ce moment. »

Vanderwerf lui sourit.

« Comment vas-tu, Grit ? s'enquit-il, gêné. Où étais-tu passée ? »

Les yeux de la thérapeute luisaient dans la pénombre. L'air semblait soudain vibrer d'électricité. Tous les sens de Keie étaient en alerte. Il sentit son pouls s'accélérer tandis que Grit le dévisageait, imperturbable.

« Pourquoi es-tu venue ici ? »

De nouveau, elle sourit et tendit le doigt vers lui.

« Pour te voir. Tu me manquais. »

Le regard de la jeune femme se posa sur le lit défait. Une sonnette d'alarme retentit dans l'esprit de Keie.

« Que veux-tu réellement ? » interrogea-t-il.

Il marcha jusqu'à son lit, qu'il retapa en hâte. Grit le regarda faire en silence. Lorsqu'il eut terminé, elle porta la main à son chemisier et en ouvrit le premier bouton.

« Je te veux, toi ! » finit-elle par murmurer.

Tout en continuant de déboutonner lentement son chemisier, elle referma la porte du pied, puis s'avança vers Keie. Le Berlinois n'en croyait pas ses yeux. Grit cherchait-elle à le provoquer ?

« J'y pense depuis notre première rencontre », souffla-t-elle en nouant ses bras autour du cou de Keie.

Lorsqu'elle pressa avec douceur sa poitrine contre lui, il sentit le contact de ses mamelons durcis.

« Non ! »

Le restaurateur essaya de se dégager de son étreinte, mais Grit le retint prisonnier. Elle arqua les sourcils et pencha la tête de côté.

« Grit, articula-t-il. Je t'en prie. J'ai encore tellement de questions qui me hantent. »

Elle lâcha prise. Keie recula d'un pas et faillit trébucher contre son lit. D'un geste souple, Grit se débarrassa de son chemisier. Elle portait un soutien-gorge noir. Keie se détourna pour ne pas regarder ce corps qui s'offrait à lui. Il ne voulait pas succomber à la tentation. Il avait besoin de garder la tête froide, car il avait encore des questions auxquelles seule la psychologue pouvait apporter des réponses.

« Grit, rhabille-toi, s'il te plaît. J'aimerais que nous parlions du tableau. Rien de plus.

— Vraiment ? »

Elle avait parlé d'une voix chaude et rauque, qui donna la chair de poule à Keie. Il entendit une fermeture Éclair et le froissement d'un pantalon qu'on retire. Sa bouche devint sèche. Il ne voulait pas se retourner, mais une force irrésistible le poussa à regarder la psychologue. Dans la pénombre, sa peau couleur de bronze miroitait. Cette vision laissa Keie sans voix. Il fut submergé par le parfum qui émanait de son corps nu. Cette fragrance féminine troublait ses sens et semblait prendre possession de son esprit. Immobile, Grit se laissait contempler, telle une statue de déesse grecque. Comme magnétisé, Keie ne pouvait détacher son regard de ses formes gracieuses. Il en avait presque le vertige.

« Je ne peux rien te dire sur le message ultime du triptyque, Michael. Il se trouve ici. »

Elle s'approcha de lui et toucha son front du doigt. Puis elle déboutonna sa chemise et la lui retira.

« Ces dernières semaines, j'ai beaucoup appris sur les craintes des hommes envers la sexualité des femmes. Mais aussi envers nos désirs et nos rêves. Je t'ai dit que je connaissais quelques femmes qui, à leur manière, sont aussi démentes que Baerle. Elles sont persuadées que la réponse à tous les problèmes entre hommes et femmes est cachée dans le tableau de Bosch. L'idée est fascinante. Je dois avouer que j'y ai moi-même cru pendant un temps. »

Après avoir débouclé la ceinture de Keie, elle ouvrit son pantalon et le lui ôta. Incapable d'articuler un mot, il se laissa caresser jusqu'au moment où il devint indéniable qu'elle avait éveillé son désir.

« Vous avez peur du pouvoir que nous avons sur vous dans des moments comme celui-ci. »

Grit parlait lentement, d'une voix sombre. En même temps, elle effleurait du bout de ses doigts la peau de Keie, frôlant ses bras, ses jambes, son sexe.

« C'est la raison pour laquelle l'Église condamne la concupiscence de la chair. Dans de pareilles situations, vous n'êtes plus maîtres de votre esprit, vous êtes dominés par vos sens. Vous succombez à la fascination de l'éternel féminin. Voilà pourquoi l'Église est aussi hostile aux passions du corps. C'est une communauté masculine transie de peur. »

Elle embrassa doucement Keie sur les lèvres. Il ferma les yeux. Elle le poussa sur le lit, puis s'allongea à ses côtés. Se lovant contre lui, elle recommença à le caresser. Keie sentait des frissons le parcourir partout où les mains de la jeune femme le touchaient. Il finit toutefois par retrouver sa voix.

« Est-ce là le message du panneau central, Grit ? Les femmes connaissent le pouvoir de leur corps et peuvent en user sur les hommes pour les rendre vulnérables ? Comment étais-tu au courant pour le symbole de Vénus ? »

Grit embrassa la peau nue de Keie. Ses lèvres parcoururent le corps du restaurateur, qui se mit à trembler. Puis elle se redressa brusquement.

« D'accord. Si ça peut te rassurer, je vais t'expliquer ce qui s'est passé. Je t'ai déjà parlé du groupe de femmes que je fréquentais pendant mes études. Ce sont elles qui m'ont raconté que certains symboles avaient été dissimulés sur *Le Jardin des délices*. Apparemment, Mère Ariana, la guide spirituelle de notre cercle, possédait quelques pages d'un manuscrit ancien. Mais, sans le reste du texte, celles-ci n'avaient aucun sens. Je n'ai jamais vu ces feuillets et, pendant des années, je n'y ai plus repensé. Quand le père Baerle s'est mis à affabuler et m'a parlé d'un certain Petronius Oris, ça a fait tilt dans ma tête. Mais il a refusé de m'en dire plus. Comme j'avais lu des articles sur toi dans les journaux et que je savais que tu travaillais au Prado, j'ai eu l'idée de te faire rencontrer le prêtre. Je ne pouvais pas me douter que toi et ton dictionnaire ambulant à la crinière blanche réagiriez de manière aussi fanatique en entendant l'histoire de Baerle !

— Tu nous as donc manipulés pour en apprendre plus sur le manuscrit », commenta le Berlinois.

Elle mordilla avec délicatesse le lobe de son oreille. La main de la thérapeute remonta lentement entre les cuisses de Keie.

« Pardonne-moi. Je n'ai pas agi de manière professionnelle et j'ai négligé le travail qu'on m'avait confié. Par-dessus le marché, je suis bêtement tombée amoureuse... Mais oublie maintenant ce maudit tableau.

Peut-être contient-il un message, peut-être pas. Nous ne le saurons jamais et c'est probablement mieux ainsi. »

Grit monta à califourchon sur le restaurateur et fit glisser sa virilité en elle. Keie eut l'impression de basculer dans un autre monde. Comme si ses sens se brouillaient, il entendit de loin les gémissements voluptueux de la jeune femme.

Tout à coup, il sentit la chaleur qui émanait de Grit et remarqua la douceur du duvet transparent qui recouvrait son corps. Un nouvel horizon s'ouvrit à lui.

« Grit. Bosch n'a pas respecté l'ordre du zodiaque dans le cortège d'hommes et d'animaux qui tournent autour de l'étang central. Normalement, les signes du Lion, du Scorpion, du Taureau et du Verseau se font face, formant symboliquement une croix. Pourquoi le peintre a-t-il positionné ces quatre figures d'une manière différente sur son tableau ? »

Grit se pencha en avant et posa la tête sur la poitrine de Keie. Son bassin bougeait lentement, suivant le rythme des battements de cœur du Berlinois.

« Ah, vous, les hommes, vous êtes comme des enfants, murmura-t-elle, les yeux fermés. Vous ne pensez qu'à vous et à vos symboles. »

Elle se redressa brusquement, posant les mains sur le torse de Keie. Ses ongles s'enfoncèrent dans la peau du restaurateur.

« Tu veux savoir ce que j'en pense, Michael ? Les signes du zodiaque ne forment pas de croix parce que l'ère des Poissons est achevée. Ils sont disposés de manière à représenter un oméga. Le symbole de la mère universelle, le cercle ouvert, l'utérus cosmique. »

Keie observa le visage empourpré de la psychologue.

« Comment sais-tu tout ça ? De Nebrija avait peut-être raison. Tu pourrais être une Adamite, ou une sorcière faisant partie d'un groupe féministe extrémiste. »

Grit accéléra ses mouvements et les pensées de Keie s'embrouillèrent. Elle lui souffla une haleine brûlante dans le cou.

« À toi de le découvrir, chuchota-t-elle à son oreille. Et si c'était le cas ?

— Il faudrait que je sois très prudent », gémit-il.

La thérapeute émit un rire feutré.

« Et pourquoi donc ?

— La nature change, la vérité tue. »

Grit se figea. Keie sentit les muscles de ses cuisses tressaillir.

« Une maxime qui remonte à plus de cinq cents ans. Elle ne signifie plus rien. »

Elle caressa les poils qui couvraient le torse de Keie, puis fit jouer ses doigts autour de son cou.

« Cesse de faire travailler ta cervelle, mon chercheur de vérité. À part Baerle, personne ne connaît l'existence du manuscrit. Il existe peut-être une copie dans les archives du Vatican, mais peu importe. Jusqu'à présent, nous n'avons aucune preuve que ce document ait réellement existé.

— Mais personne ne peut inventer une histoire pareille... »

Grit posa un doigt sur la bouche de Keie et lui couvrit les yeux de la main gauche pendant que son bassin reprenait son balancement.

Keie entendit sa voix envoûtante lui glisser dans le creux de l'oreille :

« *Natura mutatur. Veritas extinguit.* »

Il s'abandonna enfin et se laissa emporter par les ondulations du corps de Grit.

Postface

En lisant *Le Mystère Jérôme Bosch*, le lecteur doit prendre conscience que, dans un roman, la réalité décrite est toujours une interprétation issue de l'époque dans laquelle nous vivons. Un roman n'est pas forcément lié à la vérité historique, ce qui le différencie d'un ouvrage scientifique. Malgré tout, j'ai essayé de décrire aussi fidèlement que possible la vie de Bosch et les événements qui se sont déroulés à l'époque dans la cité de Bois-le-Duc, ce qui n'était pas une tâche aisée puisque les informations fiables sur ce sujet sont peu nombreuses. Je me suis écarté de l'Histoire là où cela me semblait nécessaire pour la dramaturgie du roman. Afin d'aider le lecteur à faire la distinction entre fiction et réalité, j'ai résumé ci-dessous les rares faits avérés dont nous disposons sur la vie de Bosch.

Jheronimus Van Aken est né en 1450 à Bois-le-Duc, où il décédera en 1516. Il était le cinquième et dernier enfant du peintre Anthonius Van Aken. Devenu peintre à son tour, il choisit – pour des raisons inconnues – comme pseudonyme le nom de sa cité natale.

Bosch était membre de l'Illustre Confrérie de Notre-Dame, qui se réunissait dans l'une des chapelles absidiales de la cathédrale Saint-Jean. Il faisait partie du noyau central de cette société œcuménique. La Confrérie organisait des mystères et des processions pour Pâques, Noël et d'autres fêtes religieuses. Bosch réalisait les costumes et les décors.

Il est également prouvé que le peintre possédait à Oirschot une propriété, probablement apportée en dot par son épouse Aleyt Goyaert Van der Mervenne, issue d'une riche famille patricienne. On sait que le domaine a été la proie d'un incendie qui a détruit une grange. La demeure, en revanche, a été épargnée par les flammes.

Philipp Van Sint Jan, alias Jacob Van Almaengien, n'est pas une invention de l'auteur. Il était lui aussi membre de l'Illustre Confrérie de Notre-Dame. Van Almaengien a probablement été brûlé en place publique à Cologne.

À l'époque où Bosch peignait, Bois-le-Duc subissait l'oppression de l'Inquisition. L'inquisiteur général nommé par le diocèse de Liège s'appelait Jean de Baerle. Sous le joug des chiens du Seigneur, la cité, qui vivait dans la peur, a beaucoup souffert économiquement.

Au même moment, une secte s'est implantée dans la ville et dans tout le duché de Brabant. Ses membres se faisaient appeler « Frères et Sœurs du Libre Esprit » ou « Adamites ». Leur existence est confirmée par les procès-verbaux de l'Inquisition. Il n'est pas prouvé que Jérôme Bosch ait été en contact avec les Adamites.

Néanmoins, le contenu de ses tableaux présente d'étranges similitudes avec les idées répandues par cette secte.

Comme l'attestent certains documents de l'époque, la cathédrale Saint-Jean était bel et bien en cours de construction au moment des événements décrits dans le roman. Seuls le chœur et l'ossature de la nef étaient achevés.

Remerciements

Une œuvre comme celle-ci demande le concours de nombreuses personnes.

J'aimerais remercier tout particulièrement ma femme. Première lectrice et correctrice, elle m'a soutenu et encouragé tout au long de ce projet.

Je souhaite également témoigner toute ma gratitude à Roman Hocke, mon agent et mentor. Sans lui, ce roman n'aurait pas vu le jour. Il a été immédiatement emballé par mon idée. Les suggestions de ce grand connaisseur de l'Italie – et de Rome en particulier – m'ont beaucoup aidé pendant l'écriture de cet ouvrage.

Merci à mon éditeur, Matthias Bischoff, qui m'a prodigué de précieux conseils dramaturgiques.

Une mention spéciale à mon frère Gerhard, qui n'a jamais été avare d'idées, de commentaires avisés et de critiques. Il m'a ainsi permis de garder les pieds sur terre et de ne pas me perdre dans les détails.

Beaucoup d'autres personnes, que je ne peux pas toutes nommer ici, m'ont aidé à développer la structure de ce roman lors de passionnantes discussions. Je leur en suis infiniment reconnaissant.

La photocomposition de cet ouvrage
a été réalisée par
GRAPHIC HAINAUT
59410 Anzin

Imprimé en France par

Maury Imprimeur
à Malesherbes (Loiret)
en décembre 2018

N° d'impression : 233113
S28287/04